Belo DESASTRE

JAMIE McGUIRE

Belo
DESASTRE

Tradução
Ana Death Duarte

28ª edição
Rio de Janeiro-RJ / São Paulo, 2023

VERUS
EDITORA

Editora: Raïssa Castro
Coordenadora Editorial: Ana Paula Gomes
Copidesque: Maria Lúcia A. Maier
Revisão: Ana Paula Gomes
Projeto gráfico: André S. Tavares da Silva
Capa: JustinMcClure.tv

Título original: *Beautiful Disaster*

ISBN: 978-85-7686-191-1

Copyright © Jamie McGuire, 2011
Todos os direitos reservados.

Tradução © Verus Editora, 2012
Direitos reservados em língua portuguesa, no Brasil, por Verus Editora. Nenhuma parte desta obra pode ser reproduzida ou transmitida por qualquer forma e/ou quaisquer meios (eletrônico ou mecânico, incluindo fotocópia e gravação) ou arquivada em qualquer sistema ou banco de dados sem permissão escrita da editora.

Verus Editora Ltda.
Rua Benedicto Aristides Ribeiro, 41, Jd. Santa Genebra II, Campinas/SP, 13084-753
Fone/Fax: (19) 3249-0001 | www.veruseditora.com.br

CIP-BRASIL. CATALOGAÇÃO NA FONTE
SINDICATO NACIONAL DOS EDITORES DE LIVROS, RJ

M429b
28ª ed.

McGuire, Jamie
    Belo desastre / Jamie McGuire ; tradução Ana Death Duarte. - 28.ed. - São Paulo, SP : Verus, 2023.
    23 cm

Tradução de: Beautiful Disaster
ISBN 978-85-7686-191-1

1. Ficção americana. I. Duarte, Ana Death. II. Título.

12-4052   CDD: 813
                                  CDU: 821.111(73)-3

Revisado conforme o novo acordo ortográfico

Para os fãs
cujo amor por histórias
transformou um desejo
neste livro que você tem em mãos

SUMÁRIO

1	Sinal de alerta	9
2	Canalha	31
3	Golpe baixo	52
4	A aposta	67
5	Parker Hayes	90
6	Divisor de águas	109
7	Dezenove	127
8	Boatos	138
9	Promessa	157
10	Indiferença	175
11	Ciúmes	194
12	Embalos a dois	215
~~*13*~~ *14*	Full house	232
15	Cidade do pecado	250
16	Lar	268
17	Não, obrigada	284
18	A caixa	304
19	Hellerton	321
20	Última dança	336
21	Fumaça	351
22	Avião	370
	Epílogo	381

1
SINAL DE ALERTA

Era como se tudo naquela sala berrasse para mim dizendo que ali não era o meu lugar. As escadas se desfazendo, aquele alvoroço de clientes briguentos, e o ar, uma mescla de suor, sangue e mofo. As vozes viravam borrões enquanto as pessoas gritavam números e nomes, num constante vaivém, acotovelando-se para trocar dinheiro e gesticulando para se comunicar em meio a tanto barulho. Passei espremida pela multidão, logo atrás da minha melhor amiga.

– Deixe o dinheiro na carteira, Abby! – America gritou para mim.

Seu largo sorriso reluzia mesmo sob aquela fraca iluminação.

– Fiquem por perto! Vai ficar pior assim que começar! – Shepley avisou, bem alto para ser ouvido.

America segurou a mão dele e depois a minha, enquanto Shepley nos guiava em meio àquele mar de gente.

O som agudo de um megafone cortou o ar repleto de fumaça. O ruído me deixou alarmada. Tive um sobressalto e comecei a procurar de onde vinha aquela rajada sonora. Um homem estava em pé sobre uma cadeira de madeira, com um rolo de dinheiro em uma das mãos e o megafone na outra, colado à boca.

– Sejam bem-vindos ao banho de sangue! Se estão em busca de uma aula de economia... estão na merda do lugar errado, meus amigos! Mas se buscam O Círculo, aqui é a meca! Meu nome é Adam. Sou eu que faço as regras e convoco as lutas. As apostas terminam assim que os oponentes estiverem no chão. Nada de encostar nos lutadores, nem ajudar, nem mudar a aposta no meio da luta, muito menos invadir o ringue. Se quebrarem essas regras, vocês serão esmagados, espancados e jogados pra fora sem nenhum dinheiro! E isso vale pra vocês também, meninas! Então, não usem suas putinhas para fraudar o sistema, caras!

Shepley balançou a cabeça.

– Que é isso, Adam! – ele gritou para o mestre de cerimônias, em clara desaprovação à escolha de palavras do amigo.

Meu coração batia forte dentro do peito. Com um cardigã de cashmere cor-de-rosa e brincos de pérola, me sentia uma velha professora nas praias da Normandia. Eu havia prometido a America que conseguiria lidar com o que quer que acontecesse com a gente, mas, naquele lugar imundo, senti uma necessidade urgente de agarrar seu braço magro com ambas as mãos. Ela não me colocaria em perigo, mas estar em um porão com mais ou menos cinquenta universitários bêbados, sedentos por sangue e dinheiro... Bem, eu não estava exatamente confiante quanto às nossas chances de sair dali ilesas.

Depois que America conheceu Shepley durante a recepção aos calouros, com frequência ela o acompanhava às lutas secretas que aconteciam em diferentes porões da Universidade Eastern. Cada evento era realizado em um local diferente, que permanecia secreto até exatamente uma hora antes da luta.

Como eu frequentava círculos bem mais comportados, fiquei surpresa ao tomar conhecimento do submundo da Eastern; mas Shepley já sabia daquele mundo antes mesmo de ter se juntado a ele. Travis, o primo e colega de quarto dele, participara de sua primeira luta sete meses atrás. Como calouro, os rumores diziam que ele era o competidor mais letal que Adam tinha visto nos três anos desde a criação do Círculo. Quando começou o segundo ano, Travis era imbatível. Juntos, ele e Shepley pagavam o aluguel e as contas com o que ganhavam nas lutas, fácil, fácil.

Adam levou o megafone à boca de novo, e os gritos e movimentos aumentaram em um ritmo febril.

– Nesta noite temos um novo desafiante! O lutador de luta livre e astro da Eastern, Marek Young!

Seguiram-se aplausos e gritos eufóricos da torcida. A multidão se partiu como o mar Vermelho quando Marek entrou na sala. Formou-se um círculo, como uma clareira, e a galera assobiava, vaiava e zombava do concorrente. Ele deu uns pulinhos para se preparar e girou o pescoço de um lado para o outro; o rosto estava sério e compenetrado. A multidão se aquietou, só restando um rugido abafado. Levantei as mãos depressa para tampar os ouvidos quando a música começou a retumbar, altíssima, nos grandes alto-falantes do outro lado da sala.

– Nosso próximo lutador dispensa apresentações, mas, como eu morro de medo dele, vou apresentar o cara mesmo assim! Tremam nas bases, rapazes, e fiquem de quatro, meninas! Com vocês, Travis "Cachorro Louco" Maddox!

Houve uma explosão de sons quando Travis apareceu do outro lado da sala, sem camisa, relaxado e confiante. Foi caminhando a passos largos até o centro do círculo, como se estivesse se apresentando para mais um dia de trabalho. Com os músculos firmes estirados sob a pele tatuada, cumprimentou Marek, estalando os punhos cerrados nos nós dos dedos do oponente. Travis se inclinou para frente e sussurrou algo no ouvido de Marek, que fez um grande esforço para manter a expressão austera. Ele estava muito próximo de Travis, pronto para o combate. Os dois se encaravam. A expressão de Marek era assassina; Travis parecia achar um pouco de graça em tudo aquilo.

Os adversários deram uns passos para trás, e Adam fez o som que dava início à luta. Marek assumiu uma postura defensiva e Travis partiu para o ataque. Fiquei na ponta dos pés quando perdi a linha de visão, apoiando-me em quem quer que fosse para conseguir enxergar melhor o que estava acontecendo. Consegui ver alguns centímetros acima, deslizando por entre a multidão que gritava. Cotovelos golpeavam as laterais do meu corpo e ombros esbarravam em mim, fazendo com que eu ricocheteasse de um lado para o outro, como uma bolinha de pinball. Quando consegui ver o topo da cabeça de Marek e Travis, continuei abrindo caminho na base do empurrão.

Quando enfim cheguei lá na frente, Marek tinha agarrado Travis com seus braços grossos e tentava jogá-lo no chão. Quando ele se inclinou para fazer esse movimento, Travis deu uma joelhada no rosto de Marek. Antes que ele pudesse se recuperar, Travis o atacou – repetidas vezes, os punhos cerrados socavam o rosto ensanguentado de Marek.

Senti cinco dedos se afundarem em meu braço e virei a cabeça para ver quem era.

– Que diabos você está fazendo aqui, Abby? – disse Shepley.

– Não consigo ver nada lá de trás! – gritei em resposta.

E então me virei bem a tempo de ver Marek tentar acertar Travis com um soco poderoso, ao que este se virou. Por um instante, achei que ele tinha desviado de outro golpe, mas ele fez um círculo completo e esmagou com o cotovelo o nariz do adversário. Gotas de sangue borrifaram o meu rosto e se espalharam no meu cardigã. Marek caiu no chão de cimento com um som oco, e, por um breve momento, a sala ficou totalmente em silêncio.

Adam jogou um quadrado de pano vermelho sobre o corpo caído de Marek, e a multidão explodiu. O dinheiro mudou de mãos novamente, e as expressões se dividiam entre orgulhosos e frustrados.

Fui empurrada com todo aquele movimento de gente indo e vindo. America gritou meu nome de algum lugar lá atrás, mas eu estava hipnotizada pela trilha vermelha que ia do meu peito até a cintura.

Um pesado par de botas pretas parou diante de mim, desviando minha atenção para o chão. Meus olhos foram se voltando para cima: jeans manchado de sangue, músculos abdominais bem definidos, um peito tatuado ensopado de suor e, finalmente, um par de cálidos olhos castanhos. Fui empurrada, mas Travis me segurou pelo braço antes que eu caísse.

– Ei! Cuidado com ela! – ele franziu a testa, enxotando qualquer um que chegasse perto de mim.

A expressão séria se derreteu em um sorriso quando ele viu minha blusa. Limpando meu rosto com uma toalha, ele me disse:

– Desculpe por isso, Beija-Flor.

Adam deu uns tapinhas na nuca de Travis.

– Vamos lá, Cachorro Louco! Tem uma galera esperando por você!

Os olhos dele não se desviaram dos meus.

– Uma pena ter manchado seu suéter. Fica tão bem em você...

No instante seguinte, ele foi engolfado pelos fãs, desaparecendo da mesma maneira como tinha aparecido.

– No que você estava pensando, sua imbecil? – gritou America, me puxando pelo braço.

– Vim até aqui para ver uma luta, não foi? – respondi, sorrindo.

– Você nem devia estar aqui, Abby – disse Shepley em tom de bronca.

– Nem a America – retruquei.

– Mas ela não tenta pular dentro do círculo! – disse ele, franzindo a testa. – Vamos!

America sorriu para mim e limpou meu rosto.

– Você é um pé no saco, Abby, mas mesmo assim eu te amo!

Ela me abraçou e fomos embora.

America me acompanhou até o quarto, no dormitório da faculdade, e olhou com desprezo para minha colega, Kara. Imediatamente tirei o cardigã e o joguei no cesto de roupa suja.

– Que nojo! Por onde você andou? – Kara perguntou, sem sair da cama.

Olhei para America, que deu de ombros.

– Sangramento de nariz. Você nunca viu os famosos sangramentos de nariz da Abby?

Kara ajeitou os óculos e balançou a cabeça em negativa.

– Ah, então vai ver – ela disse, dando uma piscadela para mim e fechando a porta depois de sair. Nem um minuto tinha se passado e ouvi o som indicando uma mensagem de texto no meu celular. Como de costume, era America me enviando uma mensagem segundos depois de nos despedirmos.

vou ficar c/ o shep t vejo amanhã rainha do ringue

Dei uma espiada em Kara, que me olhava como se sangue fosse jorrar do meu nariz a qualquer instante.

– Ela estava brincando – falei.

Kara assentiu com indiferença e depois baixou o olhar para a bagunça de livros espalhados na cama.

– Acho que vou tomar um banho – falei, pegando uma toalha e meu nécessaire.

— Vou avisar os jornais — ela respondeu, sem emoção alguma na voz e mantendo a cabeça baixa.

❦

No dia seguinte, fui almoçar com Shepley e America. Eu queria ficar sozinha, mas, conforme os alunos foram entrando no refeitório, as cadeiras à minha volta foram ficando cheias de amigos da fraternidade do Shepley e de membros do time de futebol americano. Alguns estavam na luta, mas ninguém mencionou minha experiência na beira do ringue.

— Shep — disse alguém que passava.

Shepley assentiu, e tanto America quanto eu nos viramos e vimos Travis se sentando em um lugar na ponta oposta da mesa. Duas voluptuosas loiras tingidas com camiseta da Sigma Kappa o acompanhavam. Uma delas se sentou no colo dele, e a outra lhe acariciava a camisa.

— Acho que acabei de vomitar um pouquinho — murmurou America.

A loira que estava no colo do Travis se virou para ela:

— Eu ouvi o que você disse, piranha.

America pegou um pãozinho e o jogou, errando por muito pouco o rosto da garota. Antes que a loira pudesse dizer mais alguma coisa, Travis abriu as pernas e a garota caiu no chão.

— Ai! — disse ela em um grito agudo, erguendo o olhar para Travis.

— A America é minha amiga. Você precisa encontrar outro colo pra se sentar, Lex.

— Travis! — ela reclamou, esforçando-se para ficar em pé.

Ele voltou a atenção para o prato, ignorando a garota, que olhou para a irmã e bufou de raiva. As duas foram embora de mãos dadas.

Travis deu uma piscadela para America e, como se nada tivesse acontecido, enfiou mais uma garfada na boca. Foi aí que notei um pequeno corte na sobrancelha dele. Ele e Shepley trocaram olhares de relance, e então ele começou uma conversa com um dos caras do futebol do outro lado da mesa.

Embora a quantidade de pessoas à mesa tivesse diminuído, America, Shepley e eu ficamos lá ainda um tempo para discutir nossos planos para o fim de semana. Travis se levantou como se fosse embora, mas parou na nossa ponta da mesa.

— Que foi? — Shepley perguntou em voz alta, colocando a mão perto do ouvido.

Tentei ignorá-lo quanto pude, mas, quando ergui o olhar, Travis estava me encarando.

— Você conhece ela, Trav. A melhor amiga da America, lembra? Ela estava com a gente na outra noite — disse Shepley.

Travis sorriu para mim, no que presumi ser sua expressão mais charmosa. Ele transbordava sexo e rebeldia, com aqueles antebraços tatuados e os cabelos castanhos cortados bem rente à cabeça. Revirei os olhos à sua tentativa de me seduzir.

— Desde quando você tem uma melhor amiga, Mare? — perguntou Travis.

— Desde o penúltimo ano da escola — ela respondeu, pressionando os lábios enquanto sorria na minha direção. — Você não lembra, Travis? Você destruiu o suéter dela.

Ele sorriu.

— Eu destruo muitos suéteres.

— Que nojo — murmurei.

Travis girou a cadeira vazia que estava ao meu lado e se sentou, descansando os braços à sua frente.

— Então você é a Beija-Flor, né?

— Não — respondi com raiva —, eu tenho nome.

Ele parecia se divertir com a forma como eu o encarava, o que só servia para me deixar mais irritada.

— Tá. E qual é seu nome? — ele me perguntou.

Dei uma mordida no que tinha sobrado da maçã no meu prato, ignorando-o.

— Então vai ser Beija-Flor — disse ele, dando de ombros.

Ergui o olhar de relance para a America, depois me virei para o Travis:

— Estou tentando comer.

Ele topou o desafio que apresentei.

— Meu nome é Travis. Travis Maddox.

Revirei os olhos.

— Sei quem você é.

– Sabe, é? – ele falou, erguendo a sobrancelha ferida.

– Não seja tão convencido. É difícil não perceber quando cinquenta bêbados entoam seu nome.

Travis se endireitou na cadeira, ficando um pouquinho mais alto.

– Isso acontece muito comigo.

Revirei os olhos de novo e ele deu uma risadinha abafada.

– Você tem um tique?

– Um *quê*?

– Um tique. Seus olhos ficam se revirando.

Travis riu de novo quando olhei com ódio para ele.

– Mas são olhos incríveis – ele disse, inclinando-se e ficando a pouquíssimos centímetros do meu rosto. – De que cor eles são? Cinza?

Baixei o olhar para o prato, criando uma espécie de cortina entre a gente com as longas mechas do meu cabelo cor de caramelo. Eu não gostava da forma como ele me fazia sentir quando estava tão perto. Não queria ser como as outras milhares de garotas da Eastern, que ficavam ruborizadas na presença dele. Não queria que ele mexesse comigo daquele jeito. De jeito *nenhum*.

– Nem pense nisso, Travis. Ela é como uma irmã pra mim – America avisou.

– Baby – Shepley disse a ela –, você acabou de lhe dizer não. Agora é que ele não vai parar.

– Você não faz o tipo dela – America disse, mudando de estratégia.

Travis se fez de ofendido.

– Eu faço o tipo de todas!

Lancei um olhar para ele e sorri.

– Ah! Um sorriso. Não sou um canalha completo no fim das contas – ele disse e piscou. – Foi um prazer conhecer você, Flor.

E, dando a volta na mesa, ele se inclinou para dizer algo no ouvido de America.

Shepley jogou uma batata frita no primo.

– Tire a boca da orelha da minha garota, Trav!

– Conexões! Estou criando conexões! – Travis foi andando de costas, com as mãos para cima em um gesto inocente.

Algumas garotas o seguiram, dando risadinhas e passando os dedos nos cabelos na tentativa de chamar sua atenção. Ele abriu a porta para elas, que quase gritaram de prazer.

America deu risada.

– Ah, não. Você está numa enrascada, Abby.

– O que foi que ele disse? – perguntei, temerosa

– Ele quer que você leve a Abby ao nosso apartamento, não é? – disse Shepley.

America confirmou com um sinal de cabeça e ele negou com outro.

– Você é uma garota inteligente, Abby. Estou te avisando. Se você cair no papo dele e depois acabar ficando brava, não venha descontar em mim e na America, certo?

Eu sorri e disse:

– Não vou cair na dele, Shep. Você acha que eu pareço uma daquelas Barbies gêmeas?

– Ela não vai cair na dele – America confirmou, tranquilizando Shep e encostando no braço dele.

– Não é a primeira vez que passo por uma dessas, Mare. Você sabe quantas vezes ele ferrou as coisas pro meu lado por causa de transas de uma noite com a melhor amiga da minha namorada? De repente, vira conflito de interesse sair comigo, porque seria confraternizar com o inimigo! Estou te falando, Abby – ele olhou para mim. – Não venha me dizer depois que a Mare não pode ir no meu apartamento nem ser minha namorada porque você caiu no papo do Trav. Considere-se avisada.

– Desnecessário, mas obrigada – respondi.

Tentei tranquilizar Shepley com um sorriso, mas o pessimismo dele era resultado de muitos anos de prejuízo por causa do Travis.

America se despediu de mim com um aceno, saindo com Shepley enquanto eu seguia para a aula da tarde. Apertei os olhos para enxergar sob o sol brilhante, segurando com força as tiras da mochila. A Eastern era exatamente o que eu esperava, desde as salas de aula menores até os rostos desconhecidos. Era um novo começo para mim. Finalmente eu podia andar em algum lugar sem os sussurros daqueles que sabiam – ou achavam que sabiam – alguma coisa do meu passado. Eu era tão comum quanto qualquer outra caloura ingênua e estudiosa, sem ninguém para me encarar, sem boatos, nada de pena ou julgamento. Apenas a ilusão do que eu queria que vissem: a Abby Abernathy que vestia cashmere, sem nenhum resquício de insensatez.

Coloquei a mochila no chão e desabei na cadeira, me curvando para pegar o laptop na mochila. Quando ergui a cabeça para colocá-lo na mesa, Travis se sentou sorrateiramente na carteira ao lado.

– Que bom. Você pode tomar notas pra mim – disse ele, mordendo uma caneta e sorrindo, sem dúvida com o máximo de seu charme.

Meu olhar para ele foi de desprezo.

– Você nem está matriculado nessa aula...

– Claro que estou! Geralmente eu sento lá – disse ele, apontando com a cabeça para a última fileira.

Um pequeno grupo de garotas estava me encarando, e percebi que havia uma cadeira vazia bem no meio delas.

– Não vou anotar nada pra você – eu disse, ligando o computador.

Travis se inclinou tão perto de mim que eu podia sentir sua respiração na minha bochecha.

– Me desculpa... Ofendi você de alguma maneira?

Soltei um suspiro e fiz que não com a cabeça.

– Então qual é o problema?

Mantive o tom de voz baixo.

– Não vou transar com você. Pode desistir.

Um lento sorriso se formou em seu rosto antes de ele se pronunciar.

– Não pedi para você transar comigo – pensativo, os olhos dele se voltaram para o teto –, ou pedi?

– Não sou uma dessas Barbies gêmeas nem uma de suas fãs ali – respondi, olhando de relance para as garotas atrás de nós. – Não estou impressionada com as suas tatuagens, nem com o seu charme de garotinho, nem com a sua indiferença forçada, então pode parar com as gracinhas, ok?

– Ok, Beija-Flor.

Ele ficou impassível diante da minha atitude rude, de um jeito que me enfureceu.

– Por que você não passa lá no meu apê com a America hoje à noite?

Olhei com desdém para ele, que se aproximou ainda mais.

– Não estou tentando te comer. Só quero passar um tempo com você.

– Me *comer*? Como você consegue fazer sexo falando assim?

Travis caiu na gargalhada, balançando a cabeça.

– Só vem, tá? Não vou nem te paquerar, prometo.

– Vou pensar.

O professor Chaney entrou a passos largos, e Travis voltou a atenção para a frente da sala. Resquícios de um sorriso permaneciam em seu rosto, tornando mais nítida a covinha da bochecha. Quanto mais ele sorria, mais eu queria odiá-lo, e no entanto era esse o motivo pelo qual odiá-lo era impossível.

– Quem sabe me dizer que presidente teve uma esposa vesga e feia de doer? – perguntou Chaney.

– Anota isso – sussurrou Travis. – Vou precisar saber disso pra usar nas entrevistas de emprego.

– Shhh – falei, digitando cada palavra dita pelo professor.

Travis abriu um largo sorriso e relaxou na cadeira. Conforme a hora passava, ele alternava entre bocejar e se apoiar no meu braço para dar uma olhada no monitor do meu laptop. Eu me concentrei, me esforcei para ignorá-lo, mas a proximidade dele e aqueles músculos saltando de seu braço tornavam a tarefa difícil. Ele ficou mexendo na faixa de couro preta que tinha em volta do pulso até que Chaney nos dispensou.

Eu me apressei porta afora e atravessei o corredor. Justo quando tive certeza de que estava a uma distância segura, Travis Maddox apareceu ao meu lado.

– Já pensou no assunto? – ele quis saber, colocando os óculos de sol.

Uma morena baixinha parou à nossa frente, ingênua e cheia de esperança.

– Oi, Travis – ela disse em um tom cantado e brincando com os cabelos.

Parei, exasperada com o tom meloso dela, e então desviei da garota, que eu já tinha visto antes, conversando de maneira normal na área comum do dormitório das meninas, o Morgan Hall. O tom que ela usava lá soava muito mais maduro, e fiquei me perguntando por que ela acharia que a voz de uma criancinha seria atraente para Travis. Ela continuou tagarelando uma oitava acima por mais um tempo, até que ele estava ao meu lado de novo.

Puxando um isqueiro do bolso, ele acendeu um cigarro e soprou uma espessa nuvem de fumaça.

– Onde eu estava? Ah, é... você estava pensando.

Fiz uma careta.

– Do que você está falando?

– Já pensou se vai dar uma passada lá em casa hoje?

– Se eu disser que vou, você para de me seguir?

Ele ponderou sobre a minha condição e então assentiu.

– Sim.

– Então eu vou.

– Quando?

Soltei um suspiro.

– Hoje à noite. Vou passar lá hoje à noite.

Travis sorriu e parou de andar por um instante.

– Legal. A gente se vê depois então, Flor – ele me disse.

Virei uma esquina e vi America parada com Finch do lado de fora do nosso dormitório. Nós três acabamos ficando na mesma mesa durante a orientação aos calouros, e eu soube na hora que ele seria o providencial terceiro elemento da nossa amizade. Ele não era muito alto, mas passava bem dos meus 1,62 metro. Os olhos redondos equilibravam as feições longas e esguias, e os cabelos descoloridos geralmente estavam espetados na parte da frente.

– Travis Maddox? Meu Deus, Abby, desde quando você começou a pescar nas profundezas do oceano? – Finch perguntou, com um olhar de desaprovação.

America puxou o chiclete da boca, fazendo um fio bem longo.

– Você só está piorando as coisas ao rejeitar o cara. Ele não está acostumado com isso.

– O que você sugere que eu faça? Durma com ele?

America deu de ombros.

– Vai poupar tempo.

– Eu disse pra ele que vou lá hoje à noite.

Finch e America trocaram olhares de relance.

– Que foi? Ele prometeu parar de me encher se eu dissesse que ia. Você vai lá hoje à noite, não é?

– É, vou – disse America. – Você vem mesmo?

Sorri e fui andando. Passei por eles e entrei no dormitório, me perguntando se Travis cumpriria a promessa de não flertar comigo. Não era difícil sacar qual era a dele: ou ele me via como um desafio, ou como sem graça o bastante para ser apenas uma boa amiga. Eu não tinha certeza de qual das alternativas me incomodava mais.

Quatro horas depois, America bateu à minha porta para me levar até o apartamento do Shepley e do Travis. Ela não se conteve quando apareci no corredor.

– Credo, Abby! Você está parecendo uma mendiga!

– Que bom – eu disse, sorrindo para o meu visual.

Meus cabelos estavam aglomerados no topo da cabeça em um coque bagunçado. Eu tinha tirado a maquiagem e substituído as lentes de contato por óculos retangulares de aros pretos. Vestindo uma camiseta bem velha e gasta e uma calça de moletom, eu me arrastava em um par de chinelos. A ideia me viera à mente horas antes: parecer desinteressante era a melhor estratégia. O ideal seria que Travis perdesse instantaneamente o interesse em mim e colocasse um ponto final em sua ridícula persistência. E, se ele estivesse em busca de uma amiga, meu objetivo era parecer desleixada demais até para isso.

America baixou a janela do carro e cuspiu o chiclete.

– Você é óbvia demais. Por que não rolou no cocô de cachorro para completar o visual?

– Não estou tentando impressionar ninguém – falei.

– É óbvio que não.

Paramos o carro no estacionamento do conjunto de apartamentos onde o Shepley morava e segui America até a escadaria. Ele abriu a porta, rindo enquanto eu entrava.

– O que aconteceu com você?

– Ela está tentando não impressionar – disse America.

Ela seguiu Shepley em direção ao quarto dele. Eles fecharam a porta e eu fiquei ali parada, sozinha, me sentindo deslocada. Sentei-me na cadeira reclinável mais próxima da porta e chutei longe os chinelos.

Em termos estéticos, o apartamento deles era mais agradável do que um apartamento típico de homens solteiros. Sim, os previsíveis pôsteres de mulheres seminuas e sinais de rua roubados estavam nas paredes, mas o lugar era limpo, os móveis, novos, e o cheiro de cerveja velha e roupa suja notavelmente não existia.

– Já estava na hora de você aparecer – disse Travis, se jogando no sofá.

Sorri e ajeitei os óculos, esperando que ele recuasse diante da minha aparência.

– A America teve que terminar um trabalho da faculdade.

– Falando em trabalhos de faculdade, você já começou aquele de história?

Ele nem pestanejou ao ver meu cabelo despenteado, e franzi a testa com a reação dele.

– Você já?

– Terminei hoje à tarde.

– Mas é pra ser entregue só na próxima quarta-feira – falei, surpresa.

– Achei melhor fazer logo. Um ensaio de duas páginas sobre o Grant não é tão difícil assim.

– Acho que sou dessas que ficam adiando – dei de ombros. – Provavelmente só vou começar no fim de semana.

– Bom, se precisar de ajuda, é só me falar.

Esperei que ele desse risada ou fizesse algum sinal de que estava brincando, mas sua expressão era sincera. Ergui uma sobrancelha.

– *Você* vai me ajudar com o *meu* trabalho.

– Eu só tiro A nessa matéria – ele disse, um pouco ofendido com a minha descrença.

– Ele tira A em todas as matérias. Ele é uma droga de um gênio! Odeio esse cara – disse Shepley, enquanto levava America pela mão até a sala de estar.

Fiquei olhando para o Travis com uma expressão dúbia e ele ergueu as sobrancelhas.

22

– Que foi? Você não acha que um cara cheio de tatuagens e que ganha dinheiro brigando pode ter boas notas? Não estou na faculdade por não ter nada melhor pra fazer.

– Mas então por que você tem que lutar? Por que não tentou uma bolsa de estudos? – perguntei.

– Eu tentei. Consegui meia bolsa. Mas tem os livros, as despesas com moradia, e tenho que conseguir a outra metade do dinheiro de algum jeito. Estou falando sério, Flor. Se precisar de ajuda com alguma coisa, é só me pedir.

– Não preciso da sua ajuda. Consigo fazer um trabalho sozinha.

Eu queria deixar aquilo pra lá. Devia ter deixado, mas aquele novo lado dele me matava de curiosidade.

– Você não consegue fazer *outra coisa* para ganhar dinheiro? Menos... sei lá... sádica?

Travis deu de ombros.

– É um jeito fácil de ganhar uma grana. Não conseguiria tanto assim trabalhando no shopping.

– Eu não diria que é *fácil* apanhar.

– O quê? Você está preocupada comigo? – ele deu uma piscadela. Fiz uma careta e ele deu uma risadinha abafada. – Não apanho com tanta frequência assim. Quando o adversário dá um golpe, eu desvio. Não é tão difícil como parece.

Dei risada.

– Você age como se ninguém mais tivesse chegado a essa conclusão.

– Quando dou um soco, eles levam o soco e tentam me bater de volta. Não é assim que se ganha uma luta.

Revirei os olhos.

– Quem é você... o garoto do *Karate Kid*? Onde aprendeu a lutar?

Shepley e America olharam de relance um para o outro e depois para o chão. Não demorou muito para eu perceber que tinha dito algo errado. Travis não pareceu se incomodar.

– Meu pai tinha problemas com bebida e um péssimo temperamento, e meus quatro irmãos mais velhos herdaram o gene da idiotice.

– Ah.

Minhas orelhas ardiam.

– Não fique constrangida, Flor. Meu pai parou de beber e meus irmãos cresceram.

– Não estou constrangida.

Fiquei mexendo nas mechas que se desprendiam do meu cabelo e então decidi soltar tudo e fazer outro coque, tentando ignorar o silêncio embaraçoso.

– Gosto desse seu lance natural. As garotas não costumam vir aqui assim.

– Fui coagida a vir até aqui. Não me passou pela cabeça impressionar você – respondi, irritada por meu plano ter falhado.

Ele abriu aquele sorriso largo dele, divertido, meio infantil, e fiquei com mais raiva, na esperança de disfarçar minha inquietação. Eu não sabia como as garotas se sentiam quando estavam perto dele, mas tinha visto como se comportavam. Eu estava vivenciando algo mais parecido com uma sensação de náusea e desorientação, em vez de paixonite mesclada com risadinhas tolas, e, quanto mais ele tentava me fazer sorrir, mais perturbada eu ficava.

– Já estou impressionado. Normalmente não tenho que implorar para que as garotas venham até o meu apartamento.

– Tenho certeza disso – falei, contorcendo o rosto em repulsa.

Ele era o pior tipo de cara confiante. Não era apenas descaradamente ciente de seu poder de atração, mas estava acostumado com o fato de as mulheres se jogarem pra cima dele, de modo que via meu comportamento frio como um alívio em vez de um insulto. Eu teria que mudar minha estratégia.

America apontou o controle remoto para a televisão e a ligou.

– Tem um filme bom passando hoje na TV. Alguém quer descobrir o que aconteceu a Baby Jane?

Travis se levantou.

– Eu já estava saindo para jantar. Está com fome, Flor?

– Já comi – dei de ombros.

– Não comeu, não – disse America, antes de se dar conta de seu erro. – Ah... hum... é mesmo, esqueci que você comeu... pizza, né? Antes de sairmos.

Fiz uma careta para ela, pela tentativa frustrada de consertar a gafe, e então esperei para ver a reação do Travis. Ele cruzou a sala e abriu a porta.

– Vamos. Você deve estar com fome.

– Aonde você vai?

– Aonde você quiser. Podemos ir a uma pizzaria.

Olhei para minhas roupas.

– Não estou vestida para isso...

Ele me analisou por um instante e então abriu um sorriso.

– Você está ótima. Vamos, estou morrendo de fome.

Eu me levantei e fiz um aceno de despedida para America, passando por Travis para descer as escadas. Parei no estacionamento, olhando horrorizada enquanto ele subia em uma moto preta fosca.

– Hum... – minha voz foi sumindo, enquanto eu comprimia os dedos dos pés expostos.

Ele olhou com impaciência na minha direção.

– Ah, sobe aí. Eu vou devagar.

– Que moto é essa? – perguntei, lendo tarde demais o que estava escrito no tanque de gasolina.

– É uma Harley Night Rod. É o amor da minha vida, então vê se não arranha a pintura quando subir.

– Estou de chinelo!

Travis ficou me encarando como se eu estivesse falando outra língua.

– E eu estou de botas. Sobe aí.

Ele colocou os óculos de sol, e o motor da Harley rugiu ao ser ligado. Subi na moto e estiquei a mão para trás buscando algo em que me segurar, mas meus dedos deslizaram do couro para a cobertura de plástico da lanterna traseira.

Travis agarrou meus pulsos e envolveu sua cintura com eles.

– Não tem nada em que se segurar além de mim, Flor. Não solte – ele disse, empurrando a moto para trás com os pés. Com um leve movimento de pulso, já estávamos na rua, disparando feito um foguete. As mechas soltas do meu cabelo batiam no meu rosto, e eu me escondia atrás de Travis, sabendo que acabaria com entranhas de insetos nos óculos se olhasse por cima do ombro dele.

Ele acelerou quando chegamos na frente do restaurante e, assim que diminuiu a velocidade para parar, não perdi tempo e fui correndo para a segurança do concreto.

– Você é louco!

Travis deu uma risadinha, apoiando a moto no estribo lateral antes de descer.

– Fui no limite de velocidade.

– É, se estivéssemos numa estrada da Alemanha! – falei, desfazendo o coque para separar com os dedos os fios embaraçados.

Travis me olhou enquanto eu tirava o cabelo do rosto e depois foi andando até a porta, mantendo-a aberta.

– Eu não deixaria nada acontecer com você, Beija-Flor.

Passei por ele pisando duro e entrei no restaurante. Minha cabeça não estava muito em sincronia com meus pés. Um cheiro de gordura e ervas enchia o ar enquanto eu o seguia pelo carpete vermelho, sujo de migalhas de pão. Ele escolheu uma mesa no canto, longe dos grupos de alunos e das famílias, e então pediu duas cervejas. Fiz uma varredura no ambiente, observando os pais que tentavam persuadir os filhos barulhentos a comer e desviando dos olhares curiosos dos alunos da Eastern.

– Claro, Travis – disse a garçonete, anotando nosso pedido. Ela parecia um pouco exaltada com a presença dele ali.

Prendi os cabelos bagunçados pelo vento atrás das orelhas, repentinamente com vergonha da minha aparência.

– Você vem sempre aqui? – perguntei em tom áspero.

Travis apoiou os cotovelos na mesa e fixou os olhos castanhos em mim.

– Então, qual é a sua história, Flor? Você odeia os homens em geral ou é só comigo?

– Acho que é só com você – resmunguei.

Ele riu, divertindo-se com meu estado de humor.

– Não consigo sacar qual é a sua. Você é a primeira garota que já sentiu desprezo por mim *antes* do sexo. Você não fica toda desorientada quando conversa comigo e não tenta chamar minha atenção.

– Não é uma manobra tática. Eu só não gosto de você.

– Você não estaria aqui se não gostasse de mim.

Involuntariamente, minha testa franzida ficou lisa e soltei um suspiro.

– Eu não disse que você é uma má pessoa. Só não gosto de ser tratada de determinada maneira pelo simples fato de ter uma vagina.

E me concentrei nos grãos de sal na mesa até que ouvi um ruído vindo da direção do Travis, parecido com um engasgo.

Os olhos dele estavam arregalados e ele tremia de tanto rir.

– Ah, meu Deus! Assim você me mata! É isso aí, a gente tem que *ser* amigos. Não aceito não como resposta.

– Não me incomodo em sermos amigos, mas isso não quer dizer que você tenha que tentar transar comigo a cada cinco segundos.

– Você não vai pra cama comigo. Já entendi.

Tentei não sorrir, mas falhei. Os olhos dele ficaram brilhantes.

– Eu dou a minha palavra. Não vou nem pensar em transar com você... a menos que você queira.

Descansei os cotovelos na mesa para me apoiar.

– Como isso não vai acontecer, então podemos ser amigos.

Um sorriso travesso ressaltou ainda mais suas feições quando ele se inclinou um pouquinho mais perto de mim.

– Nunca diga nunca.

– Então, qual é a *sua* história? – foi minha vez de perguntar. – Você sempre foi Travis "Cachorro Louco" Maddox, ou isso é só desde que veio pra cá?

Usei dois dedos de cada mão para fazer sinal de aspas no ar quando mencionei o apelido dele, e pela primeira vez sua autoconfiança diminuiu. Travis parecia um pouco envergonhado.

– Não. Foi o Adam que começou com esse lance do apelido depois da minha primeira luta.

Suas respostas curtas estavam começando a me incomodar.

– É isso? Você não vai me dizer nada sobre você?

– O que você quer saber?

– O de sempre. De onde você veio, o que você quer ser quando crescer... coisas do tipo.

– Sou daqui, nascido e criado, e estudo direito penal.

Com um suspiro, ele desembrulhou os talheres e os endireitou ao lado do prato. Olhou por cima do ombro com o maxilar tenso. Duas mesas adiante, o time de futebol da Eastern irrompeu em uma gargalhada. Travis pareceu incomodado pelo fato de eles estarem rindo.

– Você está de brincadeira – eu disse, sem acreditar.

– Não, sou daqui mesmo – ele confirmou, distraído.

– Não, eu quis dizer sobre o seu curso. Você não parece o tipo de pessoa que estuda direito penal.

Ele juntou as sobrancelhas, repentinamente focado em nossa conversa.

– Por que não?

Passei os olhos pelas tatuagens que cobriam seus braços.

– Eu diria que você parece mais do tipo criminoso.

– Não me meto em confusão... na maior parte do tempo. Meu pai era muito rígido.

– E sua mãe?

– Ela morreu quando eu era criança – ele disse sem rodeios.

– Eu... eu sinto muito – falei, balançando a cabeça. A resposta dele me pegou de surpresa.

Ele dispensou minha solidariedade.

– Não me lembro dela. Meus irmãos sim, mas eu só tinha três anos quando ela morreu.

– Quatro irmãos, hein? Como você os mantinha na linha? – brinquei.

– Com base em quem batia com mais força, que era do mais velho para o mais novo. Thomas, os gêmeos... Taylor e Tyler, depois o Trenton. Nunca, nunca mesmo fique numa sala sozinha com o Taylor e o Ty. Aprendi com eles metade do que faço no Círculo. O Trenton era o menor, mas ele é rápido. É o único que hoje em dia consegue me acertar um soco.

Balancei a cabeça, chocada só de pensar em cinco versões do Travis em uma única casa.

– Todos eles têm tatuagens?

– Quase todos, menos o Thomas. Ele é executivo na área de publicidade na Califórnia.

– E o seu pai? Por onde ele anda?

– Por aí – disse Travis.

Seu maxilar estava tenso de novo, e sua irritação com o time de futebol aumentava.

– Do que eles estão rindo? – perguntei, fazendo um gesto para indicar a mesa ruidosa.

Ele balançou a cabeça, claramente não querendo me contar do que se tratava. Cruzei os braços e fiquei me contorcendo, nervosa de pensar no que eles poderiam estar dizendo para deixá-lo tão irritado.

– Me conta.

– Eles estão rindo de eu ter trazido você para jantar primeiro. Não é geralmente... meu lance.

– *Primeiro?*

Quando me dei conta do que se passava e isso ficou claro na expressão do meu rosto, Travis se encolheu, mas eu falei sem pensar:

– Eu aqui, com medo de eles estarem rindo por você ser visto comigo vestida assim, e eles acham que eu vou transar com você – resmunguei.

– Qual é o problema de eu ser visto com você?

– Do que estávamos falando? – perguntei, afastando o calor que subia pelo meu rosto.

– De você. Está estudando o quê? – ele me perguntou.

– Ah, hum... estudos gerais, por enquanto. Ainda estou indecisa, mas estou pensando em fazer contabilidade.

– Mas você não é daqui. De onde você veio?

– De Wichita. Que nem a America.

– Como você veio do Kansas parar aqui?

Comecei a puxar o rótulo da garrafa de cerveja.

– Só queríamos fugir.

– Do quê?

– Dos meus pais.

– Ah. E a America? Ela tem problemas com os pais também?

– Não, o Mark e a Pam são o máximo. Eles praticamente me criaram. Ela meio que me acompanhou, não queria que eu viesse pra cá sozinha.

Travis assentiu.

– Então, por que a Eastern?

– Qual é a do interrogatório? – perguntei.

As perguntas estavam passando de uma conversa sobre assuntos gerais e partindo para o lado pessoal, e eu estava começando a me sentir desconfortável.

Diversas cadeiras bateram umas nas outras quando o time de futebol levantou. Eles fizeram mais uma piada antes de irem andando lentamente até a porta e aceleraram o passo quando Travis se levantou. Os que estavam atrás empurraram os da frente para fugir antes que Travis conseguisse alcançá-los. Ele se sentou, fazendo força para espantar a frustração e a raiva.

Ergui uma sobrancelha.

– Você ia me dizer por que optou pela Eastern – Travis continuou.

– É difícil explicar – respondi, dando de ombros. – Só parecia certo.

Ele sorriu e abriu o cardápio.

– Sei o que você quer dizer.

2
CANALHA

Rostos familiares preenchiam os assentos da nossa mesa predileta do almoço. Eu me sentei entre America e Finch. Os outros lugares foram ocupados por Shepley e seus companheiros da Sigma Tau. Era difícil ouvir alguma coisa com o barulho que fazia no refeitório, e o ar-condicionado parecia ter pifado de novo. O ar estava denso com o cheiro de comida frita e peles suadas, mas, de alguma forma, todo mundo parecia mais elétrico que de costume.

– Oi, Brazil – disse Shepley, cumprimentando o cara sentado à minha frente. A pele bronzeada e os olhos cor de chocolate contrastavam com o boné branco do time de futebol americano da Eastern enterrado na testa.

– Senti sua falta depois do jogo no sábado, Shep. Bebi uma cerveja ou seis por você – disse ele, com um sorriso amplo e branco.

– Valeu. Levei a Mare para jantar – ele respondeu, inclinando-se para beijar o topo dos longos e loiros cabelos de America.

– Você está sentado na minha cadeira, Brazil.

Brazil se virou, viu Travis parado atrás dele, depois olhou surpreso para mim.

– Ah, ela é uma das suas minas, Trav?

– Definitivamente não – eu disse, balançando negativamente a cabeça.

Ele olhou para Travis, que o encarava, esperando. Brazil deu de ombros e então levou a bandeja até a ponta da mesa.

Travis sorriu para mim enquanto se ajeitava na cadeira.

– E aí, Flor?

– O que é *isso*? – perguntei, sem conseguir desviar o olhar da bandeja dele. Aquela comida misteriosa parecia um pedaço de cera.

Travis deu risada e bebeu um pouco de água.

– A moça do refeitório me dá medo. Não vou criticar as habilidades culinárias dela.

Não deixei de notar o olhar inquisitivo dos que estavam sentados à mesa. O comportamento de Travis estimulava a curiosidade deles, e contive um sorriso por ser a única garota que eles já tinham visto Travis insistir em ter sentada perto dele.

– Ai... a prova de biologia é depois do almoço – resmungou America.

– Você estudou? – perguntei.

– Ah, não. Passei a noite jurando para o meu namorado que você não vai dormir com o Travis.

Os jogadores de futebol americano sentados na ponta da nossa mesa interromperam suas risadas idiotas para nos ouvir com mais atenção, fazendo com que os outros alunos percebessem. Olhei furiosa para America, mas ela estava distraída, cutucando Shepley com o ombro.

– Meu Deus, Shep. Você está mal, hein? – Travis exclamou, jogando um pacotinho de ketchup no primo. Shepley não respondeu, mas eu sorri, agradecida por Travis ter conseguido desviar a atenção.

America esfregou as costas dele.

– Ele vai ficar bem. Só vai levar um tempinho para ele acreditar que a Abby consegue resistir ao seu poder de sedução.

– Eu não *tentei* seduzir a Abby – Travis torceu o nariz, parecendo ofendido. – Ela é minha amiga.

Olhei para o Shepley.

– Eu disse que você não tinha nada com que se preocupar.

Por fim Shepley me encarou e, ao ver minha expressão sincera, os olhos dele ganharam um pouquinho de brilho.

– E você, estudou? – Travis me perguntou.

Franzi a testa.

– Não importa quanto eu estude. Biologia simplesmente não entra na minha cabeça.

Travis se levantou.

– Vem comigo.
– O quê?
– Vamos pegar o seu caderno. Vou te ajudar a estudar.
– Travis...
– Levante a bunda daí, Flor. Você vai gabaritar essa prova.

Puxei de leve uma das longas tranças loiras de America quando passei por ela.

– Vejo você na aula, Mare.

Ela sorriu.

– Vou guardar um lugar pra você. Vou precisar de toda ajuda possível.

Travis foi comigo até o meu quarto e peguei o livro de biologia, enquanto ele abria meu caderno. Ele me fazia perguntas sobre a matéria e depois esclarecia os pontos que eu não tinha entendido. Do jeito que ele explicava, os conceitos partiam do confuso para o óbvio.

– ... e as células somáticas usam a mitose para se reproduzir. Aí é que entram as fases, que formam um nome esquisito: Prometa Anatelo.

Dei risada.

– Prometa Anatelo?
– *Pró*fase, *metá*fase, *aná*fase e *teló*fase.
– Prometa Anatelo – repeti, assentindo.

Ele bateu no alto da minha cabeça com os papéis.

– Você entendeu. Você conhece esse livro de biologia de trás pra frente e de frente pra trás.

Soltei um suspiro.

– Bom... vamos ver.
– Vou andando com você até a classe e vou ficar lhe fazendo perguntas pelo caminho.

Tranquei a porta do quarto depois que saímos.

– Você não vai ficar bravo se eu for um fracasso total nessa prova, vai?
– Você não vai fracassar, Flor. Mas precisamos começar mais cedo da próxima vez – ele disse, mantendo o mesmo ritmo de caminhada que eu até o prédio de ciências.
– Como você vai ser meu tutor, fazer os trabalhos de faculdade, estudar e treinar para as lutas?

Travis deu uma risadinha abafada.

— Eu não treino para as lutas. O Adam me liga, me diz onde vai ser e eu vou.

Balancei a cabeça, incrédula, enquanto ele segurava o papel à sua frente para me fazer a primeira pergunta. Quase terminamos um segundo módulo do livro quando chegamos à sala de aula.

— Manda ver! — ele sorriu e me entregou as anotações, apoiado no batente da porta.

— Ei, Trav.

Eu me virei e vi um cara alto, meio magricela, sorrir para Travis a caminho da classe.

— Parker — Travis cumprimentou-o com um aceno de cabeça.

Os olhos de Parker se iluminaram um pouquinho quando ele olhou para mim, sorrindo.

— Oi, Abby.

— Oi — falei, surpresa por ele saber meu nome. Eu já o tinha visto na sala de aula, mas não tínhamos sido apresentados em momento algum.

Parker foi se sentar, fazendo piadas com quem estava ao lado.

— Quem é esse? — eu quis saber.

Travis deu de ombros, mas a pele em volta de seus olhos parecia mais tensa do que antes.

— Parker Hayes. É um dos meus companheiros da Sig Tau.

— *Você* faz parte de uma *fraternidade*? — perguntei, em tom de dúvida.

— Sigma Tau, a mesma que o Shep. Achei que você soubesse — disse ele, olhando para Parker atrás de mim.

— Bom... você não parece o tipo de cara que... participa de fraternidades — comentei, olhando para as tatuagens nos antebraços dele.

Travis voltou a atenção para mim e abriu um sorriso.

— Meu pai se formou aqui, e meus irmãos todos foram da Sig Tau. É um lance de família.

— E eles esperavam que você entrasse para a fraternidade? — perguntei, cética.

— Na verdade, não. Eles só são bem-intencionados — Travis respondeu, dando um peteleco nos meus papéis. — É melhor você entrar na sala.

– Obrigada pela ajuda – eu disse, cutucando-o com o cotovelo.
America passou pela gente e fui atrás dela até o nosso lugar.
– Como foi? – ela perguntou.
Dei de ombros.
– Ele é um bom tutor.
– *Só* um tutor?
– Ele é um bom amigo também.

Ela parecia decepcionada, e dei uma risadinha com a expressão de derrota em seu rosto. O sonho de America sempre fora que namorássemos amigos, e primos que dividem o apartamento, para ela, era como achar o pote de ouro no fim do arco-íris. Ela queria que dividíssemos um quarto quando decidimos vir para a Eastern, mas fui contra a ideia, na esperança de ter um pouco de liberdade, de poder abrir um pouco as asas. Assim que ela parou de fazer bico, se concentrou em achar um amigo de Shepley para me apresentar. O interesse saudável de Travis em mim tinha ido além das expectativas dela.

Fiz a prova com a maior facilidade e me sentei nos degraus do prédio da faculdade, esperando por America. Quando ela desabou ao meu lado, derrotada, esperei que ela falasse.

– Que prova foi aquela! – ela gritou.
– Você devia estudar com a gente. O Travis sabe explicar a matéria muito bem.

America soltou um resmungo e deitou a cabeça no meu ombro.
– Você não me ajudou em nada! Não podia ter feito um sinal com a cabeça ou algo do gênero?

Eu a abracei e fui caminhando com ela até o nosso dormitório.

Na semana seguinte, Travis me ajudou com o trabalho de história e foi meu tutor em biologia. Fomos juntos olhar o quadro de notas ao lado da sala do professor Campbell. Meu nome aparecia em terceiro lugar.

– A terceira nota mais alta da classe! Que legal, Flor! – ele disse, me abraçando.

Os olhos de Travis estavam brilhando de animação e orgulho, e uma sensação embaraçosa me fez recuar um passo.

– Valeu, Trav. Eu não teria conseguido sem você – falei, dando um puxão na camiseta dele.

Ele me jogou por cima do ombro, abrindo caminho em meio à multidão atrás de nós.

– Abram caminho, pessoal! Abram caminho para o cérebro gigantesco desta pobre mulher! Ela é um gênio!

Dei risada ao ver as expressões divertidas e curiosas dos meus colegas de classe.

♡

Conforme os dias foram se passando, tivemos que lidar com os persistentes rumores sobre um relacionamento. A reputação de Travis ajudou a calar as fofocas. Ele nunca fora conhecido por ficar com uma garota mais do que uma noite, então, quanto mais éramos vistos juntos, mais as pessoas entendiam que nosso relacionamento era platônico. Mesmo com as constantes perguntas sobre nosso envolvimento, Travis continuou recebendo a usual atenção das outras alunas.

Ele continuou a se sentar ao meu lado nas aulas de história e a comer comigo na hora do almoço. Não demorei muito para perceber que estivera errada em relação a ele, me sentindo até propensa a defendê-lo daqueles que não o conheciam como eu.

No refeitório, Travis colocou uma lata de suco de laranja na minha frente.

– Você não precisava fazer isso. Eu ia pegar uma – falei, tirando a jaqueta.

– Bom, agora você não precisa mais – disse ele, fazendo aparecer a covinha da bochecha esquerda.

Brazil soltou uma risada de deboche.

– Ela transformou você em um empregadinho pessoal, Travis? Qual vai ser a próxima, abanar a menina com uma folha de palmeira, vestindo uma sunga?

Travis olhou para ele com um ódio assassino, e me apressei a defendê-lo.

– Você não tem o suficiente nem para preencher uma sunga, Brazil. Cala a droga da sua boca!

– Pega leve, Abby! Eu estava brincando – Brazil respondeu, erguendo as mãos em sinal de paz.

– Só... não fale assim dele – retruquei, franzindo a testa.

A expressão do Travis era um misto de surpresa e gratidão.

– Agora eu vi de tudo na vida. Uma garota acabou de me defender – disse ele, se levantando.

Antes de sair carregando a bandeja, ele lançou mais um olhar furioso para Brazil, depois se juntou a um pequeno grupo de fumantes do lado de fora do prédio.

Tentei não ficar olhando para Travis enquanto ele ria e conversava. Todas as garotas do grupo competiam de forma sutil pelo espaço ao lado dele, e America me cutucou quando percebeu que minha atenção estava em outro lugar.

– O que você está olhando, Abby?

– Nada. Não estou olhando nada.

America pôs o queixo na mão e balançou a cabeça.

– Elas são tão óbvias. Olhe aquela ruiva. Ela já passou as mãos no cabelo tantas vezes quantas já piscou. Fico me perguntando se o Travis não se cansa disso.

Shepley assentiu.

– Mas ele se cansa sim. Todo mundo acha que ele é um babaca, mas se soubessem a paciência que ele tem para lidar com cada uma dessas garotas que pensam que podem domá-lo... Ele não consegue ir pra nenhum lugar sem ter várias no pé. Acreditem em mim, ele é muito mais educado do que eu seria no lugar dele.

– Ah, como se você não fosse adorar essa bajulação! – America exclamou, beijando o rosto de Shep.

Travis estava terminando de fumar do lado de fora do refeitório quando passei por ele.

– Espere aí, Flor. Vou com você até a sala.

– Não precisa, Travis. Eu sei chegar lá sozinha.

Ele se distraiu com uma garota de longos cabelos negros e saia curta que passava e sorriu para ele. Ele a seguiu com os olhos e fez um aceno de cabeça na direção dela, jogando o cigarro no chão.

– Depois a gente se fala, Flor.

– Tá – falei, revirando os olhos enquanto ele corria para alcançar a garota.

O lugar de Travis continuou vazio durante a aula, e fiquei irritada com ele por faltar à aula por causa de uma garota que ele nem conhecia. O professor Chaney nos dispensou mais cedo, e atravessei o gramado correndo, pois tinha que me encontrar com Finch às três para lhe entregar as anotações de avaliação musical de Sherri Cassidy. Olhei para o relógio e acelerei o passo.

– Abby!

Parker se apressou pelo gramado para caminhar ao meu lado.

– Acho que não fomos oficialmente apresentados – ele me disse, estendendo a mão. – Parker Hayes.

Cumprimentei-o e sorri.

– Abby Abernathy.

– Eu estava atrás de você quando você viu sua nota na prova de biologia. Parabéns – ele sorriu, enfiando as mãos nos bolsos.

– Obrigada. O Travis me ajudou. Se ele não tivesse feito isso, com certeza meu nome estaria no fim da lista.

– Ah, vocês dois são...

– Amigos.

Parker assentiu e sorriu.

– Ele te falou sobre uma festa que vai ter na Casa nesse fim de semana?

– Geralmente conversamos sobre biologia e comida.

Ele riu.

– Isso é a cara do Travis.

Na porta do Morgan Hall, Parker ficou analisando o meu rosto com seus grandes olhos verdes.

– Você devia ir à festa. Vai ser divertido.

– Vou falar com a America. Acho que não temos nenhum plano para o fim de semana.

– Vocês só saem em dupla?

– Fizemos um pacto nesse verão. Nada de ir a festas sozinhas.

– Decisão inteligente – ele assentiu em aprovação.

– Ela conheceu o Shep durante a orientação, então acabamos não saindo muito juntas. Essa vai ser a primeira vez que vou precisar chamar a America pra sair, e tenho certeza que ela vai ficar feliz em ir.

Eu me contorci por dentro. Não só estava tagarelando como deixei claro que não costumava ser convidada para festas.

– Ótimo. Vejo você lá então – ele disse, abrindo um sorriso perfeito de modelo da Banana Republic, com o maxilar quadrado e a pele naturalmente bronzeada. Depois se virou para cruzar o campus.

Fiquei olhando enquanto ele ia embora; Parker era alto, de barba feita, vestia uma camisa risca de giz bem passada e calça jeans. Os cabelos loiro-escuros e ondulados balançavam enquanto ele caminhava.

Mordi o lábio, lisonjeada com o convite.

– Ah, *ele* sim é mais a sua cara – disse Finch no meu ouvido.

– Ele é uma gracinha, né? – perguntei, sem conseguir parar de sorrir.

– Ô, se é! Uma gracinha bem naquela posição básica de papai e mamãe, isso sim!

– Finch! – gritei, dando um tapa no ombro dele.

– Você pegou as anotações da Sherri?

– Peguei – respondi, tirando-as da mochila.

Ele acendeu um cigarro, segurou-o entre os lábios e franziu os olhos para ver os papéis.

– Impressionante! – exclamou, dando uma olhada nas páginas. Depois as dobrou, enfiou no bolso e deu mais uma tragada no cigarro. – Que bom que as caldeiras do Morgan não estão funcionando. Você vai precisar mesmo de um banho frio depois do olhar provocante daquele pedaço de mau caminho.

– O dormitório está sem água quente? – reclamei.

– É o que estão dizendo – falou Finch, deslizando a mochila por sobre o ombro. – Estou indo pra aula de álgebra. Diz pra Mare que falei pra ela não esquecer de mim nesse fim de semana.

– Tá bom – resmunguei, olhando desanimada para as paredes de tijolo antigas do nosso dormitório.

Subi até o quarto pisando duro, empurrei a porta e entrei, deixando a mochila cair no chão.

39

– Não temos água quente – Kara murmurou da escrivaninha.

– Já me falaram.

Meu celular vibrou e o abri em um clique – era uma mensagem de texto da America amaldiçoando as caldeiras. Alguns instantes depois, alguém batia à porta.

America entrou e se jogou na minha cama, de braços cruzados.

– Dá pra acreditar nessa merda? Pagamos uma fortuna e não podemos nem tomar um banho quente?

Kara soltou um suspiro.

– Pare de choramingar. Por que você não vai ficar com o seu namorado? Não é o que você tem feito mesmo?

America voltou o olhar rapidamente na direção da minha colega de quarto.

– Boa ideia, Kara. O fato de você ser uma vaca vem a calhar às vezes.

Kara continuou olhando para o monitor do computador, sem se abalar com o ataque.

America pegou o celular e digitou uma mensagem de texto com velocidade e precisão incríveis. O celular vibrou e ela sorriu para mim.

– Nós vamos ficar no apartamento do Shep e do Travis até consertarem as caldeiras.

– O quê? *Eu* não vou! – gritei.

– Ah, vai sim! Não tem por que você ficar presa aqui, congelando no chuveiro, quando o Travis e o Shep têm dois banheiros no apê deles.

– Mas eu não fui convidada.

– Eu estou convidando você. O Shep já falou que tudo bem. Você pode dormir no sofá... se o Travis não for usar.

– E se ele for?

America deu de ombros.

– Aí você pode dormir na cama dele.

– De jeito nenhum!

Ela revirou os olhos.

– Não seja infantil, Abby. Vocês são amigos, certo? Se ele não tentou nada até agora, acho que não vai tentar.

As palavras dela me fizeram calar a boca na hora. Travis tinha ficado perto de mim de uma forma ou de outra todas as noites durante semanas. Estive tão ocupada me certificando de que todo mundo soubesse que éramos apenas amigos que não me ocorreu que ele realmente estava interessado somente em nossa amizade. Eu não sabia ao certo o motivo, mas me senti insultada.

Kara nos olhou com descrença.

– Travis Maddox não tentou levar você pra cama?

– Nós somos amigos! – falei em tom defensivo.

– Eu sei, mas ele nem tentou? Ele já transou com todo mundo...

– Menos com a gente – disse America, olhando para ela. – E com você.

Kara deu de ombros.

– Bom, nunca nem o conheci, só ouvi falar dele.

– Exatamente – retruquei. – Você nem conhece o Travis.

Kara voltou a olhar para o monitor, ignorando nossa presença. Soltei um suspiro.

– Tudo bem, Mare. Preciso arrumar uma mala.

– Coloque coisas para alguns dias. Vai saber quanto tempo vão levar para consertar as caldeiras – ela disse, completamente animada.

O medo tomou conta de mim, como se eu estivesse prestes a entrar sorrateiramente em território inimigo.

– Ai... tudo bem.

America deu pulinhos e me abraçou.

– Isso vai ser tão divertido!

Meia hora depois, colocamos nossas malas no Honda dela e nos dirigimos para o apartamento dos meninos. America mal respirava entre suas divagações enquanto dirigia. Tocou a buzina quando diminuiu a velocidade e parou no estacionamento, na vaga de sempre. Shepley desceu apressado os degraus, pegou nossas malas e foi atrás de nós enquanto subíamos as escadas.

– A porta está aberta – disse ele, ofegante.

America empurrou a porta e a segurou aberta. Shepley resmungou quando largou nossa bagagem no chão.

– Nossa, baby! Sua mala pesa uns dez quilos a mais que a da Abby!

America e eu ficamos paralisadas quando uma mulher saiu do banheiro, abotoando a blusa.

— Oi — disse ela, surpresa.

Os olhos manchados de rímel nos examinaram antes de pousarem na nossa bagagem. Eu a reconheci: era a morena de pernas longas que Travis tinha seguido do refeitório.

America lançou um olhar fulminante para Shepley, que ergueu as mãos e disse:

— Ela está com o Travis!

Travis surgiu de cueca e bocejou. Ele olhou para sua convidada e lhe deu um tapinha na bunda.

— Minhas amigas chegaram. É melhor você ir embora.

Ela sorriu e o abraçou, beijando-o no pescoço.

— Vou deixar o número do meu telefone na bancada da cozinha.

— Hum... não precisa — ele respondeu em tom casual.

— O quê? — ela perguntou, reclinando-se para olhar nos olhos dele.

— Toda vez é a mesma coisa! — America disse e olhou para a mulher. — *Como* você pode ficar surpresa com isso? Ele é a droga do Travis Maddox! O cara é famoso exatamente por isso, e *todas as vezes* vocês ficam surpresas! — disse ela, voltando-se para Shepley, que a abraçou fazendo um gesto para que ela se acalmasse.

A garota franziu os olhos para Travis, pegou a bolsa e saiu tempestivamente, batendo a porta com força. Ele entrou na cozinha e abriu a geladeira, como se nada tivesse acontecido.

America balançou a cabeça e seguiu pelo corredor. Shepley foi atrás dela, fazendo um ângulo com o corpo para compensar o peso da mala dela enquanto seguia a namorada.

Eu me joguei na cadeira reclinável e suspirei, me perguntando se era maluca por concordar em vir. Não tinha me tocado que o apartamento do Shepley tinha alta rotatividade de periguetes sem noção.

Travis estava sorrindo, parado atrás da bancada da cozinha, com os braços cruzados sobre o peito.

— Qual o problema, Flor? Dia ruim?

— Não, só estou completamente indignada.

— Comigo?

Ele sorria. Eu devia saber que ele estava esperando por essa conversa. Isso só me atiçou a falar.

– É, com você. Como você pode usar alguém assim, tratá-la desse jeito?

– Como foi que eu a tratei? Ela quis me dar o número do telefone, eu não aceitei.

Meu queixo caiu com a ausência de remorso dele.

– Você pode transar com a garota, mas não pode pegar o número do telefone dela?

Travis apoiou os cotovelos na bancada.

– Por que eu ia querer o número dela se não vou ligar?

– Por que você foi pra cama com ela se não vai ligar?

– Não prometo nada pra ninguém, Flor. Ela não exigiu um relacionamento sério antes de abrir as pernas no meu sofá.

Olhei com nojo para o sofá.

– Ela é filha de alguém, Travis. E se, no futuro, alguém tratar a *sua* filha desse jeito?

– É melhor a minha filha não sair por aí tirando a roupa pra qualquer idiota que ela acabou de conhecer.

Cruzei os braços com raiva, porque o que ele tinha dito fazia sentido.

– Então, além de admitir que você é um idiota, está dizendo que, por ela ter dormido com você, merece ser enxotada como um gato de rua?

– Estou dizendo que fui honesto com ela. Ela é adulta, foi consensual... E ela não hesitou nem por um segundo, se você quer saber. Você está agindo como se eu tivesse cometido um crime.

– Ela não parecia saber das suas intenções, Travis.

– As mulheres em geral justificam seus atos com coisas da cabeça delas. Ela não me disse logo de cara que esperava um relacionamento, assim como eu não disse a ela que esperava sexo casual. Qual é a diferença?

– Você é um canalha.

Travis deu de ombros.

– Já fui chamado de coisa pior.

Fiquei encarando o sofá, com as almofadas ainda fora de lugar e amontoadas por causa do uso recente. Eu me contorci só de pensar em quantas mulheres haviam se entregado a ele ali, sobre o tecido – que pinicava, além de tudo.

— Acho que vou dormir aqui na cadeira reclinável mesmo — murmurei.

— Por quê?

Fulminei Travis com o olhar, furiosa com sua expressão confusa.

— Não vou dormir naquela coisa! Só Deus sabe em cima do que eu estaria dormindo!

Ele ergueu minha bagagem do chão.

— Você não vai dormir aí na cadeira nem no sofá. Vai dormir na minha cama.

— Que deve ser ainda menos higiênica do que o sofá, com certeza.

— Nunca levei ninguém para a minha cama.

Revirei os olhos.

— Dá um tempo!

— Estou falando muito sério. Eu trepo com elas no sofá. Não deixo que entrem no meu quarto.

— Então por que *eu* posso ficar na sua cama?

Ele ergueu um canto da boca em um sorriso malicioso.

— Está planejando transar comigo hoje à noite?

— Não!

— Eis o porquê. Agora levante o rabo mal-humorado daí, vá tomar um banho quente e depois vamos estudar um pouco de biologia.

Olhei irritada para ele por um instante e então, relutante, fiz o que ele mandou. Fiquei embaixo do chuveiro por bastante tempo, deixando que a água levasse embora a minha raiva. Massageando o xampu no cabelo, soltei um suspiro pela sensação maravilhosa de estar em um banheiro não comunitário novamente — nada de chinelos e sacola com as coisas de banho, apenas a mistura relaxante de vapor e água.

A porta se abriu e dei um pulo.

— Mare?

— Não, sou eu — disse Travis.

Automaticamente envolvi com os braços as partes do corpo que não queria que ele visse.

— O que você está fazendo? Sai daqui!

— Você esqueceu de pegar a toalha, e eu trouxe suas roupas, sua escova de dentes e um creme facial esquisito que achei na sua bolsa.

– Você mexeu nas minhas coisas? – perguntei, com um gritinho meio agudo.

Ele não respondeu. Em vez disso, ouvi Travis abrir a torneira e começar a escovar os dentes. Dei uma espiada pela cortina de plástico, mantendo-a junto ao peito.

– Vai embora, Travis.

Ele ergueu o olhar para mim, com os lábios cobertos de espuma da pasta de dentes.

– Não posso dormir sem escovar os dentes.

– Se você chegar a meio metro dessa cortina, vou arrancar seus olhos quando você estiver dormindo.

– Não vou espiar, Flor – disse ele, dando uma risadinha.

Fiquei esperando debaixo da água com os braços bem apertados em volta do peito. Ele cuspiu, bochechou, cuspiu de novo e depois a porta se fechou. Eu me enxaguei, me sequei o mais rápido possível, vesti a camiseta e o short, coloquei os óculos e penteei o cabelo. Vi o hidratante de uso noturno que Travis tinha levado até o banheiro e não consegui conter um sorriso. Ele era atencioso e quase gentil quando queria.

Travis abriu a porta de novo.

– Anda logo, Flor! Vou apodrecer de tanto esperar aqui!

Joguei meu pente nele, mas ele conseguiu desviar, fechando a porta e rindo sozinho até chegar ao quarto. Escovei os dentes e fui arrastando os pés pelo corredor. No caminho, passei pelo quarto de Shepley.

– Boa noite, Abby – disse America do escuro.

– Boa noite, Mare.

Hesitei antes de bater duas vezes, suavemente, na porta do quarto de Travis.

– Entra, Flor. Não precisa bater.

Ele abriu a porta e eu entrei. Vi a cama de ferro preta disposta paralelamente às janelas do outro lado do quarto. Nas paredes não havia nada além de um *sombrero* acima da cabeceira da cama. Eu meio que esperava que o quarto dele estivesse repleto de pôsteres de mulheres peladas, mas não havia nem uma propaganda de cerveja. A cama era preta; o carpete, cinza, e tudo o mais no quarto era branco. Parecia que ele tinha acabado de se mudar.

– Gostei do pijama – disse Travis, ao me ver com meu short xadrez amarelo e azul-marinho e a camiseta cinza da Eastern. Ele se sentou na cama e deu umas batidinhas no travesseiro a seu lado. – Bem, pode vir. Não vou te morder.

– Não tenho medo de você – falei, indo até a cama e largando o livro de biologia ao lado dele. – Você tem uma caneta?

Ele apontou com a cabeça para a mesa de cabeceira.

– Na gaveta de cima.

Eu me estendi até o outro lado da cama, abri a gaveta e achei três canetas, um lápis, um tubo de KY e um pote de vidro do qual transbordavam diferentes marcas de camisinha. Revoltada, peguei a caneta e fechei a gaveta com força.

– Que foi? – ele quis saber, virando uma página do livro.

– Você assaltou um posto de saúde?

– Não, por quê?

Tirei a tampa da caneta, sem conseguir esconder a expressão indignada.

– Por causa do seu suprimento de camisinhas pra uma vida inteira.

– É melhor prevenir do que remediar, certo?

Revirei os olhos. Travis se voltou às páginas, e um sorriso zombeteiro surgiu em seus lábios. Ele leu as anotações para mim, ressaltando os pontos principais enquanto me fazia perguntas e, com paciência, me explicava o que eu não entendia.

Depois de uma hora, tirei os óculos e esfreguei os olhos.

– Estou acabada. Não consigo memorizar nem mais uma macromolécula.

Travis sorriu e fechou o livro.

– Tudo bem.

Parei um pouco, sem saber como dormiríamos. Travis saiu do quarto, cruzou o corredor e falou algo ininteligível para Shepley no quarto dele antes de ligar o chuveiro. Virei as cobertas e puxei-as até o pescoço, ouvindo o chiado agudo da água no encanamento.

Dez minutos depois, a água parou de correr e ouvi o assoalho ranger sob os passos de Travis. Ele entrou no quarto com uma toalha enrolada nos quadris. Tinha tatuagens nos dois lados do peito, e tribais em preto cobriam ambos os ombros salientes. No braço direito, linhas negras e símbolos se estendiam do ombro até o pulso. No esquerdo, as tatuagens terminavam no cotovelo, com uma única linha manuscrita na parte de baixo do antebraço. Fiquei de costas para Travis enquanto ele deixava a toalha cair na frente da cômoda e vestia a cueca. Depois desligou a luz e deitou na cama ao meu lado.

– Você vai dormir aqui também? – perguntei, me virando para olhar para ele.

A lua cheia refletia através da janela e lançava sombras no rosto dele.

– Bem, vou. Aqui é minha cama.

– Eu sei, mas eu...

Parei de falar por um instante. Minhas únicas opções eram o sofá ou a cadeira reclinável.

Travis abriu um sorriso e balançou a cabeça.

– Não confia em mim ainda? Juro que vou me comportar muito bem – disse, levantando os dedos de um modo que tenho certeza de que os escoteiros nunca consideraram usar para fazer um juramento.

Não discuti, simplesmente me virei e descansei a cabeça no travesseiro, enfiando as cobertas atrás de mim a fim de criar uma barreira clara entre o corpo dele e o meu.

– Boa noite, Beija-Flor – ele sussurrou no meu ouvido.

Eu podia sentir seu hálito de menta na minha face, o que fez cada centímetro do meu corpo arrepiar. Ainda bem que estava muito escuro e ele não pôde ver minha reação embaraçosa, ou o rubor que tomou conta do meu rosto logo em seguida.

Parecia que eu tinha acabado de fechar os olhos quando ouvi o despertador. Estiquei-me para desligá-lo, mas puxei a mão de volta horrorizada ao sentir uma pele morna sob os dedos. Tentei lembrar onde estava. Quando dei por mim, fiquei mortificada de que Travis pudesse pensar que eu tinha feito isso de propósito.

– Travis? O despertador – sussurrei para ele, que não se mexia. – Travis! – repeti, cutucando-o.

Como ele ainda não se mexia, estiquei a mão por cima dele, tateando sob a iluminação fraca até sentir a parte de cima do despertador. Não sabendo ao certo como desligá-lo, bati no relógio até acertar o botão de soneca, depois caí bufando no travesseiro.

Travis deu uma risadinha.

– Você estava acordado?

– Prometi que ia me comportar. Não falei nada sobre deixar você se deitar em cima de mim.

– Eu não me deitei em cima de você – protestei. – Eu não conseguia alcançar o relógio. Esse deve ser o alarme mais irritante que já ouvi em toda minha vida! Parece o som de um animal morrendo!

Ele estendeu a mão e apertou um botão.

– Quer tomar café?

Olhei irritada para ele e balancei a cabeça em negativa.

– Não estou com fome.

– Bom, eu estou. Por que você não vai comigo de moto até a cafeteria?

– Acho que eu não consigo lidar com a sua falta de habilidade na direção tão cedo pela manhã – respondi.

Girei os pés até a lateral da cama e os enfiei nos chinelos, arrastando-me até a porta.

– Aonde você vai? – ele quis saber.

– Vou me vestir e ir pra aula. Você precisa de um itinerário meu enquanto eu estiver aqui?

Travis se espreguiçou e então veio andando na minha direção, ainda de cueca.

– Você é sempre tão temperamental assim, ou isso vai parar quando você acreditar que eu não estou arquitetando nenhum plano para transar com você?

Então ele colocou as mãos em concha nos meus ombros e senti seus polegares acariciarem minha pele.

– Eu não sou temperamental.

Ele se inclinou mais próximo de mim e sussurrou ao meu ouvido:

– Não quero transar com você, Flor. Gosto demais de você para isso.

Então foi caminhando até o banheiro. Fiquei parada, perplexa. As palavras de Kara ficavam se repetindo na minha cabeça. Travis Maddox transava com qualquer uma; eu não conseguia evitar a sensação de inferioridade ao saber que ele não tinha vontade nem de *tentar* transar comigo.

A porta se abriu de novo, e America foi entrando.

– Acorda, dorminhoca! – disse ela, sorrindo e bocejando.

– Você está parecendo sua mãe, Mare – resmunguei, revirando a mala.

– Aaah... alguém passou a noite em claro?

– Ele mal respirou na minha direção – falei, em tom azedo.

Um sorriso sagaz iluminou o rosto de America.

– Ah.

– Ah, o quê?

– Nada – disse ela, voltando ao quarto de Shepley.

Travis estava na cozinha, cantarolando uma música qualquer enquanto preparava ovos mexidos.

– Tem certeza que não quer um pouco? – ele me perguntou.

– Tenho sim. Mas obrigada.

Shepley e America entraram na cozinha, e Shepley tirou dois pratos do armário, segurando-os enquanto Travis colocava uma pilha de ovos fumegantes em cada um. Shepley pôs os pratos na bancada, e ele e America se sentaram lá juntos, saciando outro tipo de apetite, já que muito provavelmente tinham se saciado em outros termos na noite anterior.

– Não me olhe assim, Shep. Sinto muito, eu só não quero ir – disse America.

– Baby, a Casa dá uma festa de casais duas vezes por ano – ele falou enquanto mastigava. – Falta um mês ainda. Você vai ter muito tempo para achar um vestido e fazer todas essas coisas de garotas.

– Eu iria, Shep... É muito fofo da sua parte... Mas não conheço ninguém lá.

– Um monte de garotas que vai na festa não conhece um monte de gente que vai estar lá – disse ele, surpreso com a rejeição dela.

America desabou na cadeira.

– As vadiazinhas das irmandades são convidadas pra essas coisas. Todas elas se conhecem... Vai ser estranho.

– Ah, não, Mare. Não quero ir sozinho nessa festa.

– Bom... talvez se você encontrasse alguém para levar a Abby na festa – disse ela, olhando para mim e depois para o Travis.

Travis ergueu uma sobrancelha e Shepley balançou a cabeça em negativa.

— O Trav não vai em festa de casais. É o tipo de festa em que você leva a namorada... e o Travis não... você sabe.

America deu de ombros.

— A gente podia arranjar alguém pra ir com ela.

Franzi os olhos para ela.

— Eu estou escutando, sabia?

America fez a cara para a qual sabia que eu não conseguia dizer não.

— *Por favor*, Abby. A gente vai achar um cara legal e divertido, e eu te garanto que vai ser um gato. Juro que você vai se divertir! Quem sabe você até fique com ele...

Travis jogou a frigideira na pia.

— Eu não disse que não vou levar a Abby na festa.

Revirei os olhos.

— Não me faça nenhum favor, Travis.

— Não foi isso que eu quis dizer, Flor. Festas de casais são para os caras com namorada, e todo mundo sabe que eu não namoro. Mas não vou ter que me preocupar com a possibilidade de você esperar um anel de noivado depois da festa.

America fez biquinho.

— Por favor, por favor, Abby!

— Não olhe pra mim desse jeito! — reclamei. — O Travis não quer ir, eu não quero ir... Não vamos nos divertir.

Travis cruzou os braços e se apoiou na pia.

— Eu não disse que não queria ir. Acho que seria divertido se nós quatro fôssemos — ele deu de ombros.

Todos me olharam, e me encolhi.

— Por que não ficamos por aqui?

America fez biquinho e Shepley se inclinou para frente.

— Porque eu tenho que ir, Abby. Sou calouro. Tenho que garantir que tudo corra direitinho na festa, que todo mundo tenha uma cerveja na mão, coisas do tipo.

Travis cruzou a cozinha e envolveu meus ombros com o braço, me puxando para o lado dele.

– Vamos lá, Flor. Você vai comigo à festa?

Olhei para a America, depois para o Shepley e, por fim, para o Travis.

– Vou – suspirei.

America soltou um gritinho e me abraçou. Depois senti a mão do Shepley nas minhas costas.

– Valeu, Abby! – ele disse.

3
GOLPE BAIXO

Finch deu mais uma tragada. A fumaça fluiu de seu nariz em duas torrentes espessas. Virei o rosto em direção ao sol enquanto ele me entretinha contando sobre seu fim de semana de dança, bebidas e um novo amigo muito persistente.

– Se ele está te perseguindo, por que você deixa que ele pague as bebidas? – perguntei e ri.

– É simples, Abby. Estou sem um tostão furado.

Ri de novo, e Finch me cutucou com o cotovelo quando viu Travis vindo em nossa direção.

– Ei, Travis – Finch falou alegre, piscando para mim.

– Finch – Travis o cumprimentou com um aceno de cabeça e balançou as chaves. – Estou indo pra casa, Flor. Precisa de carona?

– Eu ia entrar no dormitório... – falei, erguendo o olhar com os óculos de sol e abrindo um sorriso para ele.

– Você não vai ficar comigo hoje à noite? – ele quis saber.

Em seu rosto, a expressão era de surpresa e decepção.

– Não, vou sim. Só tenho que pegar umas coisas que esqueci.

– Tipo o quê?

– Bem, meu aparelho de depilação, por exemplo. O que você tem com isso?

– Já estava na hora de você raspar as pernas. Elas ficam ralando nas minhas, é o maior inferno – ele disse com um sorriso travesso.

Finch me olhou com os olhos arregalados, e fiz uma careta para Travis.

– É assim que os rumores começam! – Olhei para Finch e balancei a cabeça. – Estou dormindo na cama dele... *só* dormindo.

– Certo – disse Finch, com um sorriso irônico.

Dei um tapão no braço dele antes de abrir a porta e subir as escadas. Quando cheguei ao segundo andar, Travis estava ao meu lado.

– Ah, não fique brava. Eu só estava brincando.

– Todo mundo acha que estamos transando. Você está piorando as coisas.

– Quem se importa com o que as pessoas pensam?

– Eu me importo, Travis! *Eu* me importo!

Abri a porta do quarto, enfiei algumas coisas em uma pequena sacola e saí tempestivamente, com Travis me seguindo. Ele deu uma risadinha enquanto tirava a sacola da minha mão, e olhei furiosa para ele.

– Não é engraçado. Você quer que a faculdade inteira ache que sou uma de suas vadias?

Travis franziu a testa.

– Ninguém acha isso. E, se acharem, é melhor torcerem para que não chegue aos meus ouvidos.

Ele segurou a porta aberta para mim, e, depois de passar, parei abruptamente na frente dele.

– Eita! – disse ele, dando de cara comigo.

Eu me virei.

– Ah, meu Deus! As pessoas devem achar que estamos juntos e que você continua, sem vergonha nenhuma, com seu... *estilo de vida*. Devo parecer patética! – eu disse, dando-me conta disso enquanto falava. – Acho que eu não devia ficar mais no seu apartamento. Devíamos nos afastar por um tempo.

Peguei a sacola das mãos dele e ele a arrancou de volta das minhas.

– Ninguém acha que estamos juntos, Flor. Você não precisa parar de falar comigo para provar alguma coisa.

Começamos um cabo de guerra com a sacola, e, quando ele se recusou a soltá-la, rosnei alto, me sentindo frustrada.

– Alguma garota, uma amiga, já ficou na sua casa com você antes? Você alguma vez já deu carona de ida e volta da faculdade para alguma garota? Já almoçou com ela todos os dias? Ninguém sabe o que pensar sobre a gente, nem mesmo quando explicamos!

Ele foi andando até o estacionamento, segurando os meus pertences.

– Vou dar um jeito nisso, tá bom? Não quero ninguém pensando coisas ruins sobre você por minha causa – ele afirmou com uma expressão perturbada. Então seus olhos brilharam e ele sorriu. – Deixe eu te compensar por isso. Por que não vamos ao The Dutch hoje à noite?

– Mas lá é um bar de motoqueiros – falei com desdém, observando enquanto ele prendia minha sacola à moto.

– Tudo bem, então vamos a uma casa noturna. Levo você pra jantar e depois podemos ir ao The Red Door. Eu pago.

– Como sair pra jantar e depois ir a uma casa noturna vai resolver o problema? Quando as pessoas nos virem juntos, vai ser pior.

Ele subiu na moto.

– Pensa bem. Eu, bêbado, numa sala cheia de mulheres com um mínimo de roupa? Não vai demorar muito para as pessoas se darem conta de que não somos um casal.

– E o que eu devo fazer? Pegar um carinha no bar e levá-lo pra casa, para deixar as coisas bem claras?

– Eu não disse isso. Não precisa se empolgar – disse ele, franzindo a testa.

Revirei os olhos e subi no banco da moto, envolvendo a cintura dele com os braços.

– Uma garota qualquer do bar vai com a gente até em casa? É *assim* que você vai me compensar?

– Você não está com ciúme, está, Beija-Flor?

– Ciúme de quem? Da imbecil com DST que você vai irritar e mandar embora de manhã?

Travis deu risada e arrancou na Harley, voando até o apartamento, no dobro do limite de velocidade. Fechei os olhos para bloquear a visão das árvores e dos carros que deixávamos para trás.

Depois de descer da moto, dei um tapa no ombro dele.

– Esqueceu que eu estava com você? Está tentando me matar?

– Fica difícil esquecer que você está atrás de mim quando suas coxas me apertam tanto que quase me matam. – Com a próxima fala dele, veio um sorriso malicioso. – Pra falar a verdade, eu não consigo pensar em uma forma melhor de morrer.

54

– Tem algo muito errado com você.

Mal tínhamos entrado no apartamento quando America saiu do quarto de Shepley arrastando os pés.

– Estávamos pensando em sair hoje à noite. Vocês topam?

Olhei para Travis e abri um sorriso.

– Vamos dar uma passada naquele lugar de sushi e depois vamos ao Red.

O sorriso de America foi de um lado ao outro.

– Shep! – ela gritou, seguindo em disparada para o banheiro. – Vamos sair hoje à noite!

Fui a última a entrar no chuveiro. Shepley, America e Travis já estavam impacientes, em pé ao lado da porta, quando saí do banheiro usando um vestido preto e sapatos de salto alto pink.

America assobiou.

– Uau, que gata!

Sorri em agradecimento ao elogio, e Travis estendeu a mão para mim.

– Belas pernas.

– Eu te contei que meu aparelho de depilação é mágico?

– Não acho que seja obra do aparelho – ele sorriu e me puxou porta fora.

Já estávamos falando muito alto no sushi bar e tínhamos bebido o suficiente para a noite toda antes mesmo de pôr os pés no The Red Door. Shepley entrou no estacionamento, demorando um tempo para achar um lugar para estacionar.

– Até a noite acabar a gente arruma uma vaga, Shep – murmurou America.

– Ei, tenho que achar uma vaga grande! Não quero que nenhum bêbado imbecil estrague a pintura do meu carro.

Assim que estacionamos, Travis inclinou o banco para frente e me ajudou a sair.

– Eu queria perguntar sobre a carteira de identidade de vocês. Elas são perfeitas. Não se consegue dessas por aqui.

– É, já faz um tempinho que a gente tem. Era necessário... em Wichita – falei.

55

– Necessário? – perguntou Travis.

– Que bom que você conhece as pessoas certas – America me disse. Ela soluçou e cobriu a boca, dando uma risadinha.

– Santo Deus, mulher! – disse Shepley, segurando o braço de America, enquanto ela andava desajeitada pelo caminho de cascalho. – Acho que você já bebeu o suficiente.

Travis fez uma careta.

– Do que você está falando, Mare? Que pessoas certas são essas?

– A Abby tem uns antigos amigos que...

– São identidades falsas, Trav – eu a interrompi. – É preciso conhecer as pessoas certas se quiser que sejam feitas do jeito certo... Certo?

America desviou o olhar de Travis, e fiquei esperando.

– Certo – ele disse, estendendo a mão para pegar na minha.

Peguei três dedos dele e sorri, sabendo por sua expressão que ele não estava satisfeito com a minha resposta.

– Preciso de outro drinque! – eu disse, numa segunda tentativa de mudar de assunto.

– Mais uma dose! – gritou America.

Shepley revirou os olhos.

– Ah, é. É disso que você precisa, mais uma dose.

Assim que entramos, America me puxou para a pista de dança. Seus cabelos loiros não paravam de balançar enquanto ela dançava, e dei risada da cara de pato que ela fazia. Quando a música acabou, fomos nos juntar aos meninos no balcão. Uma loira platinada excessivamente voluptuosa já estava ao lado de Travis, e America contorceu o rosto em repulsa.

– Vai ser assim a noite toda, Mare. É só ignorar – disse Shepley, indicando com a cabeça um grupinho de garotas paradas ali perto. Elas olhavam para a loira, esperando pela vez delas.

– Parece que Vegas vomitou em um bando de abutres – disse America em tom de deboche.

Travis acendeu um cigarro e pediu mais duas cervejas. A loira mordeu o lábio carnudo cheio de gloss e sorriu. O barman abriu as garrafas e as entregou para Travis. A loira pegou uma delas, mas ele a puxou da mão dela.

– Hum... não é pra você – ele disse, entregando-me a cerveja.

Meu impulso inicial foi jogar a garrafa no lixo, mas a mulher parecia tão ofendida que sorri e tomei um gole. Ela saiu pisando duro, bufando de raiva, e ri baixinho porque o Travis pareceu não notar nada.

– Como se eu fosse comprar cerveja pra uma mina qualquer num bar – disse ele, balançando a cabeça. Ergui minha cerveja e ele levantou um dos lados da boca em um meio sorriso. – Você é diferente.

Bati de leve a minha garrafa na dele.

– Um brinde a ser a única garota com quem um cara sem nenhum critério não quer transar – exclamei, tomando um grande gole de cerveja.

– Você está falando sério? – ele me perguntou, puxando a garrafa da minha boca. Como não falei nada, ele se inclinou na minha direção. – Em primeiro lugar... eu tenho critério, sim. Nunca transei com uma mulher feia. Nunca. Em segundo lugar, eu *queria* transar com você. Pensei em te jogar no meu sofá de cinquenta maneiras diferentes, mas não fiz isso porque não te vejo mais assim. Não é que eu não me sinta atraído por você, só acho que você é melhor do que isso.

Não consegui esconder o sorriso presunçoso que se espalhou por meu rosto.

– Você acha que eu sou boa demais para você.

Ele desdenhou do meu segundo insulto.

– Não consigo pensar em um único cara que seja bom o bastante pra você.

Minha presunção se dissipou, dando lugar a um sorriso comovido e grato.

– Obrigada, Trav – falei, colocando a garrafa vazia no balcão.

Ele me puxou pela mão.

– Vamos – disse, me levando pelo meio da multidão até a pista de dança.

– Eu bebi demais! Vou cair!

Travis sorriu e me puxou para junto dele, me agarrando pelo quadril.

– Cale a boca e dance.

America e Shepley apareceram ao nosso lado. Shepley dançava como se andasse vendo videoclipes demais do Usher. Travis quase me deixou em pânico com o jeito como pressionava o corpo contra o meu. Se ele usava aqueles movimentos no sofá, eu conseguia entender por que tantas garotas se arriscavam a ser humilhadas pela manhã.

Ele segurou forte meu quadril, e notei que a expressão dele estava diferente, quase séria. Passei as mãos em seu peito perfeito e em sua barriga de tanquinho, os músculos tensionados ao ritmo da música, debaixo da camiseta apertada. Virei de costas para ele e sorri quando ele envolveu minha cintura. Com o nível de álcool em minhas veias, quando Travis puxou meu corpo contra o dele, os pensamentos que me vieram à mente eram tudo, menos de amizade.

A próxima música começou, e Travis não fez nenhum sinal de que quisesse voltar para o bar. O suor escorria em gotas pelo meu pescoço, e as luzes multicoloridas do estrobo me faziam sentir um pouco zonza. Fechei os olhos e apoiei a cabeça em seu ombro. Ele pegou minhas mãos e as colocou em volta de seu pescoço. Suas mãos desceram pelos meus braços, pelas minhas costas, e por fim voltaram ao meu quadril. Quando senti seus lábios e depois sua língua no meu pescoço, me afastei com um pulo.

Travis deu uma risadinha, parecendo um pouco surpreso.

– Que foi, Flor?

Fui tomada por uma fúria súbita, e as palavras penetrantes que eu queria dizer ficaram presas na garganta. Fugi até o bar e pedi mais uma Corona. Travis se sentou na banqueta ao meu lado, erguendo o dedo para pedir uma para ele também. Assim que o barman colocou a garrafa na minha frente, virei-a e bebi metade antes de batê-la com tudo no balcão.

– Você acha que *isso* vai fazer alguém mudar de ideia a respeito da gente? – perguntei, puxando o cabelo para o lado e cobrindo o lugar que ele tinha beijado.

Ele riu.

– Estou pouco me lixando pro que pensam da gente.

Lancei-lhe um olhar hostil e virei o rosto para frente.

– Beija-Flor – ele disse, encostando no meu braço.

Eu me afastei.

– Nem vem. Eu *nunca* ficaria bêbada o bastante a ponto de deixar que você me levasse para aquele sofá.

Travis contorceu o rosto de raiva, mas, antes que pudesse dizer alguma coisa, uma mulher estonteante, de cabelos escuros e fazendo biquinho, com imensos olhos azuis e peitos demais à mostra, se aproximou dele.

– Veja só, se não é o Travis Maddox – disse ela, se mexendo nos lugares certos.

Ele deu um gole, depois seus olhos ficaram travados nos meus.

– Oi, Megan.

– Me apresenta pra sua namorada – ela sorriu.

Revirei os olhos pela maneira como ela era óbvia.

Travis inclinou a cabeça para trás para terminar a cerveja e deslizou a garrafa vazia pelo balcão. Todo mundo que estava esperando para pedir alguma coisa seguiu a garrafa com os olhos, até que ela caiu na lata de lixo.

– Ela não é minha namorada.

Ele segurou Megan pela mão, e ela foi andando toda feliz atrás dele até a pista de dança. Eles ficaram se agarrando durante uma música, depois outra, e mais uma. Todo mundo olhava para o jeito como ela o deixava apalpá-la. Quando ele se curvou sobre ela, virei as costas para eles.

– Você parece irritada – me disse um homem, enquanto se sentava ao meu lado. – Aquele cara ali é seu namorado?

– Não, é só um amigo – resmunguei.

– Ah, que bom. Seria muito embaraçoso para você se fosse seu namorado.

Ele olhava para a pista de dança, balançando a cabeça com o espetáculo.

– Nem me fale – eu disse, bebendo o resto da cerveja.

Eu mal tinha saboreado as duas últimas cervejas que havia matado, e meus dentes estavam dormentes.

– Quer outra? – ele perguntou.

Olhei para ele, que sorriu e disse:

– Meu nome é Ethan.

– Abby – falei, apertando sua mão estendida.

Ele ergueu dois dedos para o barman, e sorri.

– Obrigada.

– Então, você mora por aqui? – ele me perguntou.

– No Morgan Hall, na Eastern.

– Tenho um apartamento em Hinley.

– Você estuda na Estadual? – perguntei. – Que fica... tipo... a uma hora daqui? O que está fazendo por esses lados?

– Me formei em maio. Minha irmã caçula estuda na Eastern. Estou passando essa semana com ela para procurar emprego.

– Hum... a vida no mundo real, hein?

Ethan riu.

– E é tudo isso que dizem por aí.

Peguei o gloss do bolso e passei-o nos lábios, aproveitando o espelho da parede atrás do balcão.

– Cor bonita essa – ele disse, ao me ver pressionando os lábios.

Sorri, sentindo raiva do Travis e o peso do álcool.

– Talvez você possa experimentá-lo depois.

Os olhos de Ethan brilharam quando me inclinei para perto dele, e sorri quando ele encostou no meu joelho. Mas ele tirou a mão, pois Travis se colocou entre nós dois.

– Está pronta, Flor?

– Estou conversando, Travis – afirmei, afastando-o para trás.

A camiseta dele estava ensopada por causa do circo na pista de dança, e eu também fiz um showzinho, limpando a mão na saia.

Travis fez uma careta.

– Você ao menos conhece esse cara?

– Esse é o Ethan – eu disse, sorrindo para meu novo amigo da maneira mais sedutora que consegui.

Ele piscou para mim e então olhou para Travis, estendendo a mão para cumprimentá-lo.

– Prazer em conhecê-lo.

Travis ficou olhando para mim com ar de expectativa, até que por fim cedi, abanando a mão na direção dele.

– Ethan, esse é o Travis – murmurei.

– Travis Maddox – disse ele, encarando a mão do Ethan como se quisesse arrancá-la.

Ethan arregalou os olhos e, sem jeito, puxou a mão para trás.

– Travis *Maddox*? Travis Maddox da Eastern?

Apoiei o rosto no punho cerrado, temendo a inevitável troca de histórias cheias de testosterona que viria em seguida. Travis esticou o braço atrás de mim e agarrou-se ao balcão.

– É, e daí?

– Vi sua luta com o Shawn Smith no ano passado, cara. Achei que ia testemunhar a morte de alguém!

Travis fitou-o enfurecido.

– Quer ver isso acontecer de novo?

Ethan riu, olhando rapidamente de mim para Travis e vice-versa. Quando se deu conta de que ele estava falando sério, sorriu para mim como que pedindo desculpas e foi embora.

– Está pronta agora? – Travis perguntou irritado.

– Você é um completo babaca, sabia?

– Já me chamaram de coisa pior – ele disse, me ajudando a sair da banqueta.

Fomos atrás de America e Shepley até o carro, e, quando Travis tentou me segurar pela mão para me guiar pelo estacionamento, eu a puxei com força. Ele se virou e parei, curvando-me para trás quando seu rosto ficou a poucos centímetros do meu.

– Eu devia beijar você e acabar logo com isso! – ele gritou. – Você está sendo ridícula! Beijei seu pescoço, e daí?

Eu podia sentir o cheiro de cerveja e cigarro no hálito dele e o afastei.

– Não sou sua amiguinha de trepada, Travis.

Ele balançou a cabeça, sem acreditar no que tinha acabado de ouvir.

– Eu nunca disse que você era! Você está perto de mim vinte e quatro horas por dia, dorme na minha cama, mas, na metade desse tempo, age como se não quisesse ser vista comigo!

– Eu vim até aqui com você!

– Eu só te trato com respeito, Flor.

Mantive minha linha de defesa.

– Não, você só me trata como se eu fosse sua propriedade. Você não tinha o direito de espantar o Ethan daquele jeito!

61

– Você sabe quem é esse Ethan? – ele me perguntou.

Quando balancei a cabeça em negativa, ele se inclinou mais um pouco, aproximando-se ainda mais.

– Pois *eu* sei. Ele foi preso no ano passado acusado de abuso sexual, só que retiraram a queixa.

Cruzei os braços.

– Ah, então vocês têm algo em comum?

Travis apertou os olhos, e os músculos de seu maxilar se contorceram sob a pele.

– Você está me chamando de *estuprador*? – ele disse, em um tom baixo e cheio de frieza.

Pressionei os lábios, com mais raiva ainda por ele estar certo. Eu tinha ido longe demais.

– Não, só estou irritada com você!

– Eu bebi, ok? Sua pele estava a centímetros da minha boca, você é linda e seu cheiro é incrível quando você fica suada. Eu te beijei! Me desculpa! Esquece!

O pedido de desculpas fez com que os cantos da minha boca se voltassem para cima.

– Você me acha linda?

Ele franziu a testa, indignado.

– Você é muito bonita e sabe disso. Por que está sorrindo?

Tentei disfarçar meu divertimento, inutilmente.

– Por nada. Vamos embora.

Travis balançou a cabeça.

– O que...? Você...? Você é um pé no saco! – ele gritou, me fuzilando com o olhar.

Eu não conseguia parar de sorrir, e, depois de alguns segundos, ele fez o mesmo. Balançou a cabeça de novo e enganchou o braço em volta do meu pescoço.

– Você está me deixando maluco. Você sabe disso, não sabe?

No apartamento, todos passamos cambaleando pela porta. Fui direto para o banheiro para lavar os cabelos e tirar o cheiro de cigarro. Quando saí do chuveiro, vi que Travis tinha deixado uma de suas camisetas e um de seus shorts ali para mim.

A camiseta me engoliu, e o short sumiu debaixo dela. Eu me joguei na cama e suspirei, ainda sorrindo por causa do que ele tinha me dito no estacionamento.

Travis ficou me encarando por um instante, e senti uma pontada no peito. Eu tinha uma necessidade quase voraz de agarrar o seu rosto e lhe dar um beijo na boca, mas lutei contra o álcool e os hormônios.

– Boa noite, Flor – ele sussurrou, se virando para o outro lado.

Fiquei me mexendo, inquieta e sem sono.

– Trav? – falei, me erguendo e apoiando o queixo no ombro dele.

– O quê?

– Sei que estou bêbada e que acabamos de ter uma briga gigantesca por causa disso, mas...

– Não vou transar com você, então para de ficar pedindo – ele disse, ainda de costas para mim.

– O quê? Não! – gritei.

Travis riu e se virou, olhando para mim com uma expressão suave.

– Que foi, Beija-Flor?

Soltei um suspiro.

– Isso... – falei, deitando a cabeça em seu peito e esticando o braço sobre sua cintura, me aninhando tão perto quanto podia.

Ele ficou tenso e ergueu as mãos, como se não soubesse como reagir.

– Você *está* bêbada.

– Eu sei – falei, embriagada demais para ficar constrangida.

Ele relaxou uma das mãos nas minhas costas e pôs a outra nos meus cabelos molhados, depois me beijou na testa.

– Você é a mulher mais complicada que já conheci.

– É o mínimo que você pode fazer depois de espantar o único cara que veio falar comigo hoje.

– Você quer dizer Ethan, o estuprador? É, *eu* te devo uma por essa.

– Deixa pra lá – falei, sentindo o começo de uma rejeição a caminho.

Ele agarrou meu braço e o manteve em cima de sua barriga, para me impedir de sair dali.

– Não, estou falando sério. Você precisa tomar mais cuidado. Se eu não estivesse lá... nem quero pensar nessa possibilidade. E agora você espera que eu peça desculpas por espantar o cara?

– Não quero que você peça desculpas. Nem se trata disso...

– Então do que se trata? – ele quis saber, procurando algo em meus olhos.

Seu rosto estava a poucos centímetros do meu, e eu podia sentir sua respiração em meus lábios. Franzi a testa.

– Estou bêbada, Travis. Essa é a única desculpa que tenho.

– Você só quer que eu te abrace até você dormir?

Não respondi. Ele se mexeu para me olhar direto nos olhos.

– Eu devia dizer "não" para provar meu argumento – ele me disse, juntando as sobrancelhas. – Mas eu me odiaria se fizesse isso e você nunca mais me pedisse de novo.

Aninhei o rosto em seu peito e ele me abraçou mais forte, soltando um suspiro.

– Você não precisa de nenhuma desculpa, Beija-Flor. Tudo que tem que fazer é me pedir.

Eu me encolhi ao me deparar com a luz do sol entrando pela janela e o alarme quase estourando meus tímpanos. Travis ainda dormia, me cercando com seus braços e pernas. Em uma manobra, consegui soltar um dos braços e apertar o botão de soneca. Esfreguei o rosto e fiquei olhando para ele, que dormia profundamente, a cinco centímetros de distância.

– Meu Deus... – sussurrei, perguntando-me como havíamos conseguido ficar tão enganchados um no outro.

Inspirei fundo e prendi o fôlego, tentando me soltar completamente.

– Para com isso, Flor, estou dormindo – ele murmurou, me apertando junto de si.

Depois de várias tentativas, finalmente consegui me soltar. Sentei na beirada da cama, olhando para trás, para seu corpo seminu envolto nas cobertas. Os limites estavam começando a ficar tênues, e a culpa era minha.

Ele deslizou a mão pelos lençóis e encostou nos meus dedos.

– Qual o problema, Beija-Flor? – perguntou, mal abrindo os olhos.

– Vou pegar um copo de água, você quer alguma coisa?

Travis balançou a cabeça e fechou os olhos, com o rosto encostado no colchão.

— Bom dia, Abby — disse Shepley, sentado na cadeira reclinável, quando entrei na sala.

— Cadê a Mare?

— Ainda está dormindo. O que você está fazendo em pé tão cedo? — ele me perguntou, olhando para o relógio.

— O despertador tocou, mas eu sempre acabo acordando cedo depois de beber. É uma maldição.

— Eu também — ele disse.

— É melhor você ir acordar a Mare. Temos aula daqui a uma hora — falei, abrindo a torneira e me inclinando para beber um gole de água.

Shepley assentiu.

— Eu ia deixar a Mare ficar dormindo.

— É melhor não. Ela vai ficar brava se perder a aula.

— Então vou acordá-la — ele disse e se virou. — Ei, Abby.

— O quê?

— Eu não sei o que está rolando entre você e o Travis, mas sei que ele vai fazer algo idiota que vai te deixar irada. É uma mania que ele tem. Ele não fica muito chegado a ninguém por tanto tempo e, sei lá por quê, abriu espaço na vida dele para você. Mas você tem que ignorar os demônios dele. É a única forma que ele tem de saber.

— De saber o quê? — perguntei, erguendo uma sobrancelha em resposta ao seu discurso melodramático.

— Se você vai sair de cima do muro — ele respondeu simplesmente.

Balancei a cabeça e dei um risinho.

— Você é quem manda, Shep.

Ele deu de ombros e voltou para o quarto. Ouvi uns murmúrios baixinhos, um gemido de protesto e depois as doces risadinhas de America.

Espalhei aveia na minha tigela e despejei calda de chocolate, enquanto misturava tudo.

— Que coisa nojenta, Flor — disse Travis, vestindo somente uma cueca xadrez verde. Ele esfregou os olhos e pegou uma caixa de cereal no armário.

– Bom dia pra você também – respondi, fechando com um estalido a tampa da calda.

– Ouvi dizer que seu aniversário está perto. Tá virando adulta... – disse ele, abrindo um largo sorriso, com os olhos inchados e vermelhos.

– É... Não sou muito ligada em aniversários. Acho que a Mare vai me levar pra jantar ou algo assim – sorri. – Pode vir também, se quiser.

– Tudo bem – ele deu de ombros. – É no domingo da semana que vem?

– Isso. Quando é o seu aniversário?

Ele despejou o leite na tigela, submergindo os flocos com a colher.

– Só em abril. Primeiro de abril.

– Ah, fala sério!

– É sério – disse ele, mastigando.

– Você faz aniversário no Dia da Mentira? – perguntei, erguendo uma sobrancelha.

Ele riu.

– Faço! Você vai se atrasar. É melhor eu ir me vestir.

– Vou de carona com a Mare.

Pude perceber que ele se esforçou para agir com naturalidade quando deu de ombros.

– Tudo bem – ele disse e virou as costas para mim, para terminar de comer seu cereal.

4
A APOSTA

— *Definitivamente, ele está encarando você* — sussurrou America, se curvando para dar uma espiada do outro lado da sala.

— Para de olhar, besta, ele vai ver você.

America sorriu e acenou.

— Ele já me viu. E ainda está te encarando.

Hesitei por um instante e, por fim, consegui reunir coragem para olhar na direção dele. Parker estava olhando direto para mim, com um largo sorriso no rosto.

Retribuí o sorriso e então fingi que estava digitando algo no laptop.

— Ele ainda está me encarando? — murmurei.

— Sim — ela respondeu, dando risadinhas.

Depois da aula, Parker me parou no corredor.

— Não esquece da festa nesse fim de semana.

— Não vou esquecer — falei, tentando não começar a pestanejar ou fazer algo ridículo do gênero.

America e eu cruzamos o gramado até o refeitório para encontrar Travis e Shepley para o almoço. Ela ainda estava rindo do comportamento de Parker quando eles se aproximaram.

— Oi, baby — disse America, beijando o namorado na boca.

— O que é tão engraçado? — Shepley quis saber.

— Ah, um carinha na aula que ficou encarando a Abby durante uma hora. Foi tão fofo!

— Contanto que ele estivesse encarando a Abby — disse Shepley, dando uma piscadela para a namorada.

— Quem era? — Travis fez uma careta.

Arrumei a mochila nas costas, o que fez com que ele a tirasse dali e a segurasse para mim. Balancei a cabeça.

– A Mare está imaginando coisas.

– Abby! Sua grandessíssima mentirosa! Era o Parker Hayes, e ele estava dando muito na cara. Estava praticamente babando.

Travis fez uma expressão de nojo.

– Parker *Hayes*?

Shepley puxou America pela mão.

– Vamos almoçar. Vocês vão desfrutar a fina culinária do refeitório essa tarde?

America beijou-o novamente em resposta, e eu e Travis os acompanhamos. Coloquei minha bandeja entre a da America e a do Finch, mas Travis não se sentou no lugar de costume, na minha frente; foi se sentar um pouco mais longe. Foi então que me dei conta de que ele não tinha dito muita coisa durante nossa caminhada até o refeitório.

– Você está bem, Trav? – perguntei.

– Eu? Ótimo, por quê? – ele respondeu, aliviando um pouco a expressão no rosto.

– Você está quieto.

Vários jogadores do time de futebol americano se aproximaram da mesa e se sentaram, rindo alto. Travis parecia um pouco irritado enquanto revirava a comida no prato.

Chris Jenks jogou uma batata frita no prato do Travis.

– E aí, Trav? Ouvi dizer que você comeu a Tina Martin. Ela estava falando um monte de você hoje.

– Cala a boca, Jenks – disse Travis, sem tirar os olhos da comida.

Eu me inclinei para frente, de forma que o gigante sentado diante do Travis pudesse sentir toda a força do meu olhar fulminante.

– Para com isso, Chris.

Os olhos de Travis perfuraram os meus.

– Eu posso me cuidar sozinho, Abby.

– Desculpa, eu...

– Não quero que você peça desculpas. Não quero que você faça nada – ele retrucou, se afastando bruscamente da mesa e saindo como um raio pela porta.

Finch olhou para mim com as sobrancelhas arqueadas.

– Nossa! O que foi aquilo?

Enfiei o garfo na batata e bufei.

– Não sei.

Shepley deu um tapinha nas minhas costas.

– Não foi nada que você fez, Abby.

– Tem umas coisas acontecendo com ele – acrescentou America.

– Que tipo de coisas? – perguntei.

Shepley deu de ombros e voltou a atenção para o próprio prato.

– Você já devia saber que é preciso ter paciência e saber perdoar para ser amigo do Travis. Ele tem um mundo próprio.

Balancei a cabeça em negativa.

– Esse é o Travis que todo mundo vê... não o Travis que eu conheço.

Shepley se inclinou para frente.

– Não tem diferença entre um e outro. Você só tem que seguir a onda.

Depois da aula, fui com America até o apartamento e vi que a moto do Travis não estava lá. Entrei no quarto e me encolhi como uma bola na cama dele, apoiando a cabeça no braço. Ele estava bem aquela manhã. Tínhamos passado tanto tempo juntos, e eu não conseguia acreditar que não havia notado que algo o chateara. E não era só isso – me perturbava o fato de que parecia que America sabia o que estava acontecendo, e eu não.

Minha respiração se acalmou e senti os olhos pesados; não demorou muito para que eu caísse no sono. Quando acordei, o céu noturno já tinha escurecido a janela. Ouvi vozes abafadas vindo da sala pelo corredor, entre elas o tom grave do Travis. Fui sorrateiramente até o corredor e parei quando ouvi meu nome.

– A Abby entende, Trav. Não fique se martirizando – disse Shepley.

– Vocês já vão juntos na festa de casais. Qual o problema em chamá-la pra sair? – America quis saber.

Meu corpo ficou tenso, e esperei para ouvir a resposta.

– Não quero *namorar* a Abby... só quero ficar por perto. Ela é... diferente.

– Diferente *como*? – perguntou America, parecendo irritada.

– Ela não atura as minhas merdas, e isso é reconfortante. Você mesma disse, Mare. Eu não faço o tipo dela. Só não é... assim com a gente.

– Você está mais próximo do tipo dela do que imagina – America disse.

Recuei fazendo o mínimo de barulho possível e, quando as tábuas do assoalho rangeram sob meus pés descalços, estiquei a mão e fechei a porta do quarto de Travis. Então voltei pelo corredor.

– Oi, Abby – disse America, com um largo sorriso. – Como foi o cochilo?

– Desmaiei durante cinco horas. Isso está mais próximo de um coma que de um cochilo.

Travis ficou me encarando por um instante e, quando sorri para ele, veio direto na minha direção e me puxou pelo corredor até o quarto. Fechou a porta, e senti meu coração bater forte no peito, esperando que ele dissesse algo para esmagar meu ego.

Ele juntou as sobrancelhas e disse:

– Desculpa, Flor. Fui um babaca com você hoje.

Relaxei um pouco ao ver o remorso nos olhos dele.

– Eu não sabia que você estava bravo comigo.

– Eu não estava bravo com você. Eu só tenho o péssimo hábito de atacar verbalmente aqueles com quem me importo. É uma desculpa tosca, eu sei, mas eu sinto muito – ele disse e me envolveu em seus braços.

Aninhei o rosto no peito dele e me ajeitei.

– Com o que você estava bravo?

– Nada de importante. A única coisa que me preocupa é você.

Eu me afastei para olhar para ele.

– Consigo lidar com seus acessos de raiva.

Seus olhos ficaram tentando ler a expressão no meu rosto antes de um sorrisinho se espalhar por seus lábios.

– Eu não sei por que você me aguenta, e não sei o que faria se fosse diferente.

Eu podia sentir o cheiro de cigarro e menta em seu hálito e olhei para sua boca. Meu corpo reagia à nossa proximidade. A expressão no rosto de Travis ficou diferente, sua respiração ficou instável... Ele também tinha notado.

Ele se inclinou milimetricamente na minha direção, e ambos demos um pulo quando o celular dele tocou. Travis suspirou e tirou o telefone do bolso.

– Alô. O *Hoffman*? Meu Deus... tá bom. Esses mil vão vir fácil, fácil. No Jefferson? – Ele olhou para mim e piscou. – Estaremos lá. – Então desligou e me pegou pela mão. – Vem comigo – e foi me puxando pelo corredor. – Era o Adam – ele disse ao Shepley. – O Brady Hoffman estará no Jefferson em uma hora e meia.

Shepley assentiu e se levantou, pegando o celular do fundo do bolso. Digitou as informações rapidamente, convidando para a luta os que sabiam do Círculo. Aqueles dez membros, mais ou menos, enviaram mensagens a outros dez e assim por diante, até que todos soubessem exatamente onde o ringue estaria.

– Lá vamos nós! – exclamou America, sorrindo. – É melhor a gente se arrumar.

O ar no apartamento estava tenso e alegre ao mesmo tempo. Travis parecia ser o menos afetado, calçando rápido as botas e colocando uma regata branca como se fosse sair para resolver algo trivial.

America foi comigo pelo corredor até o quarto do Travis e franziu a testa.

– Você tem que se trocar, Abby. Não pode usar isso pra ver a luta.

– Usei uma droga de um cardigã da última vez e você não falou nada! – protestei.

– Não achei que você fosse mesmo da última vez. Toma – ela me jogou umas roupas –, veste isso.

– Não vou vestir isso!

– Vamos logo! – Shepley gritou da sala de estar.

– Anda logo! – America falou irritada, entrando correndo no quarto de Shepley.

Vesti o top frente-única amarelo decotado e a calça jeans de cintura baixa que America tinha jogado para mim. Depois coloquei saltos altos e passei um pente no cabelo enquanto cruzava o corredor. America saiu do quarto do Shep com um vestido verde curto, estilo baby doll, e sapatos de salto combinando. Quando aparecemos, Travis e Shepley estavam parados à porta.

Travis ficou boquiaberto.

– Ah, não! Você está tentando fazer com que eu seja morto? Você tem que se trocar, Flor.

– O quê? – perguntei, olhando para baixo.

America levou as mãos ao quadril.

– Ela está uma graça, Trav, deixe a menina em paz!

Ele me pegou pela mão e me conduziu pelo corredor.

– Coloque uma camiseta... e tênis. Alguma coisa confortável.

– O quê? Por quê?

– Porque, com essa blusinha aí, vou ficar mais preocupado com quem está olhando pros seus peitos do que com o Hoffman – ele disse, parando na porta.

– Achei que você tinha dito que não ligava a mínima para o que as pessoas achavam.

– A situação é diferente, Beija-Flor – Travis olhou para o meu peito e depois para mim. – Você não pode usar isso para ir ver a luta, então por favor... só... se troca, por favor – ele gaguejou, me enxotando para dentro do quarto e fechando a porta.

– Travis! – gritei.

Eu me livrei dos sapatos de salto com um chute e enfiei meu par de All Star Converse nos pés. Depois me contorci e tirei o top, jogando-o do outro lado do quarto. Enfiei a primeira camiseta de algodão que vi pela frente e corri até a sala, parando na entrada do apartamento.

– Tá melhor? – perguntei, bufando de raiva e puxando o cabelo para prendê-lo num rabo de cavalo.

– Agora tá! – Travis respondeu aliviado. – Vamos!

Fomos correndo até o estacionamento. Pulei na garupa da moto enquanto ele ligou o motor com tudo e saiu voando pela estrada até a faculdade. Apertei a cintura dele, tamanha era minha expectativa; a correria na hora de sair tinha enviado ondas de adrenalina por minhas veias.

Travis subiu no meio-fio com a moto e a estacionou na sombra, atrás do Pavilhão Jefferson de Humanas. Pôs os óculos de sol no alto da cabeça e me agarrou pela mão, sorrindo enquanto seguíamos sorrateiramente até a parte de trás do prédio. Paramos ao lado de uma janela aberta perto do nível do chão.

Arregalei os olhos quando me dei conta do que faríamos.

– Você só pode estar brincando!

Travis sorriu.

– Essa é a entrada VIP. Você devia ver como o resto do pessoal entra.

Balancei a cabeça enquanto ele enfiava as pernas ali para entrar, sumindo de vista logo depois. Eu me abaixei e o chamei no meio da escuridão.

– Travis!

– Aqui embaixo, Flor. É só descer, os pés primeiro. Vem, eu te seguro!

– Você está louco se acha que vou pular no escuro!

– Eu te seguro, prometo! Anda logo, vai!

Suspirei, levando a mão à testa.

– Isso é loucura!

Eu me sentei no parapeito da janela e fui indo para frente, até que metade do meu corpo ficou pendurado no escuro. Virei de barriga para baixo e tentei tatear o chão com os dedos dos pés. Esperei que meus pés encostassem na mão do Travis, mas perdi a pegada, soltando um gritinho agudo quando caí para trás. Duas mãos me seguraram e ouvi a voz dele no escuro.

– Você cai que nem menina – ele disse, dando uma risadinha.

Ele me pôs no chão e me puxou ainda mais para a escuridão. Depois de uns doze passos, eu já podia ouvir a gritaria familiar de números e nomes, e uma luz se acendeu. Havia uma lanterna no canto, que iluminava a sala o suficiente para eu conseguir ver o rosto do Travis.

– O que estamos fazendo? – perguntei.

– Esperando. O Adam tem que fazer o discurso de abertura dele antes de eu entrar.

Fiquei inquieta.

– É melhor eu ficar esperando aqui ou entrar? Pra onde eu vou quando a luta começar? Cadê o Shep e a Mare?

– Eles foram pela outra entrada. É só me seguir, não vou deixar você entrar naquele tanque de tubarões sem mim. Fique perto do Adam, ele vai impedir que te esmaguem. Não posso cuidar de você e dar socos ao mesmo tempo.

– Me esmaguem?

– Vai ter mais gente aqui hoje. O Brady Hoffman é da Estadual. Eles têm o Círculo deles lá. Vai ser a nossa galera e a galera deles, então vai ficar uma doideira lá no salão.

– Você está nervoso? – perguntei.

Ele sorriu, baixando o olhar para mim.

– Não. Mas você parece que está um pouco.

– Talvez – admiti.

– Se isso fizer você se sentir melhor, não vou deixar nem ele encostar em mim. Não vou deixar ele me acertar nem uma vez, pra agradar os fãs dele.

– Como vai fazer isso?

Ele deu de ombros.

– Geralmente deixo que eles acertem uma... para parecer justo.

– Você... deixa as pessoas te acertarem?

– Que graça teria se eu só massacrasse o adversário e nunca levasse nenhum soco? Isso não seria bom para os negócios, ninguém apostaria contra mim.

– Que monte de baboseira – falei, cruzando os braços.

Travis ergueu uma sobrancelha.

– Você acha que estou te zoando?

– Acho difícil acreditar que você só leva um golpe quando deixa.

– Quer fazer uma aposta, Abby Abernathy? – ele me perguntou sorrindo, com um brilho nos olhos.

Sorri de volta.

– Quero. Aposto que ele acerta um soco em você.

– E se ele não acertar? O que é que eu ganho? – ele me perguntou.

Dei de ombros enquanto a gritaria do outro lado da parede se transformava num rugido. Adam cumprimentou a multidão ali reunida e depois repassou as regras.

A boca de Travis se abriu em um largo sorriso.

– Se você ganhar, fico sem sexo durante um mês. – Ergui uma sobrancelha e ele sorriu de novo. – Mas, se eu ganhar, você tem que passar um mês comigo.

– O quê? Já estou ficando lá de qualquer forma! Que tipo de aposta é essa? – perguntei, gritando em meio ao ruído.

– Eles consertaram as caldeiras do Morgan hoje – disse Travis, com um sorriso e uma piscadinha.

Um riso sem graça aliviou minha expressão quando Adam chamou Travis.

– Qualquer coisa é válida para tentar ver você em abstinência, pra variar.

Travis me deu um beijo no rosto e foi andando, com um porte orgulhoso. Fui atrás dele e, quando passamos para a sala seguinte, fiquei assustada com a quantidade de gente reunida naquele espaço pequeno. Só havia lugar em pé, e os empurrões e a gritaria aumentaram quando entramos. Travis assentiu na minha direção, e Adam pôs a mão no meu ombro e me puxou para seu lado.

Eu me inclinei para falar ao ouvido dele:

– Duas no Travis.

Adam ergueu as sobrancelhas quando me viu puxar duas notas de cem do bolso. Ele estendeu a palma e bati com as notas na mão dele.

– Você não é a Poliana que achei que fosse – ele falou, me olhando de cima a baixo.

Brady era pelo menos uma cabeça mais alto que Travis, e engoli em seco quando os vi em pé, prontos para o combate. Brady era enorme, tinha duas vezes o tamanho de Travis e era só músculos. Eu não conseguia ver a expressão no rosto de Travis, mas era óbvio que Brady estava ali para derramar sangue.

Adam aproximou os lábios de minha orelha e disse:

– Acho que você vai querer tampar os ouvidos, menina.

Coloquei as mãos em concha, uma em cada ouvido, e ele sinalizou o começo da luta com o megafone. Em vez de atacar, Travis deu uns passos para trás. Brady desferiu um golpe, do qual ele se esquivou indo para a direita. O adversário atacou de novo, e Travis abaixou a cabeça, desviando para o outro lado.

– Que merda é essa?! Isso não é uma luta de boxe, Travis! – Adam gritou.

Travis deu um soco no nariz de Brady. O barulho no porão era ensurdecedor. Travis acertou um gancho de esquerda no maxilar do adversário, e levei as mãos à boca quando este tentou acertar mais alguns socos, mas todos atingiram o ar. Brady caiu de encontro a seu séquito quando Travis lhe deu uma cotovelada no rosto. Achei que a luta estava quase terminando, porém Brady voltou a lançar golpes, mas parecia que ele não conseguia mais manter o ritmo. Ambos estavam cobertos de suor, e tive um sobressalto quando Brady errou mais um soco, batendo forte a mão em uma pilastra de cimento. Quando ele se curvou segurando o punho cerrado, Travis partiu para o ataque final.

Ele foi implacável, acertando primeiro o rosto de Brady com o joelho, depois golpeando-o com os punhos cerrados repetidas vezes, até o adversário cambalear e cair. O barulho foi às alturas quando Adam saiu do meu lado para jogar o quadrado vermelho sobre o rosto ensanguentado de Brady.

Travis sumiu entre os fãs, e pressionei as costas na parede, tateando o caminho até chegar à entrada por onde tínhamos vindo. Chegar aonde estava a lanterna foi um alívio imenso. Eu estava aflita, com medo de ser nocauteada e pisoteada.

Meus olhos focaram a entrada, e fiquei esperando que a multidão dispersasse. Depois de vários minutos sem sinal de Travis, eu me preparei para refazer os passos até a janela. Com o número de pessoas que tentavam sair ao mesmo tempo, não era muito seguro ficar andando por ali.

Assim que pisei na escuridão, ouvi o som de pegadas esmagando o concreto solto no chão. Travis estava em pânico procurando por mim.

– Beija-Flor!
– Estou aqui! – gritei, correndo para os braços dele.
Travis baixou o olhar e franziu a testa.
– Você me matou de susto! Quase tive que começar outra luta só pra vir te pegar... Aí eu finalmente chego aqui e você não estava!
– Que bom que você voltou. Eu não estava lá muito ansiosa para achar a saída no escuro.

Sem mais nenhum traço de preocupação no rosto, Travis abriu um sorriso.

– Acho que você perdeu a aposta.
Adam entrou pisando duro, olhou para mim e depois encarou Travis.

– Precisamos conversar.

Travis deu uma piscadinha para mim.

– Não saia daí. Eu já volto.

E sumiram no escuro. Adam ergueu a voz algumas vezes, mas não consegui entender o que ele estava dizendo. Travis voltou, enfiando uma bolada de dinheiro no bolso, e me deu um meio sorriso.

– Você vai precisar de mais roupas.

– Você realmente vai me fazer ficar no seu apartamento durante *um mês*?

– Você teria me feito ficar sem sexo por um mês?

Eu ri, sabendo que teria feito isso.

– É melhor darmos uma parada no Morgan.

Ele abriu um sorriso de alegria.

– Isso vai ser interessante.

Adam passou pela gente e bateu com as notas do meu lucro na palma da minha mão, depois se juntou à turba, que se dissipava.

Travis ergueu a sobrancelha.

– Você apostou dinheiro?

Sorri e dei de ombros.

– Achei que devia ter a experiência completa.

Ele me levou até a janela e se arrastou por ela, então se virou para me ajudar a subir e sair no ar refrescante da noite. Os grilos cantavam nas sombras, parando apenas o suficiente para passarmos. A grama-preta que cobria a beirada da calçada oscilava com a brisa suave, me fazendo lembrar o som do oceano quando não se está perto o bastante para ouvir o barulho das ondas se quebrando. Não estava muito quente nem muito frio; era a noite perfeita.

– E aí? Por que diabos você quer que eu fique no seu apartamento? – perguntei.

Travis deu de ombros, enfiando as mãos nos bolsos.

– Não sei. Tudo fica melhor quando você está por perto.

Os arrepios que senti por causa do que ele falou logo se foram quando avistei as manchas vermelhas que cobriam sua camiseta.

– Credo! Você está coberto de sangue.

Travis olhou para baixo com indiferença e então abriu a porta, fazendo um gesto para eu entrar. Passei rapidamente por Kara, que estudava na cama, cercada por livros.

– As caldeiras foram consertadas hoje de manhã – ela disse.

– Fiquei sabendo – falei, esvaziando meu armário.

– Oi – Travis a cumprimentou.

Ela torceu o nariz enquanto o analisava, suado e ensanguentado.

– Travis, essa é a minha colega de quarto, Kara Lin. Kara, esse é Travis Maddox.

– Prazer – ela respondeu, ajeitando os óculos, depois olhou para minhas malas. – Você está se mudando daqui?

– Não. Perdi uma aposta.

Travis caiu na gargalhada, segurando as malas.

– Está pronta?

– Estou. Como vou levar tudo isso para o seu apartamento? Estamos de moto.

Travis sorriu e pegou o celular. Foi levando minha bagagem para a rua e, minutos depois, o Charger vintage preto do Shepley estacionou.

A janela do lado do passageiro foi descendo e America enfiou a cabeça para fora.

– Oi, minha linda!

– Oi. As caldeiras estão funcionando de novo no Morgan. Mesmo assim você vai ficar no apartamento do Shep?

Ela deu uma piscadinha.

– É, pensei em ficar lá essa noite. Ouvi dizer que você perdeu uma aposta.

Antes que eu pudesse falar alguma coisa, Travis fechou o porta-malas e Shep acelerou, com America soltando gritinhos enquanto caía de volta dentro do carro.

Fomos andando até a Harley do Travis, que esperou que eu me ajeitasse no banco. Quando coloquei os braços em volta dele, ele apoiou sua mão na minha.

– Fiquei feliz porque você estava lá hoje à noite, Flor. Nunca me diverti tanto numa luta em toda a minha vida!

Apoiei o queixo no ombro dele e sorri.

– É porque você estava tentando ganhar a nossa aposta.

Ele se virou para me olhar de frente.

– Pode crer, estava mesmo!

Não havia expressão alguma de diversão em seus olhos. Ele estava sério e queria que eu visse isso.

De repente, ergui as sobrancelhas.

– Era por isso que você estava com aquele tremendo mau humor hoje? Porque sabia que tinham consertado as caldeiras e que eu iria embora hoje à noite?

Travis não respondeu, apenas sorriu enquanto dava partida na moto. A viagem até o apartamento foi lenta, de um jeito que não lhe era característico. A cada sinal vermelho, ele cobria minhas mãos com as dele ou colocava a mão no meu joelho. Os limites estavam ficando tênues de novo, e eu me perguntava como passaríamos um mês juntos sem arruinar tudo. As pontas soltas da nossa amizade estavam se enrolando de um jeito que eu nunca tinha imaginado.

Quando chegamos ao estacionamento do prédio, o Charger do Shepley estava parado no local de costume.

Desci da moto e parei na frente dos degraus.

– Odeio quando os dois já estão em casa faz um tempinho. Sinto como se a gente fosse interrompê-los.

– Pode se acostumar. Este lugar vai ser seu durante as próximas quatro semanas – Travis sorriu e se virou de costas para mim. – Sobe aí.

– O quê? – sorri.

– Vamos, vou carregar você até lá em cima.

Dei uma risadinha e pulei nas costas dele, entrelaçando os dedos em seu peito enquanto ele subia as escadas correndo. America abriu a porta antes de chegarmos lá em cima e sorriu.

– Olhe só pra vocês dois. Se eu não soubesse...

– Para com isso, Mare – disse Shepley do sofá.

America sorriu como se tivesse falado demais e abriu mais a porta para que pudéssemos passar. Travis tombou na cadeira reclinável. Soltei um gritinho agudo quando ele se apoiou em cima de mim.

– Você está tão alegre hoje, Trav. Que foi? – America quis saber.

Eu me inclinei para frente para ver o rosto dele. Nunca o tinha visto tão contente antes.

– Acabei de ganhar uma bolada de dinheiro, Mare. O dobro do que achei que tiraria nessa luta. Por que eu não estaria feliz?

America abriu um largo sorriso.

– Não, é alguma outra coisa – falou, olhando para a mão de Travis enquanto ele dava uns tapinhas na minha perna.

Ela estava certa: ele parecia diferente. Havia uma aura de paz em volta dele, quase como se uma profunda satisfação tivesse tomado conta de sua alma.

– Mare – Shepley chamou atenção.

– Tudo bem, vou falar de outra coisa. O Parker não te convidou para ir à festa da Sig Tau nesse fim de semana, Abby?

O sorriso de Travis desapareceu e ele se virou para mim, esperando a resposta.

– Hum... convidou. Mas não vamos todos nós?

– Eu vou – disse Shepley, distraído com a televisão.

– O que quer dizer que eu também vou – falou America, olhando para Travis com ar de expectativa. Ele me encarou por um instante, depois me cutucou de leve na perna com o cotovelo.

– Ele vem te buscar ou algo assim?

– Não, ele só me falou da festa.

America abriu um sorriso quase zombeteiro.

– Mas ele disse que ia te encontrar lá. Ele é uma gracinha.

Travis olhou irritado para America, depois voltou a olhar para mim.

– Você vai?

– Falei pra ele que iria – dei de ombros. – Você vai?

– Vou – disse ele sem hesitar.

Foi então que a atenção de Shepley se voltou para Travis.

– Você disse na semana passada que não ia a essa festa.

– Mudei de ideia, Shep. Qual é o problema?

– Nada não – ele resmungou, indo para o quarto.

America franziu a testa para Travis.

— Você sabe qual é o problema — disse ela. — Por que você não para de deixá-lo maluco e resolve isso logo?

Ela foi se juntar a Shepley no quarto, e as vozes dos dois foram reduzidas a murmúrios atrás da porta fechada.

— Bom, fico feliz que todo mundo, menos eu, saiba qual é o problema — falei.

Travis se levantou.

— Vou tomar uma ducha.

— Tem alguma coisa acontecendo com eles? — eu quis saber.

— Não, ele só é paranoico.

— É por causa de nós dois — adivinhei.

Os olhos de Travis ganharam um brilho e ele assentiu.

— Que foi? — perguntei, olhando para ele com ar de suspeita.

— Você está certa. É por causa de nós dois. Não vá dormir, tá? Quero conversar com você sobre uma coisa.

Ele deu uns passos para trás e então sumiu atrás da porta do banheiro. Eu torcia o cabelo em volta do dedo, refletindo sobre a forma como ele tinha enfatizado as palavras "nós dois", além da expressão em seu rosto quando disse isso. Eu me perguntava se já haviam existido limites algum dia, e se eu era a única que ainda considerava minha relação com Travis só de amizade.

Shepley saiu do quarto como um raio, e America foi correndo atrás dele.

— Shep, não! — ela suplicou.

Ele olhou para trás, para a porta do banheiro, e depois para mim. A voz dele estava baixa, mas com raiva.

— Você me prometeu, Abby. Quando te falei para ter paciência e saber perdoar, não quis dizer que era para vocês dois se envolverem! Achei que vocês fossem apenas amigos!

— Mas nós somos! — falei, abalada com o ataque surpresa.

— Não são, não! — ele exclamou, furioso.

America pôs a mão no ombro dele.

— Baby, eu disse que vai ficar tudo bem.

Ele se soltou dela.

81

— Por que você está forçando a situação, Mare? Eu já falei pra você o que vai acontecer!

Ela segurou o rosto dele nas mãos.

— E eu falei que não vai ser assim! Você não confia em mim?

Shepley suspirou, olhou para ela, para mim, depois entrou no quarto pisando duro.

America tombou na cadeira reclinável ao meu lado e bufou.

— Eu não consigo enfiar na cabeça dele que não importa se você e o Travis vão dar certo juntos ou não, isso não vai afetar a gente. Mas ele já se deu mal muitas vezes e não acredita em mim.

— Do que você está falando, Mare? Eu e o Travis não estamos juntos. Somos apenas amigos. Você ouviu o que ele disse... que não tem interesse em mim desse jeito.

— Você ouviu isso?

— Bom, ouvi.

— E acreditou?

Dei de ombros.

— Não importa. Nunca vai rolar nada entre a gente. Ele me disse que não me vê desse jeito. Além disso, ele morre de medo de se comprometer, seria impossível arrumar uma amiga além de você com quem ele não tenha dormido, e também não consigo lidar com as mudanças de humor dele. Não acredito que o Shep acha que vai acontecer alguma coisa.

— É que ele não só conhece o Travis... como conversou com o Travis, Abby.

— O que você quer dizer?

— Mare — Shepley chamou lá do quarto.

America soltou um suspiro.

— Você é minha melhor amiga. Acho que te conheço melhor do que você mesma às vezes. Quando vejo vocês dois juntos, a única diferença entre o relacionamento de vocês e o meu com o Shep é que você e o Travis não estão transando. Fora isso, não tem diferença nenhuma.

— Tem uma diferença enorme, *colossal*, Mare. O Shep traz uma garota diferente pra casa toda noite? Você vai a uma festa amanhã para se encontrar com um cara que tem grande potencial para ser seu namorado?

Você sabe que não posso me envolver com o Travis, Mare. Não sei nem por que estamos discutindo esse assunto.

A expressão no rosto dela era de decepção.

– Não estou imaginando coisas, Abby. Você passou quase todos os segundos com ele no último mês. Admita, você sente algo por ele.

– Deixa quieto, Mare – disse Travis, apertando com força a toalha enrolada em volta da cintura.

Tanto America quanto eu demos um pulo ao ouvir a voz de Travis. Quando nossos olhares se encontraram, pude ver que toda aquela sua felicidade tinha ido embora. Ele atravessou o corredor sem falar mais nem uma palavra, e America olhou para mim com tristeza.

– Acho que você está cometendo um erro – ela sussurrou. – Você não precisa ir àquela festa para conhecer um cara. Tem um que é louco por você bem aqui – ela disse e me deixou sozinha.

Fiquei balançando na cadeira reclinável e repassei na minha cabeça tudo que tinha acontecido na última semana. Shepley estava com raiva de mim, America estava decepcionada comigo, e Travis... passou de estar mais feliz do que nunca a tão ofendido que ficou sem palavras. Nervosa demais para ir me deitar na cama ao lado dele, fiquei olhando para o relógio enquanto os minutos se arrastavam.

Tinha se passado uma hora quando Travis saiu do quarto e cruzou o corredor. Quando entrou na sala, eu esperava que ele fosse me chamar para ir me deitar, mas ele estava vestido e com a chave da moto na mão. Os óculos de sol escondiam seus olhos, e ele colocou um cigarro na boca antes de segurar a maçaneta da porta.

– Vai sair? – perguntei, erguendo meio corpo na cadeira. – Aonde você vai?

– Sair – disse ele, puxando a porta com força para abri-la e depois batendo-a atrás de si.

Tombei de volta na cadeira reclinável e soltei o ar preso. De alguma forma eu tinha me tornado a vilã, e não fazia a mínima ideia de como havia conseguido essa façanha.

Quando o relógio acima da televisão marcou duas da manhã, me conformei em ir para a cama. O colchão era um lugar solitário sem Travis, e a ideia de ligar para o celular dele se insinuava em minha mente. Eu tinha quase caído no sono quando ele parou a moto no estacionamento. Duas portas de carro se fecharam logo depois, e então ouvi vários pés subindo as escadas. Travis ficou mexendo na fechadura por uns instantes e logo a porta se abriu. Ele deu risada e falou algo que não entendi. Então ouvi não uma voz feminina, mas duas. As risadinhas delas foram interrompidas pelo distinto som de beijos e gemidos. Meu coração afundou no peito e, na hora, fiquei com raiva por me sentir daquele jeito. O gritinho agudo de uma das garotas fez com que meus olhos se fechassem com tudo, e depois tenho certeza de que o som era dos três caindo no sofá.

Cheguei a pensar em pedir que America me emprestasse a chave do carro, mas a porta do quarto de Shepley ficava em uma linha de visão direta para o sofá, e eu não aguentaria ver as imagens que acompanhavam os ruídos naquela sala de estar. Enterrei a cabeça debaixo do travesseiro e fechei os olhos quando a porta se abriu de repente. Travis atravessou o quarto, abriu a gaveta de cima da mesa de cabeceira, pegou algo no pote de camisinhas e voltou pelo corredor meio rápido. As garotas ficaram dando risadinhas pelo que pareceu uma meia hora, depois veio o silêncio.

Segundos mais tarde, gemidos, gritos e sussurros encheram o apartamento. Parecia que um filme pornô estava sendo gravado na sala de estar. Cobri o rosto com as mãos e balancei a cabeça. Quaisquer limites que tivessem ficado obscuros ou sumido na semana passada agora eram substituídos por uma parede impenetrável de pedra. Deixei de lado minhas ridículas emoções, forçando-me a relaxar. O Travis era o Travis, e nós dois éramos, sem sombra de dúvida, apenas amigos.

Os gritos e outros ruídos nojentos foram ficando mais baixos até cessar por completo depois de uma hora, seguidos de lamúrias e murmúrios descontentes das mulheres quando foram dispensadas. Travis tomou banho e caiu na cama, de costas para mim. Mesmo depois do banho, o cheiro que vinha dele indicava que tinha bebido uísque o suficiente para sedar um cavalo, e fiquei furiosa por ele ter dirigido naquele estado até o apartamento.

Eu ainda não conseguia dormir, nem depois que a estranheza da situação e a raiva foram diminuindo. Quando a respiração de Travis ficou profunda e uniforme, me sentei e olhei para o relógio. O sol nasceria em menos de uma hora. Saí de debaixo das cobertas, atravessei o corredor e peguei uma manta no armário. A única prova do *ménage à trois* de Travis eram duas embalagens vazias de camisinha que estavam no chão. Pisei nelas e me joguei na cadeira reclinável.

Fechei os olhos. Quando os abri de novo, America e Shepley estavam sentados no sofá, em silêncio, vendo televisão sem som. O sol iluminava o apartamento, e me contorci quando senti as costas reclamarem de qualquer tentativa de movimento.

America voltou rapidamente a atenção para mim.

– Abby? – ela veio correndo para o meu lado.

Ela me olhava preocupada. Estava esperando raiva, lágrimas ou alguma outra explosão emocional da minha parte.

Shepley parecia desolado.

– Sinto muito pela noite passada, Abby. A culpa é minha.

Eu sorri.

– Está tudo bem, Shep. Não precisa se desculpar.

America e Shepley trocaram olhares de relance, e então ela me segurou pela mão.

– O Travis foi até o mercado. Ele... *argh*, não vem ao caso como ele está. Arrumei suas malas e vou te levar até o dormitório antes que ele chegue, para você nem ter que lidar com a presença dele.

Foi só naquele instante que tive vontade de chorar – eu tinha sido expulsa dali. Fiz um grande esforço para que minha voz saísse tranquila antes de falar:

– Dá tempo de tomar um banho?

America balançou a cabeça em negativa.

– Vamos embora, Abby. Não quero que você tenha que ver o Travis de novo. Ele não merece...

A porta se abriu com tudo e Travis entrou, cheio de sacolas. Foi direto para a cozinha e começou a colocar latas e caixas nos armários.

– Quando a Flor acordar, vocês me avisam, tá? – ele disse, baixinho. – Eu trouxe espaguete, panquecas e morangos, além daquele treco de aveia com chocolate. E ela gosta do cereal Fruity Pebbles, não é, Mare? – ele perguntou e se virou.

Quando me viu, ficou paralisado. Depois de uma pausa sem graça, sua expressão se derreteu. Sua voz estava doce e suave.

– Oi, Beija-Flor.

Eu não teria ficado mais confusa se tivesse acordado num país estrangeiro. Nada fazia sentido. Primeiro achei que estava sendo expulsa, agora Travis chegava em casa com sacolas cheias das minhas comidas prediletas.

Ele deu alguns passos e entrou na sala de estar, nervoso, enfiando as mãos nos bolsos.

– Está com fome, Flor? Vou preparar umas panquecas. Ou tem... hum... aveia. Também trouxe pra você aquela espuma cor-de-rosa que você usa pra se depilar, além de um secador de cabelos, e um... um... só um segundo – disse ele, correndo até o quarto.

Quando voltou, ele estava pálido. Inspirou fundo e as sobrancelhas se encolheram.

– Suas malas estão feitas.

– Eu sei – falei.

– Você está indo embora – ele disse, derrotado.

Olhei para America, que o encarava com raiva, como se pudesse matá-lo com o olhar.

– Você esperava mesmo que ela fosse ficar aqui?

– Baby – Shepley sussurrou.

– Não começa, Shep. Nem se atreva a defender esse cara na minha frente – disse America, furiosa.

Travis parecia desesperado.

– Desculpa, Flor. Não sei nem o que dizer.

– Vamos, Abby – disse America.

Ela se levantou e me puxou pelo braço. Travis deu um passo na minha direção, mas America apontou o dedo para ele e disse:

– Que Deus me ajude, Travis! Se você tentar impedir a Abby de ir embora, vou encher você de gasolina e botar fogo enquanto você estiver dormindo!

– America – disse Shepley, soando um pouco desesperado.

Eu podia ver que ele estava dividido entre o primo e a mulher que amava, e me senti muito mal por ele. Aquela situação era exatamente o que ele tinha tentado evitar o tempo todo.

— Estou bem — falei, exasperada pela tensão na sala.

— O que você quer dizer com "estou bem"? — Shepley me perguntou, num tom de quase esperança.

Revirei os olhos.

— O Travis trouxe umas mulheres pra casa ontem à noite, e daí?

America parecia preocupada.

— Tudo bem, Abby. Você está me dizendo que está de boa com o que aconteceu?

Olhei para eles.

— O Travis pode trazer pra casa quem ele quiser. O apartamento é dele.

America me encarava como se eu tivesse enlouquecido, Shepley estava quase abrindo um sorriso, e Travis parecia pior do que antes.

— Você não fez suas malas? — ele quis saber.

Fiz que não com a cabeça e olhei para o relógio: já passava das duas horas da tarde.

— Não, e agora vou ter que tirar tudo delas. Ainda tenho que comer, tomar banho, me vestir... — falei, enquanto entrava no banheiro.

Assim que fechei a porta, me apoiei nela e fui deslizando até o chão. Eu tinha certeza de que havia irritado a America de um jeito irreparável, mas tinha feito uma promessa ao Shepley e pretendia manter minha palavra.

Ouvi um som baixinho de alguém batendo na porta.

— Flor? — disse Travis.

— O quê? — falei, tentando soar normal.

— Você vai ficar?

— Eu posso ir embora se você quiser, mas aposta é aposta.

A porta vibrou com o som baixo e oco da testa dele batendo do outro lado.

— Não quero que você vá embora, mas não te culparia se você fosse.

— Você está me dizendo que estou liberada da aposta?

Seguiu-se uma longa pausa.

— Se eu disser que sim, você vai embora?

— Bem, vou. Eu não moro aqui, seu bobo — falei, forçando um sorrisinho.

– Então não, a aposta ainda está valendo.

Olhei para cima e balancei a cabeça, sentindo as lágrimas arderem nos olhos. Eu não fazia ideia do motivo pelo qual estava chorando, mas não conseguia parar.

– Posso tomar um banho agora?

– Pode – ele suspirou.

Ouvi o som dos sapatos de America pisando duro no corredor e parando perto de Travis.

– Você é um canalha egoísta! – ela grunhiu, batendo a porta do quarto de Shepley com força depois de entrar.

Eu me forcei a me levantar do chão, abri o chuveiro e tirei a roupa, puxando a cortina do boxe.

Depois de bater mais uma vez na porta, Travis pigarreou e disse:

– Flor? Trouxe algumas coisas suas.

– É só colocar aí na pia que eu pego.

Ele entrou no banheiro e fechou a porta.

– Eu fiquei louco de raiva. Ouvi você falando pra America tudo que havia de errado comigo e isso me emputeceu. Eu só queria sair, tomar umas e pensar, mas, antes que me desse conta, eu estava pra lá de bêbado, e aquelas garotas... – ele fez uma pausa. – Acordei hoje de manhã e você não estava na cama, e quando te vi na cadeira reclinável e as embalagens de camisinha no chão, eu fiquei com nojo.

– Você podia ter me perguntado, em vez de gastar todo aquele dinheiro no mercado só para tentar me fazer ficar.

– Não ligo para o dinheiro, Flor. Fiquei com medo de você ir embora e nunca mais falar comigo.

Eu me encolhi ao ouvir a explicação dele. Não tinha parado para pensar em como ele se sentiria me ouvindo falar de como ele era errado para mim, e agora a situação tinha chegado a um ponto complicado demais para consertar.

– Eu não queria magoar você – falei, debaixo do chuveiro.

– Sei que você não queria. E não importa o que eu diga agora, porque ferrei com tudo... como sempre faço.

– Trav?

– O quê?
– Não dirija mais bêbado daquele jeito, tá?
Esperei um minuto até que, por fim, ele respirou fundo e respondeu:
– Tá bom – e fechou a porta ao sair.

5
PARKER HAYES

— *Pode entrar* — *falei, ao ouvir alguém batendo à porta.*

Travis ficou paralisado na entrada.

– Uau!

Sorri e olhei para o meu vestido, um tomara que caia curtinho que, admito, era a roupa mais ousada que eu já tinha usado. O tecido do vestido era fino, preto e transparente, com um forro cor da pele. Parker estaria na festa, e eu queria chamar atenção.

– Você está incrível – disse ele, quando coloquei os sapatos de salto alto.

Fiz um aceno com a cabeça, aprovando o visual dele também – camisa social branca e calça jeans.

– Você também está legal.

As mangas da camisa dele estavam dobradas até os cotovelos, deixando à mostra as tatuagens intricadas dos antebraços. Quando ele colocou as mãos nos bolsos, notei que usava seu bracelete de couro preto predileto.

America e Shepley esperavam por nós na sala de estar.

– O Parker vai ter um treco quando vir você – disse America, dando risadinhas enquanto Shepley seguia na frente até o carro.

Travis abriu a porta e entrei no banco de trás do Charger do Shepley. Embora já tivéssemos nos sentado lá inúmeras vezes antes, de repente pareceu esquisito ficar ao lado dele.

Havia várias filas de carros na rua; alguns estavam estacionados até no gramado da frente. A Casa estava a ponto de explodir com tantas pessoas, e ainda havia mais gente descendo a rua, vindo dos dormitórios. Shepley estacionou nos fundos da Casa, e America e eu seguimos os meninos.

Travis me trouxe um copo de plástico vermelho cheio de cerveja, e então se inclinou para sussurrar algo ao meu ouvido.

– Não aceite cerveja de ninguém além de mim e do Shep. Não quero que ninguém coloque nada na sua bebida.

Revirei os olhos.

– Ninguém vai colocar nada na minha bebida, Travis.

– Só não beba nada que não venha de mim, tá? Você não está mais no Kansas, Flor.

– Já ouvi essa antes – falei em tom de sarcasmo, bebendo um gole da cerveja.

Uma hora havia se passado e nada de o Parker aparecer. America e Shepley dançavam ao som de uma música lenta na sala de estar quando Travis me cutucou a mão.

– Quer dançar?

– Não, obrigada – respondi.

Ele fez cara de decepção. Pus a mão no ombro dele e disse:

– Só estou cansada, Trav.

Ele colocou sua mão na minha e começou a falar, mas, quando olhei para frente, vi o Parker. Travis notou a mudança na minha expressão e se virou.

– Oi, Abby! Você veio! – Parker abriu um sorriso.

– É, já estamos aqui faz mais ou menos uma hora – falei, puxando a mão que estava debaixo da do Travis.

– Você está incrível! – ele gritou, mais alto que a música.

– Obrigada!

Abri um largo sorriso, olhando de relance para Travis, que estava com os lábios tensos. Uma linha tinha se formado entre as sobrancelhas. Parker fez um aceno com a cabeça, indicando a sala de estar, e sorriu:

– Quer dançar?

Torci o nariz e balancei a cabeça.

– Não, estou meio cansada.

Então ele olhou para Travis.

– Achei que você não viria.

– Mudei de ideia – disse Travis, irritado por ter que se explicar.

– Estou vendo – disse Parker, olhando para mim. – Quer tomar um pouco de ar?

Fiz que sim com a cabeça e subi as escadas atrás dele, que fez uma pausa nos degraus, esticando a mão para pegar a minha enquanto subíamos até o segundo andar. Quando chegamos ao topo da escada, abrimos a porta dupla que dava para a varanda.

– Está com frio? – ele me perguntou.

– Um pouquinho – falei, sorrindo quando ele tirou a jaqueta para cobrir meus ombros. – Obrigada.

– Você veio com o Travis?

– Viemos no mesmo carro.

Parker abriu um largo sorriso e olhou para o gramado. Um grupo de garotas se aninhava, de braços dados para se proteger do frio. A grama estava cheia de papel crepom e latas de cerveja, além de garrafas vazias de bebidas destiladas. Em meio àquela bagunça, os integrantes da Sig Tau rodeavam sua obra-prima: uma pirâmide de barris de cerveja decorada com luzinhas brancas.

Parker balançou a cabeça.

– Esse lugar vai estar detonado de manhã. A equipe de limpeza vai ter muito o que fazer.

– Vocês têm uma equipe de limpeza?

– É – ele sorriu –, que chamamos de calouros.

– Coitado do Shep.

– Ele não faz parte da equipe. Ele tem passe livre por ser primo do Travis, além de não morar na Casa.

– Você mora na Casa?

Ele assentiu.

– Faz dois anos. Mas preciso arranjar um apartamento. Preciso de um lugar mais calmo para estudar.

– Deixe-me ver se adivinho... administração?

– Biologia, com especialização em anatomia. Tenho mais um ano pela frente, depois vou fazer a prova de admissão para medicina e, assim espero, entrar em Harvard.

– Você já sabe se entrou?

– Meu pai estudou em Harvard. Não tenho *certeza*, mas ele é um ex-aluno generoso, se é que você me entende. E minhas notas são legais, então tenho boas chances de conseguir uma vaga.

– Seu pai é médico?

Parker confirmou com um sorriso simpático.

– Cirurgião ortopédico.

– Impressionante.

– E você? – ele me perguntou.

– Não decidi ainda.

– Típica resposta de calouros.

Suspirei de um jeito dramático.

– Acho que acabei de destruir minhas chances de ser brilhante.

– Ah, você com certeza não tem que se preocupar com isso. Prestei atenção em você desde o primeiro dia de aula. O que uma caloura está fazendo em cálculo três?

Sorri e torci o cabelo em volta do dedo.

– Matemática é meio que fácil pra mim. Fui tão bem no ensino médio que fiz dois cursos de verão na Faculdade Estadual de Wichita.

– Uau, *isso sim* é impressionante – disse ele.

Ficamos na varanda durante mais de uma hora, conversando sobre tudo, desde os restaurantes locais até como me tornei tão amiga do Travis.

– Eu não ia falar nada, mas vocês dois parecem ser o assunto do momento.

– Que ótimo – murmurei.

– É que é algo fora do comum para o Travis. Ele não faz amizade com mulheres. Ao contrário, tende a transformá-las em inimigas.

– Ah, não sei não. Já vi várias sofrerem de perda de memória ou serem tolerantes demais em se tratando dele.

Parker riu. Os dentes brancos brilhavam em contraste com a pele bronzeada.

– As pessoas só não entendem o relacionamento de vocês. Você tem que admitir que a coisa é um pouco ambígua.

– Você está me perguntando se transo com ele?

Ele sorriu.

— Se transasse, você não estaria aqui com ele. Conheço o Travis desde os catorze anos e sei muito bem como é que ele funciona, mas estou curioso em relação à amizade de vocês.

— Ela é o que é — dei de ombros. — Saímos juntos, comemos, vemos televisão, estudamos e discutimos. É basicamente isso.

Parker riu alto, balançando a cabeça com a minha honestidade sobre o assunto.

— Ouvi dizer que você é a única pessoa que tem permissão de pôr o Travis no lugar dele. É um título honrável.

— Seja lá o que isso signifique, ele não é tão ruim quanto todo mundo pensa.

O céu ficou púrpura e então cor-de-rosa quando o sol irrompeu no horizonte. Parker olhou para o relógio e depois de relance por cima do parapeito da varanda, para a multidão que se dispersava no gramado.

— Parece que a festa acabou.

— É melhor eu ir ver onde estão o Shep e a Mare.

— Algum problema se eu levar você até em casa? — ele me perguntou.

Tentei controlar a animação.

— Problema nenhum. Vou avisar a America. — Cruzei a porta e depois me encolhi, receosa, antes de me virar. — Você sabe onde o Travis mora?

Parker juntou as espessas e castanhas sobrancelhas.

— Sei sim, por quê?

— Porque estou ficando lá por um tempo — falei, esperando para ver qual seria a reação dele.

— Você está ficando no apartamento do Travis?

— Eu meio que perdi uma aposta, então vou passar um mês lá.

— *Um mês?*

— É uma longa história — dei de ombros, envergonhada.

— Mas vocês são só amigos?

— Sim.

— Então eu levo você até o apartamento do Travis — ele disse e sorriu.

Desci as escadas rapidinho para encontrar America e passei por Travis, que estava mal-humorado, aparentemente irritado com a garota bêbada que conversava com ele. Travis me seguiu até o corredor quando dei um puxão no vestido de America.

— Vocês podem ir na frente. O Parker me ofereceu carona até em casa.

— O quê? — America disse com o olhar animado.

— *O quê?* — Travis bufou.

— Algum problema? — America perguntou para ele.

Ele olhou furioso para ela e depois me puxou para o canto, sem parar de mexer o maxilar.

— Você nem conhece o cara.

Soltei o braço da pegada dele.

— Isso não é da sua conta, Travis.

— É lógico que é! Não vou deixar você pegar carona com um completo estranho. E se ele tentar fazer alguma coisa com você?

— Vai ser ótimo! Ele é uma graça.

A expressão contorcida no rosto de Travis passou de surpresa para raiva, e me preparei para o que ele poderia dizer em seguida.

— Parker Hayes, Flor? Mesmo? *Parker Hayes* — ele repetiu com desdém. — Que nome é esse?

Cruzei os braços.

— Para com isso, Trav. Você está sendo um imbecil.

Ele se inclinou na minha direção, parecendo perturbado.

— Mato o cara se ele encostar um dedo em você.

— Eu gosto dele — falei, enfatizando cada palavra.

Travis parecia perplexo com a minha confissão, e então suas feições ganharam um ar sério.

— Tudo bem. Se ele acabar agarrando você no banco traseiro do carro e te forçar a fazer alguma coisa, não venha chorar para mim depois.

Fiquei boquiaberta, ofendida e furiosa.

— Não se preocupe, não farei isso — falei, empurrando-o com o ombro.

Travis agarrou meu braço e suspirou, olhando para mim por cima do ombro.

— Eu não quis dizer isso, Flor. Se ele te machucar, se ele fizer com que você se sinta só um pouquinho constrangida, você me fala.

Minha raiva diminuiu, e meus ombros ficaram mais relaxados.

— Eu sei que você não quis dizer nada disso, mas você *precisa* dar um tempo nesse lance superprotetor e parar de bancar meu irmão mais velho.

Travis deu risada.

— Não estou bancando o irmão mais velho, Flor. Nem de longe.

Parker apareceu e colocou as mãos nos bolsos, oferecendo-me o braço.

— Pronta?

Travis cerrou o maxilar, e fui ficar do outro lado de Parker para distraí-lo da expressão no rosto de Travis.

— Sim, vamos.

Entrelacei meu braço no dele e caminhei um pouco a seu lado antes de me virar para me despedir de Travis, que olhava com raiva para a nuca de Parker. Ele voltou rapidamente o olhar para mim e então ficou com uma expressão mais suave.

— *Para com isso* — falei entre dentes, seguindo Parker até o carro dele, em meio ao que restava dos convidados na festa.

— O meu é o prateado.

Os faróis dianteiros piscaram duas vezes quando ele destravou o carro sem usar chave.

Ele abriu a porta do lado do passageiro, e eu dei risada.

— Você tem um Porsche?

— Não é só um Porsche. É um Porsche 911 GT3. Tem uma diferença.

— Deixe-me adivinhar... Ele é o amor da sua vida? — falei, citando a declaração de Travis sobre a moto dele.

— Não, isso aqui é um carro. O amor da minha vida será uma mulher com meu sobrenome.

Eu me permiti abrir um leve sorriso, tentando não ficar tocada além da conta com o que ele tinha acabado de dizer. Ele segurou minha mão para me ajudar a entrar no carro e, quando se sentou atrás do volante, inclinou a cabeça na minha direção e sorriu.

— O que você vai fazer hoje à noite?

— Hoje à noite? — perguntei.

— Ainda é de manhã. Quero convidar você para jantar antes que alguém passe na minha frente.

Um sorriso surgiu em meu rosto.

– Não tenho planos para hoje à noite.

– Pego você às seis, então?

– Tudo bem – falei, olhando enquanto ele entrelaçava seus dedos nos meus.

Parker me levou direto até o apartamento de Travis, no limite da velocidade, com a minha mão na dele. Estacionou atrás da Harley e, como tinha feito antes, abriu a porta para mim. Assim que chegamos ao patamar da escada, ele se inclinou para me dar um beijo no rosto.

– Descanse um pouco. A gente se vê hoje à noite – ele sussurrou ao meu ouvido.

– Tchau – falei, girando a maçaneta.

Quando empurrei, a porta se abriu e fui com tudo para frente. Travis me segurou pelo braço antes que eu caísse.

– Vai com calma aí, menina.

Eu me virei e vi Parker nos encarando com uma expressão de desconforto. Ele se inclinou e olhou para dentro do apartamento.

– Alguma garota humilhada e largada por aí precisando de carona?

Travis olhou com ódio para ele.

– Não começa.

Parker sorriu e deu uma piscadinha.

– Estou sempre provocando o Travis. Não consigo fazer isso mais com tanta frequência desde que ele percebeu que fica mais fácil se elas vierem de carro.

– Acho que isso simplifica as coisas – falei, brincando com o Travis.

– Não tem graça, Flor.

– *Flor?* – Parker perguntou.

– É, hum... abreviação de Beija-Flor. É só um apelido, não sei nem de onde surgiu – falei.

Foi a primeira vez que me senti estranha em relação ao apelido que Travis havia me dado na noite em que nos conhecemos.

– Você vai ter que me contar quando descobrir. Parece uma boa história – Parker sorriu. – Boa noite, Abby.

– Você não quer dizer "bom dia"? – falei, olhando enquanto ele descia rápido as escadas.

– Isso também – ele falou, com um doce sorriso.

Travis bateu a porta com força. Tive que tirar rápido a cabeça do caminho, antes que a porta a prendesse.

– Que foi? – perguntei, irritada.

Travis balançou a cabeça e foi andando até o quarto. Fui atrás dele, dando pulinhos com um pé só para tirar o sapato de salto.

– Ele é legal, Trav.

Ele soltou um suspiro e veio andando até mim.

– Você vai se magoar – disse, enganchando o braço na minha cintura com uma das mãos e tirando meus sapatos com a outra. Ele jogou os sapatos no armário, depois tirou a camiseta e foi para a cama.

Abri o zíper do vestido e fui deslizando-o até o quadril, depois o chutei no canto. Enfiei uma camiseta e abri o fecho do sutiã, tirando-o pela manga da blusa. Quando estava prendendo o cabelo em um coque no alto da cabeça, notei que ele me encarava.

– Tenho certeza que não há nada aqui que você já não tenha visto – falei, revirando os olhos. Entrei debaixo das cobertas e me ajeitei no travesseiro, encolhendo-me como uma bola.

Ele abriu a fivela do cinto e se livrou da calça jeans. Esperei um tempo enquanto ele ficava lá parado, sem falar nada. Eu estava de costas para ele e me perguntava o que ele estaria fazendo, em pé ao lado da cama, em silêncio. A cama balançou quando ele enfim se deitou ao meu lado. Senti meu corpo ficar tenso quando ele colocou a mão no meu quadril.

– Perdi uma luta essa noite – ele me disse. – O Adam ligou e eu não fui.

– Por quê? – perguntei, me virando de frente para ele.

– Quis me certificar de que você chegaria bem em casa.

Torci o nariz.

– Você não tem que bancar minha babá.

Ele fez um traço imaginário com o dedo na extensão do meu braço, o que me deu arrepios na espinha.

– Eu sei. Acho que ainda me sinto mal pela outra noite.

– Eu já falei que não me importava.

Ele apoiou a cabeça no cotovelo, com uma expressão dúbia e a testa franzida.

– Foi por isso que você dormiu na sala? Porque não se importava?

– Eu não conseguia dormir depois que suas... *amigas* foram embora.

– Você dormiu muito bem na sala. Por que não conseguiu dormir comigo?

– Você quer dizer... do lado de um cara que fedia como as duas bêbadas que ele tinha acabado de mandar embora? Não sei! Que egoísta da minha parte!

Travis se encolheu.

– Eu disse que sentia muito.

– E eu disse que não ligava. Boa noite – falei, virando-me para o outro lado.

Um bom tempo se passou em silêncio. Ele deslizou a mão por cima do meu travesseiro e a colocou sobre a minha. Acariciou a pele delicada entre os meus dedos, depois senti a pressão de seus lábios nos meus cabelos.

– Eu estava preocupado que você não fosse nunca mais falar comigo... Mas pior ainda é ver que você não liga.

Fechei os olhos.

– O que você quer de mim, Travis? Você não quer que eu fique chateada com o que você fez, mas quer que eu me importe. Você disse à America que não quer me namorar, mas fica irritado quando digo a mesma coisa... tão irritado que sai feito um raio e fica ridiculamente bêbado. Não dá pra te entender.

– Foi por isso que você disse aquelas coisas para a America? Porque falei que não ia ficar com você?

Cerrei os dentes. Ele tinha acabado de insinuar que eu estava fazendo joguinhos com ele. Formulei a resposta mais direta em que pude pensar.

– Não, eu realmente quis dizer cada palavra que disse. Só não tive a intenção de te ofender.

– Eu só disse aquilo porque... – ele coçou os cabelos curtos, nervoso. – Não quero estragar nada. Eu nem saberia ser a pessoa que você merece. Só estava tentando trabalhar isso na minha cabeça.

– Seja lá o que você quer dizer com isso... eu tenho que dormir um pouco. Tenho um encontro hoje à noite.

– Com o Parker? – ele quis saber, a voz transbordando de raiva.

– Sim. Por favor, posso dormir agora?

– Claro – ele disse, levantando com tudo da cama e batendo a porta ao sair do quarto.

A cadeira reclinável rangeu com o peso dele, depois ouvi vozes abafadas vindo da televisão. Forcei os olhos a se fecharem e tentei me acalmar para conseguir pegar no sono, nem que fosse por poucas horas.

Quando abri os olhos, vi no relógio que eram três da tarde. Peguei uma toalha e o roupão de banho e me arrastei até o banheiro. Assim que fechei a cortina do boxe, a porta se abriu e se fechou. Esperei que alguém falasse alguma coisa, mas o único som que ouvi foi o da tampa da privada batendo na porcelana.

– Travis?

– Não, sou eu – falou America.

– Você tem que vir até aqui para fazer xixi? Você tem o seu próprio banheiro.

– Faz meia hora que o Shep está lá com diarreia. Não vou lá não.

– Que legal.

– Ouvi dizer que você tem um encontro hoje à noite. O Travis está irritadíssimo! – disse ela animada.

– Às seis! Ele é *tão* fofo, America. Ele simplesmente... – parei de falar, soltando um suspiro.

Eu estava toda empolgada falando do Parker, mas não era a minha cara fazer esse tipo de coisa. Continuei pensando em como ele tinha sido perfeito desde o momento em que nos conhecemos. Ele era exatamente aquilo de que eu precisava: o oposto do Travis.

– Deixou você sem palavras? – ela me perguntou, dando uma risadinha.

Enfiei a cabeça para fora da cortina.

– Eu não queria voltar pra casa! Poderia ter ficado conversando com ele para sempre!

– Isso me soa promissor. Mas não é meio estranho o fato de você estar aqui?

Mergulhei a cabeça debaixo da água, enxaguando os cabelos.

– Expliquei a situação para ele.

Ouvi o barulho da descarga e a torneira se abrindo, o que fez com que a água ficasse fria por um instante. Soltei um grito e a porta foi escancarada.

– Flor? – falou Travis.

America deu risada.

– Eu só dei descarga, Trav, calma!

– Ah. Está tudo bem com você, Beija-Flor?

– Estou ótima. Sai daqui!

A porta se fechou novamente e suspirei.

– É pedir demais que se tenha tranca nas portas?

America não respondeu.

– Mare?

– É realmente uma pena que vocês dois não tenham conseguido se entender. Você é a única garota que poderia ter... – ela soltou um suspiro.

– Não importa. Isso não vem ao caso agora.

Desliguei o chuveiro e me enrolei na toalha.

– Você é tão má quanto ele. É uma doença... Ninguém aqui consegue pensar direito. Você está brava com ele, lembra?

– Eu sei – ela assentiu.

Liguei meu secador novo e comecei a me arrumar para o encontro com Parker. Enrolei os cabelos, pintei as unhas e passei batom da mesma cor do esmalte: um tom forte de vermelho. Era um pouquinho demais para um primeiro encontro. Franzi a testa para meu reflexo no espelho. Não era o Parker que eu estava tentando impressionar. Eu não tinha o direito de me sentir insultada quando o Travis me acusou de estar de joguinho com ele no fim das contas.

Dando uma última olhada no espelho, fui invadida pela culpa. Travis estava se esforçando tanto, e eu estava agindo como uma criança teimosa. Saí do banheiro e fui para a sala de estar. Travis sorriu – e não era essa, de jeito nenhum, a reação que eu esperava.

– Você... está linda.

– Obrigada – falei, perturbada com a ausência de irritação ou ciúme na voz dele.

Shepley assobiou.

– Bela escolha, Abby. Os homens adoram vermelho!

– E os cachos estão lindos – completou America.

A campainha tocou e America sorriu, acenando para mim com animação exagerada.

– Divirta-se!

Abri a porta. Parker segurava um pequeno buquê de flores, de calça social e gravata. Ele me analisou rapidamente de cima a baixo, depois voltou a olhar para o meu rosto.

– Você é a criatura mais linda que já vi na vida – disse, enamorado.

Olhei para trás para acenar para America, cujo sorriso era tão largo que eu conseguia ver cada um de seus dentes. Shepley tinha uma expressão de pai orgulhoso, e Travis continuava com os olhos pregados na televisão.

Parker estendeu a mão e me levou até seu Porsche reluzente. Assim que entramos, ele soltou o ar que vinha prendendo.

– Que foi? – perguntei.

– Tenho que confessar que estava um pouco nervoso de vir buscar a mulher por quem Travis Maddox está apaixonado... e no apartamento dele. Você não sabe quanta gente me acusou de insanidade hoje.

– O Travis não está apaixonado por mim. Às vezes ele mal aguenta ficar do meu lado.

– Então é uma relação de amor e ódio? Porque, quando falei para o pessoal da fraternidade que levaria você para sair hoje à noite, todos eles me disseram a mesma coisa. Ele vem se comportando de um jeito tão instável... mais que de costume... que todos chegaram à mesma conclusão.

– Eles estão errados – insisti.

Parker balançou a cabeça, como se eu fosse completamente ingênua, e colocou a mão sobre a minha.

– É melhor a gente ir. Temos uma mesa à nossa espera.

– Onde?

– No Biasetti. Eu me arrisquei... Espero que você goste de comida italiana.

Ergui uma sobrancelha.

– Não estava muito em cima da hora para conseguir uma mesa? Aquele lugar vive lotado.

– Bom... o restaurante é da minha família. Metade dele, pelo menos.

– Adoro comida italiana.

Parker foi dirigindo até o restaurante na velocidade limite, dando seta quando ia virar e desacelerando a cada sinal amarelo. Quando ele falava, mal tirava os olhos do caminho. Quando chegamos ao restaurante, dei uma risadinha.

– Que foi? – ele perguntou.

– É só que... você é um motorista muito cuidadoso. Isso é bom.

– Diferente de sentar na garupa da moto do Travis? – ele perguntou com um sorriso.

Eu deveria ter dado risada, mas a diferença não parecia algo bom.

– Não vamos falar sobre o Travis hoje à noite, tudo bem?

– Bastante justo – disse ele, saindo do carro para abrir a porta para mim.

Fomos conduzidos imediatamente a uma mesa, perto da janela da sacada. Embora eu estivesse de vestido, meu visual parecia pobre em comparação ao das outras mulheres, cheias de joias e com vestidos de festa. Eu nunca tinha comido num lugar tão chique.

Fizemos o pedido e Parker fechou o cardápio, sorrindo para o garçom.

– E, por favor, nos traga uma garrafa de Allegrini Amarone.

– Sim, senhor – disse o garçom, recolhendo os cardápios.

– Este lugar é incrível – sussurrei, apoiando-me na mesa.

Seus olhos verdes se suavizaram.

– Obrigado. Vou falar para o meu pai.

Uma mulher se aproximou da nossa mesa. Os cabelos loiros estavam puxados em um apertado coque francês, e uma mecha de cabelos grisalhos interrompia a onda suave da franja. Tentei não ficar encarando as joias cintilantes ao redor do pescoço ou as que balançavam nas orelhas, mas elas eram feitas para ser notadas. O alvo de seus olhos azuis, apertados para enxergar melhor, era eu.

Ela desviou rapidamente o olhar para voltá-lo ao meu acompanhante.

– Quem é sua amiga, Parker?

— Mãe, essa é Abby Abernathy. Abby, essa é minha mãe, Vivienne Hayes.

Estendi a mão e ela me cumprimentou rapidamente. Em um movimento bem pensado, o interesse iluminou suas feições distintas, e ela olhou para Parker.

— Abernathy?

Engoli em seco, preocupada com a possibilidade de ela ter reconhecido o sobrenome.

Parker assumiu uma expressão impaciente.

— Ela é de Wichita, mãe. Você não conhece a família dela. A Abby estuda na Eastern.

— Ah — Vivienne olhou para mim de novo. — O Parker vai embora no ano que vem. Para Harvard.

— Ele me contou. Acho ótimo. A senhora deve estar muito orgulhosa.

A tensão ao redor de seus olhos se suavizou um pouco, e os cantos de sua boca se viraram para cima, num sorriso afetado.

— Estamos sim. Obrigada.

Fiquei impressionada pelas palavras dela serem tão educadas e, ainda assim, transbordarem desprezo. Não foi um talento que ela desenvolveu da noite para o dia. A sra. Hayes devia ter passado anos enfatizando aos outros sua superioridade.

— Foi bom ver você, mãe. Boa noite.

Ela o beijou no rosto, tirou com o polegar a marca de batom que havia deixado ali e voltou para sua mesa.

— Sinto muito por isso, não sabia que ela estaria aqui.

— Tudo bem. Ela parece... legal.

Parker riu.

— Sim, para uma predadora.

Contive uma risadinha, e ele abriu um sorriso como que se desculpando.

— Ela vai ficar mais amigável. É só uma questão de tempo.

— Sendo otimista, quando você for para Harvard.

Conversamos sem parar sobre comida, a Eastern, cálculo e até mesmo sobre o Círculo. Parker era charmoso, divertido e dizia todas as coisas certas. Várias pessoas se aproximaram para cumprimentá-lo, e ele sempre me apresentava com um sorriso orgulhoso. Ele era visto como uma celebridade lá no restaurante, e, quando fomos embora, senti os olhares avaliadores de todos no salão.

– E agora, o que vamos fazer? – perguntei.

– Tenho prova de anatomia comparativa de vertebrados logo na segunda de manhã. Tenho que estudar um pouco – disse ele, cobrindo minha mão com a dele.

– Antes você do que eu – falei, tentando não parecer tão decepcionada.

Ele me levou até o apartamento, conduzindo-me na escada pela mão.

– Obrigada, Parker. – Eu estava ciente do sorriso ridículo em meu rosto. – Foi ótimo.

– É cedo demais para convidar você para sair de novo?

– De jeito nenhum – falei, irradiando alegria.

– Ligo pra você amanhã?

– Perfeito.

E então chegou o momento do silêncio constrangedor. O elemento que eu mais temia nos encontros. Beijar ou não beijar, eu odiava essa questão.

Antes que eu tivesse a chance de imaginar se ele ia me beijar ou não, Parker segurou meu rosto e me puxou para perto, pressionando os lábios nos meus. Lábios macios, quentes e maravilhosos. Ele se afastou um pouco, depois me beijou de novo.

– A gente se fala amanhã, Abs.

Acenei em despedida, observando enquanto ele descia os degraus em direção ao carro.

– Tchau.

Mais uma vez, quando girei a maçaneta, a porta se abriu com tudo e caí para frente. Travis me segurou, e consegui voltar a ficar em pé.

– Quer parar com isso? – falei, fechando a porta depois de entrar.

– Abs? Que tipo de apelido é esse? – disse ele com desdém.

– E Beija-Flor? – respondi com o mesmo desdém. – Um pássaro que fica voando e fazendo um barulho esquisito?

– Você gosta de Beija-Flor – disse ele, na defensiva. – É um pássaro lindo, que nem você. Você é meu beija-flor.

Eu me segurei no braço dele para tirar os sapatos de salto e depois entrei no quarto. Enquanto trocava de roupa e colocava o pijama, fiz o melhor que pude para continuar brava com ele. Travis se sentou na cama e cruzou os braços.

– Foi bom?

– Sim – suspirei –, foi fantástico. Perfeito. Ele é... – não consegui pensar em uma palavra adequada para descrever Parker, então só balancei a cabeça.

– Ele beijou você?

Pressionei os lábios um no outro e fiz que sim com a cabeça.

– Ele tem lábios muito macios.

Travis ficou horrorizado.

– Não me interessa que tipo de lábios ele tem.

– Vai por mim, é importante. Fico tão nervosa com o primeiro beijo, mas esse até que não foi ruim.

– Você fica nervosa com um beijo? – ele me perguntou, com ar divertido.

– Só com o primeiro. Odeio primeiro beijo.

– Eu também odiaria, se tivesse que beijar o Parker Hayes.

Dei uma risadinha e fui até o banheiro tirar a maquiagem. Travis foi atrás de mim e se apoiou no batente da porta.

– Então vocês vão sair de novo?

– Vamos. Ele vai me ligar amanhã.

Sequei o rosto e cruzei o corredor, pulando na cama para me deitar. Travis tirou a roupa e ficou só de cueca, sentando-se na cama de costas para mim. Um pouco curvado, parecia exausto. Olhou de relance para trás por um instante, para me ver, e os músculos perfeitos de suas costas se retesaram.

– Se vocês estavam curtindo tanto, por que você voltou tão cedo pra casa?

– Ele tem uma prova importante na segunda-feira.

Travis torceu o nariz.

– Quem se importa com isso?

– Ele está tentando entrar em Harvard. Precisa estudar.

Ele bufou e deitou de bruços. Vi quando enfiou as mãos debaixo do travesseiro, parecendo irritado.

– É, é isso que ele fica dizendo pra todo mundo.

– Não seja idiota. Ele tem prioridades... Acho responsável da parte dele.

– A mina dele não deveria estar no topo das prioridades?

– Não sou a *mina* dele. Saímos uma vez, Trav – falei em tom de bronca.

– E o que vocês fizeram? – Olhei para ele com um ar meio hostil e ele riu. – Que foi? Estou curioso!

Vendo que ele estava sendo sincero, descrevi tudo, desde o restaurante, passando pela comida e depois pelas coisas doces e divertidas que o Parker dissera. Eu sabia que minha boca estava congelada em um ridículo sorriso, mas não conseguia evitá-lo enquanto descrevia minha noite perfeita.

Travis me observava com um sorriso entretido enquanto eu tagarelava, e até me fez perguntas. Embora parecesse frustrado com a situação, eu tinha a distinta sensação de que ele gostava de me ver tão feliz.

Ele se ajeitou na cama e bocejei. Ficamos nos encarando por um instante antes de ele soltar um suspiro.

– Fico contente que você tenha se divertido, Flor. Você merece.

– Obrigada – abri um sorriso.

Meu celular tocou na mesa de cabeceira, e me levantei, um pouco torta, para olhar o número de quem ligava.

– Alô?

– Já é amanhã – disse Parker.

Olhei para o relógio e ri. Era meia-noite e um.

– É.

– Então, que tal na segunda-feira à noite? – ele me perguntou.

Cobri a boca por um instante e inspirei fundo.

– Ah, tudo bem. Segunda à noite está ótimo.

– Que bom! A gente se vê na segunda – disse ele.

Dava para ouvir o sorriso em sua voz. Desliguei o celular e olhei de relance para Travis, que observava a cena com uma leve irritação. Desviei do olhar dele e me encolhi como uma bolinha, tensa de animação.

– Você é uma menininha mesmo – disse Travis, dando as costas para mim.

Revirei os olhos. Ele se virou e me puxou, para que ficássemos cara a cara.

– Você gosta mesmo do Parker?

– Não estrague as coisas para mim, Travis!

Ele ficou me encarando por um instante, balançou a cabeça e desviou o olhar de novo.

– *Parker Hayes* – disse.

6
DIVISOR DE ÁGUAS

O encontro de segunda-feira à noite atendeu todas as minhas expectativas. Comemos comida chinesa enquanto eu dava risada por causa das habilidades de Parker com os palitinhos. Quando ele me levou para casa, Travis abriu a porta antes que ele pudesse me beijar. Na quarta-feira seguinte, Parker garantiu nosso beijo no carro.

Na quinta-feira, na hora do almoço, Parker foi me encontrar no refeitório e surpreendeu todo mundo ao se sentar à minha frente, no lugar de Travis. Quando este terminou o cigarro e entrou, passou por Parker com indiferença, indo se sentar na ponta da mesa. Megan se aproximou dele, mas ficou instantaneamente decepcionada quando ele a dispensou com um aceno de mão. Todo mundo na mesa ficou quieto depois disso, e achei difícil me concentrar em qualquer coisa que Parker falava.

— Estou presumindo que não fui convidado — disse ele, atraindo minha atenção.

— O quê?

— Ouvi dizer que a sua festa de aniversário vai ser no domingo. Não fui convidado?

America olhou de relance para Travis, que fulminou Parker com o olhar, como se estivesse a poucos segundos de massacrá-lo.

— Era uma festa surpresa, Parker — disse America baixinho.

— Ah... — ele se encolheu.

— Vocês vão fazer uma festa surpresa para mim? — perguntei a America. Ela deu de ombros.

— Foi ideia do Trav. Vai ser na casa do Brazil, no domingo, às seis horas.

Parker ficou um pouco vermelho.

– Acho que agora *realmente* não estou convidado.

– Não! É claro que você está convidado! – falei, segurando a mão dele em cima da mesa.

Doze pares de olhos se voltaram para nossas mãos. Eu podia ver que Parker estava se sentindo tão desconfortável quanto eu com a atenção, então soltei sua mão e coloquei as minhas no colo.

Ele se levantou.

– Preciso fazer umas coisas antes da aula. Ligo pra você depois.

– Tudo bem – falei, oferecendo-lhe um sorriso como um pedido de desculpas. Parker se inclinou até o outro lado da mesa e beijou meus lábios. O refeitório foi tomado pelo silêncio, e America me cutucou depois que ele saiu.

– Não é bizarra a forma como todo mundo fica observando vocês? – ela sussurrou e olhou ao redor do salão com a testa franzida. – *Que foi?* – gritou. – Cuidem de suas vidas, seus pervertidos!

Um a um, eles desviaram o olhar e seguiu-se um murmúrio. Cobri os olhos com as mãos.

– Sabe, antes eu era patética, porque achavam que eu era a pobre namorada do Travis, que não tinha noção de onde estava pisando. Agora sou má, porque todo mundo acha que fico me revezando entre o Travis e o Parker, como uma bolinha de pingue-pongue.

Quando America não fez nenhum comentário, ergui o olhar.

– O quê? Não me diga que você também acredita nessa besteira!

– Eu não disse nada! – ela exclamou.

Fiquei encarando-a, sem acreditar.

– Mas é isso que você acha?

America balançou a cabeça em negativa, mas não falou nada. Os olhares glaciais dos outros alunos ficaram subitamente aparentes, então me levantei e fui até a ponta da mesa.

– Precisamos conversar – disse, dando uns tapinhas no ombro do Travis.

Tentei parecer educada, mas a raiva que borbulhava dentro de mim colocou uma ponta de tensão em minhas palavras. Todos os alunos, incluindo a minha melhor amiga, achavam que eu estava envolvida com dois homens. Só havia uma solução.

– Então fale – disse Travis, enfiando algo empanado e frito na boca.

Fiquei inquieta, notando os olhares curiosos de todo mundo que estava perto a ponto de ouvir nossa conversa. Como Travis não esboçou nenhum movimento, agarrei o braço dele e dei um bom puxão. Ele se levantou e me seguiu até o lado de fora com um sorriso no rosto.

– Que foi, Flor? – perguntou, olhando para minha mão em seu braço e depois para mim.

– Você tem que me liberar da aposta – implorei.

A expressão em seu rosto era de decepção.

– Você quer ir embora? Por quê? O que foi que eu fiz?

– Você não fez nada, Trav. Você não notou o olhar de todo mundo me encarando? Estou rapidamente me tornando a pária da Eastern.

Travis balançou a cabeça e acendeu um cigarro.

– Isso não é problema meu.

– É sim. O Parker me disse que todo mundo acha que é suicídio ele se envolver comigo porque você está apaixonado por mim.

Travis ergueu as sobrancelhas e engasgou com a fumaça que tinha acabado de inalar.

– As pessoas estão dizendo isso? – ele falou entre tossidas.

Fiz que sim. Ele desviou os olhos arregalados, dando outra tragada no cigarro.

– Travis! Você tem que me liberar da aposta! Não posso ficar saindo com o Parker e morando com você ao mesmo tempo. Isso passa uma péssima impressão!

– Então pare de sair com o Parker.

Olhei furiosa para ele.

– O problema não é esse, e você sabe disso.

– É só por isso que você quer ir embora? Por causa do que as pessoas estão falando?

– Pelo menos antes eu era tida como sem noção e você era o cara mau – resmunguei.

– Responde a minha pergunta, Flor.

– Sim!

Travis olhou ao fundo, para os alunos que entravam e saíam do refeitório. Ele estava tomando uma decisão, e fui ficando cada vez mais impaciente enquanto ele demorava para fazê-lo.

Por fim, ele se manteve firme e decidido.

– Não.

Balancei a cabeça, certa de que tinha entendido errado.

– Como?

– Não. Você mesma disse: aposta é aposta. Depois de um mês, você cai fora com o Parker, ele vai virar médico, vocês vão se casar e ter dois filhos e meio, e eu nunca mais vou ver você de novo. – Ele fez uma careta para suas próprias palavras. – Ainda tenho três semanas. Não vou abrir mão disso por causa de fofocas no refeitório.

Olhei pela janela e vi que o refeitório inteiro estava nos observando. Aquela atenção toda fazia meus olhos arderem. Esbarrei nele com o ombro e fui em direção à sala de aula.

– Beija-Flor – Travis me chamou.

Não me virei.

Naquela noite, America se sentou no chão de ladrilho do banheiro e ficou falando dos meninos enquanto eu prendia os cabelos em um rabo de cavalo na frente do espelho. Eu não estava prestando muita atenção, pensando em como Travis vinha sendo paciente – para os padrões dele, claro –, sabendo que ele não gostava da ideia de o Parker ir me buscar para sair noite sim, noite não.

Passou como um lampejo pela minha mente a expressão em seu rosto quando pedi que me liberasse da aposta e, novamente, quando disse a ele que as pessoas estavam falando que ele estava apaixonado por mim. Eu não conseguia parar de me perguntar por que ele não tinha negado isso.

– O Shep acha que você está sendo dura demais com ele. Ele nunca teve ninguém com quem se importasse o bastante para...

Travis enfiou a cabeça pela porta e sorriu enquanto me olhava mexendo nos cabelos.

– Quer ir comer alguma coisa? – ele me perguntou.

America se levantou para se olhar no espelho, passando o dedo pelos cabelos dourados para penteá-los.

— O Shep quer ir num restaurante mexicano novo que abriu lá no centro. Se vocês quiserem ir também...

Travis balançou a cabeça em negativa.

— Pensei em sair sozinho com a Flor hoje.

— Vou sair com o Parker.

— De novo? — ele falou, irritado.

— De novo — respondi, animada.

A campainha tocou e passei correndo por Travis para abrir a porta. Parker estava parado na minha frente com os cabelos arrumadinhos, naturalmente loiros e ondulados, e o rosto bem barbeado.

— Você alguma vez está menos do que maravilhosa? — ele perguntou.

— Tomando como base a primeira vez em que ela veio aqui, vou dizer que sim — comentou Travis atrás de mim.

Revirei os olhos e sorri, erguendo um dedo para que Parker me esperasse. Então me virei e joguei os braços em volta de Travis, que ficou rígido e surpreso, depois relaxou, me abraçando forte.

Olhei nos olhos dele e sorri.

— Obrigada por organizar a minha festa de aniversário. Podemos deixar o jantar para outro dia?

Diversas emoções passaram pelo rosto de Travis, então os cantos de sua boca se voltaram para cima.

— Amanhã?

Dei um apertãozinho nele e abri um sorriso.

— Com certeza.

Eu me despedi dele com um aceno, e Parker me pegou pela mão.

— O que foi isso? — ele quis saber.

— Não estamos nos dando muito bem nos últimos tempos. Essa é a minha versão de uma bandeira branca.

— Preciso ficar preocupado? — ele me perguntou, abrindo a porta do carro.

— Não — beijei-o no rosto.

Durante o jantar, Parker falou sobre Harvard, a Casa e seus planos de procurar um apartamento. Suas sobrancelhas se juntaram, e ele me perguntou:

– O Travis vai acompanhar você na sua festa de aniversário?
– Não sei. Ele não me disse nada sobre isso.
– Se ele não se importar, eu gostaria de te levar.
Ele segurou a minha mão e beijou meus dedos.
– Vou perguntar a ele. A festa foi ideia dele, então...
– Eu entendo. Se não der, vejo você na festa – ele sorriu.

Parker me levou até o apartamento, diminuindo a marcha e parando no estacionamento. Quando demos nosso beijo de despedida, os lábios dele se demoraram sobre os meus. Ele puxou o freio de mão e sua boca viajou pela linha do meu maxilar até a minha orelha, depois foi descendo até o meio do meu pescoço, o que me pegou com a guarda baixa. Em resposta, suspirei baixinho.

– Você é tão linda – ele sussurrou. – Fiquei distraído a noite toda, com seus cabelos assim, presos, deixando seu pescoço à mostra.

Ele encheu meu pescoço de beijos e soltei o ar, deixando um gemido escapar.

– Por que demorou tanto? – sorri, erguendo o queixo para que ele tivesse mais acesso ao meu pescoço.

Parker se concentrou em meus lábios. Pegou cada lado do meu rosto e me beijou com um pouco mais de firmeza que de costume. Não tínhamos muito espaço dentro do carro, mas nos viramos como pudemos. Ele se curvou sobre mim, e dobrei os joelhos enquanto apoiava as costas na janela. Sua língua deslizou na minha boca, e sua mão segurou meu tornozelo e subiu até a minha coxa. As janelas ficaram embaçadas em poucos minutos, por causa de nossa respiração ofegante. Ele passou os lábios em minha clavícula, então ergueu rápido a cabeça quando a janela vibrou com pancadas ocas e altas.

Parker se sentou e eu me endireitei, arrumando o vestido. Dei um pulo quando a porta se abriu. Travis e America estavam parados ao lado do carro. America estava com a testa franzida, mas solidária à minha situação, já Travis... parecia faltar muito pouco para que ele tivesse um acesso de fúria.

– Que é isso, Travis?! – Parker gritou.

De repente, senti a situação ficar perigosa. Nunca tinha ouvido Parker erguer a voz, e os nós dos dedos de Travis estavam brancos enquanto ele os cerrava nas laterais do corpo – e eu estava entre os dois. A mão de America parecia minúscula quando ela a colocou no braço musculoso de Travis, balançando a cabeça para Parker em um aviso silencioso.

– Vem, Abby. Preciso conversar com você – disse ela.

– Sobre o quê?

– Vem logo! – ela exclamou.

Olhei para Parker e vi irritação em seus olhos.

– Desculpe, tenho que ir.

– Não, tudo bem. Vai em frente.

Travis me ajudou a sair do Porsche e fechou a porta com um chute. Eu me virei e fiquei entre ele e o carro, empurrando-o pelo ombro.

– Qual é o problema com você? Para com isso!

America parecia nervosa. Não levei muito tempo para descobrir o motivo. Travis fedia a uísque; ela havia insistido em acompanhá-lo até ali, ou ele tinha pedido que ela fosse com ele. De uma forma ou de outra, ela era um obstáculo para a violência.

As rodas do Porsche reluzente de Parker guincharam quando ele saiu do estacionamento, e Travis acendeu um cigarro.

– Pode entrar agora, Mare.

Ela deu um puxão na minha saia.

– Vamos, Abby.

– Por que você não fica, *Abs*? – ele falou, borbulhando de raiva.

Fiz um sinal com a cabeça para que America seguisse em frente e, relutante, ela se foi. Cruzei os braços pronta para brigar, me preparando para explodir depois do inevitável sermão. Travis deu várias tragadas no cigarro, e, quando ficou claro que ele não explicaria nada, minha paciência se esgotou.

– Por que você fez isso? – perguntei.

– *Por quê?* Porque ele estava atacando você na frente do meu prédio! – ele gritou.

Seus olhos não tinham foco, e pude ver que ele não estava em condições de ter uma conversa racional.

Mantive a voz calma.

– Posso estar ficando no seu apartamento, mas o que eu faço, e com quem, é da *minha* conta.

Ele jogou o cigarro no chão.

– Você é tão melhor que isso, Flor. Não deixe o cara te comer no carro como se você fosse uma dessas minas fáceis.

– Eu não ia transar com ele!

Ele fez um gesto indicando o espaço onde antes estava o carro do Parker.

– Então, o que vocês estavam fazendo?

– Você nunca ficou de amasso com alguém, Travis? Nunca ficou só brincando, sem deixar as coisas chegarem a esse ponto?

Ele franziu a testa e balançou a cabeça, como se eu estivesse falando bobagem.

– Qual o propósito disso?

– Para um monte de gente, existe esse conceito... especialmente para aqueles que *namoram*.

– As janelas estavam embaçadas, o carro estava balançando... Como eu ia adivinhar? – ele disse, movendo os braços na direção da vaga vazia no estacionamento.

– Talvez você não devesse ficar me espionando!

Ele esfregou o rosto e balançou a cabeça.

– Não aguento isso, Beija-Flor. Sinto que estou ficando louco.

Levantei as mãos e depois as deixei cair e bater nas coxas.

– Você não aguenta *o quê*?

– Se você for pra cama com ele, não quero ficar sabendo. Vou ficar na cadeia um bom tempo se descobrir que ele... Só não me conte nada.

– Travis – falei com raiva –, não acredito no que você acabou de falar. Isso seria um grande passo para mim!

– É o que todas as garotas dizem!

– Não estou me referindo às vadias com quem você anda! Estou falando de *mim*! – eu disse com a mão no peito. – Eu nunca... *argh*! Não importa.

Saí andando, mas ele me agarrou pelo braço e me fez girar para ficar de frente para ele.

– Você nunca o quê? – me perguntou, se contorcendo um pouco.

Não respondi, mas também não precisava. Pude ver que ele tinha entendido pela expressão em seu rosto, e ele deu risada.

– Você é *virgem*?

– E daí? – falei, com o sangue fervendo no rosto.

Ele tirou os olhos de mim, enquanto tentava refletir em meio a todo aquele uísque que tinha bebido.

– Por isso a America tinha tanta certeza que aquilo não ia longe demais.

– Tive o mesmo namorado nos últimos quatro anos da escola. Ele queria ser ministro batista. Acabou não rolando!

A raiva de Travis desapareceu, e o alívio ficou aparente em seus olhos.

– Ministro batista? E o que aconteceu depois dessa abstinência toda?

– Ele queria casar e continuar no... Kansas. Eu não quis.

Eu estava desesperada para mudar de assunto. A diversão nos olhos de Travis era humilhante o bastante, e eu não queria deixar que ele escavasse ainda mais o meu passado.

Ele deu um passo à frente e segurou cada lado do meu rosto.

– Virgem – disse, balançando a cabeça. – Eu nunca teria imaginado, depois do jeito como você dançou comigo no Red.

– Muito engraçado – falei, subindo as escadas e pisando duro.

Travis tentou me seguir, mas tropeçou e caiu. Foi rolando e parou de costas no chão, rindo de um jeito histérico.

– O que você está fazendo? Levanta daí! – exclamei, ajudando-o a ficar de pé.

Ele enganchou o braço no meu pescoço e eu o ajudei a subir as escadas. Shepley e America já estavam na cama, então, sem nenhuma ajuda à vista, chutei os sapatos de salto para não torcer o pé enquanto levava Travis até o quarto. Ele caiu de costas na cama, me puxando junto.

Quando aterrissamos, meu rosto ficou a poucos centímetros do dele, e sua expressão de repente ficou séria. Ele se inclinou para cima de mim, quase me beijando, mas eu o afastei. Suas sobrancelhas se retraíram.

– Para com isso, Trav – falei.

Ele me apertou forte contra si, até que parei de tentar me soltar. Então abaixou a alça do meu vestido, fazendo com que ela ficasse pendurada no meu ombro.

– Desde que a palavra "virgem" saiu dessa sua boca linda... sinto uma necessidade irresistível de ajudar você a tirar esse vestido.

– Bom, que pena. Você estava preparado para matar o Parker pelo mesmo motivo faz vinte minutos, então não seja hipócrita.

– Foda-se o Parker. Ele não conhece você como eu.

– Trav, para com isso. Tira a roupa e deita na cama.

– É disso que estou falando – ele disse, rindo.

– Quanto você bebeu? – perguntei, conseguindo finalmente um apoio para os pés entre as pernas dele.

– O suficiente – ele respondeu, sorrindo e puxando a bainha do meu vestido.

– Tenho certeza que já passou do *suficiente* há um bom tempo – falei, dando um tapa na mão dele para afastá-la.

Apoiei o joelho no colchão e puxei a camiseta dele pela cabeça. Ele tentou encostar em mim de novo, mas o segurei pelo pulso, sentindo o cheiro pungente no ar.

– Meu Deus, Trav, você está fedendo a Jack Daniels.

– Jim Beam – ele me corrigiu, com um aceno bêbado.

– Tem cheiro de madeira queimada e outras substâncias químicas.

– E gosto também – ele riu.

Soltei a fivela do cinto dele e o puxei dos ganchos da calça. Ele riu com o movimento e ergueu a cabeça para olhar para mim.

– É melhor guardar sua virgindade, Flor. Você sabe que eu gosto de sexo selvagem.

– Cala a boca – falei, desabotoando sua calça jeans e descendo-a por suas pernas.

Joguei-a no chão e fiquei em pé, com as mãos na cintura, respirando com dificuldade. As pernas dele pendiam da ponta da cama, os olhos estavam fechados, e a respiração, profunda e pesada. Ele tinha apagado.

Fui andando até o armário, balançando a cabeça enquanto remexia nas nossas roupas. Abri o zíper do vestido e fui empurrando-o pelo quadril, deixando que caísse nos tornozelos. Chutei-o num canto e desfiz o rabo de cavalo, balançando os cabelos.

O armário estava lotado de roupas dele e minhas, e soltei o ar, soprando os cabelos da frente do rosto enquanto procurava por uma camiseta em meio à bagunça. Quando puxei uma do cabide, Travis veio com tudo pelas minhas costas, envolvendo minha cintura com os braços.

– Você quase me mata de susto! – reclamei.

Ele percorreu minha pele com as mãos. Elas estavam diferentes, lentas e decididas. Fechei os olhos quando ele me puxou de encontro ao seu corpo, enterrando o rosto nos meus cabelos e roçando o nariz no meu pescoço. Ao sentir sua pele nua encostada na minha, precisei de um tempinho para protestar.

– Travis...

Ele puxou meus cabelos para o lado e deslizou os lábios de um ombro ao outro, abrindo o fecho do meu sutiã. Beijou a pele desnuda na base do meu pescoço, e fechei os olhos – a maciez de sua boca era boa demais para fazer com que ele parasse. Um gemido baixinho escapou de sua garganta quando ele pressionou sua pélvis contra a minha, e através de sua cueca pude sentir quanto ele me desejava. Prendi a respiração, sabendo que a única coisa que nos impedia de dar o grande passo ao qual eu estava tão relutante alguns instantes antes eram apenas dois finos pedaços de tecido.

Travis me virou para que ficássemos frente a frente e pressionou seu corpo contra o meu, apoiando-me na parede. Nossos olhos se encontraram, e pude ver o desejo em sua expressão enquanto ele examinava detalhadamente as partes nuas do meu corpo. Já o tinha visto analisar mulheres com os olhos antes, mas aquilo era diferente. Ele não queria me conquistar. Queria que eu dissesse "sim".

Ele se inclinou para me beijar, parando a uns dois centímetros de distância. Eu podia sentir o calor irradiando de sua pele e vindo de encontro aos meus lábios, e tive de me segurar para não puxá-lo para mim. Seus dedos se afundavam em minha pele enquanto ele ponderava, e então suas mãos deslizaram das minhas costas para a borda da minha calcinha. Os dedos indicadores desceram pelos meus quadris, entre a pele e o tecido de renda, e, no momento em que estava prestes a escorregar as faixas delicadas da calcinha pelas minhas pernas, ele hesitou. Quando abri a boca para dizer "sim", ele fechou os olhos.

– Assim não – sussurrou, roçando os lábios nos meus. – Eu quero você, mas não assim.

Ele foi cambaleando para trás até cair de costas na cama, e fiquei parada um instante, com os braços cruzados sobre a barriga. Quando sua respiração ficou regular, enfiei os braços nas mangas da camiseta que ainda tinha nas mãos e a vesti. Travis não se mexeu, e expirei lentamente, sabendo que não seria capaz de refrear nenhum de nós se ele acordasse com intenções menos honradas.

Fui correndo até a cadeira reclinável e ali me joguei, cobrindo o rosto com as mãos. Senti ondas de frustração se debatendo dentro de mim. Parker havia ido embora se sentindo afrontado, Travis esperou até que eu estivesse saindo com alguém – alguém de quem eu realmente gostava – para demonstrar interesse em mim, e eu parecia ser a única garota com quem ele não conseguia fazer sexo, nem mesmo quando estava caindo de bêbado.

Na manhã seguinte, coloquei suco de laranja em um copo alto e tomei um gole enquanto mexia a cabeça ao som da música em meu iPod. Acordei antes de o sol nascer e fiquei me revirando na cadeira reclinável até as oito. Depois decidi limpar a cozinha para matar o tempo, até que meus colegas de apartamento acordassem. Enchi a lava-louça, varri, passei pano no chão e limpei as prateleiras. Quando a cozinha estava reluzindo, peguei o cesto de roupas limpas e me sentei no sofá, dobrando-as até ter mais de uma dúzia de pilhas de roupas dobradas ao meu redor.

Ouvi murmúrios vindos do quarto de Shepley. America deu uma risadinha e depois tudo ficou quieto por alguns minutos. Seguiram-se ruídos que fizeram com que eu me sentisse um pouco desconfortável sentada ali, sozinha, na sala de estar.

Coloquei as pilhas de roupas dobradas dentro do cesto e levei-o até o quarto de Travis, sorrindo quando vi que ele não tinha saído da posição em que caíra no sono na noite anterior. Coloquei o cesto no chão e puxei a coberta para cima dele, abafando uma risada quando ele se virou na cama.

– Olha, Beija-Flor – disse ele, murmurando algo inaudível antes de sua respiração voltar a ficar lenta e profunda.

Não consegui evitar e fiquei observando-o dormir. Saber que Travis estava sonhando comigo me fez sentir uma excitação que eu não sabia explicar. Ele parecia ter voltado a um sono silencioso, então decidi tomar um banho, na esperança de que o som de alguém se levantando e andando pela casa fizesse com que Shepley e America parassem com os gemidos e as batidas da cama contra a parede. Quando desliguei o chuveiro, percebi que eles não estavam preocupados com quem poderia ouvi-los.

Penteei os cabelos, revirando os olhos ao ouvir os gritinhos agudos de America, que lembravam mais um poodle do que uma estrela pornô. A campainha tocou, me enrolei no roupão atoalhado e cruzei correndo a sala de estar. Os ruídos vindos do quarto de Shepley cessaram de imediato e abri a porta do apartamento, dando de cara com o rosto sorridente de Parker.

– Bom dia – ele disse.

Joguei os cabelos molhados para trás com a ponta dos dedos.

– O que você está fazendo aqui?

– Não gostei da forma como nos despedimos ontem à noite. Saí hoje de manhã para comprar seu presente de aniversário, mas não consegui esperar para entregá-lo. Então... – disse ele, puxando uma caixa reluzente do bolso da jaqueta. – Feliz aniversário, Abs.

Ele colocou a embalagem prateada na minha mão e me inclinei para beijá-lo no rosto.

– Obrigada.

– Abre. Quero ver sua cara quando você abrir.

Deslizei o dedo por baixo da fita adesiva, então tirei o papel de presente e o entreguei a ele, abrindo a caixa. Uma fileira de diamantes reluzentes acomodava-se em uma pulseira de ouro branco.

– Parker... – falei num sussurro.

Ele irradiava felicidade.

– Gostou?

– Gostei – falei, segurando-a na frente do rosto, deslumbrada –, mas é demais. Eu não poderia aceitar esse presente nem se estivéssemos saindo há um ano, quanto mais há uma semana.

Parker fez uma careta.

– Eu já esperava que você dissesse isso. Procurei a manhã inteira pelo presente perfeito e, quando vi o bracelete, sabia que só havia um lugar onde ele poderia ficar – disse ele, tirando a pulseira dos meus dedos e prendendo-a em meu pulso. – E eu estava certo. Ficou incrível em você.

Ergui o pulso e balancei a cabeça, hipnotizada com o fulgor de cores que brilhavam à luz do sol.

– É a coisa mais linda que já vi na vida. Ninguém nunca me deu nada tão... – a palavra "caro" me veio à mente, mas não quis dizê-la – sofisticado. Não sei o que dizer.

Parker deu risada e me beijou no rosto.

– Diga que vai usar amanhã.

Abri um sorriso de orelha a orelha.

– Vou usar amanhã – falei, olhando para o meu pulso.

– Fico feliz que você tenha gostado. Valeu a pena ter ido a sete lojas só para ver essa expressão no seu rosto.

Soltei um suspiro.

– Você foi a *sete* lojas?

Ele assentiu e eu segurei o rosto dele entre as mãos.

– Obrigada. É perfeito – falei, beijando-o rapidamente.

Ele me abraçou apertado.

– Tenho que voltar. Vou almoçar com meus pais. Ligo para você depois, tá?

– Tudo bem. Obrigada! – falei mais uma vez, enquanto ele descia as escadas apressado.

Entrei rápido no apartamento, sem conseguir tirar os olhos do pulso.

– Caraca, Abby! – disse America, segurando minha mão. – Onde você arrumou isso?

– O Parker me deu. De aniversário – respondi.

Ela me olhou boquiaberta, depois baixou o olhar para a pulseira.

– Ele te comprou uma pulseira de diamantes? Depois de uma semana? Se eu não soubesse, diria que você tem um triângulo mágico no meio das pernas!

Ri alto, dando início a um ridículo festival de risadinhas na sala de estar.

Shepley surgiu do quarto, parecendo cansado e satisfeito.

– Do que as duas maluquinhas estão gritando aí?

America ergueu meu pulso.

– Olha o presente de aniversário que ela ganhou do Parker!

Shepley apertou os olhos para enxergar melhor, então os arregalou.

– Uau!

– Não é? – disse America, assentindo.

Travis veio cambaleando pelo corredor, parecendo um pouco detonado.

– Cara, como vocês fazem barulho! – ele resmungou, abotoando a calça jeans.

– Desculpa – falei, puxando a mão da pegada de America.

O momento em que quase transamos se insinuou em minha mente, e não consegui encará-lo. Ele tomou de uma golada o resto do meu suco de laranja e limpou a boca.

– Quem me deixou beber daquele jeito na noite passada?

America falou em tom de deboche:

– Você mesmo. Você foi comprar uma garrafa de uísque depois que a Abby saiu com o Parker. E já tinha matado a garrafa inteira quando ela voltou.

– Cacete – ele exclamou, balançando a cabeça. – Você se divertiu? – ele olhou para mim.

– Você está falando *sério*? – perguntei, mostrando minha raiva antes de pensar.

– O quê?

America deu risada.

– Você arrancou a Abby do carro do Parker, enlouquecido de raiva, quando pegou os dois dando uns amassos que nem colegiais. As janelas estavam embaçadas e tudo!

Os olhos de Travis ficaram sem foco, enquanto ele fazia uma varredura nas lembranças da noite anterior. Fiz força para conter o mau humor. Se ele não se lembrava de ter me arrancado do carro, não se lembraria de como cheguei perto de lhe entregar de bandeja minha virgindade.

– Você está brava? – ele me perguntou, encolhendo-se de medo.

– Muito.

Eu estava com mais raiva ainda porque meus sentimentos não tinham nada a ver com Parker. Apertei o roupão no corpo e cruzei o corredor pisando duro. Ouvi os passos de Travis atrás de mim.

– Flor – ele chamou, segurando a porta quando tentei batê-la na cara dele. Ele a empurrou lentamente e ficou parado na minha frente, esperando que eu despejasse toda minha ira.

– Você se lembra de alguma coisa que me disse na noite passada? – eu quis saber.

– Não. Por quê? Fui mau com você?

Seus olhos injetados estavam pesados de preocupação, o que só servia para aumentar minha fúria.

– Não, você não foi mau comigo! Você... nós...

Cobri os olhos com as mãos e fiquei paralisada quando senti a mão dele no meu pulso.

– De onde veio isso? – ele perguntou, olhando para a pulseira.

– É minha – falei, me soltando.

Ele não tirava os olhos do meu pulso.

– Nunca vi isso antes. Parece nova.

– É nova.

– Onde você arrumou?

– Faz uns quinze minutos que o Parker me deu essa pulseira – falei, observando a expressão no rosto dele mudar de confusão para raiva.

– Que merda aquele babaca estava fazendo aqui? Ele passou a noite aqui? – Travis perguntou, erguendo a voz a cada questão.

Cruzei os braços.

– Ele saiu para comprar meu presente de aniversário hoje de manhã e me trouxe a pulseira.

– Ainda não é seu aniversário.

O rosto dele ficou vermelho, um vermelho forte, enquanto ele se esforçava para manter o mau humor sob controle.

– Ele não podia esperar – falei, erguendo o queixo com um orgulho teimoso.

– Não é de admirar que eu tive que te arrastar para fora daquele carro, parece que você estava... – ele parou de falar, pressionando os lábios.

Estreitei os olhos.

– O quê? Parece que eu estava *o quê?*

O maxilar dele ficou tenso e ele inspirou fundo, soltando o ar pelo nariz.

— Nada. Só estou bravo, e ia dizer alguma merda que eu não queria.

— Isso nunca te impediu antes.

— Eu sei. Estou tentando mudar — ele respondeu, caminhando até a porta. — Vou deixar você se vestir.

Ele esticou a mão para pegar a maçaneta, mas parou um pouco, esfregando o braço. Quando seus dedos encostaram na marca dolorida e arroxeada onde o sangue se acumulava, ele ergueu o cotovelo e percebeu o ferimento, para o qual ficou olhando fixo por um instante. Depois se virou para mim.

— Eu caí na escada ontem à noite. E você me ajudou a ir até a cama... — ele disse, procurando as lembranças entre as imagens borradas de sua mente.

Meu coração estava quase saindo pela boca, e engoli em seco quando vi que ele estava se dando conta do que tinha acontecido. Ele estreitou os olhos.

— Nós... — ele começou a dizer, dando um passo na minha direção, olhando para o armário e depois para a cama.

— Não. Não aconteceu nada — falei, balançando a cabeça.

Ele se encolheu. Era óbvio que estava relembrando cenas da noite passada.

— Você deixou as janelas do carro do Parker embaçadas, te puxei para fora do carro e depois tentei... — ele disse, balançando a cabeça.

Então se virou em direção à porta e agarrou a maçaneta, com os nós dos dedos brancos.

— Você está me transformando em uma droga de um psicopata, Beija-Flor — ele rosnou por cima do ombro. — Não consigo pensar direito quando estou perto de você.

— Então a culpa é *minha*?

Ele se virou. Seus olhos seguiram do meu rosto para o roupão, para as minhas pernas e depois para os meus pés, voltando para os meus olhos.

— Eu não sei. Minha memória está um pouco turva... mas eu não me lembro de você ter dito "não".

Dei um passo para frente, pronta para contestar aquele fato insignificante, mas não pude. Ele estava certo.

– O que você quer que eu diga, Travis?

Ele olhou para a pulseira e de novo para mim, com olhos acusadores.

– Você esperava que eu não lembrasse?

– Não! Eu estava brava porque você tinha esquecido!

Seus olhos castanhos perfuravam os meus.

– Por quê?

– Porque se eu tivesse... se a gente tivesse... e você não... Eu não sei o motivo! Estava brava e ponto!

Ele veio na minha direção e parou a poucos centímetros de mim. Suas mãos tomaram o meu rosto, e sua respiração acelerou enquanto ele me olhava cuidadosamente.

– O que estamos fazendo, Flor?

Olhei para o cinto dele, depois para os músculos e as tatuagens da barriga e do peito, parando finalmente no castanho cálido das íris.

– Você é quem tem que me dizer.

7
DEZENOVE

— Abby? — *disse Shepley, batendo na porta.* — *A Mare vai fazer umas coisas na rua, e ela pediu pra eu te falar, caso você precise sair também.*

Travis não tinha tirado os olhos dos meus.

— Flor?

— Ah, sim — respondi ao Shepley. — Tenho umas coisas pra resolver.

— Tudo bem, então ela te espera — ele disse, e seus passos foram sumindo no corredor.

— Flor?

Peguei algumas coisas no armário e passei por Travis.

— Podemos conversar sobre isso depois? Tenho muita coisa para fazer hoje — respondi.

— Claro — ele disse, com um sorriso forçado.

Foi um alívio fugir até o banheiro. Entrei e fechei rapidamente a porta. Ainda me restavam duas semanas ali no apartamento, e não tinha como adiar aquela conversa — pelo menos, não durante tanto tempo assim. A parte lógica do meu cérebro insistia que Parker fazia meu tipo: atraente, inteligente e interessado em mim. Eu não conseguia entender por que me importava tanto com Travis.

Qualquer que fosse o motivo, isso estava nos levando à loucura. Eu me sentia dividida em duas: a pessoa dócil e educada que eu era com Parker, e a pessoa confusa, irritada e frustrada em que me transformava quando estava perto de Travis. E a faculdade inteira tinha visto Travis passar de imprevisível para quase volátil.

Eu me vesti com rapidez, deixando os meninos para ir até o centro da cidade com America. Ela me contou, entre risadinhas, sua aventura sexual com Shepley de manhã, e escutei assentindo quando achava que devia. Estava difícil me concentrar no assunto com os diamantes da minha pulseira criando pequenos pontos de luz no teto do carro, fazendo com que eu me lembrasse da escolha diante da qual eu de repente me encontrava. Travis queria uma resposta, e eu não a tinha.

– Tudo bem, Abby. O que está acontecendo? Você anda quieta.

– Esse lance com o Travis... é uma confusão.

– Por quê? – ela me perguntou, e seus óculos de sol se elevaram um pouco quando ela torceu o nariz.

– Ele me perguntou o que estamos fazendo.

– E *o que* vocês estão fazendo? Você está com o Parker ou não?

– Eu gosto dele, mas faz só uma semana. Não estamos namorando sério ou algo do tipo.

– Você sente algo pelo Travis, não é?

Balancei a cabeça em negativa.

– Eu não sei como me sinto em relação a ele. É só que não vejo isso acontecendo, Mare. Ele não é coisa boa.

– Nenhum de vocês assume o que sente, esse é o problema. Vocês têm tanto medo do que pode acontecer que estão lutando contra isso com unhas e dentes. Tenho certeza que, se você olhasse nos olhos do Travis e dissesse que o quer, ele nunca mais olharia para outra mulher.

– Você tem certeza disso?

– Sim. Tenho informações privilegiadas, lembra?

Parei de falar por um instante. Travis vinha conversando com o primo sobre mim, mas Shepley não encorajaria nosso relacionamento contando coisas para America. Ele sabia que ela me contaria, o que me levava à única conclusão possível: America tinha ouvido os dois conversarem. Eu queria perguntar o que eles tinham dito, mas achei melhor não fazer isso.

– Mais cedo ou mais tarde haverá um coração partido nessa história – falei, balançando a cabeça. – Não acho que ele seja capaz de ser fiel.

– Ele não era capaz de ser amigo de uma mulher também, mas vocês dois chocaram a Eastern inteira com a amizade de vocês.

Passei o dedo na pulseira e suspirei.

– Eu não sei. Não me incomodo com a forma como as coisas estão agora. Podemos ser apenas amigos.

America balançou a cabeça.

– Só que vocês *não são* apenas amigos – ela suspirou. – Quer saber de uma coisa? Estou cheia dessa conversa. Vamos arrumar o cabelo e fazer maquiagem. Vou comprar uma roupa nova para você usar no seu aniversário.

– Acho que é exatamente disso que eu preciso – falei.

Depois de horas de manicure, pedicure, escova, depilação e maquiagem, coloquei meus brilhantes sapatos de salto alto amarelos e meu novo vestido cinza.

– Agora sim! *Essa* é a Abby que eu conheço e adoro! – America disse, rindo e balançando a cabeça em aprovação para o meu visual. – Você tem que usar essa roupa na festa amanhã.

– Não era esse o plano? – falei, com um sorriso convencido.

Meu celular tocou na bolsa e o levei ao ouvido.

– Alô?

– Está na hora do jantar! Para onde vocês duas fugiram? – disse Travis.

– Nos demos ao luxo de ser mimadas hoje. Você e o Shep sabiam comer antes de aparecermos. Tenho certeza que ainda conseguem.

– Não brinca! A gente se preocupa com vocês, sabia?

Olhei para America e sorri.

– Estamos bem.

– Diga a ele que eu devolvo você em breve. Tenho que parar na casa do Brazil para pegar umas anotações para o Shep, e depois vamos pra casa.

– Ouviu? – perguntei a ele.

– Ouvi. A gente se vê depois então, Flor.

Fomos em silêncio até onde Brazil morava. America desligou o motor do carro e ficou encarando o prédio à nossa frente. O fato de Shepley pedir que ela passasse por ali me surpreendeu – estávamos a uma quadra do apartamento deles.

– Qual é o problema, Mare?

– O Brazil me dá arrepios. Da última vez que vim aqui com o Shep, ele ficou dando em cima de mim.

– Bom, eu entro com você. Se ele ousar sequer piscar para você, enfio meu salto no olho dele, tá?

Ela sorriu e me abraçou.

– Obrigada, Abby!

Fomos andando até os fundos do prédio, e America respirou fundo antes de bater à porta. Ficamos esperando, mas ninguém apareceu.

– Acho que ele não está – comentei.

– Está sim – ela disse, irritada. Bateu na madeira com a lateral do punho cerrado e então a porta se abriu com tudo.

– FELIZ ANIVERSÁRIO! – a galera reunida ali dentro gritou.

O teto estava cheio de bexigas pretas e cor-de-rosa, com longos fios prateados pendendo sobre a cabeça dos convidados. O pessoal dispersou e Travis veio andando na minha direção com um sorriso, segurando meu rosto e me beijando na testa.

– Feliz aniversário, Beija-Flor.

– Mas é só amanhã! – falei.

Ainda em estado de choque, tentei sorrir para todo mundo que nos cercava.

Travis deu de ombros.

– Bom, já que te avisaram sobre a festa, tivemos que fazer umas alterações de última hora para surpreender você. Surpresa?

– Muito! – falei, enquanto Finch me abraçava.

– Feliz aniversário, querida! – disse Finch, beijando meus lábios.

America me cutucou com o cotovelo.

– Ainda bem que eu consegui te arrastar comigo hoje, senão você estaria com cara de bunda!

– Você está linda – disse Travis, analisando meu vestido.

Brazil me abraçou, pressionando o rosto contra o meu.

– Espero que você saiba que esse papo da America de que "o Brazil me dá arrepios" foi só para fazer você entrar aqui.

Olhei para America, que deu risada.

– Funcionou, não é?

Assim que todo mundo me abraçou e me desejou feliz aniversário, me inclinei para falar ao ouvido de America:

– Cadê o Parker?

– Ele vai vir mais tarde – ela respondeu num sussurro. – O Shepley só conseguiu falar com ele sobre a mudança de planos hoje à tarde.

Brazil aumentou o volume do aparelho de som, e todo mundo vibrou.

– Vem cá, Abby! – ele disse, indo até a cozinha. Então alinhou diversos copinhos no balcão e pegou a tequila do bar. – Feliz aniversário do time de futebol, garotinha – ele sorriu, enchendo cada copo até a borda com tequila Patrón. – É assim que comemoramos aniversários: você faz dezenove anos e vira dezenove doses de tequila. Você pode beber ou dar pra alguém, mas, quanto mais beber, mais dessas aqui você ganha – disse ele, mostrando várias notas de vinte dólares em leque.

– Ai, meu Deus! – gritei.

– Bebe tudo, Flor! – disse Travis.

Olhei em dúvida para Brazil.

– Ganho uma nota de vinte para cada dose de tequila que beber?

– Isso mesmo, peso leve. Calculando pelo seu tamanho, acho que vamos perder só umas sessenta pratas até o fim da noite.

– Refaça as contas, Brazil – falei, pegando o primeiro dos copinhos. Coloquei-o nos lábios, inclinei a cabeça para trás para esvaziá-lo e o joguei na outra mão.

– Caramba! – exclamou Travis.

– Isso é um desperdício, Brazil – falei, limpando os cantos da boca. – A gente vira Jose Cuervo, não Patrón.

O sorriso convencido sumiu de seu rosto, e ele balançou a cabeça e deu de ombros.

– Vai fundo então. Tenho a carteira de doze jogadores de futebol aqui que dizem que você não consegue virar dez doses.

Estreitei os olhos e falei:

– O dobro ou nada, e eu consigo beber quinze.

– Uau! – gritou Shepley. – Só não pode ir pro hospital no dia do seu aniversário, Abby!

– Ela consegue – disse America, com o olhar fixo em Brazil.

– Quarenta pratas por copo virado? – disse Brazil, sem parecer muito seguro.

– Está com medo? – perguntei.

– É claro que não! Eu te dou vinte por copo e, quando você chegar em quinze, duplico o total.

– É assim que se comemoram aniversários no Kansas – falei, virando outra dose.

Uma hora e três copos de tequila depois, eu estava na sala de estar dançando com Travis. A música era uma balada de rock, e ele ficou falando a letra para mim, só mexendo os lábios, enquanto dançávamos. Ele me abraçou e me curvou até o chão no fim do primeiro refrão, e deixei os braços caírem para trás. Ele me levantou de novo e soltei um suspiro.

– Você não vai poder fazer isso quando eu estiver no décimo copo – falei, dando uma risadinha.

– Já falei que você está incrível?

Fiz que não e o abracei, repousando a cabeça em seu ombro. Ele me apertou, enterrando o rosto no meu pescoço e fazendo com que eu esquecesse decisões, pulseiras ou personalidades divididas. Eu estava exatamente onde queria estar.

Quando o ritmo da música deu lugar a uma batida mais rápida, a porta se abriu.

– Parker! – chamei, correndo para ir abraçá-lo. – Você veio!

– Desculpa pelo atraso, Abs – disse ele, me dando um selinho. – Feliz aniversário.

– Obrigada – falei, vendo de canto de olho que Travis nos encarava.

Parker ergueu meu pulso.

– Você está usando a pulseira.

– Eu falei que ia usar. Quer dançar?

Ele balançou a cabeça em negativa.

– Hum... eu não danço.

– Ah. Então quer me ver virando a sexta dose de tequila? – falei e sorri, erguendo minhas cinco notas de vinte. – Ganho o dobro se conseguir chegar a quinze.

– Isso é meio perigoso, não é?

Eu me inclinei para falar ao ouvido dele.

– Estou enrolando eles. Eu brincava disso com o meu pai desde os dezesseis anos.

– Ah – ele disse, franzindo a testa em desaprovação. – Você bebia tequila com o seu pai?

Dei de ombros.

– Era o jeito dele de se aproximar de mim.

Parker não parecia impressionado quando seu olhar desviou do meu para analisar a galera ali reunida.

– Não posso ficar muito tempo. Vou acordar cedo para viajar com o meu pai. Vamos caçar.

– Que bom que a minha festa foi hoje então. Se fosse amanhã, você não teria conseguido vir – falei, surpresa ao tomar conhecimento de seus planos.

Ele sorriu e me pegou pela mão.

– Eu teria conseguido voltar a tempo.

Eu o puxei até a cozinha, peguei outro copo de tequila e o virei, batendo-o no balcão com a boca virada para baixo, como tinha feito com os cinco anteriores. Brazil me entregou mais uma nota de vinte, e fui dançando até a sala. Travis me puxou e dançamos com America e Shepley.

Shepley me deu um tapa no bumbum.

– Um!

America deu um segundo, depois todos que estavam na festa fizeram o mesmo, menos Parker.

No número dezenove, Travis esfregou as mãos.

– Minha vez!

Esfreguei o bumbum dolorido.

– Pega leve! Já estou com dor na bunda!

Com um sorriso maldoso, ele levou a mão bem acima do ombro. Fechei os olhos com força. Depois de uns instantes, dei uma espiada. Antes de sua mão encostar no meu bumbum, ele parou e me deu um tapinha de leve.

– Dezenove! – exclamou.

133

Os convidados gritaram animados, e America começou a cantar uma versão alcoolizada de "Parabéns a você". Ri quando chegou a parte de dizerem o meu nome, e a sala inteira falou "Beija-Flor".

Outra música lenta começou a tocar, e Parker me puxou para a pista de dança. Não levei muito tempo para descobrir por que ele não dançava.

– Desculpa – ele disse, depois de pisar no meu pé pela terceira vez.

Encostei a cabeça no ombro dele.

– Você está indo bem – menti.

Ele beijou minha testa.

– O que você vai fazer na segunda-feira à noite?

– Jantar com você?

– Sim. No meu novo apartamento.

– Você arrumou um apartamento!

Ele riu e assentiu.

– Sim, mas vamos pedir comida. A minha não é exatamente comível.

– Eu comeria mesmo assim – falei, sorrindo para ele.

Parker olhou de relance ao redor da sala e me levou até um corredor. Gentilmente me pressionou contra a parede, beijando-me com os lábios macios. Suas mãos passavam por todas as partes do meu corpo. No começo fiz o jogo dele, mas, depois que sua língua penetrou minha boca, tive a nítida sensação de que estava fazendo algo errado.

– Ok, Parker – falei, fazendo uma manobra para me afastar.

– Está tudo bem?

– Eu só acho grosseiro da minha parte ficar de amasso num canto escuro quando tenho convidados lá fora.

Ele sorriu e me beijou de novo.

– Você está certa, desculpa. Eu só queria te dar um beijo inesquecível de aniversário antes de ir embora.

– Você já vai?

Ele pôs a mão no meu rosto.

– Tenho que acordar daqui a quatro horas, Abs.

Pressionei os lábios.

– Tudo bem. Vejo você na segunda?

– Amanhã. Passo na sua casa quando voltar de viagem.

Ele me levou até a porta e me deu um beijo no rosto antes de ir embora. Notei que Shepley, America e Travis me encaravam.

– O papai foi embora! – Travis gritou quando a porta se fechou. – Hora de começar a festa!

O pessoal vibrou animado, e Travis me puxou para o centro da pista.

– Espera aí. Tenho um cronograma a seguir – falei, conduzindo-o pela mão até o balcão.

Virei mais uma dose de tequila e dei risada quando Travis pegou uma da ponta, virando-a também. Peguei outra e a engoli, e ele fez o mesmo.

– Mais sete, Abby – disse Brazil, entregando-me mais duas notas de vinte dólares.

Limpei a boca enquanto Travis me puxava para a sala de novo. Dancei com America, depois com Shepley, mas, quando Chris Jenks, do time de futebol americano, tentou dançar comigo, Travis o puxou pela camisa e fez que não com a cabeça. Chris deu de ombros e se virou, dançando com a primeira garota que viu pela frente.

A décima dose de tequila desceu com dificuldade, e me senti meio zonza em pé no sofá do Brazil com America, dançando como colegiais desajeitadas. Nós ríamos de nada, balançando os braços com a batida da música.

Cambaleei, quase caindo do sofá, mas as mãos de Travis instantaneamente me seguraram para que eu me equilibrasse.

– Você já provou seu argumento – ele disse. – Já bebeu mais do que qualquer garota que conhecemos. Vou cortar seu barato agora.

– Nem ferrando que você vai me impedir! – falei enrolado. – Tenho seiscentos paus esperando por mim no fundo do último copo de tequila, e não vai ser você quem vai me dizer que não posso fazer algo extremo para descolar uma grana.

– Se você está precisando tanto de dinheiro, Flor...

– Não vou pegar dinheiro seu emprestado – falei em tom de desdém.

– Eu ia sugerir penhorar a pulseira – ele sorriu.

Dei um tapa no braço dele assim que America começou a contagem regressiva até a meia-noite. Quando os ponteiros do relógio chegaram ambos ao número doze, todos nós comemoramos.

Eu tinha dezenove anos.

America e Shepley beijaram, cada um, um lado da minha bochecha, depois Travis me levantou, me fazendo girar no ar.

— Feliz aniversário, Beija-Flor — disse ele, com uma expressão suave.

Fiquei encarando seus cálidos olhos castanhos por um instante, me sentindo perdida dentro deles. A sala parecia congelada no tempo enquanto nos olhávamos, tão próximos que eu podia sentir a respiração dele na minha pele.

— Tequila! — falei, cambaleando até o balcão.

— Você parece detonada, Abby. Acho que está na hora de encerrar a noite — disse Brazil.

— Não sou de desistir — falei. — Quero ver o meu dinheiro.

Ele colocou mais uma nota de vinte no balcão e gritou para seus colegas de time:

— Ela vai beber todos! Preciso de quinze!

Eles resmungaram e reviraram os olhos, puxando a carteira para formar uma pilha de notas de vinte atrás do último copo de tequila. Travis tinha esvaziado os outros quatro do outro lado das minhas quinze doses.

— Eu nunca teria acreditado que perderia cinquenta paus em uma aposta de quinze doses com uma garota — Chris reclamou.

— Acredite, Jenks — falei, pegando um copo em cada mão.

Virei os dois e esperei que a ânsia que me subia à garganta assentasse.

— Beija-Flor? — Travis me chamou, dando um passo na minha direção.

Ergui um dedo e Brazil sorriu.

— Ela vai perder — ele disse.

— Não vai não — America balançou a cabeça. — Respira fundo, Abby.

Fechei os olhos e inspirei, pegando o último copo.

— Minha nossa, Abby! Você vai morrer de coma alcoólico! — gritou Shepley.

— Ela tem a manha — garantiu America.

Inclinei a cabeça para trás e deixei a tequila fluir garganta abaixo. Meus dentes e lábios estavam amortecidos desde a dose número oito, e o efeito do álcool já tinha perdido a contundência fazia tempo. A festa inteira irrompeu em assobios e gritos enquanto Brazil me entregava a pilha de dinheiro.

– Valeu – eu disse com orgulho, enfiando o dinheiro no sutiã.
– Você está incrivelmente sexy – Travis disse ao meu ouvido enquanto caminhávamos em direção à sala.

Dançamos até o amanhecer, e a tequila que corria em minhas veias me acalmou até eu me esquecer de tudo.

8
BOATOS

Quando meus olhos finalmente se abriram, vi que meu travesseiro consistia em um par de pernas de calça jeans. Travis estava sentado com as costas apoiadas na banheira e a cabeça na parede, desmaiado. Ele parecia tão mal quanto eu. Afastei o cobertor e me levantei, assustada ao ver meu horrível reflexo no espelho em cima da pia.

Eu parecia a morte.

Rímel escorrido, manchas negras descendo pelo rosto, batom borrado na boca e cabelos parecendo um ninho de rato.

Lençóis, toalhas e cobertores cercavam Travis. Ele tinha feito um montinho para dormir em cima enquanto eu expelia as quinze doses de tequila que havia consumido na noite anterior. Travis tinha segurado meus cabelos para não caírem na privada e ficou sentado comigo ali a noite toda.

Abri a torneira, colocando a mão debaixo da água até que a temperatura estivesse como eu queria. Comecei a limpar a sujeira do rosto e ouvi um gemido vindo do chão. Travis se mexeu, esfregou os olhos e se espreguiçou. Depois olhou para o lado e fez um movimento assustado.

– Estou aqui – falei. – Por que você não vai para a cama? Dormir um pouco?

– Você está bem? – ele me perguntou, limpando os olhos mais uma vez.

– Estou. Quer dizer, o máximo que posso estar. Vou me sentir melhor assim que tomar um banho.

Ele se levantou.

– Você tirou meu título na noite passada, só pra você saber. Não sei de onde veio aquilo, mas não quero que faça isso de novo.

– Cresci acostumada com isso, Trav. Não é nada de mais.

Ele pegou meu queixo nas mãos e limpou com os polegares o que sobrou de rímel borrado sob meus olhos.

– Foi muito pra mim.

– Tudo bem, não vou fazer isso de novo. Satisfeito?

– Sim. Mas preciso te contar uma coisa, se você prometer que não vai ter um treco.

– Ai, meu Deus, o que foi que eu fiz?

– Nada, mas você precisa ligar para a America.

– Onde ela está?

– No Morgan. Ela brigou com o Shep na noite passada.

Tomei banho correndo e enfiei as roupas que Travis tinha deixado para mim na pia. Quando saí do banheiro, ele e Shepley estavam sentados na sala.

– O que você fez com ela? – exigi saber de Shepley.

A expressão dele ficou triste.

– Ela está muito brava comigo.

– O que houve?

– Fiquei louco por ela ter encorajado você a beber tanto. Achei que acabaríamos tendo que te levar pro hospital. Uma coisa levou à outra e, quando vi, estávamos gritando um com o outro. Nós dois estávamos bêbados, Abby. Eu disse algumas coisas e agora não tenho como voltar atrás – disse ele, balançando a cabeça e olhando para o chão.

– Tipo o quê? – perguntei, com raiva.

– Eu xinguei a Mare de algumas coisas que nem posso repetir e mandei que ela fosse embora.

– Você deixou que ela fosse embora daqui bêbada? Você é idiota por acaso? – falei, agarrando minha bolsa.

– Pega leve, Flor. Ele já está se sentindo mal o bastante – Travis comentou.

Pesquei o celular de dentro da bolsa e disquei o número do telefone da America.

– Alô? – ela atendeu, soando péssima.

– Acabei de saber o que houve – soltei um suspiro. – Você está bem?

Cruzei o corredor para ter um pouco de privacidade, olhando para trás de relance, com raiva.

– Estou bem. Ele é um babaca.

As palavras dela eram ríspidas, mas eu podia ouvir a mágoa em sua voz. America tinha virado mestre na arte de esconder as emoções, e poderia tê-las escondido de todo mundo, menos de mim.

– Desculpa por não ter ido embora com você.

– Você não estava em condições, Abby – ela disse, indiferente.

– Por que você não vem me pegar? Podemos conversar.

Ela inspirou ao telefone.

– Não sei. Não quero ver o Shepley.

– Eu falo para ele ficar aqui dentro.

Depois de uma longa pausa, ouvi o som de chaves batendo.

– Tudo bem, estarei aí em um minuto.

Entrei na sala, colocando minha bolsa sobre o ombro. Eles me viram abrir a porta para esperar por America, e Shepley levantou apressado do sofá.

– Ela está vindo aqui?

– Ela não quer te ver, Shep. Falei que você ia ficar lá dentro.

Ele suspirou e caiu na almofada.

– Ela me odeia.

– Vou conversar com ela. Mas é melhor você pensar em um pedido de desculpas bem incrível.

Dez minutos depois, a buzina tocou duas vezes e eu desci. Quando cheguei aos últimos degraus, Shepley passou correndo por mim até o Honda vermelho de America e se curvou para olhar para ela pela janela. Parei no meio do caminho, vendo que America o esnobava, olhando direto para frente. Ela abaixou o vidro, e Shepley parecia estar se explicando, mas então eles começaram a discutir. Voltei para o prédio para que conversassem a sós.

– Beija-Flor? – disse Travis, descendo as escadas num passo rápido.

– A coisa não parece nada boa.

— Deixa os dois se acertarem. Entra — ele disse, entrelaçando os dedos nos meus para que subíssemos a escada.

— A briga foi tão feia assim? — perguntei.

Ele assentiu.

— Foi. Mas eles estão saindo agora do estágio da lua de mel. Eles vão se entender.

— Para alguém que nunca teve namorada, você parece saber muito sobre relacionamentos.

— Tenho quatro irmãos e muitos amigos — ele disse, abrindo um largo sorriso para si mesmo.

Shepley entrou no apartamento pisando duro e bateu a porta.

— Ela é impossível!

Dei um beijo no rosto de Travis.

— Essa é a minha deixa.

— Boa sorte — disse ele.

Entrei no carro ao lado de America, e ela bufou, dizendo:

— Ele é impossível!

Dei uma risadinha, mas ela lançou um olhar irritado na minha direção.

— Desculpa — falei, forçando meu sorriso a sumir do rosto.

Fomos dar uma volta, e America gritava e chorava, depois gritava um pouco mais. Às vezes ela tinha rompantes que pareciam dirigidos ao Shepley, como se fosse ele quem estivesse sentado no meu lugar. Fiquei quieta, deixando que ela lidasse com as coisas do jeito que só ela conseguia fazer.

— Ele me chamou de irresponsável! *Eu!* Como se eu não te conhecesse! Como se eu não tivesse visto você ganhar centenas de dólares do seu pai bebendo o dobro daquilo. Ele nem sabe do que está falando! Ele nem sabe como era a sua vida! Ele não sabe o que eu sei, e age como se eu fosse filha dele, não namorada!

Apoiei minha mão na dela, mas ela a puxou.

— Ele achou que você seria o motivo pelo qual a gente não daria certo, mas acabou estragando tudo por conta própria. E, falando em *você*, que diabos foi aquilo na noite passada com o Parker?

141

A mudança repentina de assunto me pegou de surpresa.

– Como assim?

– O Travis fez aquela festa pra você, Abby, aí você sai pra dar uns amassos com o Parker. E ainda fica se perguntando por que todo mundo está falando de você!

– Espera aí! Eu falei para o Parker que a gente não devia ficar lá atrás. Além do mais, o que importa se o Travis fez a festa pra mim ou não? Eu não estou com ele!

America olhou para frente, soprando ar pelo nariz.

– Tudo bem, Mare. Que foi? Está brava *comigo* agora?

– Não estou brava com você. Só não gosto de me juntar a completos *imbecis*.

Balancei a cabeça e olhei pela janela antes que dissesse algo de que me arrependesse. America sempre teve a capacidade de me fazer sentir uma merda quando queria.

– Você não percebe o que está acontecendo? – ela me perguntou. – O Travis parou de lutar. Ele não sai sem você, não trouxe mais nenhuma mulher pra casa desde aquelas duas, tem vontade de matar o Parker, e você está preocupada com o fato de as pessoas estarem dizendo que você está jogando com os dois. Sabe por que isso, Abby? Porque é verdade!

Eu me virei lentamente na direção dela, tentando desferir-lhe o olhar mais raivoso que podia.

– Que merda há de errado com você?

– Se você está namorando o Parker, e está *tão* feliz – disse ela em tom jocoso –, então por que não está no Morgan?

– Porque eu perdi a aposta e você sabe disso!

– Ah, dá um tempo, Abby! Você fica falando como o Parker é perfeito, vai nesses encontros incríveis com ele, fala durante horas com ele ao telefone, e depois deita ao lado do Travis todas as noites! Você não percebe que tem algo errado nessa situação? Se você realmente gostasse do Parker, suas coisas estariam no Morgan agorinha mesmo!

Cerrei os dentes.

– Você sabe que nunca dei pra trás numa aposta, Mare.

– Foi isso que pensei – disse ela, torcendo as mãos em volta do volante. – Você quer o Travis, mas acha que precisa do Parker.

– Eu sei que as coisas parecem assim, mas...

– As coisas parecem assim para todo mundo. Então, se você não gosta do que as pessoas estão falando de você... mude. O Travis não tem culpa. Ele mudou da água pro vinho por sua causa. Você está tirando vantagem da situação, e o Parker também.

– Há uma semana você queria que eu fizesse as malas e nunca mais deixasse o Travis chegar perto de mim! Agora você está defendendo o cara?

– Abigail! Não estou defendendo o Travis, sua imbecil! Me preocupo com *você*! Vocês são loucos um pelo outro! Façam alguma coisa a respeito!

– Como eu posso pensar em ficar com ele? – lamentei. – Você devia tentar me manter longe de pessoas como ele!

Ela pressionou os lábios, claramente perdendo a paciência.

– Você se esforçou tanto para se separar do seu pai. Esse é o único motivo pelo qual você está considerando ficar com o Parker! Porque ele é o oposto do Mick, e você acha que o Travis vai te levar de volta para aquela vida. Ele não é como o seu pai, Abby.

– Eu não disse que era, mas ele vai acabar me levando a seguir os mesmos passos do meu pai.

– O Travis não faria isso com você. Acho que você não sabe o quanto significa para ele. Se você dissesse a ele...

– Não. A gente não deixou tudo para trás para que as pessoas me olhem do jeito que olhavam em Wichita. Vamos nos concentrar no seu problema. O Shep está te esperando.

– Não quero falar sobre o Shep – disse ela, diminuindo a marcha para parar no semáforo.

– Ele está péssimo, Mare. Ele te ama.

Seus olhos se encheram de lágrimas e seu lábio inferior tremeu.

– Não me importo.

– Se importa sim.

– Eu sei – ela falou, choramingando e se apoiando no meu ombro.

Ela chorou até o sinal abrir, então a beijei.

– Sinal verde.

143

Ela se endireitou e limpou o nariz.

– Fui muito má com ele agora há pouco. Acho que ele não vai falar comigo depois disso.

– Ele vai falar com você sim. Ele sabe que você estava brava.

America limpou o rosto e fez um lento retorno. Achei que eu fosse ficar um tempão tentando convencê-la a entrar comigo, mas Shepley desceu correndo as escadas antes mesmo que ela desligasse o motor.

Ele abriu a porta do carro com tudo e a puxou para fora.

– Me desculpe, baby. Eu não devia ter me intrometido, eu... Por favor, não vá embora. Eu não sei o que faria sem você.

America segurou o rosto dele com as mãos e sorriu.

– Você é um idiota arrogante, mas eu ainda te amo.

Shepley a beijou repetidas vezes, como se não a visse há meses, e sorri ao ver aquele final feliz. Travis estava parado na porta com um largo sorriso no rosto, enquanto eu entrava no apartamento.

– E eles viveram felizes para sempre – ele disse, fechando a porta atrás de mim.

Eu me joguei no sofá. Ele se sentou ao meu lado e puxou minhas pernas para o seu colo.

– O que você quer fazer hoje, Flor?

– Dormir. Ou descansar... ou dormir.

– Posso te dar seu presente antes?

Dei um empurrão no ombro dele.

– Fala sério! Você comprou um presente pra mim?

Sua boca se curvou em um sorriso nervoso.

– Não é uma pulseira de diamantes, mas acho que você vai gostar.

– Vou amar, mesmo sem ver o que é.

Ele tirou minhas pernas do colo dele e sumiu dentro do quarto de Shepley. Ergui uma sobrancelha quando o ouvi murmurando, e então ele surgiu com uma caixa, que colocou no chão, aos meus pés, agachando-se atrás dela.

– Anda logo, quero ver sua cara de surpresa – ele sorriu.

– *Anda logo?* – perguntei, levantando a tampa da caixa.

Meu queixo caiu quando um grande par de olhos negros se ergueu para mim.

– Um cachorrinho? – falei num gritinho agudo, enfiando a mão dentro da caixa. Ergui o filhotinho peludo e escuro até perto do rosto e ele lambeu minha boca.

Travis tinha um sorriso iluminado no rosto, triunfante.

– Gostou?

– Se gostei? Amei! Você me deu um cachorrinho!

– É um cairn terrier. Precisei dirigir durante três horas para pegá-lo na quinta-feira depois da aula.

– Então, quando você disse que ia com o Shepley levar o carro dele até a oficina...

– Fomos pegar o seu presente – ele assentiu.

– Ele rebola! – dei risada.

– Toda garota do Kansas precisa de um Totó – disse Travis, ajudando-me a pôr a bolinha minúscula e peluda no colo.

– Ele realmente tem cara de Totó! Esse vai ser o nome dele – falei, franzindo o nariz para o cachorrinho, que não parava de se contorcer.

– Você pode deixá-lo aqui. Eu cuido dele quando você voltar para o Morgan. – Sua boca formou um meio sorriso. – Assim posso ter certeza que você vai vir aqui quando seu mês acabar.

Pressionei os lábios.

– Eu viria de qualquer forma, Trav.

– Eu faria qualquer coisa por esse sorriso no seu rosto.

– Acho que você precisa de um cochilo, Totó. Sim, precisa sim – arrulhei para o cãozinho.

Travis assentiu, me puxou para o colo dele e se levantou.

– Então vem.

Ele me carregou até o quarto, puxou as cobertas e me colocou no colchão. Esticando-se por cima de mim, fechou as cortinas e caiu no próprio travesseiro.

– Obrigada por ficar comigo na noite passada – falei, acariciando os pelos macios do Totó. – Você não precisava dormir no chão do banheiro.

– A noite passada foi uma das melhores da minha vida.

Eu me virei para ver a expressão dele. Quando vi que estava falando sério, lancei-lhe um olhar dúbio.

– Dormir entre a privada e a banheira no chão frio com uma imbecil vomitando foi uma de suas melhores noites? Isso é triste, Trav.

– Não, te fazer companhia quando você estava mal e ter você dormindo no meu colo foi uma das minhas melhores noites. Não foi confortável, não dormi merda nenhuma, mas passei seu aniversário de dezenove anos com você. E você é bem meiga quando está bêbada.

– Tenho certeza que eu estava muito charmosa vomitando.

Ele me puxou para perto, dando uns tapinhas de leve no Totó, que estava aninhado no meu pescoço.

– Você é a única mulher que conheço que continua linda mesmo com a cabeça dentro da privada. Acho que isso diz algo sobre você.

– Obrigada, Trav. Não vou fazer você bancar minha babá de novo.

Ele se apoiou no travesseiro.

– Não tem problema. Ninguém segura seus cabelos para trás como eu.

Dei uma risadinha e fechei os olhos, me deixando afundar na escuridão.

♡

– Levanta, Abby! – gritou America, me chacoalhando.

Totó lambeu meu rosto.

– Já estou acordada! Já estou me levantando!

– Temos aula daqui a meia hora!

Pulei da cama.

– Eu dormi... catorze horas? Que diabos?

– Entra logo no chuveiro! Se você não estiver pronta em dez minutos, vou te largar aqui!

– Não dá tempo de tomar banho! – falei, trocando a roupa com que eu tinha dormido.

Travis apoiou a cabeça em uma das mãos e deu risada.

– Vocês, garotas, são ridículas. Não é o fim do mundo se vocês se atrasarem para uma aula.

– É o fim do mundo no caso da America. Ela não perde uma aula e odeia se atrasar – falei, enfiando uma camiseta e uma calça jeans.

– Deixa a Mare ir na frente. Eu levo você.

Fui saltando num pé só, depois no outro, colocando as botas.

– Minha bolsa está no carro dela, Trav.

– Tudo bem – ele deu de ombros –, só não vai se machucar a caminho da aula.

Ele ergueu Totó, aninhando-o em um dos braços como se fosse uma minúscula bola de futebol, e atravessou o corredor com ele.

America me fez sair correndo e entrar no carro.

– Não consigo acreditar que ele te deu aquele cachorrinho – disse ela, olhando para trás enquanto tirava o carro do estacionamento.

Travis estava parado sob o sol da manhã, só de short e descalço, envolvendo-se com os braços para se proteger do frio. Ele ficou olhando enquanto Totó cheirava um pequeno canteiro de grama, guiando o cãozinho como um pai orgulhoso.

– Eu nunca tive cachorro – falei. – Vai ser uma experiência interessante.

America olhou de relance para Travis antes de acelerar o Honda.

– Olha só para ele – disse ela, balançando a cabeça. – Travis Maddox, o sr. Mamãe.

– O Totó é lindo. Até você vai cair nas garrinhas fofas dele.

– Você sabe que não pode levar cachorro para o dormitório. Acho que o Travis não pensou nisso.

– Ele disse que vai ficar com o Totó no apartamento.

Ela ergueu uma sobrancelha.

– É claro que vai. O Travis pensa em tudo, tenho que lhe dar esse crédito – disse ela, enquanto pisava no acelerador.

Cheguei ofegante à sala de aula e fui me sentar. Assim que a adrenalina se dissipou, o peso de meu coma pós-aniversário se assentou no corpo. America me cutucou quando a aula acabou e eu a acompanhei até o refeitório.

Shepley nos encontrou na porta. Notei na hora que havia algo errado.

– Mare – ele disse, agarrando-a pelo braço.

Travis veio quase correndo até nós e colocou as mãos na cintura, arfando para recuperar o fôlego.

– Tem uma multidão de mulheres raivosas perseguindo você? – brinquei.

Ele balançou a cabeça.

– Eu estava tentando te encontrar... antes de você... entrar aqui – disse ele, meio sem fôlego ainda.

– O que está acontecendo? – America perguntou a Shepley.

– Está rolando um boato – Shepley começou. – Todo mundo está dizendo que o Travis levou a Abby pra casa e... Os detalhes variam, mas a coisa é bem ruim.

– *O quê?* Você está falando sério? – gritei.

America revirou os olhos.

– Quem se importa, Abby? As pessoas vêm fazendo especulações sobre você e o Trav há semanas. Não é a primeira vez que alguém acusa vocês dois de terem transado.

Travis e Shepley trocaram olhares de relance.

– O quê? – falei. – Tem mais alguma coisa, não é?

Shepley se encolheu.

– Estão dizendo que você transou com o Parker no apartamento do Brazil e depois deixou o Travis... levar você pra casa, se é que me entende.

Meu queixo caiu.

– Que ótimo! Agora eu sou a vadia da faculdade?!

Os olhos de Travis escureceram e seu maxilar enrijeceu.

– A culpa é minha. Se fosse qualquer outra pessoa, não estariam falando isso de você.

Ele entrou no refeitório com as mãos cerradas nas laterais do corpo.

America e Shepley foram atrás dele.

– Tomara que ninguém seja idiota o bastante pra dizer alguma coisa pra ele – falou America.

– Ou pra ela – acrescentou Shepley.

Travis se sentou em um lugar meio afastado, do outro lado do meu, pensativo diante de seu sanduíche. Esperei que ele olhasse para mim, desejando lhe oferecer um sorriso reconfortante. Ele tinha sua fama, mas eu deixei que Parker me levasse até o corredor.

Shepley me cutucou enquanto eu encarava seu primo.

– Ele só está se sentindo mal. Provavelmente está tentando desviar a atenção do pessoal do lance do boato.

– Você não tem que sentar longe, Trav. Vem, senta aqui – falei, batendo com a mão no espaço à minha frente.

– Ouvi dizer que você teve um baita aniversário, Abby – disse Chris Jenks, jogando um pedaço de alface no prato de Travis.

– Não começa, Jenks – Travis avisou, com um olhar bravo.

Chris sorriu, elevando as bochechas arredondadas e rosadas.

– Ouvi dizer que o Parker está furioso. Ele disse que passou pelo apartamento de vocês ontem, e você e o Travis ainda estavam na cama.

– Eles estavam tirando um cochilo, Chris – disse America com desdém.

Meu olhar se fixou em Travis.

– O Parker apareceu por lá?

Ele se mexeu, desconfortável, na cadeira.

– Eu ia te contar.

– *Quando?* – perguntei irritada.

America se inclinou para falar ao meu ouvido.

– O Parker ouviu a fofoca e apareceu por lá para te confrontar. Tentei impedir, mas ele entrou pelo corredor e... entendeu tudo errado.

Plantei os cotovelos na mesa, cobrindo o rosto com as mãos.

– Isso está ficando cada vez melhor.

– Então vocês realmente não chegaram aos finalmentes? – quis saber Chris. – Que merda. E eu achando que a Abby era a mina certa pra você no fim das contas, Trav.

– É melhor você parar agora, Chris – Shepley avisou.

– Se você não transou com ela, se importa se eu tentar? – disse Chris, dando risada para seus colegas de time.

Meu rosto ardeu com o embaraço inicial, mas então America deu um berro no meu ouvido em reação a Travis, que se esticou até o outro lado da mesa, agarrou Chris pelo pescoço com uma das mãos e, com a outra, apanhou um bom punhado da camiseta dele. O jogador deslizou pela mesa, e dúzias de cadeiras rangeram no chão quando as pessoas se levantaram para observar a cena: Travis socando-o repetidas vezes na cara, o cotovelo erguendo-se alto no ar antes de ele desferir cada soco. A única coisa que Chris podia fazer era cobrir o rosto com as mãos.

Ninguém encostou em Travis. Ele estava descontrolado, e sua reputação deixava todos com medo de se meter. Os jogadores de futebol americano se contorciam e se encolhiam enquanto viam seu colega de time ser atacado sem misericórdia no chão frio.

– Travis! – gritei, correndo em volta da mesa.

Ele conteve o punho cerrado no meio do caminho e soltou a camiseta do Chris, deixando que ele caísse no chão. Estava arfando quando se virou para olhar para mim. Sua expressão nunca me parecera tão assustadora. Engoli em seco e recuei quando ele abriu caminho e passou por mim.

Dei um passo para ir atrás dele, mas America me segurou pelo braço. Shepley a beijou rapidamente e seguiu o primo.

– Meu Deus! – sussurrou America.

Nós nos viramos e vimos os colegas de time de Chris erguendo-o do chão. Eu me encolhi de aflição quando vi seu rosto, vermelho e inchado. O sangue escorria devagar do nariz, e Brazil lhe entregou um guardanapo que pegou na mesa.

– Aquele maluco filho da puta! – Chris gemeu, sentando-se na cadeira e segurando o rosto. Depois olhou para mim. – Desculpa, Abby. Eu só estava brincando.

Fiquei sem palavras. Assim como ele, eu não sabia explicar o que tinha acabado de acontecer.

– Ela não foi pra cama com *nenhum* dos dois – America afirmou.

– Você nunca sabe a hora de calar a boca, Jenks – disse Brazil, sério.

America me puxou pelo braço.

– Vamos. Vem comigo.

Ela não perdeu tempo e me enfiou dentro do carro. Quando engatou a marcha, agarrei seu pulso.

– Espera! Aonde estamos indo?

– Para o apartamento do Shep. Não quero que ele fique sozinho com o Travis. Você viu? Ele perdeu completamente a cabeça!

– Bom, eu também não quero ficar perto dele!

America me encarou, sem poder acreditar no que estava ouvindo.

– Obviamente tem algo acontecendo com o Travis. Você não quer saber o que é?

– Meu instinto de autopreservação é maior que a minha curiosidade, Mare.

– A única coisa que fez o Travis parar foi a sua voz, Abby. Ele vai te escutar. Você precisa conversar com ele.

Suspirei e soltei o pulso dela, caindo de encontro ao encosto do banco.

– Tudo bem. Vamos.

Chegamos ao estacionamento, e America parou entre o Charger do Shepley e a Harley do Travis. Foi caminhando até as escadas, colocando as mãos na cintura com um toque dramático.

– Vamos logo, Abby! – disse, fazendo um movimento para que eu a seguisse.

Hesitante, finalmente fui atrás dela, parando quando vi Shepley descer correndo as escadas para falar algo baixinho ao ouvido de America. Ele olhou para mim, balançou a cabeça e sussurrou algo para ela novamente.

– Que foi? – perguntei.

– O Shep não... – ela estava inquieta. – O Shep não acha uma boa ideia a gente entrar no apartamento agora. O Travis ainda está com muita raiva.

– Você quer dizer que ele não acha que *eu* devo entrar – falei.

America deu de ombros, meio sem graça, depois olhou para Shepley, que pôs a mão no meu ombro.

– Você não fez nada de errado, Abby. Ele só não quer... ele não quer te ver agora.

– Se eu não fiz nada de errado, por que ele não quer me ver?

– Não sei, ele não quer falar sobre isso. Acho que está com vergonha de ter perdido o controle na sua frente.

– Ele perdeu o controle na frente do refeitório inteiro! O que eu tenho a ver com isso?

– Mais do que você pensa – disse Shepley, evitando meus olhos.

Fiquei olhando para eles por um momento, depois subi correndo as escadas. Irrompi pela porta e me deparei com a sala vazia. A porta do quarto de Travis estava fechada, então eu bati.

– Travis? Sou eu, abre a porta.

– Vai embora, Flor – ele disse do outro lado.

Dei uma espiada lá dentro e o vi sentado na beirada da cama, olhando pela janela. Totó batia com as patinhas nas costas dele, infeliz por estar sendo ignorado.

– O que está acontecendo com você, Trav? – perguntei.

Ele não respondeu, então fiquei em pé ao seu lado, de braços cruzados. O maxilar dele estava tenso, mas ele não tinha mais a expressão assustadora que exibira no refeitório. Parecia triste. De um jeito profundo, desesperançado.

– Você não vai conversar comigo?

Esperei, mas ele permaneceu quieto. Eu me virei em direção à porta e ele finalmente soltou um suspiro.

– Lembra daquele dia quando o Brazil falou besteira pra mim e você me defendeu? Bom... foi isso que aconteceu. Eu só fui meio longe demais.

– Você já estava com raiva antes de o Chris dizer alguma coisa – falei, me sentando ao lado dele na cama.

Ele continuou olhando pela janela.

– Eu já disse uma vez. Você precisa se afastar, Flor. Deus sabe que eu não consigo me afastar de você.

Encostei no braço dele.

– Você não quer que eu vá embora.

Seu maxilar ficou tenso de novo, depois ele me abraçou. Fez uma pausa por um momento e então beijou minha testa, pressionando a bochecha contra a minha têmpora.

– Não importa quanto eu tente. Você vai me odiar no fim das contas.

Eu o abracei.

– Precisamos ser amigos. Não aceito "não" como resposta – falei, citando-o.

Ele retraiu as sobrancelhas e me aninhou com ambos os braços, ainda olhando pela janela.

– Muitas vezes fico te observando enquanto você está dormindo. Você sempre parece tão em paz. Eu não tenho esse tipo de calma. Tenho essa raiva e essa fúria fervendo dentro de mim... menos quando te observo dormindo. Era isso que eu estava fazendo quando o Parker entrou – ele continuou. – Eu estava acordado, e ele entrou no quarto e simplesmente ficou parado, com um olhar chocado no rosto. Eu sabia o que ele estava pensando, mas não esclareci as coisas. Não expliquei, porque eu *queria* que ele achasse que tinha acontecido algo entre a gente. Agora a faculdade inteira acha que você transou com nós dois na mesma noite.

Totó foi enfiando o focinho e se aninhando no meu colo. Esfreguei as orelhas dele. Travis esticou a mão para fazer carinho nele, depois pousou sua mão na minha.

– Desculpa.

Dei de ombros.

– Se ele acredita em fofoca, o problema é dele.

– Ele viu a gente juntos na cama, seria difícil não pensar isso.

– Ele sabe que estou ficando aqui com você. Pelo amor de Deus, eu estava totalmente vestida!

Travis soltou um suspiro.

– Provavelmente ele estava puto demais para perceber isso. Eu sei que você gosta dele, Flor. Eu devia ter explicado. Eu devo isso a você.

– Não importa.

– Você não está brava? – ele me perguntou, surpreso.

– É com isso que você está tão preocupado? Você achou que eu ficaria brava quando me contasse a verdade?

– Mas você devia ficar! Se alguém acabasse com a minha reputação, eu ficaria com raiva.

– Você não está nem aí para a sua reputação. O que aconteceu com o Travis que não liga a mínima para o que qualquer pessoa pensa? – eu o provoquei, cutucando-o de leve.

– Isso foi antes de eu ver a expressão no seu rosto quando você soube o que todo mundo estava dizendo. Não quero que você se magoe por minha causa.

– Você nunca faria nada para me magoar.

– Eu preferia cortar um braço – ele suspirou.

Então relaxou os músculos da face e a encostou nos meus cabelos. Eu não tinha resposta para lhe dar, e Travis parecia ter dito tudo que precisava dizer, então ficamos sentados, em silêncio. De vez em quando, ele me apertava um pouco mais forte para o lado dele. Agarrei sua camiseta, sem saber o que fazer para que ele se sentisse melhor, então simplesmente deixei que me abraçasse.

Quando o sol começou a se pôr, ouvi uma batida fraca à porta.

– Abby?

A voz de America soou como um fiozinho do outro lado da porta.

– Entra, Mare – Travis respondeu.

Ela entrou com Shepley e sorriu quando nos viu embrenhados nos braços um do outro.

– A gente vai comer alguma coisa. Vocês estão a fim de ir ao Pei Wei?

– *Argh...* comida asiática *de novo*, Mare? Mesmo? – Travis perguntou.

Eu sorri. Travis parecia ele mesmo de novo. America também notou.

– Sim, *mesmo*. Vocês vêm ou não?

– Estou morrendo de fome – falei.

– É claro que está, você não comeu nada no almoço – ele falou, franzindo a testa. Então se levantou e me fez levantar com ele. – Vamos lá. Vamos arrumar comida pra você.

Ele manteve o braço em volta de mim e não o soltou até que estivéssemos sentados à mesinha no Pei Wei.

Quando Travis foi ao banheiro, America se inclinou na minha direção.

– E então? O que ele disse?

– Nada – dei de ombros.

Ela ergueu uma sobrancelha.

– Você ficou no quarto dele durante duas horas, e ele não disse nada?

– Ele geralmente não diz nada quando está bravo – disse Shepley.

– Ele deve ter dito alguma coisa – sondou America.

– Ele disse que se exaltou um pouco por causa do que falaram de mim. E me contou que não disse a verdade ao Parker quando ele entrou no quarto. Foi isso – falei, arrumando o sal e a pimenta na mesa.

Shepley balançou a cabeça, fechando os olhos.

– Que foi, baby? – perguntou America, ficando mais ereta.

– O Travis está... – ele suspirou, revirando os olhos. – Esquece.

America fez uma expressão teimosa.

– Ah, não! Você não pode simplesmente...

Ela cortou o que estava dizendo quando Travis se sentou e girou o braço atrás de mim.

– Droga! A comida não chegou ainda?

Rimos e falamos besteira até o restaurante fechar. Depois entramos no carro para voltar para casa. Shepley subiu a escada carregando America nas costas, mas Travis ficou para trás, me puxando para impedir que eu os seguisse. Ele olhou para cima, para nossos amigos, até que eles desaparecessem atrás da porta. Em seguida me ofereceu um sorriso cheio de remorso.

– Eu te devo um pedido de desculpas por hoje. Então... desculpa.

– Você já pediu desculpas. Está tudo bem.

– Não, eu pedi desculpas pelo lance com o Parker. Não quero que você fique achando que sou algum tipo de psicopata que sai por aí atacando as pessoas por qualquer coisinha – ele falou. – Mas eu te devo um pedido de desculpas porque não te defendi pelo motivo certo.

– Que seria... – me prontifiquei a começar a frase.

– Eu parti pra cima dele porque ele disse que queria ser o próximo da fila, não porque ele estava zoando você.

– Insinuar que existe uma fila é motivo suficiente para você me defender, Trav.

– Esse é o meu ponto. Fiquei louco da vida porque levei isso como uma confissão de que ele queria transar com você.

Depois de processar o que Travis quis dizer, agarrei os dois lados da camiseta dele e pressionei a testa em seu peito.

– Quer saber de uma coisa? Não estou nem aí – falei, erguendo o olhar para ele. – Não me importo com o que as pessoas estão dizendo, nem que você tenha perdido o controle, nem por que motivo você detonou a cara do Chris. A última coisa que eu quero é ter uma reputação ruim, mas estou cansada de explicar a nossa amizade pra todo mundo. Eles que vão pro inferno!

A expressão nos olhos de Travis ficou suave, e os cantos de sua boca se voltaram para cima.

– Nossa *amizade*? Às vezes eu me pergunto se você realmente escuta o que eu falo.

– O que você quer dizer?

– Vamos entrar. Estou cansado.

Assenti, e ele me abraçou de lado até que estivéssemos dentro do apartamento. America e Shepley já tinham se trancado no quarto, e entrei sorrateiramente no banho e saí do mesmo jeito. Travis ficou sentado com Totó do lado de fora enquanto eu colocava o pijama e, dentro de meia hora, nós dois estávamos na cama.

Descansei a cabeça no braço, soltando o ar longamente para relaxar.

– Só nos restam duas semanas. Qual o drama que você vai fazer quando eu voltar para o Morgan?

– Não sei – ele disse.

Mesmo no escuro, pude ver sua testa franzida e atormentada.

– Ei – encostei no braço dele –, eu estava brincando.

Fiquei olhando para ele por um bom tempo, respirando, piscando e tentando relaxar. Ele ficou um pouco inquieto e então olhou para mim.

– Você confia em mim, Flor?

– Confio, por quê?

– Vem cá – ele me disse, me puxando de encontro a ele.

Fiquei com o corpo rígido por um segundo ou dois antes de descansar a cabeça no peito dele. O que quer que estivesse acontecendo com Travis, ele precisava de mim por perto, e eu não podia apresentar nenhuma objeção a isso, nem se quisesse. Ficar deitada ao lado dele parecia certo.

9
PROMESSA

Finch balançou a cabeça.

— Tudo bem, então você está com o Parker ou com o Travis? Estou confuso.

— O Parker não está falando comigo, então as coisas estão meio que no ar agora — falei, dando um pulinho para arrumar a mochila nas costas.

Ele soprou uma nuvem de fumaça, depois pegou um pedacinho de tabaco da língua.

— Então você está com o Travis?

— Nós somos amigos, Finch.

— Você sabe que todo mundo acha que vocês dois estão tendo uma espécie de amizade colorida bizarra e que você não admite, não sabe?

— Eu não ligo. Podem pensar o que quiserem.

— Desde quando? O que aconteceu com a Abby nervosa, misteriosa e reservada que eu conheço e adoro?

— Morreu com o estresse de todas as fofocas e suposições.

— Que pena. Vou sentir falta de apontar e rir da cara dela.

Dei um tapa no braço do Finch, e ele riu.

— Isso é bom. Está na hora de você parar de fingir — disse ele.

— O que você quer dizer?

— Meu bem, você está falando com alguém que viveu a maior parte da vida fingindo. Saquei você a quilômetros de distância.

— O que você está tentando dizer, Finch? Que sou uma lésbica enrustida?

— Não, estou dizendo que você está escondendo alguma coisa. Os cardigãs, a mocinha sofisticada e recatada que vai a restaurantes chiques com Parker Hayes... Essa não é você. Ou você era uma stripper de cidade pequena, ou foi parar numa clínica de reabilitação. Aposto no último.

Ri alto.

— Você é um péssimo adivinho!

— Então qual é o seu segredo?

— Se eu te contasse, não seria segredo, seria?

Suas feições se aguçaram, e ele deu um sorriso travesso.

— Eu mostrei o meu, agora você me mostra o seu.

— Odeio ser portadora de más notícias, Finch, mas sua orientação sexual não é exatamente um segredo.

— Merda! E eu achei que tinha um lance misterioso e sensual rolando pra cima de mim — disse ele, dando mais uma tragada no cigarro.

Eu me encolhi antes de falar.

— Você tinha uma vida boa em casa, Finch?

— Minha mãe é o máximo... Meu pai e eu tivemos um monte de problemas, mas estamos numa boa agora.

— Eu tive Mick Abernathy como pai.

— Quem é esse?

Dei uma risadinha.

— Viu? Não é lá grande coisa se você não sabe quem ele é.

— E quem ele é?

— Um cara muito zoado. Esse lance de jogar, encher a cara, ter um gênio filho da mãe... é hereditário na minha família. Eu e a America viemos pra cá para que eu pudesse começar uma vida nova, sem o estigma de ser a filha de um bêbado decadente.

— Um viciado em jogos decadente de Wichita?

— Eu nasci em Nevada. Tudo que o Mick tocava virava ouro na época. Quando fiz treze anos, a sorte dele mudou.

— E ele culpou você.

— A America desistiu de muita coisa para vir pra cá comigo, para que eu pudesse cair fora, mas daí eu chego e a primeira coisa que me acontece é dar de cara com o Travis.

— E quando você olha para o Travis...

— É tudo muito familiar.

Finch assentiu, jogando o cigarro no chão.

– Que merda, Abby. Isso é um saco.

Estreitei os olhos.

– Se você contar para alguém o que acabei de te falar, vou chamar a máfia. Conheço alguns deles, sabia?

– Conhece nada.

Dei de ombros.

– Acredite no que quiser.

Finch olhou para mim em dúvida e depois abriu um sorriso.

– Você é oficialmente a pessoa mais cool que eu conheço.

– Isso é triste, Finch. Você devia sair mais – falei, parando na entrada do refeitório.

Ele levantou meu queixo.

– Vai dar tudo certo. Acredito muito nesse lance de que as coisas sempre acontecem por um motivo. Você veio até aqui, a America conheceu o Shep, você arrumou um jeito de entrar no Círculo, algo em você virou o mundo de Travis Maddox de cabeça pra baixo. Pense nisso – disse ele, plantando um selinho em meus lábios.

– Opa! – disse Travis, me agarrando pela cintura, me erguendo e me colocando no chão atrás dele. – Você é a última pessoa com quem eu teria que me preocupar com esse tipo de merda, Finch! Tem dó de mim, vai! – ele brincou.

Finch se inclinou para o lado, para me enxergar atrás de Travis, e me deu uma piscadinha.

– Até mais tarde, docinho.

Quando Travis se virou para me encarar, o sorriso dele sumiu do rosto.

– Por que a cara feia?

Balancei a cabeça, tentando deixar a adrenalina seguir seu curso.

– É só que eu não gosto desse apelido. Ele me traz más recordações.

– Termo carinhoso usado pelo ministro batista?

– Não – grunhi.

Travis deu um soco na palma da mão.

– Você quer que eu vá lá encher o Finch de porrada? Ensinar uma lição a ele? Acabo com a raça dele!

Não consegui evitar e abri um sorriso.

– Se eu quisesse acabar com o Finch, eu diria que todas as lojas da Prada fecharam, e ele mesmo se mataria.

Travis deu risada, me cutucando para irmos em direção à porta.

– Vamos. Estou definhando aqui.

Nós nos sentamos à mesa de almoço juntos, nos provocando com beliscões e cutucões. O humor de Travis estava ótimo, como na noite em que perdi a aposta. Todo mundo na mesa notou, e, quando ele começou uma miniluta comigo pela comida, chamou atenção daqueles sentados às outras mesas.

Revirei os olhos.

– Estou me sentindo um animal de zoológico.

Travis ficou me observando por um instante, depois olhou para as pessoas que nos encaravam, então se levantou.

– *I can't!* – ele gritou.

Fiquei encarando-o, pasma, enquanto todo mundo que estava no salão se voltava para ele. Travis balançou a cabeça algumas vezes ao som de um ritmo que só tocava em sua mente.

Shepley fechou os olhos.

– Ah, não.

Travis sorriu.

– *get no... sa... tis... faction* – ele cantou. – *I can't get no... sa-tis-fac-tion. 'Cuz I try... and I try... and I try... and I try...* – ele subiu na mesa e todo mundo ficou olhando. – *I can't get no!*

Ele apontou para os jogadores de futebol na ponta da mesa, que sorriram e gritaram em uníssono:

– *I can't get no!*

O salão inteiro começou a bater palmas no ritmo da música.

Travis cantava usando o punho cerrado como microfone.

– *When I'm drivin' in my car, and a man comes on the ra-di-o... he's tellin' me more and more about some useless in-for-ma-tion... supposed to fire my im--agin-a-tion. I can't get no! Oh no, no, no!*

Ele passou dançando por mim, cantando no microfone imaginário.

Todos no salão cantaram juntos:

– *Hey, hey, hey!*
– *That's what I say!* – Travis completou.

Ele mexeu os quadris, e algumas garotas assobiaram e gritaram entusiasmadas. Ele passou por mim de novo, cantando o refrão para o outro lado do salão, com os jogadores de futebol americano fazendo segunda voz.

– Eu te ajudo! – uma garota gritou lá de trás.
– *... cuz I try, and I try, and I try, and I try...* – ele cantou.
– *I can't get no! I can't get no!* – os jogadores cantaram.

Travis parou na minha frente e se curvou na minha direção.

– *When I'm watchin' my TV... and a man comes on to tell me... how white my shirts can be. Well he can't be a man 'cause he doesn't smoke... the same cigarettes as me. I can't get no! Oh no, no, no!*

Todo mundo bateu palmas no ritmo da música, e os jogadores cantaram:

– *Hey, hey, hey!*
– *That's what I say!* – Travis completou, apontando para o público. Algumas pessoas estavam em pé e dançavam com ele, mas a maioria só observava, espantadas e entretidas.

Ele subiu na mesa e America deu um gritinho, batendo palmas e me cutucando. Balancei a cabeça – eu tinha morrido e acordado no High School Musical.

Os jogadores estavam cantarolando a base:

– *Na, na, nanana! Na, na, na, na, na! Na, na, nanana!*

Travis ergueu a mão-microfone bem alto.

– *When I'm ridin' 'round the world... and I'm doin' this and I'm signin' that!*

Ele pulou no chão e se inclinou sobre a mesa para ficar perto do meu rosto.

– *And I'm tryin' to make some girl who tells me, uh baby better come back later next week, 'cuz you see I'm. On. A losin' streak! I can't get no! Oh no, no, no!*

As pessoas batiam palmas no ritmo da música, e o time de futebol americano gritou a parte deles:

– *Hey, hey, hey!*

– *I can't get no! I can't get no! Satis-faction!* – Travis cantou baixinho para mim, sorrindo e sem fôlego.

O refeitório inteiro explodiu em palmas. Alguns até assobiaram. Balancei a cabeça depois que ele me beijou na testa e então se levantou para fazer uma reverência. Quando voltou para o seu lugar, na minha frente, ele riu.

– Eles não estão olhando pra você agora, estão? – perguntou, arfando.

– Obrigada. Você *realmente* não devia ter feito isso – falei.

– Abs?

Ergui o olhar e vi Parker parado na ponta da mesa. Todos os olhares estavam voltados para mim de novo.

– Precisamos conversar – disse ele, parecendo nervoso.

Olhei para America, para Travis e depois para Parker.

– Por favor – ele pediu, enfiando as mãos nos bolsos.

Assenti, seguindo-o até o lado de fora do refeitório. Ele passou pelas janelas e seguiu até a lateral do prédio, em busca de privacidade.

– Eu não quis chamar atenção para você de novo. Sei que você detesta isso.

– Então você podia simplesmente ter me ligado se queria conversar – falei.

Ele assentiu, olhando para o chão.

– Eu não pretendia te encontrar no refeitório. Eu vi o agito e simplesmente entrei, então te vi. Desculpa.

Fiquei esperando, e ele falou de novo.

– Não sei o que aconteceu entre você e o Travis. Não é da minha conta... você e eu só saímos algumas vezes. No começo fiquei chateado, mas depois percebi que isso não teria me incomodado se eu não sentisse nada por você.

– Eu não transei com ele, Parker. Ele segurou meu cabelo enquanto eu vomitava mais de meio litro de tequila. Isso foi o máximo de romance que rolou.

Ele deu risada.

– Acho que nós dois não tivemos uma chance de verdade... não com você morando com o Travis. A questão, Abby, é que eu gosto de você. Não sei por quê, mas não consigo te tirar da cabeça.

Sorri e ele pegou minha mão, passando o dedo pela pulseira.

– Eu provavelmente te assustei com esse presente ridículo, mas nunca estive numa situação como essa antes. Parece que estou sempre competindo com o Travis pela sua atenção.

– Você não me assustou com a pulseira.

Ele pressionou os lábios.

– Eu gostaria de te levar para sair de novo em algumas semanas, depois que acabar o mês que você tem que passar no apartamento do Travis. Então a gente vai poder se concentrar em se conhecer melhor, sem distrações.

– É justo.

Ele se inclinou e cerrou os olhos, pressionando os lábios contra os meus.

– Te ligo em breve.

Acenei para ele em despedida e voltei ao refeitório, passando por Travis, que me agarrou e me colocou no colo.

– Terminar é difícil?

– Ele quer tentar de novo quando eu voltar para o Morgan.

– Merda. Vou ter que pensar em outra aposta – ele disse, puxando meu prato na minha frente.

As duas semanas seguintes voaram. Fora o período das aulas, passei cada momento com Travis, e a maior parte do tempo ficamos sozinhos, só nós dois. Ele me levava para jantar, para beber e dançar no Red, para jogar boliche, e foi chamado para duas lutas. Quando não estávamos rindo que nem bobos, estávamos brincando de lutinha ou aninhados no sofá com Totó, assistindo a algum filme. Ele fez questão de ignorar todas as garotas que o paqueraram, e todo mundo comentava sobre o novo Travis.

Na minha última noite no apartamento, America e Shepley estavam inexplicavelmente fora, e Travis se deu ao trabalho de preparar um jantar especial. Comprou vinho, arrumou guardanapos de tecido e até conseguiu talheres novos para a ocasião. Dispôs os pratos no balcão e puxou uma banqueta para o outro lado, para se sentar na minha frente. Pela primeira vez, tive a nítida sensação de que estávamos em um encontro.

– Está muito bom, Trav. Você não disse que sabia cozinhar – falei, enquanto comia a massa com frango à moda cajun que ele havia preparado.

Ele forçou um sorriso, e pude ver que estava se esforçando para manter a conversa leve.

– Se eu tivesse te contado antes, você ia querer que eu cozinhasse toda noite.

O sorriso dele desapareceu, e seus olhos se voltaram para a mesa. Revirei a comida no prato.

– Também vou sentir sua falta, Trav.

– Você ainda vai aparecer por aqui, não vai?

– Você sabe que eu vou. E você também vai aparecer no Morgan, para me ajudar a estudar, que nem antes.

– Mas não vai ser a mesma coisa – ele suspirou. – Você vai estar namorando o Parker, a gente não vai ter tempo... Vamos acabar seguindo rumos diferentes.

– Não vai mudar tanta coisa assim.

Ele conseguiu dar uma única risada.

– Quem poderia imaginar, da primeira vez que nos encontramos, que estaríamos sentados aqui agora? Eu nunca teria acreditado, três meses atrás, que ia ficar tão triste de me despedir de uma garota...

Senti um nó no estômago.

– Eu não quero que você fique triste.

– Então não vá embora – ele disse.

Sua expressão era tão desesperada que a culpa formou um nó na minha garganta.

– Eu não posso morar aqui, Travis. Isso é loucura.

– Quem disse? Acabei de ter as duas melhores semanas da minha vida.

– Eu também.

– Então por que eu sinto que nunca mais vou ver você de novo?

Eu não tinha resposta para a pergunta dele. Seu maxilar ficou tenso, mas ele não estava com raiva. A urgência de ir até ele crescia insistentemente em mim, então me levantei e dei a volta no balcão, sentando-me em seu colo. Ele não olhou para mim, e abracei seu pescoço, pressionando meu rosto no dele.

– Você vai perceber o pé no saco que eu era e vai esquecer completamente de sentir a minha falta – falei ao ouvido dele.

Ele soltou o ar enquanto esfregava minhas costas.

– Promete?

Eu me inclinei para trás e olhei nos olhos dele, tocando cada lado de seu rosto com as mãos. Fiz carinho no queixo dele com o polegar. Sua expressão era de partir o coração. Fechei os olhos e me inclinei para beijar o canto de sua boca, mas ele se virou e beijei mais do que tinha pretendido.

Mesmo tendo sido pega de surpresa pelo beijo, não recuei de imediato.

Ele manteve os lábios nos meus, mas não foi além disso.

Por fim, eu me afastei e dei um sorriso.

– Amanhã vai ser um dia corrido. Vou arrumar a cozinha e depois vou pra cama.

– Eu te ajudo – ele disse.

Lavamos a louça em silêncio, com Totó dormindo aos nossos pés. Ele secou e guardou o último prato, depois me levou pelo corredor, segurando minha mão com um pouquinho de força demais. A distância entre a entrada do corredor e o quarto dele parecia duas vezes mais longa. Nós dois sabíamos que o momento do adeus estava próximo.

Dessa vez ele nem tentou fingir que não estava olhando enquanto eu trocava de roupa, colocando uma de suas camisetas para ir para a cama. Ele tirou toda a roupa, ficando só de cueca, e se enfiou debaixo do cobertor, esperando que eu me juntasse a ele.

Assim que fiz isso, Travis apagou a luz e me puxou para junto dele, sem permissão nem desculpa. Seus braços estavam tensos e ele soltou um suspiro. Aninhei o rosto em seu pescoço e fechei os olhos com força, tentando saborear o momento. Eu sabia que desejaria ter esse momento de volta todos os dias da minha vida, então aproveitei ao máximo.

Ele olhou pela janela. As árvores lançavam uma sombra sobre o seu rosto. Travis cerrou os olhos, e um sentimento pungente e triste tomou conta de mim. Era terrível vê-lo sofrer, sabendo que eu era não só a causa daquele sofrimento, mas a única pessoa que poderia fazer com que ele deixasse de senti-lo.

– Trav? Você está bem? – eu quis saber.

Seguiu-se uma longa pausa antes que ele finalmente respondesse.

– Nunca me senti menos bem na vida.

Pressionei a testa no pescoço dele, e ele me abraçou mais apertado.

– Que bobagem – falei. – A gente vai se ver todos os dias.

– Você sabe que não é verdade.

O peso da perda que ambos sentíamos era esmagador, e uma necessidade irreprimível de nos salvar surgiu dentro de mim. Ergui o queixo, mas hesitei – o que eu estava prestes a fazer mudaria tudo. Ponderei que Travis via a intimidade apenas como uma maneira de passar o tempo, então fechei os olhos de novo e engoli meus temores. Eu tinha que fazer alguma coisa, sabendo que ambos ficaríamos ali, acordados, temendo cada minuto que se passasse até a chegada da manhã.

Meu coração quase saiu pela boca quando toquei o pescoço dele com os lábios, sentindo o sabor de sua pele em um lento e terno beijo. Ele olhou para baixo, surpreso, e seus olhos adquiriram uma expressão suave quando se deu conta do que eu queria.

Ele se inclinou, pressionando os lábios contra os meus, com uma delicada doçura. A quentura de sua boca viajou até meus dedos dos pés, e eu o puxei mais para perto. Agora que tínhamos dado o primeiro passo, eu não tinha intenção de parar.

Entreabri os lábios, deixando que sua língua encontrasse o caminho até a minha.

– Quero você – falei.

De repente, o beijo ficou mais lento, e ele tentou se afastar. Determinada a terminar o que eu tinha começado, minha boca lidou com a dele com ainda mais ansiedade. Sua reação foi recuar até ficar de joelhos. Eu me levantei com ele, mantendo nossas bocas unidas. Ele agarrou meus ombros para me afastar.

– Espera um pouco – ele sussurrou com um sorriso, respirando com dificuldade. – Você não tem que fazer isso, Flor. Não é disso que se trata essa noite.

Ele estava se segurando, mas eu podia ver em seus olhos que seu autocontrole não duraria muito tempo.

Eu me inclinei para frente de novo e, dessa vez, seus braços me deram espaço bastante para que eu roçasse os lábios nos seus. Ergui o olhar, resoluta. Demorei um instante para proferir as palavras, mas eu as diria.

– Não me faça implorar – sussurrei, de encontro à sua boca.

Com essas quatro palavras, suas reservas se foram. Ele me beijou intensa e ardentemente. Meus dedos percorreram a extensão de suas costas e pararam no elástico da cueca, e eu, nervosa, percorri com os dedos o tecido. Seus lábios foram ficando mais impacientes, e caí de costas no colchão quando ele se deitou sobre mim. Sua boca encontrou o caminho até a minha novamente e, quando ganhei coragem para deslizar a mão entre sua pele e a cueca, ele soltou um gemido.

Travis puxou minha camiseta pela cabeça, e sua mão, impaciente, foi descendo pela lateral do meu corpo, agarrando minha calcinha e deslizando-a pelas minhas pernas. Sua boca voltou à minha mais uma vez no momento em que ele fez correr a mão na parte interna da minha coxa, e expirei longa e hesitantemente quando seus dedos vagaram por onde nenhum homem havia me tocado antes. Meus joelhos se arqueavam e se contorciam a cada movimento de suas mãos, e, quando afundei os dedos em sua carne, ele veio para cima de mim.

– Beija-Flor – ele disse, arfando –, não precisa ser hoje. Eu espero até você estar pronta.

Estiquei a mão na direção da gaveta superior da mesinha de cabeceira e a abri. Sentindo o plástico entre os dedos, coloquei o canto da embalagem na boca e a rasguei com os dentes. Com a mão livre, ele puxou a cueca para baixo, chutando-a longe como se não pudesse suportar aquilo entre a gente.

A embalagem da camisinha estalou em seus dedos e, depois de alguns instantes, eu o senti entre as minhas pernas. Fechei os olhos.

– Olha pra mim, Beija-Flor.

Ergui o olhar para ele, e seus olhos tinham um ar resoluto e suave ao mesmo tempo. Ele inclinou a cabeça, abaixando-se para me beijar com ternura. Depois seu corpo ficou tenso, e ele entrou dentro de mim com um movimento suave e lento. Quando recuou, mordi o lábio com o desconforto; quando voltou para dentro de mim, fechei os olhos com força por causa da dor. Minhas coxas se apertaram em torno de seus quadris, e ele me beijou de novo.

– Olha pra mim – sussurrou.

Quando abri os olhos, ele fez pressão dentro de mim mais uma vez, e dei um grito com o ardor maravilhoso que isso causou. Assim que relaxei, o movimento do corpo dele de encontro ao meu se tornou mais ritmado. O nervosismo que eu havia sentido no início desapareceu, e Travis se agarrou a mim como se nada fosse suficiente para ele. Eu o puxei para dentro de mim, e ele gemeu quando a sensação ficou forte demais.

– Eu te desejei por tanto tempo, Abby. Você é tudo que eu quero – ele sussurrou, quase sem fôlego, de encontro à minha boca.

Ele agarrou minha coxa com uma das mãos e se apoiou no cotovelo, ficando poucos centímetros acima de mim. Uma fina camada de suor começou a se formar em nossa pele, e arqueei as costas quando seus lábios traçaram o caminho do meu maxilar até o pescoço.

– Travis – suspirei.

Quando pronunciei seu nome, ele pressionou o rosto no meu, e seus movimentos se tornaram mais rígidos. Os ruídos vindos de sua garganta ficaram mais altos e, por fim, ele fez pressão dentro de mim uma última vez, gemendo e tremendo.

Depois de alguns instantes, ele relaxou e foi deixando que a respiração assumisse um ritmo mais lento.

– Esse foi um primeiro beijo e tanto – falei, com uma expressão cansada e satisfeita.

Ele analisou meu rosto e sorriu.

– Seu último primeiro beijo.

Fiquei chocada demais para responder.

Ele tombou ao meu lado de bruços, esticando um dos braços sobre a minha barriga e descansando a testa no meu rosto. Percorri com os dedos a pele desnuda de suas costas até ouvir o ritmo já normal de sua respiração.

Fiquei acordada durante horas, escutando as inspirações profundas de Travis e o vento fazendo as árvores oscilarem lá fora. America e Shepley entraram em silêncio pela porta da frente, e ouvi os dois andando na ponta dos pés pelo corredor, sussurrando um para o outro.

Nós já tínhamos feito minhas malas, e me encolhi ao pensar em como a manhã seria desconfortável. Eu achava que, quando Travis transasse comigo, sua curiosidade seria saciada, mas em vez disso ele estava falando sobre ficarmos juntos para sempre. Meus olhos se fecharam rapidamente só de pensar em sua expressão quando ele soubesse que o que tinha acontecido entre a gente não era um começo, mas uma conclusão. Eu não podia seguir aquela estrada, e ele me odiaria quando eu lhe contasse isso.

Com uma manobra, consegui me desvencilhar do braço dele e me vesti, carregando os sapatos pelo corredor até o quarto de Shepley. America estava sentada na cama, e Shepley tirava a camiseta na frente do armário.

– Está tudo bem, Abby? – ele perguntou.

– Mare? – falei, fazendo um sinal para que ela viesse até o corredor. Ela assentiu, me encarando com olhos cautelosos.

– Que foi?

– Preciso que você me leve até o Morgan agora. Não posso esperar até amanhã.

Um dos cantos da boca de America se levantou em um sorriso sagaz.

– Você nunca foi boa em despedidas.

Shepley e America me ajudaram com as malas, e fiquei olhando pela janela do carro em minha jornada de volta ao Morgan Hall. Quando colocamos no chão do quarto a última mala, America me segurou pelo braço.

– As coisas vão ser tão diferentes no apartamento agora.

– Obrigada por me trazer pra casa. O sol vai nascer daqui a pouco, é melhor você ir – falei, abraçando minha amiga antes que ela partisse.

America não olhou para trás quando saiu do meu quarto, e mordi o lábio, inquieta, sabendo como ela ficaria brava quando percebesse o que eu tinha feito.

Minha camiseta estalou quando a puxei pela cabeça, pois a estática no ar tinha aumentado com o inverno que se aproximava. Sentindo-me um pouco perdida, me enrolei que nem uma bola debaixo do espesso edredom e respirei fundo pelo nariz – o cheiro do Travis ainda permanecia em minha pele.

Eu sentia a cama fria e estranha, um contraste evidente com a quentura do colchão dele. Eu tinha passado trinta dias confinada em um apartamento com o cara considerado o mais vagabundo e infame da Eastern, e, depois de todas as brigas e as convidadas da madrugada, aquele era o único lugar onde eu queria estar.

As ligações começaram às oito da manhã e continuaram, de cinco em cinco minutos, durante uma hora.

– Abby! – Kara grunhiu. – Atende a droga do telefone!

Estiquei a mão e o desliguei. Somente quando ouvi os socos na porta me dei conta de que eu não poderia ficar o dia enfurnada no quarto conforme tinha planejado.

Kara puxou a maçaneta com força.

– *Que foi?*

America passou como um raio por ela e parou ao lado da minha cama.

– Que *diabos* está acontecendo? – ela me perguntou aos gritos.

Seus olhos estavam inchados e vermelhos e ela ainda estava de pijama.

Eu me sentei na cama.

– Que foi, Mare?

– O Travis está completamente maluco! Ele não fala com a gente, destruiu o apartamento, jogou o aparelho de som pela sala... O Shep já tentou conversar com ele, mas não adianta!

Esfreguei os olhos com a curva das palmas e pisquei.

– Eu não sei.

– Não sabe droga nenhuma! Você vai me contar que diabos está acontecendo, e vai me contar *agora*!

Kara pegou o nécessaire de banho e saiu voando, batendo a porta com força. Franzi a testa, com medo de que ela fosse avisar o conselheiro residente, ou, pior ainda, o diretor.

– Fala baixo, America, meu Deus – sussurrei.

Ela cerrou os dentes.

– O que você fez?

Presumi que ele ficaria chateado comigo. Não esperava que ele fosse ter um acesso de fúria.

– Eu... não sei – falei, engolindo em seco.

– Ele quase bateu no Shep quando ficou sabendo que nós te ajudamos a ir embora. Abby! *Por favor*, me conta! – ela implorou, com os olhos alterados. – Estou ficando apavorada!

O medo estampado em seus olhos me forçou a contar somente meia verdade.

– Eu simplesmente não consegui dizer adeus. Você sabe como despedidas são difíceis pra mim.

– Tem mais alguma coisa, Abby. Ele está completamente doido! Ouvi o Travis chamando o seu nome, depois ele correu o apartamento inteiro te procurando. Ele entrou com tudo no quarto do Shep, exigindo saber onde você estava. Depois tentou te ligar. Várias e várias vezes – ela suspirou. – O rosto dele estava... Nossa, Abby. Eu nunca tinha visto o Travis daquele jeito. Ele arrancou os lençóis da cama e jogou longe, fez o mesmo com os travesseiros, estilhaçou o espelho com um soco, chutou a porta do quarto... arrancou das dobradiças! Foi a coisa mais assustadora que já vi na vida!

Fechei os olhos, fazendo as lágrimas que se acumulavam descerem pelo rosto.

America me empurrou o celular dela.

– Você precisa ligar pra ele. Pelo menos para dizer que está bem.

– Tudo bem, vou ligar pra ele.

Ela empurrou o celular na minha direção mais uma vez.

– Você vai ligar pra ele agora.

Peguei o celular das mãos dela e passei os dedos pelos botões, tentando imaginar o que eu poderia dizer. Ela o arrancou da minha mão, discou o número e me devolveu o celular, que encostei na orelha, inspirando fundo.

– Mare? – Travis atendeu, com a voz grossa de preocupação.

– Sou eu.

A linha ficou muda por muitos instantes antes que ele finalmente falasse.

– Que porra aconteceu com você ontem à noite? Acordei hoje de manhã e você tinha ido embora... Você simplesmente desaparece sem se despedir? *Por quê?*

– Eu sinto muito. Eu...

– Você *sente muito*? Eu estou ficando louco! Você não atende o telefone, sai daqui escondida e... *por quê?* Achei que a gente finalmente tinha se entendido!

– Eu só precisava de um tempo para pensar.

– Pensar em quê? – Ele fez uma pausa. – Eu... eu te machuquei?

– Não! Não é nada disso! Eu sinto muito, muito mesmo. Tenho certeza que a America te falou que eu não sou boa com despedidas.

– Eu preciso te ver – ele me disse, com desespero na voz.

Soltei um suspiro.

– Tenho muita coisa pra fazer hoje, Trav. Tenho que desfazer as malas e pilhas de roupa suja para lavar.

– Você se arrependeu – ele disse com a voz partida.

– Não é... não é isso. Nós somos amigos. Isso não vai mudar.

– *Amigos?* Então que porra foi o que aconteceu na noite passada? – ele disse, com raiva transbordando na voz.

Fechei os olhos com força.

– Eu sei o que você quer. Só não posso... fazer isso agora.

– Entao você só precisa de um tempo? – ele me perguntou num tom mais calmo. – Você podia ter dito isso, não precisava fugir de mim.

– Pareceu mais fácil.

– Mais fácil pra quem?

– Eu não conseguia dormir. Não parei de pensar em como seriam as coisas de manhã, colocando as malas no carro da Mare, e... eu não conseguiria fazer isso, Trav – falei.

– Já basta que você não vai mais morar aqui. Você não pode simplesmente desaparecer da minha vida assim.

Forcei um sorriso.

– A gente se vê amanhã. Não quero que nada fique esquisito, tá? Só preciso de um tempo para organizar algumas coisas. É só isso.

– Tudo bem – ele disse –, eu espero.

Desliguei o celular e America olhou com raiva para mim.

– Você transou com ele? Sua vadia! E nem ia me contar?

Revirei os olhos e caí no travesseiro.

– Não tem nada a ver com você, Mare. Essa situação acabou de se tornar um caos completo.

– Qual o problema? Vocês dois deviam estar delirando de felicidade, não quebrando portas e se escondendo no quarto!

– *Não posso* ficar com ele! – sussurrei, mantendo os olhos no teto.

Ela cobriu minha mão com a dela e falou em um tom suave:

– O Travis precisa ser lapidado. Acredite em mim, eu entendo qualquer reserva que você tenha em relação a ele, mas olha o quanto ele já mudou por você. Pense nas últimas duas semanas, Abby. Ele *não é* o Mick.

– *Eu* sou o Mick! Se eu me envolver com o Travis, tudo pelo que nós duas lutamos tanto... *puff!* – estalei os dedos. – Simples assim.

– O Travis não ia deixar isso acontecer.

– Não cabe a ele isso agora, não é?

– Você vai partir o coração dele, Abby. Você vai partir o coração dele! A única garota em quem ele já confiou a ponto de se apaixonar, e você vai acabar com ele!

Desviei o olhar de seu rosto, incapaz de ver a expressão que acompanhava o tom suplicante de sua voz.

– Eu preciso de um final feliz. Foi por isso que viemos pra cá.

– Você não tem que fazer isso. Esse lance pode dar certo.

– Até a minha sorte acabar.

America jogou as mãos para cima, depois as deixou cair no colo.

– Ai, Abby, não vem com essa merda de novo. Nós já falamos sobre isso.

Meu telefone tocou, e olhei para o mostrador.

– É o Parker.

Ela balançou a cabeça.

– Ainda estamos conversando.

– Alô? – atendi, evitando o olhar de America.

– Abs! Primeiro dia de liberdade! Como está se sentindo? – disse ele.

– Eu me sinto... livre – falei, incapaz de exibir qualquer entusiasmo.

– Vamos jantar amanhã à noite? Senti sua falta.

– Tudo bem – limpei o nariz com a manga da blusa. – Amanhã está ótimo.

Depois que desliguei o telefone, America franziu a testa.

– Ele vai me fazer perguntas quando eu voltar – disse ela. – Vai querer saber sobre o que conversamos. O que eu falo pra ele?

– Diga a ele que vou manter minha promessa. A essa hora amanhã, ele não vai mais sentir a minha falta.

10
INDIFERENÇA

Duas mesas adiante, uma fileira para trás. America e Shepley mal podiam ser vistos de onde eu estava sentada, e me curvei para observar Travis, que encarou a cadeira vazia que eu geralmente ocupava antes de ir se sentar na ponta da mesa. Eu me senti ridícula por me esconder, mas não estava preparada para me sentar diante dele durante uma hora inteira. Quando terminei a refeição, inspirei fundo e fui caminhando até o lado de fora, onde Travis terminava de fumar.

Eu tinha passado a maior parte da noite tentando formular um plano para voltarmos ao ponto em que estávamos antes. Se eu tratasse nossa transa da forma como ele geralmente lidava com sexo, eu teria uma chance maior. O plano trazia o risco de perdê-lo completamente, mas eu tinha esperança de que seu imenso ego de macho o forçasse a entrar no jogo.

– Oi – falei.

Ele fez uma careta.

– Oi. Achei que ia te encontrar no almoço.

– Tive que entrar e sair correndo. Tenho que estudar – dei de ombros, fazendo minha melhor imitação de casualidade.

– Precisa de ajuda?

– É cálculo. Acho que com isso eu consigo lidar.

– Posso ficar perto só pelo apoio moral – ele sorriu, enfiando a mão no bolso.

Os músculos firmes de seu braço tensionaram com o movimento, e a lembrança deles flexionados enquanto ele me penetrava me veio à mente em vívidos detalhes.

– Hum... o quê? – perguntei, desorientada com o súbito pensamento erótico que tinha passado como um lampejo por minha mente.

– A gente vai fingir que aquela noite nunca aconteceu?

– Não, por quê? – fingi que estava confusa e ele suspirou, frustrado com meu comportamento.

– Não sei... Porque tirei sua virgindade? – ele se inclinou na minha direção, dizendo essas palavras num sussurro.

Revirei os olhos.

– Tenho certeza que não foi a primeira vez que você deflorou uma virgem, Trav.

Tal como eu temia, meu comportamento casual o deixou com raiva.

– Pra falar a verdade, foi *sim*.

– Ah, vamos lá... Eu disse que não queria nada esquisito entre a gente.

Ele deu uma última tragada no cigarro e o jogou no chão.

– Bom, se eu aprendi alguma coisa nos últimos dias, é que nem sempre a gente consegue o que quer.

– Oi, Abs – disse Parker, me beijando no rosto.

Travis olhou para ele com uma expressão assassina.

– Te pego por volta das seis? – Parker perguntou.

Assenti.

– Às seis.

– Então a gente se vê mais tarde – disse ele, seguindo para a aula.

Fiquei olhando enquanto ele se afastava, com medo de lidar com as consequências dos últimos dez segundos.

– Você vai sair com ele hoje à noite? – Travis perguntou, fervendo de raiva. Seu maxilar estava cerrado, e eu podia notar que ele o mexia.

– Eu te contei que ele ia me chamar para sair depois que eu voltasse para o Morgan. Ele me ligou ontem.

– As coisas mudaram um pouco desde aquela conversa, você não acha?

– Por quê?

Ele saiu andando, e engoli em seco, tentando conter as lágrimas. Travis parou e voltou, inclinando-se perto do meu rosto.

– Foi por isso que você disse que eu não ia sentir a sua falta depois de hoje! Você sabia que eu ia descobrir sobre o Parker, e achou que eu ia simplesmente... o quê? Te esquecer? Você não confia em mim, ou eu só não sou bom o bastante? Me fala, droga! Me fala que porra eu te fiz pra você fazer isso comigo!

Eu me mantive firme, encarando-o direto nos olhos.

– Você não me fez *nada*. Desde quando sexo é uma questão de vida ou morte para você?

– Desde que foi com você!

Olhei de relance à nossa volta, percebendo que estávamos fazendo uma ceninha. As pessoas passavam devagar, nos encarando e sussurrando. Senti as orelhas arderem, e o ardor se espalhou pelo meu rosto, fazendo com que meus olhos lacrimejassem.

Ele fechou os olhos, tentando se recompor antes de falar de novo.

– É assim? Você acha que não significou nada pra mim?

– Você é Travis Maddox.

Ele balançou a cabeça, revoltado.

– Se eu não te conhecesse, acharia que você está esfregando meu passado na minha cara.

– Não acho que quatro semanas constituem *o passado*.

Ele contorceu o rosto e dei risada.

– Estou brincando! Travis, está tudo bem. Eu estou bem, você está bem. Não precisamos criar um caso em cima disso.

Toda a emoção desapareceu de seu rosto, e ele inspirou fundo pelo nariz.

– Eu sei o que você está tentando fazer. – Seus olhos perderam o foco por um instante, e ele ficou absorto em pensamentos. – Eu vou ter que te provar então. – Seus olhos se estreitaram enquanto ele olhava nos meus, com a mesma determinação que exibia antes de uma luta. – Se você acha que vou voltar a trepar com qualquer uma por aí, está enganada. Eu não quero mais ninguém. Quer ser minha amiga? Ok, seremos amigos. Mas eu e você sabemos que o que aconteceu não foi apenas sexo.

Ele passou por mim como um raio e fechei os olhos, exalando o ar que vinha prendendo. Travis olhou de relance para trás e seguiu para a próxima aula. Uma lágrima escapou e rolou pela minha bochecha, e rapidamente a limpei. Os olhares fixos e curiosos dos outros alunos se cravaram nas minhas costas enquanto eu caminhava, sentindo um grande peso, até a aula.

Parker estava na segunda fileira, e me sentei sorrateiramente na carteira ao lado.

Um largo sorriso se estampou em seu rosto.

– Não vejo a hora de chegar hoje à noite.

Inspirei e sorri, tentando afastar o clima pesado da conversa que acabara de ter com Travis.

– Quais são os planos?

– Bom, eu já me instalei no meu apartamento. Pensei em jantarmos lá.

– Estou ansiosa por hoje à noite também – falei, tentando me convencer disso.

Com a recusa de America em ajudar, Kara foi minha relutante assistente na escolha do vestido para o meu encontro com Parker. Mas, assim que o vesti, eu o arranquei pela cabeça e enfiei uma calça jeans. Depois de ficar remoendo meu plano falho a tarde inteira, não consegui me convencer a me arrumar toda. Tendo em mente que o tempo estava fresquinho, coloquei um suéter de cashmere fino marfim por cima de uma regata marrom, peguei minha jaqueta e fiquei esperando perto da saída. Quando o Porsche reluzente de Parker parou na frente do Morgan, saí rapidamente pela porta, antes que ele tivesse tempo de vir até mim.

– Eu estava indo buscar você – disse ele, decepcionado, enquanto segurava a porta do carro.

– Então eu fiz você economizar tempo – falei, me sentando e colocando o cinto de segurança.

Ele entrou no carro e se inclinou na minha direção, tocando meu rosto e me beijando com os lábios macios e aveludados.

– Uau – ele exclamou, soltando o ar. – Senti saudade da sua boca.

O hálito de Parker cheirava a menta, sua colônia tinha um aroma incrível, suas mãos eram quentes e macias, e ele estava fantástico de calça jeans e camisa social verde, mas eu não conseguia me desvencilhar da sensação de que faltava algo. Aquele entusiasmo que eu sentia com ele no começo estava ausente, e, em silêncio, amaldiçoei Travis por ter tirado isso de mim.

Eu me forcei a sorrir.

— Vou levar isso como um elogio.

O apartamento dele era exatamente como eu tinha imaginado: impecável, com aparelhos eletrônicos caros em cada canto, e muito provavelmente decorado por sua mãe.

— E então, o que achou? — ele me perguntou abrindo um largo sorriso, como uma criança exibindo um brinquedo novo.

— É o máximo — assenti.

A expressão dele passou de divertida a sedutora e ele me puxou para os seus braços, beijando meu pescoço. A tensão tomou conta de todos os músculos do meu corpo. Eu queria estar em qualquer lugar, menos naquele apartamento.

Meu celular tocou, e apresentei-lhe um sorriso de desculpas antes de atender.

— Como está indo o encontro, Flor?

Virei as costas para Parker e sussurrei ao telefone.

— Que foi, Travis? — tentei colocar rispidez na voz, mas ela se suavizou com o alívio ao ouvir a dele.

— Quero ir jogar boliche amanhã. Preciso da minha parceira.

— *Boliche?* Você não podia ter me ligado mais tarde?

Eu me senti uma hipócrita ao dizer essas palavras, pois estava esperando aparecer uma desculpa qualquer para manter os lábios de Parker longe de mim.

— Como eu vou saber quando vocês vão ter terminado? Ai. Isso não soou bem... — ele disse, parecendo se divertir.

— Ligo pra você amanhã para falarmos sobre isso, ok?

— Não, não está nada ok. Você disse que quer ser minha amiga, mas nós não podemos sair juntos? — Revirei os olhos e Travis bufou. — Não revire os olhos. Você vai ou não vai?

— Como você sabe que revirei os olhos? Está me perseguindo? — perguntei, notando que as cortinas estavam abertas.

— Você sempre revira os olhos. Sim? Não? Você está desperdiçando um tempo precioso do seu encontro.

Ele me conhecia muito bem. Lutei contra a necessidade premente de pedir que ele fosse me buscar naquela hora. Não consegui evitar e acabei sorrindo com esse pensamento.

– Sim! – falei em uma voz abafada, tentando não rir. – Eu vou.
– Te pego às sete.

Eu me virei para Parker com um sorriso tão largo quanto o do gato de Alice.

– Era o Travis? – ele me perguntou, com uma expressão sagaz.
– Sim – respondi franzindo a testa, pega no flagra.
– Vocês ainda são apenas amigos?
– Ainda apenas amigos – assenti uma vez.

Nós nos sentamos à mesa e comemos comida chinesa, que ele havia pedido para viagem. Fiquei mais receptiva a ele depois de um tempinho, e ele me fez lembrar de como era charmoso. Eu me senti mais leve, quase risonha, uma marcante mudança de momentos antes. Por mais que eu tentasse tirar o pensamento da cabeça, não podia negar que eram os planos com Travis que haviam iluminado meu humor.

Depois do jantar, nos sentamos no sofá para assistir a um filme, mas, antes de terminarem os créditos do início, Parker já estava em cima de mim, e eu, deitada de costas. Fiquei feliz por ter escolhido usar calça jeans; não teria conseguido me esquivar com tanta facilidade se estivesse de vestido. Seus lábios viajaram até minha clavícula e sua mão parou no meu cinto. Desajeitado, ele tentou abri-lo, e, assim que conseguiu, eu me levantei do sofá.

– Tudo bem! Acho que tudo que você vai conseguir hoje é uma rebatida simples, como se diz no beisebol – falei, fechando o cinto.
– O quê?
– Primeira base, segunda base? Não importa. Está tarde e é melhor eu ir embora.

Ele se sentou e segurou minhas pernas.

– Não vá embora, Abs. Não quero que você ache que foi por isso que eu te trouxe até aqui.
– E não foi?
– É claro que não – ele me disse, me puxando para o seu colo. – Só consegui pensar em você nas últimas duas semanas. Peço desculpas por ser impaciente.

Ele me beijou no rosto e me inclinei em sua direção, sorrindo quando seu hálito fez cócegas no meu pescoço. Eu me virei e pressionei os lábios contra os dele, tentando ao máximo sentir algo, mas nada aconteceu. Eu me afastei e suspirei.

Parker franziu a testa.

– Eu disse que sentia muito.

– Eu disse que estava tarde.

Fomos de carro até o Morgan, e Parker apertou de leve a minha mão e me deu um beijo de boa noite.

– Vamos tentar de novo. No Biasetti amanhã?

Pressionei os lábios.

– Vou jogar boliche com o Travis amanhã.

– Na quarta-feira então?

– Na quarta está ótimo – falei, com um sorriso forçado. Parker se mexeu no banco do carro. Ele estava se preparando para falar alguma outra coisa.

– Abby, vai ter uma festa de casais daqui a alguns fins de semana na Casa...

Eu me encolhi por dentro, temendo a discussão que inevitavelmente teríamos.

– Que foi? – ele perguntou, dando uma risadinha abafada e nervosa.

– Não posso ir à festa com você – falei, saindo do carro.

Ele me seguiu, me alcançando na entrada do Morgan.

– Você tem outros planos?

Eu me retraí.

– Tenho... O Travis já tinha me convidado.

– O Travis te convidou para quê?

– Para a festa de casais – expliquei, um pouco frustrada.

Seu rosto ficou vermelho, e ele se apoiou na outra perna.

– Você vai à festa de casais com o *Travis*? Ele não vai a esse tipo de coisa. E vocês são só amigos. Não faz sentido você ir à festa com ele.

– A America disse que só iria com o Shep se eu fosse também.

Ele relaxou.

– Então você pode ir comigo – sorriu, entrelaçando os dedos nos meus.

Fiz uma careta para a solução dele.

– Não posso cancelar o que combinei com o Travis e depois ir à festa com você.

– Não vejo problema – ele deu de ombros. – Você pode estar lá pela America, e o Travis vai se livrar de ter que ir. Ele vive dizendo que devíamos acabar com as festas de casais. Ele acha que elas só servem para que nossas namoradas nos forcem a oficializar o relacionamento.

– Eu não queria ir à festa. Foi ele que me convenceu a ir.

– Agora você tem uma desculpa – ele deu de ombros.

Ele estava irritantemente confiante de que eu mudaria de ideia.

– Eu não queria ir nessa festa de jeito nenhum.

A paciência de Parker se esgotou.

– Só para esclarecer as coisas: você não quer ir à festa de casais. O Travis quer ir, ele te convidou, e você não quer cancelar com ele para ir comigo, mesmo você nem querendo ir à festa para início de conversa?

Foi difícil ter de encarar o olhar raivoso dele.

– Eu não posso fazer isso com ele, Parker. Me desculpa.

– Você sabe o que é uma festa de casais? É uma festa aonde você vai com o seu namorado.

O tom condescendente dele fez com que qualquer empatia que eu estivesse sentindo fosse para o espaço.

– Bom, eu não tenho namorado, então tecnicamente nem devia ir à festa.

– Eu achei que a gente ia tentar de novo. Achei que tínhamos alguma coisa...

– Eu *estou* tentando.

– O que você espera que eu faça? Que fique sentado em casa sozinho enquanto você está na festa de casais da minha fraternidade com outra pessoa? Eu devo convidar outra garota para ir comigo?

– Você pode fazer o que quiser – respondi, irritada com a ameaça.

Parker ergueu o olhar e balançou a cabeça.

– Eu não quero convidar outra garota.

– Não espero que você não vá à sua própria festa. A gente se vê lá.

– Você quer que eu convide outra pessoa? E você vai à festa com o Travis. Você não consegue ver como isso é absurdo?

Cruzei os braços, preparada para uma briga.

– Eu falei que iria com ele antes de eu e você sairmos juntos, Parker. Não posso cancelar o compromisso com ele.

– Não pode ou não quer?

– Dá na mesma. Sinto muito se você não entende.

Abri a porta para entrar no Morgan, e Parker colocou a mão na minha.

– Tudo bem – ele suspirou, resignado. – Essa é, obviamente, uma questão com a qual vou ter que lidar. O Travis é um dos seus melhores amigos. Eu entendo. Não quero que isso afete nosso relacionamento. Tudo bem?

– Tudo bem – falei, fazendo que sim com a cabeça.

Ele abriu a porta e fez um gesto para que eu entrasse, beijando o meu rosto antes.

– Vejo você na quarta às seis?

– Às seis – falei, acenando com a mão enquanto subia as escadas.

America estava saindo do banheiro quando cheguei lá em cima, e os olhos dela se iluminaram ao me ver.

– Oi, linda! Como foi?

– Já era – falei, desanimada.

– Oh-oh.

– Não conta pro Travis, tá?

Ela bufou.

– Não vou contar. O que houve?

– O Parker me convidou para ir com ele à festa de casais.

America apertou a toalha em volta do corpo.

– Você não vai deixar o Trav na mão, vai?

– Não, e o Parker não está feliz com isso.

– É compreensível – ela disse, assentindo. – E mau pra caramba.

America puxou as mechas dos longos cabelos molhados sobre um dos ombros e gotas de água escorreram sobre sua pele desnuda. Ela era uma contradição ambulante. Havia se matriculado na Eastern para que pudéssemos continuar juntas. Proclamava-se minha consciência, pronta para entrar em ação quando eu cedia a minhas tendências inatas a sair da linha. Eu me envolver com Travis ia contra tudo que tínhamos conversado, mas ela havia se tornado sua mais entusiasmada defensora.

Eu me apoiei na parede.

– Você vai ficar brava se eu não for à festa?

– Não, eu vou ficar incrivelmente puta da vida. Isso seria motivo para a maior briga de todos os tempos, Abby.

– Então acho que não tenho opção – falei, enfiando a chave na fechadura.

Meu celular tocou, e a imagem de Travis fazendo uma cara engraçada surgiu no mostrador.

– Alô?

– Você já está em casa?

– Estou, ele me deixou aqui faz uns cinco minutos.

– Em mais cinco estou aí.

– Espera! Travis? – eu disse, depois que ele desligou.

America deu risada.

– Você acabou de ter um encontro decepcionante com o Parker e sorriu quando o Travis ligou. Você é mesmo tão idiota?

– Eu não sorri – protestei. – Ele está vindo pra cá. Você pode encontrar com ele lá fora e dizer que já fui dormir?

– Você sorriu sim, e não, você mesma vai falar isso pra ele.

– Isso, Mare, eu ir lá fora dizer pra ele que estou na cama dormindo vai mesmo dar certo.

Ela virou as costas para mim, caminhando até seu quarto. Joguei as mãos para o alto e as deixei cair ao lado do corpo.

– Mare! Por favor!

– Divirta-se, Abby – ela sorriu, sumindo dentro do quarto.

Desci as escadas e vi Travis na moto, estacionada na frente do dormitório. Ele estava vestindo uma camiseta branca com um desenho preto, que realçava ainda mais as tatuagens em seus braços.

– Você não está com frio? – perguntei, puxando minha jaqueta mais para junto do corpo.

– Você está bonita. Se divertiu?

– Hum... sim, obrigada – falei distraída. – O que você está fazendo aqui?

Ele apertou o acelerador, e o motor roncou.

— Eu ia dar uma volta para clarear as ideias. Quero que você venha comigo.

— Está frio, Trav.

— Você quer que eu vá buscar o carro do Shep?

— A gente vai jogar boliche amanhã. Você não pode esperar até lá?

— Passei de ficar com você todos os segundos do dia a te ver durante dez minutos, se tiver sorte.

Sorri e balancei a cabeça.

— Só se passaram dois dias, Trav.

— Estou com saudades. Senta aí e vamos.

Eu não tinha como discutir. Tinha saudades dele também. Mais do que eu jamais admitiria. Fechei até em cima o zíper da jaqueta e subi na garupa da moto, deslizando os dedos pelos passadores de sua calça jeans. Travis puxou meus pulsos até seu peito e os cruzou. Assim que se convenceu de que eu estava me segurando nele bem apertado, saiu com a moto em alta velocidade.

Descansei o rosto nas costas dele e fechei os olhos, respirando seu perfume, que me fazia lembrar de seu apartamento, de seus lençóis e do cheiro dele quando andava pela casa com uma toalha em volta da cintura. A cidade passava por nós como um borrão, e eu não me importava com a velocidade com que ele estava guiando a moto nem com o vento frio que me chicoteava a pele; eu não estava nem prestando atenção para onde estávamos indo. A única coisa em que eu conseguia pensar era no corpo dele encostado no meu. Não tínhamos destino nem agenda, e vagamos pelas ruas até bem depois de terem sido abandonadas por todo mundo, menos nós dois.

Travis parou em um posto de gasolina.

— Você quer alguma coisa? – ele me perguntou.

Fiz que não com a cabeça, descendo da moto para esticar as pernas. Ele ficou me observando enquanto eu passava os dedos nos cabelos para penteá-los e desfazer os nós, depois sorriu.

— Para com isso, você está linda.

— Só se for para aparecer em um clipe de rock dos anos 80 – falei.

Ele deu risada e depois bocejou, espantando as mariposas que zumbiam em volta dele. A pistola da mangueira de gasolina fez um clique, soando mais alto do que deveria na noite silenciosa. Parecíamos as duas únicas pessoas na face da terra.

Peguei o celular para ver o horário.

– Meu Deus, Trav. São três da manhã.

– Você quer voltar? – ele me perguntou, com uma sombra de decepção no rosto.

Pressionei os lábios.

– É melhor.

– Ainda vamos jogar boliche hoje à noite?

– Eu disse que vamos.

– E você ainda vai comigo na festa da Sig Tau que vai rolar daqui a algumas semanas, né?

– Você está insinuando que eu não cumpro minhas promessas? Acho isso um pouco ofensivo.

Ele puxou a mangueira de gasolina do tanque da moto e prendeu-a na base.

– Eu só não sei mais o que você vai fazer.

Ele se sentou na moto e me ajudou a subir atrás dele. Eu enganchei os dedos nos passadores de sua calça e depois, pensando melhor, o abracei.

Ele suspirou e endireitou a moto, relutante em dar partida. Os nós de seus dedos ficaram brancos quando ele segurou o guidão. Ele inspirou, começou a falar, depois se interrompeu e balançou a cabeça.

– Você é importante pra mim, viu? – falei, apertando-o de leve.

– Não entendo você, Beija-Flor. Achei que conhecesse as mulheres, mas você é incrivelmente confusa. Não te entendo.

– Eu também não te entendo. Supostamente você é o garanhão da Eastern. Não estou tendo a experiência completa que eles prometem às calouras no folheto – brinquei.

– Isso é inédito. Nunca uma garota transou comigo só pra me fazer deixá-la em paz – ele disse, ainda de costas para mim.

– Não foi isso que aconteceu, Travis – menti, envergonhada porque ele tinha adivinhado minhas intenções sem perceber como estava certo.

Ele balançou a cabeça e deu partida no motor. Dirigiu bem devagar, de uma maneira que não lhe era característica, parando em todos os faróis amarelos e tomando o caminho mais longo até o campus.

Quando estacionamos na frente do Morgan Hall, a mesma tristeza que senti na noite em que fui embora do apartamento dele me consumiu. Era ridículo ficar tão emotiva, mas, cada vez que eu fazia algo para afastá-lo, ficava aterrorizada que aquilo pudesse funcionar.

Ele me acompanhou até a porta, e peguei as chaves, evitando olhar para ele. Enquanto eu procurava, desajeitada, a chave certa, ele levou a mão ao meu queixo e tocou suavemente meus lábios.

– Ele te beijou? – Travis quis saber.

Eu me afastei, surpresa por seus dedos me causarem uma sensação que fez arder todos os meus nervos, da boca aos dedos dos pés.

– Você realmente sabe como destruir uma noite perfeita, não é?

– Você achou que foi perfeita? Quer dizer que se divertiu?

– Eu sempre me divirto quando estou com você.

Ele olhou para o chão e franziu as sobrancelhas.

– Ele te beijou?

– Beijou – suspirei, irritada.

Ele fechou os olhos bem apertados.

– Aconteceu mais alguma coisa?

– Não é da sua conta! – falei, abrindo a porta com tudo. Travis a fechou e se pôs no meu caminho, com uma expressão arrependida.

– Eu preciso saber.

– Não, não precisa! Sai da frente, Travis!

– Beija-Flor...

– Você acha que, porque eu não sou mais virgem, vou sair trepando com qualquer um que me quiser? *Valeu!* – falei, empurrando-o.

– Eu não disse isso, droga! É pedir demais querer ter um pouco de paz de espírito?

– E *por que* você teria paz de espírito se soubesse se transei ou não com o Parker?

– Como você pode não saber? É óbvio pra todo mundo, menos pra você! – disse ele, exasperado.

– Então acho que eu sou uma imbecil. É uma atrás da outra com você essa noite, Trav – falei, esticando a mão em direção à maçaneta.

Ele me segurou pelos ombros.

— O que eu sinto por você... é muito louco.

— Na parte da loucura você está certo — retruquei, me afastando.

— Eu fiquei treinando isso na minha cabeça o tempo todo em que estávamos na moto, então me ouve... — disse ele.

— Travis...

— Eu sei que a gente tem problemas, tá? Sou impulsivo, esquentado, e você me faz perder a cabeça como ninguém. Num minuto você age como se me odiasse, e no seguinte como se precisasse de mim. Eu nunca faço nada direito, eu não te mereço... mas, porra, Abby, eu te *amo*. Eu te amo mais do que jamais amei alguém ou alguma coisa em toda a minha vida. Quando você está por perto, não preciso de bebida, nem de dinheiro, nem de luta, nem de transas sem compromisso... eu só preciso de você. Eu só penso em você. Eu só sonho com você. Eu só quero você.

Meu plano de fingir que ignorava tudo aquilo foi um fracasso épico. Eu não poderia fingir indiferença quando ele tinha acabado de colocar todas as cartas na mesa. No momento em que nos conhecemos, algo dentro de nós dois mudou e, o que quer que tenha sido, fez com que precisássemos um do outro. Por motivos que eu não conhecia, eu era a exceção na vida dele, e, por mais que eu tentasse lutar contra os meus sentimentos, ele era a minha.

Ele balançou a cabeça, pegou o meu rosto com ambas as mãos e olhou dentro dos meus olhos.

— Você transou com ele?

Meus olhos se encheram de lágrimas enquanto eu respondia que não, balançando a cabeça. Ele avançou com os lábios nos meus, e sua língua penetrou minha boca sem hesitação. Incapaz de me controlar, agarrei a camiseta dele com os punhos cerrados e o puxei para perto. Ele murmurava com sua incrível voz grave, me agarrando tão apertado que era difícil respirar.

Então ele recuou, sem fôlego.

— Liga pro Parker. Fala que você não vai mais sair com ele. Fala pra ele que você está comigo.

Fechei os olhos.

— *Não posso* ficar com você, Travis.

– Mas que inferno! Por que não? – ele perguntou, me soltando.

Balancei a cabeça, com medo da reação dele ao ouvir a verdade.

Ele riu.

– Inacreditável. A única garota que eu quero, e ela não me quer.

Engoli em seco, sabendo que eu teria que chegar mais próximo da verdade do que havia feito em meses.

– Quando a America e eu nos mudamos para cá, foi para que a minha vida seguisse um determinado rumo. Ou melhor, para que *não seguisse* determinado rumo. As lutas, as apostas, as bebidas... foi tudo isso que eu deixei para trás. Mas quando estou com você... está tudo lá novamente, em um pacote tatuado e irresistível. Eu não me mudei para um lugar a centenas de quilômetros para viver tudo isso de novo.

Ele ergueu meu queixo para que eu o encarasse.

– Eu sei que você merece alguém melhor do que eu. Você acha que eu não sei disso? Mas se existe alguma mulher feita para mim... essa mulher é você. Eu faço o que for preciso, Flor. Está me ouvindo? Eu faço qualquer coisa.

Recuei, com vergonha de não poder lhe contar a verdade. Era eu quem não era boa o bastante. Era eu quem arruinaria tudo, quem o arruinaria. Ele me odiaria um dia, e eu não suportaria ver a expressão em seus olhos quando ele chegasse a essa conclusão.

Ele segurou a porta fechada.

– Eu vou parar de lutar assim que me formar. Nunca mais vou beber uma gota de álcool. Vou te dar o felizes para sempre, Beija-Flor. Se você acreditar em mim, eu consigo fazer isso.

– Eu não quero que você mude.

– Então me diz o que fazer. Me diz e eu faço – ele implorou.

Quaisquer pensamentos de ficar com Parker já tinham sumido fazia tempo, e eu sabia que era por causa do que eu sentia por Travis. Pensei nos diferentes caminhos que minha vida tomaria a partir daquele momento – confiar em Travis dando um salto no escuro e arriscar o desconhecido, ou afastá-lo de mim e saber exatamente onde eu terminaria, o que incluiria uma vida sem ele. Ambas as opções me aterrorizavam.

– Você pode me emprestar seu celular? – perguntei.

Travis juntou as sobrancelhas, confuso.

– Claro – ele disse, puxando o celular do bolso e entregando-o a mim.

Disquei os números e fechei os olhos enquanto ouvia o telefone tocar.

– Travis? Que merda é essa? Você sabe que horas são? – Parker atendeu.

A voz dele estava grave e rasgada, e senti meu coração vibrando no peito. Eu não tinha me dado conta de que ele saberia que eu havia ligado do celular do Travis.

De alguma maneira, as palavras encontraram o caminho até meus lábios trêmulos.

– Desculpa te ligar tão cedo, mas isso não podia esperar. Eu... não posso jantar com você na quarta.

– São quase quatro horas da manhã, Abby. O que está acontecendo?

– Pra falar a verdade, eu não posso mais te ver.

– Abs...

– Eu... tenho certeza que estou apaixonada pelo Travis – falei, me preparando para a reação dele.

Depois de alguns instantes de um silêncio atônito, ele desligou.

Com os olhos fixos na calçada, devolvi o celular ao Travis e então, relutante, ergui o olhar para ver sua expressão. Uma combinação de confusão, choque e adoração se estampava em seu rosto.

– Ele desligou na minha cara – fiz uma careta.

Ele analisou meu rosto com uma esperança cautelosa nos olhos.

– Você me ama?

– São as tatuagens – dei de ombros.

Um largo sorriso se espalhou por seu rosto, fazendo com que sua covinha ficasse ainda mais funda na bochecha.

– Vem pra casa comigo – ele disse, me envolvendo em seus braços.

Ergui as sobrancelhas na hora.

– Você disse tudo aquilo só pra me levar pra cama? Eu devo ter causado uma impressão e tanto!

– A única coisa que consigo pensar agora é em ter você nos meus braços a noite toda.

– Vamos – falei.

Apesar da velocidade excessiva e dos atalhos, a viagem até o apartamento dele parecia sem fim. Quando finalmente chegamos, Travis me carregou escada acima. Fiquei dando risadinhas com os lábios encostados nos dele, enquanto ele tentava destrancar a porta. Quando ele me pôs de pé e fechou a porta, soltou um longo suspiro de alívio.

– Isso aqui não parecia mais um lar desde que você foi embora – disse ele, beijando meus lábios.

Totó atravessou o corredor abanando o minúsculo rabo, encostando as patinhas nas minhas pernas. Fiquei falando com ele de um jeito amoroso enquanto o erguia do chão.

A cama de Shepley rangeu e ouvi quando ele se levantou. A porta do quarto se abriu enquanto ele apertava os olhos por causa da claridade.

– Nem vem, Trav, você não vai fazer essa merda! Você está apaixonado pela Ab... – seus olhos encontraram foco e ele reconheceu o erro – ...by. Oi, Abby.

– Oi, Shep – falei, colocando Totó no chão.

Travis me puxou pela mão, passando por seu primo, que ainda estava chocado, e bateu a porta do quarto atrás de nós, envolvendo-me em seus braços e me beijando sem hesitar, como se tivéssemos feito isso um milhão de vezes antes. Tirei sua camiseta e ele tirou minha jaqueta, deslizando-a pelos meus ombros. Só parei de beijá-lo para tirar o suéter e a regata, depois me joguei em seus braços de novo. Tiramos o restante da roupa um do outro, e em poucos segundos ele me deitou no colchão. Estiquei o braço para abrir a gaveta do criado-mudo e mergulhei a mão ali dentro, buscando por qualquer coisa que estalasse.

– Merda – disse ele, arfando e frustrado. – Eu joguei fora.

– O quê? *Todas?* – falei, sem fôlego.

– Achei que você não... Se eu não estava com você, não ia precisar delas.

– Você está de brincadeira! – falei, me recostando na cabeceira da cama.

A testa dele encostou em meu peito.

– Eu não podia ter certeza de nada quando se tratava de você.

Sorri e o beijei.

– Você nunca transou com ninguém sem camisinha?

Ele balançou a cabeça.

– Nunca.

Olhei ao redor por um instante, perdida em pensamentos. Ele riu por causa da expressão em meu rosto.

– O que você está fazendo?

– Shhh, estou contando. – Travis ficou me observando por um momento, depois se inclinou para beijar meu pescoço. – Não consigo me concentrar com você fazendo isso... – suspirei. – Vinte e cinco e dois dias – falei, sem fôlego.

Travis deu uma risada abafada.

– De que diabos você está falando?

– Estamos seguros – falei, deslizando para ficar bem debaixo dele.

Ele pressionou o peito contra o meu e me beijou com ternura.

– Tem certeza?

Deslizei as mãos pelos ombros dele até seus quadris e o puxei de encontro a mim. Ele fechou os olhos e soltou um gemido longo e profundo.

– Ai, meu Deus, Abby – ele falou baixinho, então me penetrou de novo, com outro murmúrio. – Nossa, que sensação incrível.

– É diferente?

Ele me olhou nos olhos.

– É diferente com você de qualquer forma, mas... – ele inspirou fundo e ficou tenso de novo, fechando os olhos por um instante. – Eu nunca mais vou ser o mesmo depois disso.

Seus lábios buscaram cada centímetro do meu pescoço, e, quando ele achou o caminho até minha boca, afundei a ponta dos dedos nos músculos de seus ombros, me perdendo na intensidade do beijo.

Travis levou minhas mãos acima da cabeça e entrelaçou seus dedos nos meus, apertando minhas mãos a cada investida. Seus movimentos se tornaram um pouco mais brutos e enfiei as unhas em suas mãos. Meu ventre se tensionava com uma força impressionante.

Soltei um grito, mordendo o lábio e cerrando os olhos com força.

– Abby – ele sussurrou, parecendo em conflito –, eu preciso... eu preciso...

– Não pare – implorei.

Ele me penetrou novamente, gemendo tão alto que cobri sua boca com a mão. Depois de inspirar fundo algumas vezes, ele olhou em meus olhos e me cobriu de beijos. Suas mãos acolheram meu rosto e ele me beijou de novo, devagar, com mais ternura. Encostou os lábios nos meus, depois em minhas bochechas, minha testa, meu nariz e, por fim, meus lábios novamente.

Sorri e suspirei, cedendo à exaustão. Travis me puxou para o lado dele e nos cobriu. Descansei o rosto em seu peito e ele me beijou na testa mais uma vez, entrelaçando os dedos nas minhas costas.

– Não vai embora dessa vez, hein? Quero acordar assim amanhã de manhã.

Beijei o peito dele, sentindo-me culpada por ele ter que me pedir isso.

– Não vou a lugar nenhum.

11
CIÚMES

Acordei de bruços, nua e enrolada nos lençóis de Travis Maddox. Mantive os olhos fechados, sentindo seus dedos acariciarem meu braço e minhas costas.

Ele soltou o ar com um suspiro contido e profundo, falando com a voz abafada:

— Eu te amo, Abby. Vou te fazer feliz, juro que vou.

A cama balançou quando ele se mexeu, e então seus lábios estavam nas minhas costas em beijos lentos e suaves. Fiquei parada e, assim que ele chegou até a pele abaixo da minha orelha, se levantou e saiu do quarto. Seus pés atravessaram calmamente o corredor, então os canos soltaram um ruído agudo por causa da pressão da água do chuveiro.

Abri os olhos e me sentei na cama. Todos os músculos do meu corpo doíam, músculos que eu nem sabia que tinha. Mantive o lençol encostado no peito, olhando pela janela, observando as folhas amarelas e vermelhas descerem em espiral dos galhos até o chão.

O celular de Travis vibrou em algum lugar. Depois de procurar, desajeitada, em meio às roupas amarrotadas no chão, achei-o no bolso de sua calça jeans. No mostrador havia apenas um número, nenhum nome.

— Alô?

— Hum... o Travis está? — perguntou uma mulher.

— Ele está tomando banho, quer deixar recado?

— É claro que ele está tomando banho. Diz que a Megan ligou, tá?

Travis entrou no quarto, apertando a toalha em volta da cintura, e sorriu quando lhe entreguei o celular.

— É pra você – falei.

Ele me beijou antes de olhar para o mostrador, depois balançou a cabeça.

— Fala. Era a minha namorada. O que você quer, Megan?– Ele ficou escutando por um momento e depois abriu um sorriso. – Bom, a Beija-Flor é especial, o que eu posso fazer? – Depois de uma longa pausa, ele revirou os olhos. Eu podia imaginar o que ela estava dizendo. – Não seja uma vaca, Megan. Escuta, você não pode mais me telefonar... É, o amor faz isso com a gente – ele disse, olhando para mim com uma expressão terna. – É, com a Abby. É sério, Meg, para de me ligar... Tchau.

Ele jogou o celular na cama, sentando-se ao meu lado.

— Ela ficou meio brava. Ela te falou alguma coisa?

— Não, só perguntou por você.

— Eu apaguei os poucos números que tinha no celular, mas acho que isso não impede que elas continuem me ligando. Se elas não sacarem a situação sozinhas, vou ter que dar um jeito nisso.

Ele ficou olhando para mim com ares de expectativa. Não pude evitar e acabei sorrindo. Eu nunca tinha visto esse lado dele.

— Eu confio em você, sabia?

Ele pressionou os lábios nos meus.

— Eu não te culparia se você esperasse que eu fizesse por merecer sua confiança.

— Tenho que tomar banho. Já perdi uma aula.

— Viu? Já sou uma boa influência.

Eu me levantei e ele deu um puxão no lençol.

— A Megan disse que vai ter festa de Halloween esse fim de semana no Red Door. Eu fui com ela no ano passado, foi bem divertido.

— Tenho certeza que foi – falei, erguendo uma sobrancelha.

— Eu só quis dizer que um monte de gente vai. Eles fazem torneio de bilhar e tem bebidas baratas... Quer ir?

— Na verdade eu não... eu não curto esse lance de fantasia. Nunca me fantasiei.

— Eu também não. Eu só vou – ele deu de ombros.

– A gente ainda vai jogar boliche hoje à noite? – eu quis saber, me perguntando se o convite era só para passar um tempo sozinho comigo, o que agora ele não precisava mais fazer.

– Claro que sim! Eu vou acabar com você!

Estreitei os olhos e falei:

– Não, dessa vez você não vai. Eu tenho um novo superpoder.

Ele riu.

– E qual é? Me xingar?

Eu me inclinei para beijar seu pescoço, percorrendo-o com a língua até a orelha e beijando o lóbulo. Ele ficou paralisado.

– Distração – falei baixinho ao ouvido dele.

Ele me agarrou pelos braços e me virou de costas.

– Você vai perder outra aula.

Depois de finalmente conseguir convencê-lo a sairmos do apartamento a tempo de assistir à aula de história, fomos correndo até o campus e nos sentamos pouco antes de o professor Chaney começar a aula. Travis virou o boné vermelho de beisebol para trás para me dar um beijo nos lábios, na frente de toda a classe.

Quando estávamos a caminho do refeitório, ele pegou minha mão e entrelaçou nossos dedos enquanto caminhávamos. Parecia muito orgulhoso de estar segurando a minha mão, anunciando para o mundo que finalmente estávamos juntos. Finch percebeu, olhando para nossas mãos e então para mim, com um sorriso sarcástico no rosto. Ele não era o único. Nossa singela demonstração de afeto atraiu atenção e murmúrios por onde quer que passássemos.

Na porta do refeitório, Travis soprou a última fumaça do cigarro e olhou para mim quando hesitei. America e Shepley já estavam lá dentro, e Finch tinha acendido outro cigarro, me deixando para entrar lá sozinha com Travis. Eu tinha certeza de que as fofocas já tinham alçado voo e chegado a um novo nível, já que Travis havia me beijado na frente de todo mundo na aula de história, e eu temia enfrentar aquele palco.

– Que foi, Beija-Flor? – ele me perguntou, me puxando pela mão.

– Todo mundo está olhando pra gente.

Ele levou minha mão até a boca e beijou meus dedos.

– Eles vão superar isso. É só o choque inicial. Lembra quando começamos a andar juntos? A curiosidade foi morrendo depois de um tempo e eles se acostumaram a ver a gente juntos. Vamos lá – disse ele, me puxando pela porta.

Um dos motivos pelos quais eu tinha optado pela Universidade Eastern era o número reduzido de alunos, mas o interesse exagerado por escândalos que vinha por tabela às vezes era exaustivo. Era uma piada corrente: todo mundo sabia como a indústria de fofocas era ridícula e, ainda assim, todo mundo participava descaradamente.

Nós nos sentamos nos lugares de costume depois de pegar a comida. America sorriu para mim com uma expressão de reconhecimento. Ela conversou como se tudo estivesse normal, mas os jogadores de futebol americano na outra ponta da mesa me encaravam como se eu estivesse em chamas.

Travis bateu com o garfo na minha maçã.

– Você vai comer isso, Flor?

– Não, pode comer, baby.

Minha orelha ardeu quando America se virou para olhar para mim.

– Escapou... – falei, balançando a cabeça.

Ergui o olhar para Travis, cuja expressão era um misto de divertimento e adoração.

Tínhamos usado esse termo um com o outro algumas vezes naquela manhã, e não havia me passado pela cabeça que era novidade para todo mundo até que escapou da minha boca.

– Vocês dois acabaram de chegar no nível de irritantemente fofos – disse America, abrindo um largo sorriso.

Shepley deu um tapinha no meu ombro.

– Você vai passar a noite no apartamento hoje? – ele me perguntou, as palavras distorcidas por causa da boca cheia de pão. – Prometo que não vou sair do meu quarto te xingando.

– Você estava defendendo a minha honra, Shep. Está perdoado – falei.

197

Travis deu uma mordida na maçã, parecendo mais feliz do que nunca. A paz em seus olhos estava de volta e, mesmo com as dezenas de pessoas que observavam cada um de nossos movimentos, tudo parecia... certo.

Pensei em todas as vezes em que eu havia insistido que ficar com Travis era a decisão errada, e em quanto tempo eu tinha perdido lutando contra os meus sentimentos. Olhando para o outro lado da mesa, para seus olhos ternos e castanhos e a covinha dançando em sua bochecha, eu não conseguia me lembrar do que me deixava tão preocupada.

– Ele parece feliz pra cacete. Você finalmente deu, Abby? – disse Chris, cutucando seus colegas de time.

– Você não é lá muito esperto, hein, Jenks? – disse Shepley, franzindo a testa.

Instantaneamente, o sangue subiu ao meu rosto e olhei para Travis, cujos olhos tinham uma expressão assassina. Coloquei minha vergonha de lado e balancei a cabeça, indiferente.

– É só ignorar.

Depois de mais um momento de tensão, os ombros de Travis relaxaram um pouco e ele assentiu, inspirando fundo. Após alguns segundos, deu uma piscadinha para mim.

Estiquei a mão até o outro lado da mesa, deslizando meus dedos entre os dele.

– Você realmente estava falando sério ontem à noite, não estava?

Ele começou a falar, mas a risada do Chris encheu o refeitório.

– Santo Deus! Travis Maddox foi *domado*?!

– Você estava falando sério quando disse que não queria que eu mudasse? – ele me perguntou, apertando de leve a minha mão.

Olhei para Chris, que ria com seus colegas de time, e depois me virei para Travis:

– Totalmente. Ensine bons modos pra esse babaca.

Um sorriso largo e travesso se espalhou em seu rosto, e ele seguiu até a ponta da mesa, onde o pessoal do time estava sentado. O silêncio se espalhou pelo salão, e Chris engoliu a risada.

– Ei, eu só estava te enchendo o saco, Travis – ele disse, erguendo o olhar.

– Pede desculpas para a Beija-Flor – Travis ordenou, encarando-o.

Chris baixou o olhar para mim, com um sorriso nervoso.

– Eu... eu só estava brincando, Abby. Me desculpa.

Fulminei-o com o olhar enquanto ele erguia a cabeça para Travis em busca de aprovação. Quando Travis se afastou, ele riu baixinho e sussurrou algo ao Brazil. Meu coração começou a bater com muita força quando vi Travis parar no meio do caminho e cerrar as mãos nas laterais do corpo.

Brazil balançou a cabeça e soltou o ar, exasperado.

– Quando você acordar, Chris, só não esqueça que foi você que pediu por isso.

Travis pegou a bandeja de Finch e golpeou com ela a cara do Chris, derrubando-o da cadeira. Chris tentou se proteger debaixo da mesa, mas Travis o puxou pelas pernas e começou a enchê-lo de socos e chutes.

Chris se enrolou como uma bola, então Travis o chutou nas costas. Chris se arqueou e se virou, esticando os braços, permitindo que Travis lhe acertasse um monte de socos na cara. O sangue começou a escorrer em seu rosto, e Travis se levantou, com a respiração pesada.

– Se você ousar *olhar* pra ela, seu merda, vou quebrar a porra do seu maxilar! – ele berrou.

Eu me encolhi quando ele deu um chute na perna do Chris uma última vez.

As mulheres que trabalhavam no refeitório saíram correndo, chocadas com o sangue espalhado no chão.

– Me desculpem – disse Travis, limpando o sangue de Chris do próprio rosto.

Alguns alunos se levantaram para ver melhor, enquanto outros permaneceram sentados, observando tudo com um certo divertimento no olhar. O time de futebol simplesmente ficou encarando o corpo caído e fraco de Chris, balançando a cabeça.

Travis se virou e Shepley se pôs em pé, segurando meu braço e a mão de America, e então nos puxou para fora, seguindo o primo. Caminhamos até o Morgan Hall, e eu e America nos sentamos nos degraus da frente, olhando para Travis, que andava de um lado para o outro.

– Você está bem, Trav? – Shepley quis saber.

– Só... me dá um minuto – disse ele, colocando as mãos nos quadris enquanto caminhava.

Shepley enfiou as mãos nos bolsos.

– Estou surpreso que você tenha parado.

– A Beija-Flor me disse para ensinar bons modos, Shep, não para matar o cara. Precisei usar toda a minha força de vontade para parar.

America colocou seus grandes óculos de sol quadrados e olhou para Travis.

– O que foi que o Chris disse para te deixar tão enfurecido, afinal?

– Algo que ele nunca mais vai dizer – Travis respondeu, fervendo de ódio.

America olhou para Shepley, que deu de ombros.

– Eu não escutei.

Travis cerrou os punhos de novo.

– Vou voltar lá.

Shepley pôs a mão no ombro do primo.

– Sua namorada está *aqui*. Não precisa voltar lá.

Travis olhou para mim, forçando-se a ficar calmo.

– Ele disse que... todo mundo acha que a Flor tem... Meu Deus, eu não consigo nem repetir.

– Fala logo de uma vez – murmurou America, mexendo nas unhas.

Finch apareceu atrás de Travis, claramente empolgado com toda a movimentação.

– Todos os caras da Eastern querem "experimentar" a Abby porque ela domou o indomável Travis Maddox – ele deu de ombros. – Pelo menos é o que eles estão dizendo lá dentro agora.

Travis passou como um raio por Finch, seguindo em direção ao refeitório. Shepley saiu voando atrás dele, agarrando-o pelo braço. Levei as mãos à boca quando Travis desferiu um golpe, do qual Shepley se desviou, abaixando a cabeça. Voltei os olhos rapidamente para America, que nem havia se abalado, pois estava acostumada com aquilo.

Eu só consegui pensar em uma coisa para impedi-lo de seguir em frente. Desci os degraus toda atrapalhada e dei a volta, ficando diretamente no caminho dele. Fui resoluta em sua direção e pulei, envolvendo sua cintura com as pernas. Ele agarrou minhas coxas enquanto eu segurava cada lado de seu rosto e plantava um longo e profundo beijo em sua boca. Eu podia sentir que sua raiva se derretia e se esvaía enquanto ele me beijava e, quando me afastei, eu sabia que tinha vencido.

– A gente não liga para o que as pessoas pensam, lembra? Você não pode começar a se importar agora – eu disse, sorrindo confiante.

Eu tinha mais influência sobre ele do que jamais achei que fosse possível.

– Não posso deixar que as pessoas falem desse jeito de você, Beija-Flor – disse ele, franzindo a testa e me colocando no chão.

Deslizei os braços embaixo dos dele, entrelaçando os dedos em suas costas.

– De que jeito? Eles acham que eu tenho algo de especial porque você nunca parou com ninguém antes. Você discorda?

– Claro que não, eu só não suporto pensar em todos os caras nessa faculdade querendo te comer por causa disso. – Ele pressionou a testa na minha. – Isso vai me deixar louco. Já estou vendo...

– Não deixe eles te atingirem, Travis – disse Shepley. – Você não pode bater em todo mundo.

Travis suspirou.

– Todo mundo. Como você se sentiria se *todo mundo* pensasse algo assim sobre a America?

– Quem disse que eles não pensam? – America disse, ofendida. Todos nós demos risada, e ela fez uma careta. – Eu não estava brincando.

Shepley puxou-a pelas mãos para que ela ficasse em pé e beijou seu rosto.

– A gente sabe, baby. Eu desisti de ficar com ciúme faz um bom tempo. Eu não teria tempo de fazer mais nada.

America sorriu em agradecimento e o abraçou. Shepley tinha uma habilidade incrível de fazer com que todos à sua volta se acalmassem, sem dúvida resultado de crescer com Travis e com os irmãos dele. Provavelmente era mais um mecanismo de defesa do que qualquer outra coisa.

Travis esfregou o nariz na minha orelha. Dei risadinhas até que vi Parker se aproximar. A mesma sensação de urgência que senti quando

Travis tentou voltar ao refeitório me dominou, e instantaneamente me soltei dele para cruzar aqueles três metros e interceptar Parker.

– Preciso falar com você – ele me disse.

Olhei de relance para trás e balancei a cabeça, como num aviso.

– Não é uma boa hora, Parker. Pra falar a verdade, é uma *péssima* hora. Mesmo. O Travis e o Chris brigaram na hora do almoço, e ele ainda está um pouco nervoso. É melhor você ir.

Ele olhou para Travis e voltou a atenção para mim, determinado.

– Acabei de saber o que aconteceu no refeitório. Acho que você não sabe onde está se metendo. O Travis não presta, Abby. Todo mundo sabe disso. Ninguém está falando que é o máximo você ter transformado o cara... estão todos esperando que ele faça o que sabe fazer melhor. Não sei o que ele te contou, mas você não faz a mínima ideia do tipo de pessoa que ele é.

Senti as mãos de Travis nos meus ombros.

– Por que você não conta pra ela, então?

Parker se mexeu, nervoso.

– Você sabe quantas garotas humilhadas eu levei pra casa depois que elas passaram algumas horas sozinhas com ele numa festa? Ele vai te magoar.

Travis apertou os dedos, e repousei minha mão na dele até ele relaxar.

– É melhor você ir embora, Parker.

– É melhor você me dar ouvidos, Abs.

– Não chama ela assim, porra! – Travis rugiu.

Parker não tirou os olhos dos meus.

– Estou preocupado com você.

– Eu agradeço, mas é desnecessário.

Parker balançou a cabeça.

– Ele te vê como um desafio a longo prazo, Abby. Ele fez você acreditar que é diferente das outras garotas para conseguir te levar pra cama. Ele vai cansar de você. Ele tem a capacidade de concentração de uma criancinha.

Travis deu a volta em mim, parando tão perto de Parker que o nariz deles quase se tocou.

— Eu deixei você falar, mas minha paciência já se esgotou.

Parker tentou olhar para mim, mas Travis se inclinou e se pôs no caminho dele.

— Não olha pra ela, porra. Olha pra *mim*, seu merdinha mimado. — Parker focou o olhar em Travis e ficou esperando. — Se você sequer respirar na direção dela, vou garantir que chegue mancando na faculdade de medicina.

Parker deu alguns passos para trás até que eu estivesse em sua linha de visão.

— Achei que você fosse mais inteligente que isso — ele falou, balançando a cabeça antes de se virar para ir embora.

Travis ficou olhando enquanto ele se afastava e depois se virou. Seus olhos buscavam os meus.

— Você sabe que aquilo é um monte de besteira, não sabe? Não é verdade.

— Tenho certeza que é isso que todo mundo está pensando — resmunguei, notando o interesse de todos que passavam por nós.

— Então vou provar que eles estão errados.

Conforme a semana foi passando, Travis levou sua promessa muito a sério. Ele não dava mais atenção às garotas que o paravam a caminho da aula, às vezes era até rude com elas. Quando chegamos ao The Red para a festa de Halloween, fiquei um pouco nervosa em pensar como ele planejava manter as colegas bêbadas a distância.

America, Finch e eu nos sentamos a uma mesa próxima enquanto observávamos Shepley e Travis jogarem bilhar contra dois de seus companheiros da Sig Tau.

— Vai, baby! — disse America, levantando-se da banqueta.

Shepley piscou para ela e deu uma tacada, acertando a bola direto na caçapa.

— Uhuu! — ela gritou.

Um trio de mulheres vestidas como *As panteras* foi falar com Travis enquanto ele esperava sua vez de jogar. Sorri ao ver que ele fazia o melhor que podia para ignorá-las. Quando uma delas traçou com o dedo uma de suas tatuagens, Travis puxou o braço. Ele acenou para que ela se afastasse, para que ele pudesse dar a tacada, e ela fez biquinho para as amigas.

– Dá pra acreditar como elas são ridículas? As garotas aqui não têm vergonha na cara! – disse America.

Finch balançou a cabeça, pasmo.

– É o efeito Travis. Acho que é esse lance de bad boy. Ou elas querem salvar o cara ou acham que são imunes ao charme dele. Não sei ao certo qual dos dois.

– Provavelmente ambos – dei risada, tirando sarro das garotas que esperavam que Travis prestasse atenção nelas. – Imagina ficar esperando que ele te escolha. E saber que você vai ser usada só para sexo.

– Problemas com o pai – disse America, tomando um gole de seu drinque.

Finch apagou o cigarro e deu um puxão em nosso vestido.

– Vamos lá, meninas! O garanhão quer dançar!

– Só se você prometer não se chamar disso *nunca mais* – disse America.

Finch fez biquinho, e America abriu um sorriso.

– Vamos, Abby. Você não quer fazer o Finch chorar, quer?

Nós nos juntamos aos policiais e vampiros na pista de dança, e Finch começou a exibir seus passos de dança ao estilo de Justin Timberlake. Olhei para Travis por cima do ombro e o peguei me observando disfarçadamente, fingindo olhar para Shepley, que acertava a bola oito na caçapa. Shepley coletou os ganhos deles, e Travis foi caminhando para a mesa longa e baixa que fazia limite com a pista de dança, pegando uma bebida. Finch se debatia na pista, por fim se colocando entre mim e America, como um sanduíche. Travis revirou os olhos e riu baixinho enquanto voltava para a mesa com Shepley.

– Vou pegar mais uma bebida, quer alguma coisa? – America gritou mais alto que a música.

– Eu vou com você – falei, olhando para Finch e apontando para o bar.

Ele balançou a cabeça e continuou a dançar. America e eu fomos abrindo caminho pela multidão até chegarmos ao bar. Os barmen estavam mais do que ocupados, então nos preparamos para uma longa espera.

– Os meninos estão detonando hoje – disse America.

Eu me inclinei para falar ao ouvido dela.

– Eu nunca entendo por que alguém aposta contra o Shep.

– Pelo mesmo motivo que eles apostam contra o Travis. São uns imbecis – ela sorriu.

Um cara de toga se apoiou no balcão, ao lado de America, e sorriu.

– O que as meninas estão bebendo?

– Nós compramos nossas próprias bebidas, obrigada – disse America, olhando para frente.

– Eu sou o Mike – disse ele, e depois apontou para o amigo. – Esse é o Logan.

Sorri educadamente e olhei para America, que fez sua melhor expressão de "caiam fora daqui". O barman anotou nosso pedido e assentiu para os homens atrás de nós, se virando para preparar o drinque de America, então trouxe um copo quadrado com um líquido cor-de-rosa e espumante e três cervejas. Mike lhe entregou o dinheiro e ele agradeceu.

– Isso aqui é demais – disse Mike, analisando a multidão.

– É – America respondeu, irritada.

– Eu vi você dançando – Logan disse para mim, apontando com a cabeça para a pista de dança. – Você estava ótima.

– Ah... obrigada – falei, tentando ser educada, e tendo cuidado porque Travis estava a poucos metros dali.

– Quer dançar? – ele me perguntou.

Balancei a cabeça.

– Não, obrigada. Estou com meu...

– Namorado – disse Travis, surgindo do nada. Ele desferiu um olhar de ódio para os homens parados à nossa frente, e eles recuaram um pouco, claramente intimidados.

America não conseguiu conter um sorriso de orgulho quando Shepley a abraçou.

Travis fez um sinal com a cabeça apontando para o outro lado do salão.

– Caiam fora. Agora.

Os homens olharam de relance para mim e para America, dando alguns passos para trás antes de se misturarem à multidão.

Shepley beijou America.

– Não posso te levar em lugar nenhum, hein?

Ela deu uma risadinha, e sorri para Travis, que estava olhando feio para mim.

– Que foi?

– Por que você deixou o cara te pagar uma bebida?

America soltou Shepley, percebendo o humor de Travis.

– A gente não deixou, Travis. Falamos pra eles não pagarem nada.

Ele tirou a garrafa da minha mão.

– Então o que é isso?

– Você está falando sério?

– Claro, porra, estou falando sério – disse ele, jogando a cerveja na lata de lixo perto do balcão. – Já te falei mil vezes... você não pode aceitar bebida de estranhos. E se ele colocou alguma coisa aí dentro?

America ergueu o copo.

– As bebidas não saíram da nossa vista, Trav. Você está exagerando.

– Não estou falando com você – ele retrucou, com os olhos pregados nos meus.

– Ei! – reagi, com raiva. – Não fala assim com ela.

– Travis – disse Shepley, em tom de aviso –, deixa quieto.

– Não gosto que você deixe outros caras te comprarem bebida – Travis me disse.

– Você está tentando começar uma briga?

– Você gostaria de chegar no bar e me ver dividindo uma bebida com uma mina?

Assenti uma vez.

– Tudo bem. Você não dá mais atenção pra nenhuma outra mulher. Entendi. Eu devia fazer o mesmo esforço.

– Seria legal.

Era claro que ele estava tentando se segurar, e era um pouco intimidante estar do lado errado de sua ira. Seus olhos ainda brilhavam de raiva, e uma necessidade premente de partir para o ataque tomou conta de mim.

– Você vai ter que dar um tempo no lance do namorado ciumento, Travis. Eu não fiz nada de errado.

Ele olhou para mim, incrédulo.

– Eu venho até aqui e um cara está te comprando bebida!

– Não grita com ela! – disse America.

Shepley colocou a mão no ombro de Travis.

– A gente já bebeu demais. Vamos embora.

O efeito geralmente calmante de Shepley não funcionou com Travis, e fiquei irritada com o fato de a explosão de raiva dele ter acabado com a nossa noite.

– Preciso avisar o Finch que estamos indo embora – resmunguei, descontente, empurrando Travis com o ombro para ir até a pista de dança.

Uma mão quente envolveu meu pulso. Eu me virei e me deparei com os dedos dele travados em mim, sem nenhum arrependimento.

– Eu vou com você.

Torci o braço para me soltar.

– Sou completamente capaz de dar alguns passos sozinha, Travis. Qual é o problema?

Avistei Finch no meio da pista e forcei caminho até ele.

– Que foi? – Finch gritou mais alto que a música.

– O Travis está de mau humor! Estamos indo embora!

Ele revirou os olhos e balançou a cabeça, acenando em despedida enquanto eu saía da pista de dança. Assim que vi America e Shepley, fui puxada para trás por um cara fantasiado de pirata.

– Aonde você acha que está indo? – ele sorriu, quando foi empurrado por trás e tropeçou para cima de mim.

Dei risada e balancei a cabeça ao ver a cara que ele estava fazendo. Assim que me virei para sair andando, ele agarrou meu braço. Não demorei muito para perceber que ele não estava me agarrando, mas se escondendo atrás de mim – para se proteger.

– Ei! – ele gritou, olhando assustado para além de mim.

Travis veio como um raio para a pista de dança e mergulhou o punho fechado no rosto do pirata com tal força que o derrubou, me levando junto. Com a palma das mãos estirada no chão de madeira, pisquei sem conseguir acreditar. Senti algo quente e úmido na mão e, ao virá-la, me encolhi – estava coberta de sangue do nariz do homem. Ele cobria o rosto com as mãos em concha, mas o líquido vermelho e brilhante não parava de escorrer por seu antebraço enquanto ele se contorcia no chão.

Travis foi correndo me pegar, parecendo tão chocado quanto eu.

– Ai, merda! Você está bem, Flor?

Quando fiquei em pé, puxei o braço da pegada dele.

– Você está *louco*?

America me agarrou pelo pulso e me puxou em meio à multidão até o estacionamento. Shepley destravou as portas do carro e, depois que me sentei, Travis se virou para mim.

– Desculpa, Beija-Flor, eu não sabia que ele estava segurando você.

– Seu punho ficou a centímetros do meu rosto! – gritei, pegando o pano sujo de óleo que Shepley tinha jogado para mim. Limpei o sangue da mão, revoltada.

A gravidade da situação fez com que o rosto dele assumisse um ar sério, e ele se encolheu.

– Eu não teria batido no cara se achasse que fosse pegar em você. Você sabe disso, né?

– Cala a boca, Travis. Só cala a boca – falei, encarando a nuca de Shepley.

– Flor... – ele começou a dizer.

Shepley bateu no volante com a mão fechada.

– Cala a boca, Travis! Você já pediu desculpa, agora cala a porra da sua boca!

Fizemos a viagem até em casa em completo silêncio. Shepley puxou o banco para frente para que eu saísse do carro, e olhei para America, que assentiu, dando um beijo de despedida no namorado.

– A gente se vê amanhã, baby.

Shep concordou, resignado, e a beijou.

– Te amo.

Passei por Travis e fui até o Honda de America. Ele veio correndo e ficou do meu lado.

— Por favor, não vai embora brava comigo.

— Ah, eu não estou indo embora brava. Eu estou furiosa.

— Ela precisa de um tempo para esfriar a cabeça, Travis — America avisou-o, destravando a porta do carro.

Quando a trava do lado do passageiro levantou, ele colocou a mão na porta.

— Não vai embora, Beija-Flor. Eu passei dos limites. Me desculpa.

Ergui a mão, mostrando-lhe o sangue seco na palma.

— Me liga quando você tiver crescido.

Ele se apoiou na porta com o quadril.

— Você não pode ir embora.

Ergui uma sobrancelha, e Shepley deu a volta correndo no carro para ficar ao nosso lado.

— Travis, você está bêbado. E está a ponto de cometer um erro enorme. Deixa a Abby ir pra casa esfriar a cabeça... Vocês podem conversar amanhã, quando você estiver sóbrio.

A expressão no rosto de Travis ficou desesperada.

— Ela não pode ir embora — ele disse, com os olhos fixos nos meus.

— Não vai funcionar, Travis — falei, puxando a porta. — Sai!

— O que você quer dizer com "não vai funcionar"? — ele perguntou, me agarrando pelo braço.

— Quero dizer essa sua cara triste. Não vou cair nessa — falei, me afastando.

Shepley ficou observando Travis por um instante, depois se virou para mim.

— Abby... esse é o momento sobre o qual eu te falei. Talvez você devesse...

— Fica fora disso, Shep — disse America, irritada, dando partida no carro.

— Eu vou fazer merda. Vou fazer muita merda, Flor, mas você tem que me perdoar.

— Eu vou acordar com um hematoma enorme na bunda amanhã! Você bateu naquele cara porque estava bravo *comigo*! O que eu devo concluir disso? Porque estou vendo sinais de alerta por toda parte agora!

— Eu nunca bati em uma garota na minha vida — ele disse, surpreso com as minhas palavras.

— E eu não vou ser a primeira! — falei, puxando a porta. — Agora sai, droga!

Travis assentiu e deu um passo para o lado. Eu me sentei ao lado de America e bati a porta. Ela colocou o carro em marcha a ré, e Travis se abaixou para me olhar pela janela.

— Você vai me ligar amanhã, não vai? — ele disse, pondo a mão no para-brisa.

— Vamos embora, Mare — pedi, recusando-me a olhar para ele.

A noite foi longa. Fiquei olhando para o relógio e me encolhi quando vi que mais uma hora tinha se passado. Eu não conseguia parar de pensar em Travis e se eu devia ou não ligar para ele, me perguntando se ele também estaria acordado. Por fim, pus os fones do iPod nos ouvidos e escutei cada música alta e agressiva da minha lista.

Da última vez que olhei para o relógio, passava das quatro da manhã. Os pássaros já estavam cantando, e sorri quando senti os olhos começando a ficar pesados. Parecia que haviam se passado poucos instantes quando ouvi alguém bater à porta e America irrompendo quarto adentro.

Ela puxou os fones dos meus ouvidos e os colocou na cadeira da escrivaninha.

— Bom dia, flor do dia. Você está com uma cara horrível — ela disse, soprando uma bola cor-de-rosa de chiclete e estourando-a bem alto.

— Cala a boca, America! — Kara resmungou, debaixo das cobertas.

— Você sabe que pessoas como você e o Trav vão brigar, certo? — disse America, lixando as unhas enquanto mascava o chiclete.

Eu me virei na cama.

— Você está oficialmente demitida. Você é péssima no papel de consciência.

Ela deu risada.

— Eu te conheço. Se eu te entregasse a chave do carro agora, você iria direto pra lá.

– Iria nada!

– Ah, tá – ela disse, animada.

– São oito horas da manhã, Mare. Eles ainda devem estar desmaiados.

Nesse momento, ouvi alguém batendo fraquinho à porta. Kara esticou o braço debaixo do edredom e girou a maçaneta da porta, que se abriu devagar, revelando Travis na entrada.

– Posso entrar? – ele perguntou, com a voz baixa e áspera. As olheiras roxas sob seus olhos denunciavam a falta de sono.

Eu me sentei na cama, alarmada com sua aparência.

– Você está bem?

Ele entrou e caiu de joelhos na minha frente.

– Desculpa, Abby. Me desculpa – disse, abraçando minha cintura e enterrando a cabeça no meu colo.

Aninhei a cabeça dele nos braços e ergui o olhar para America.

– Eu... hum... eu vou indo – disse ela, sem jeito, buscando a maçaneta da porta.

Kara esfregou os olhos, suspirou e pegou seu nécessaire de banho.

– Sempre fico bem limpa quando você está por perto, Abby – ela grunhiu, batendo a porta depois de sair.

Travis ergueu o olhar para mim.

– Eu sei que fico louco quando se trata de você, mas Deus sabe que estou tentando, Flor. Não quero estragar tudo.

– Então não faça isso.

– É difícil pra mim, sabe? Parece que a qualquer segundo você vai se dar conta do merda que eu sou e vai me deixar. Quando você estava dançando, ontem à noite, vi uns dez caras diferentes te observando. Daí você vai para o bar, e vejo você agradecer aquele cara pela bebida. E depois aquele babaca na pista de dança te agarra.

– Você não me vê dando socos por aí toda vez que uma garota conversa com você. Eu não posso ficar trancada no apartamento o tempo todo. Você vai ter que dar um jeito no seu temperamento.

– É, eu vou. Eu nunca quis uma namorada antes, Beija-Flor. Não estou acostumado a me sentir assim em relação a alguém... a *ninguém*. Se você for paciente comigo, eu juro que vou dar um jeito nisso.

– Vamos esclarecer algumas coisas: você não é um merda, você é incrível. Não importa quem compra bebida pra mim, ou quem me convida para dançar, ou quem me paquera. Eu vou pra casa com você. Você me pediu para confiar em você, mas não parece que você confia em mim.

Ele franziu a testa.

– Isso não é verdade.

– Se você acha que vou te largar pelo primeiro cara que cruzar o meu caminho, então você não confia em mim.

Ele me apertou forte.

– Não sou bom o bastante para você, Flor. Isso não quer dizer que não confio em você, só estou me preparando para o inevitável.

– Não diga isso. Quando estamos sozinhos, você é perfeito. *Nós* somos perfeitos. Mas então você deixa o resto do mundo estragar isso. Eu não espero que você se transforme da noite para o dia, mas você tem que escolher suas batalhas. Você não pode sair na porrada toda vez que alguém olhar pra mim.

Ele assentiu.

– Eu faço qualquer coisa. Só... diz que me ama.

– Você sabe que sim.

– Preciso ouvir você dizer – ele falou, juntando as sobrancelhas.

– Eu te amo – falei, tocando seus lábios com os meus. – Agora chega de bancar o bebezinho.

Ele deu risada, subindo na cama comigo. Passamos a hora que se seguiu no mesmo lugar, debaixo das cobertas, dando risadinhas e nos beijando, mal notando quando Kara voltou do banho.

– Você pode sair daqui? Preciso me vestir – ela pediu a Travis, apertando o roupão de banho.

Ele beijou meu rosto e foi para o corredor.

– Vejo você em um segundo.

Caí de encontro ao travesseiro enquanto Kara remexia no armário.

– Por que você está tão feliz? – ela perguntou em tom de resmungo.

– Por nada – suspirei.

– Você sabe o que é codependência, Abby? Seu namorado é um excelente exemplo disso, o que é bizarro, considerando que ele passou de não ter respeito algum pelas mulheres a achar que precisa de você até para respirar.

– Talvez ele precise mesmo – falei, recusando-me a deixar que ela estragasse meu bom humor.

– Você não se pergunta por que isso? Tipo... ele já transou com metade das garotas da faculdade. Por que você?

– Ele diz que sou diferente.

– Claro que ele diz. Mas por quê?

– O que te interessa isso? – retruquei.

– É perigoso precisar tanto assim de alguém. Você está tentando salvar o Travis, e ele espera que você consiga. Vocês dois são um desastre.

Sorri para o teto.

– Não importa o que seja ou por quê. Quando é bom, Kara... é lindo.

Ela revirou os olhos.

– Você está ferrada.

Travis bateu à porta e Kara deixou que ele entrasse.

– Vou para a sala de estudos. Boa sorte – disse ela, com o tom de voz mais falso que conseguiu usar.

– Que foi aquilo? – Travis quis saber.

– Ela disse que nós dois somos um desastre.

– Me conta algo que eu não sei – ele sorriu. Seus olhos subitamente encontraram foco e ele beijou a pele fina atrás da minha orelha. – Por que você não vem pra casa comigo?

Descansei a mão na nuca dele e suspirei, sentindo seus lábios suaves na minha pele.

– Acho que vou ficar por aqui. Estou sempre no seu apartamento.

Ele ergueu rápido a cabeça.

– E daí? Você não gosta de lá?

Pus a mão no rosto dele e respirei fundo. Ele ficava preocupado muito rápido.

– É claro que gosto, mas eu não moro lá.

Ele percorreu meu pescoço com a ponta do nariz.

– Eu quero você lá. Quero você lá toda noite.

– Eu não vou morar com você – falei, balançando a cabeça.

– Não pedi pra você morar comigo. Eu disse que quero você lá.
– É a mesma coisa! – eu ri.
Travis franziu a testa.
– Você não vai mesmo passar a noite comigo hoje?
Fiz que não com a cabeça, e ele levou os olhos da parede até o teto. Eu quase podia ver as engrenagens girando em sua cabeça.
– O que você está tramando? – perguntei, estreitando os olhos.
– Estou tentando pensar em outra aposta.

12
EMBALOS A DOIS

Joguei uma pequena pílula branca na boca e a engoli, com um copo cheio de água. Estava parada no meio do quarto de Travis de calcinha e sutiã, me preparando para vestir o pijama.

– O que é isso? – ele me perguntou da cama.

– Hum... a minha pílula?

Ele franziu a testa.

– Que pílula?

– *Pílula*, Travis. Você ainda não reabasteceu a gaveta, e a última coisa que eu preciso é me preocupar se a minha menstruação vai descer ou não.

– Ah.

– Um de nós tem que ser responsável – eu disse, erguendo uma sobrancelha.

– Meu Deus, como você é sexy! – disse ele, apoiando a cabeça na mão. – A mulher mais bonita da Eastern é minha namorada. Que loucura!

Revirei os olhos e deslizei a seda púrpura sobre a cabeça, juntando-me a ele na cama. Montei com as pernas abertas em seu colo e beijei seu pescoço, dando risadinhas quando ele deixou a cabeça cair de encontro à cabeceira.

– *De novo?* Você vai me matar, Flor.

– Você não pode morrer – eu disse, cobrindo o rosto dele de beijos. – Você é durão demais.

– Não, eu não posso morrer porque tem muito idiota querendo pegar o meu lugar. Vou viver eternamente só por maldade!

Dei risadinhas encostada em sua boca e ele me deitou de costas. Deslizou o dedo sob a delicada fita púrpura presa no meu ombro e a puxou para baixo, beijando minha pele desnuda.

– Por que eu, Trav?

Ele recuou um pouco, buscando meus olhos.

– Como assim?

– Você já ficou com um monte de mulheres, se recusou a assumir compromisso com qualquer uma delas, se recusou até mesmo a pegar um número de telefone... Então, por que eu?

– Por que isso agora? – disse ele, acariciando meu rosto com o polegar.

Dei de ombros.

– Só estou curiosa.

– Por que *eu*? Você tem metade dos caras da Eastern só esperando que eu estrague tudo.

Torci o nariz.

– Isso não é verdade. Não mude de assunto.

– É verdade *sim*. Se eu não estivesse correndo atrás de você desde o início das aulas, você teria mais do que o Parker Hayes no seu pé. Ele só é egocêntrico demais para ter medo de mim.

– Você está fugindo da minha pergunta! E de um jeito muito ruim, devo acrescentar.

– Tudo bem. Por que você? – Um sorriso se espalhou em seu rosto enquanto ele se inclinava para me beijar. – Eu me senti atraído por você desde aquela primeira luta.

– *O quê?* – perguntei, com uma expressão desconfiada.

– É verdade. Você naquele cardigã, com todo aquele sangue... Você estava ridícula – ele riu baixinho.

– Valeu.

O sorriso dele sumiu do rosto.

– E aí você ergueu o olhar pra mim. Foi naquele momento. Você tinha um ar inocente, ingênuo... sem máscaras. Você não olhou pra mim como se eu fosse *Travis Maddox* – ele revirou os olhos com as próprias palavras –, você olhou pra mim como se eu fosse... sei lá, uma pessoa, eu acho.

– Novidade, Trav: você *é* uma pessoa.

Ele tirou a franja do meu rosto.

– Não, antes de você aparecer, o Shepley era o único que me tratava como uma pessoa qualquer. Você não ficou toda sem jeito, não me paquerou, não ficou mexendo no cabelo. Você me viu.

– Eu fui uma vaca com você.

Ele beijou meu pescoço.

– Foi isso que completou o conjunto.

Deslizei as mãos pelas costas dele até a cueca.

– Espero que isso deixe de ser novidade logo. Não me vejo nunca ficando cansada de você.

– Promete? – ele sorriu.

Seu telefone vibrou na mesa de cabeceira e ele sorriu, segurando-o perto do ouvido.

– Oi. Ah, de jeito nenhum, a Flor tá aqui comigo. A gente está quase indo dormir... Cala a porra da sua boca, Trent, não tem graça... Sério? O que ele está fazendo aqui? – Ele olhou para mim e deixou escapar um suspiro. – Tudo bem. A gente chega aí em meia hora... Você me ouviu, babacão. Porque não vou em lugar nenhum sem ela, é por isso. Você quer que eu arrebente a sua cara quando eu chegar aí? – Travis desligou e balançou a cabeça.

Ergui uma sobrancelha.

– Essa foi a conversa mais esquisita que já ouvi.

– Era o Trent. O Thomas está na cidade e é noite de pôquer na casa do meu pai.

– Noite de pôquer? – engoli em seco.

– É, geralmente eles ficam com todo o meu dinheiro. Malditos trapaceiros!

– Vou conhecer a sua família em trinta minutos?

– Vinte e sete, pra ser mais exato.

– Ai, meu Deus, Travis! – reclamei, pulando da cama.

– O que você está fazendo?

Remexi no armário e peguei uma calça jeans, dando pulinhos para vesti-la, depois tirei a camisola pela cabeça, jogando-a na cara dele.

– Não acredito que você me avisou vinte minutos antes que eu vou conhecer a sua família! Eu podia te matar agorinha mesmo!

Ele tirou minha camisola dos olhos e riu da minha tentativa desesperada de parecer apresentável. Enfiei uma blusa de gola V preta e corri até o banheiro, escovando os dentes e passando rapidamente uma escova nos cabelos. Travis entrou no banheiro atrás de mim, vestido e pronto, e envolveu minha cintura com os braços.

– Estou toda desarrumada! – falei, franzindo a testa ao me olhar no espelho.

– Você não percebe que é linda? – ele perguntou, beijando meu pescoço.

Bufei e fui correndo até o quarto para colocar um par de sapatos de salto, então dei a mão para Travis enquanto ele me conduzia até a porta. Parei, fechando o zíper da jaqueta preta de couro e puxando os cabelos para cima em um coque apertado, me preparando para a viagem corrida até a casa do pai dele.

– Calma, Beija-Flor. É só um bando de caras sentados em volta de uma mesa.

– É a primeira vez que vou encontrar seu pai e seus irmãos... tudo ao mesmo tempo... e você quer que eu me acalme? – falei, subindo na moto atrás dele.

Ele se virou, encostou no meu rosto e me beijou.

– Eles vão amar você, que nem eu amo.

Quando chegamos, deixei os cabelos caírem nas costas e os arrumei com os dedos algumas vezes, antes de Travis me conduzir pela porta.

– Santo Cristo! É o merdinha! – falou um dos meninos.

Travis assentiu uma vez. Ele tentou parecer irritado, mas eu podia ver que estava animado de ver os irmãos. A casa estava marcada pelo tempo, com um papel de parede amarelo e marrom desbotado e um carpete felpudo em tons diferentes de marrom. Atravessamos o corredor até uma sala com a porta escancarada. A fumaça flutuava para dentro do corredor, e os irmãos e o pai de Travis estavam sentados a uma mesa de madeira redonda com cadeiras diferentes umas das outras.

– Ei, ei... olha o jeito como você fala, tem uma moça aqui – disse o pai dele, o charuto em sua boca balançando enquanto ele falava.

— Flor, esse é o meu pai, Jim Maddox. Pai, essa é a Beija-Flor.
— Beija-Flor? — perguntou Jim, com uma expressão divertida no rosto.
— Abby — falei, balançando a cabeça.
Travis apontou para os irmãos.
— Trenton, Taylor, Tyler e Thomas.
Eles acenaram com a cabeça. Todos, menos Thomas, pareciam versões mais velhas de Travis: cabelos bem curtos, olhos castanhos, camisetas esticadas sobre os músculos salientes e cobertos de tatuagens. Thomas usava camisa social e gravata solta. Os olhos eram de um castanho esverdeado, e os cabelos, loiro-escuros, eram um pouco mais compridos que os dos outros.
— A Abby tem sobrenome? — Jim quis saber.
— Abernathy — assenti.
— Prazer em te conhecer, Abby — disse Thomas, sorrindo.
— Um prazer *mesmo* — disse Trent, me olhando de cima a baixo com uma cara travessa. Jim deu um tapa na nuca dele, que soltou um grito.
— O que foi que eu disse? — ele perguntou, esfregando a nuca.
— Sente-se, Abby. Observe enquanto tiramos o dinheiro do Trav — disse um dos gêmeos. Eu não saberia dizer quem era quem; eles eram cópias idênticas um do outro, até mesmo as tatuagens eram iguais.
A sala estava decorada com imagens antigas de jogos de pôquer, fotos de lendas do pôquer posando com Jim e com outro homem, que presumi ser o avô de Travis, e cartas antigas de jogo nas estantes.
— Você conheceu o Stu Ungar? — perguntei, apontando para a foto empoeirada.
Os olhos apertados de Jim ganharam brilho.
— Você sabe quem é Stu Ungar?
— Meu pai também é fã dele.
Ele se levantou, apontando para a foto ao lado.
— E esse aqui é o Doyle Brunson.
Eu sorri.
— Meu pai viu o Doyle jogar uma vez. Ele é incrível.
— O avô do Trav era profissional... A gente leva o pôquer muito a sério aqui — Jim sorriu.

Eu me sentei entre Travis e um dos gêmeos, enquanto Trenton embaralhava as cartas com moderada habilidade. Os garotos colocaram o dinheiro na mesa, e Jim distribuiu as fichas.

Trenton ergueu uma sobrancelha.

– Quer jogar, Abby?

Sorri educadamente e balancei a cabeça.

– Acho melhor não.

– Você não sabe jogar? – Jim me perguntou.

Não consegui conter um sorriso. Ele parecia tão sério, quase paternal. Eu sabia que resposta ele esperava e odiaria desapontá-lo.

Travis beijou minha testa.

– Joga... eu te ensino.

– Dê adeus ao seu dinheiro, Abby – Thomas deu risada.

Pressionei os lábios e enfiei a mão na bolsa, tirando duas notas de cinquenta. Estendi-as a Jim e esperei, com paciência, enquanto ele as trocava por fichas. A boca de Trenton se apertou em um sorriso presunçoso, mas o ignorei.

– Boto fé nas habilidades do Travis como professor – falei.

Um dos gêmeos bateu as mãos.

– É isso aí! Vou ficar rico hoje!

– Vamos começar com pouco dessa vez – disse Jim, jogando uma ficha de cinco dólares.

Trenton distribuiu as cartas e Travis espalhou as minhas em leque para mim.

– Você já jogou cartas alguma vez na vida?

– Faz um tempinho – assenti.

– Rouba-monte não conta, Poliana – disse Trenton, encarando suas cartas.

– Cala a boca, Trent – disse Travis, erguendo o olhar de relance para o irmão antes de direcioná-lo novamente para as minhas cartas.

– Você precisa de cartas altas, números consecutivos e, se tiver muita sorte, do mesmo naipe.

Na primeira mão, Travis olhou as minhas cartas e olhei as dele. Basicamente assenti e sorri, jogando quando ele me dizia para fazê-lo. Nós dois perdemos, e minhas fichas diminuíram no fim da primeira rodada.

Depois que Thomas distribuiu as cartas da segunda mão, eu não quis deixar que Travis visse as minhas.

– Acho que já entendi – falei.

– Tem certeza? – ele me perguntou.

– Tenho, baby – respondi.

Três mãos depois, eu já tinha conseguido minhas fichas de volta e aniquilado a pilha de fichas dos outros jogadores, com um par de ases, um straight e a carta mais alta.

– Que saco! – Trenton praguejou. – Sorte de principiante é uma merda!

– Ela aprende rápido, Trav – disse Jim, mexendo a boca em volta do charuto.

Travis tomou um grande gole de cerveja.

– Você está me deixando orgulhoso, Beija-Flor!

Seus olhos brilhavam de animação. Eu nunca tinha visto aquele seu sorriso antes.

– Obrigada.

– Quem não sabe fazer, ensina – disse Thomas, com um sorriso afetado.

– Muito engraçado, babaca – Travis murmurou.

Quatro mãos depois, virei o que restava da minha cerveja e apertei os olhos para o único homem à mesa que ainda não tinha passado a mão.

– É com você, Taylor. Vai dar uma de bebezinho ou vai se comportar como um homem?

– Que se foda – ele retrucou, jogando as últimas fichas na mesa.

Travis olhou para mim animado, o que me fez lembrar das expressões daqueles que assistiam a suas lutas.

– O que você tem, Beija-Flor?

– Taylor? – falei, incisiva.

Um largo sorriso se espalhou pelo rosto dele.

– Flush! – ele sorriu, espalhando as cartas na mesa.

Seis pares de olhos me analisavam. Fiquei olhando para a mesa por um momento e então bati minhas cartas com força.

– Vejam e chorem, meninos! Ases e oitos! – exclamei, dando risada.

– Um full house? Caraca! – Trent gritou.

– Desculpa. Eu sempre quis dizer isso – falei, puxando as fichas para mim.

Thomas estreitou os olhos.

– Isso não é sorte de principiante. Ela joga.

Travis olhou para ele por um momento e voltou o olhar para mim.

– Você já tinha jogado pôquer, Flor?

Pressionei os lábios e dei de ombros, exibindo meu melhor sorriso inocente. A cabeça de Travis foi para trás, quando ele caiu num incontrolável acesso de riso. Ele tentava falar e não conseguia, depois bateu na mesa com o punho cerrado.

– Sua namorada acabou de passar a perna na gente! – disse Taylor, apontando na minha direção.

– Não acredito! – Trenton lamentou, se levantando.

– Belo plano, Travis. Trazer uma jogadora profissional para a nossa noite de pôquer – disse Jim, piscando para mim.

– Eu não sabia! – ele respondeu, balançando a cabeça.

– Ah, tá – disse Thomas, olhando para mim.

– Não sabia mesmo! – Travis confirmou, em meio às gargalhadas.

– Odeio dizer isso, mano, mas acho que acabei de me apaixonar pela sua garota – disse Tyler.

– Opa! – disse Travis, rapidamente tirando o sorriso do rosto e fazendo uma careta.

– É isso aí. Eu estava pegando leve com você, Abby, mas vou ganhar meu dinheiro de volta agora mesmo – Trenton avisou.

Travis ficou de fora nas últimas rodadas, observando os irmãos lutarem para recuperar o dinheiro deles. Mão após mão, eu recolhia todas as fichas, e Thomas começou a me observar com mais atenção. Toda vez que eu abria minhas cartas na mesa, Travis e Jim davam risada, Taylor xingava, Tyler proclamava amor eterno por mim e Trent tinha uma crise de raiva.

Troquei minhas fichas por dinheiro e dei cem dólares para cada um assim que fomos para a sala de estar. Jim recusou, mas os irmãos aceitaram, gratos. Travis me agarrou pela mão e caminhamos até a porta.

Eu podia ver que ele estava emburrado, então apertei seus dedos nos meus.

– Que foi?

– Você acabou de distribuir quatrocentos dólares, Flor! – ele franziu a testa.

– Se fosse noite de pôquer na Sig Tau, eu ficaria com o dinheiro, mas não posso roubar seus irmãos quando acabei de conhecê-los.

– Eles teriam ficado com o seu dinheiro! – ele disse.

– E eu não teria perdido um segundo de sono por causa disso – disse Taylor.

Thomas me encarava em silêncio do canto da sala.

– Por que você fica encarando a minha garota, Tommy?

– Qual é mesmo o sobrenome dela? – Thomas quis saber.

Alternei meu peso entre uma perna e outra, nervosa. Minha mente buscava freneticamente algo espirituoso ou sarcástico para dizer a fim de fugir da pergunta. Em vez disso, fiquei mexendo nas unhas, me xingando em silêncio. Eu devia saber que não valia a pena ganhar todas aquelas mãos seguidas. Thomas tinha sacado. Eu podia ver nos olhos dele.

Percebendo minha inquietação, Travis se virou para o irmão e colocou o braço em volta da minha cintura. Eu não sabia ao certo se ele estava me protegendo ou se preparando para o que o irmão ia dizer.

Travis se mexia, visivelmente incomodado com a pergunta.

– É Abernathy. O que você tem com isso?

– Posso entender por que você não ligou os pontos antes, Trav, mas agora não tem mais desculpa – disse Thomas, com um ar presunçoso.

– De que merda você está falando? – Travis quis saber.

– Por acaso você é parente do Mick Abernathy? – Thomas me perguntou.

Todas as cabeças se viraram na minha direção, e mexi no cabelo, nervosa.

– Como você conhece o Mick?

Travis entortou a cabeça para me olhar nos olhos.

– Ele é só um dos melhores jogadores de pôquer que já existiram. Você conhece?

Eu me encolhi, sabendo que não tinha mais saída a não ser dizer a verdade.

– Ele é meu pai.

A sala inteira explodiu.

– NÃO ACREDITO!

– EU *SABIA*!

– ACABAMOS DE JOGAR PÔQUER COM A FILHA DO MICK ABERNATHY!

– MICK *ABERNATHY*! PUTA MERDA!

Thomas, Jim e Travis eram os únicos que não estavam gritando.

– Eu falei pra vocês que era melhor eu não jogar – eu disse.

– Se você tivesse dito que era filha do Mick Abernathy, acho que a gente teria te levado mais a sério – disse Thomas.

Olhei para Travis, que me encarava, espantado.

– Você é a Lucky Thirteen? – ele me perguntou, com os olhos ainda um pouco turvos.

Trenton se levantou e apontou para mim, boquiaberto.

– A Lucky Thirteen está na nossa casa! Não é possível! Eu não acredito nisso!

– Esse foi o apelido que os jornais me deram. Mas a história não foi exatamente aquela – eu disse, inquieta.

– Preciso levar a Abby pra casa, pessoal – disse Travis, ainda me encarando.

Jim me espiava por cima dos óculos.

– Por que não foi exatamente aquela?

– Eu não *roubei* a sorte do meu pai. Tipo, isso é ridículo – dei uma risada abafada, torcendo o cabelo, nervosa, em volta do dedo.

Thomas balançou a cabeça.

– Não, o Mick deu aquela entrevista. Ele disse que, à meia-noite do seu aniversário de treze anos, a sorte dele secou.

– E a sua nasceu – Travis acrescentou.

– Você foi criada por mafiosos! – disse Trent, sorrindo de animação.

– Hum... não – eu ri. – Eles não me criaram. Eles só... estavam sempre por perto.

– Aquilo foi um absurdo, o Mick jogar o seu nome na lama daquele jeito em todos os jornais. Você era só uma criança – disse Jim, balançando a cabeça.

– Na verdade, foi sorte de principiante – eu disse, tentando desesperadamente ocultar minha humilhação.

– Você aprendeu com Mick Abernathy – ele parecia incrédulo. – Você jogava com profissionais, e ganhava, aos treze anos de idade, pelo amor de Deus! – Ele olhou para Travis e abriu um sorriso. – Não aposte contra ela, filho. Ela não perde.

Travis olhou para mim, com a expressão ainda de choque e desorientação.

– Hum... a gente precisa ir, pai. Tchau, pessoal.

A conversa animada da família foi sumindo conforme ele me puxava para fora, em direção à moto. Torci o cabelo em um coque e fechei o zíper do casaco, esperando que ele falasse algo. Ele subiu na moto sem dizer nada, e sentei de pernas abertas atrás.

Eu tinha certeza de que ele sentia que eu não tinha sido honesta, e provavelmente estava constrangido por ter descoberto uma parte tão importante da minha vida ao mesmo tempo em que sua família. Eu esperava uma tremenda briga quando chegássemos ao apartamento, e dezenas de pedidos de desculpas passaram pela minha cabeça antes de alcançarmos a porta da frente.

Ele me conduziu pelo corredor, segurando minha mão, e depois me ajudou com o casaco.

Puxei o nó cor de caramelo no alto da cabeça e meus cabelos caíram nos ombros em ondas espessas.

– Eu sei que você está com raiva – falei, incapaz de olhar nos olhos dele. – Desculpa não ter te contado antes, mas não gosto de falar disso.

– Com *raiva*? – ele disse. – Estou com tanto tesão que nem consigo enxergar direito. Você acabou de roubar o dinheiro dos babacas dos meus irmãos sem nem pestanejar, ganhou status de lenda com meu pai e tenho certeza que perdeu de propósito a aposta que fizemos antes da minha luta.

– Eu não diria isso...

Ele ergueu o queixo.

– Você achou que ia ganhar?

– Bom... não, não exatamente – falei, tirando os sapatos.

Travis sorriu.

— Então você *queria* ficar aqui comigo. Acho que acabei de me apaixonar por você de novo.

— Como você pode não estar bravo comigo? — perguntei, jogando os sapatos no armário.

Ele suspirou e assentiu.

— Isso é importante, Flor. Você devia ter me contado, mas eu entendo por que não contou. Você veio pra cá pra fugir de tudo aquilo. É como se o céu tivesse clareado... tudo faz sentido agora.

— Bom, isso é um alívio.

— Lucky Thirteen — disse ele, balançando a cabeça e tirando minha camiseta.

— Não me chama assim, Travis. Não é uma coisa boa.

— Você é famosa, Beija-Flor! — ele exclamou, surpreso com minhas palavras.

Então desabotoou minha calça jeans e a puxou para baixo, até os tornozelos, me ajudando a tirá-la.

— Meu pai passou a me odiar depois disso. Ele ainda me culpa por todos os problemas dele.

Travis arrancou a camiseta e me abraçou.

— Ainda não acredito que a filha do Mick Abernathy está parada na minha frente. Fiquei com você esse tempo todo e não fazia a mínima ideia.

Empurrei-o para longe.

— Eu não sou *a filha do Mick Abernathy*, Travis! Foi isso que eu deixei pra trás. Sou a Abby. *Apenas* a Abby! — falei, indo até o armário, de onde peguei uma camiseta para vestir.

Ele suspirou.

— Desculpa. Estou um pouco mexido por causa da sua fama.

— Sou só eu! — estirei a palma da mão no peito, desesperada para que ele me entendesse.

— Tá, mas...

— Mas nada. Está vendo como você está me olhando agora? Foi exatamente por isso que eu não te contei. — Fechei os olhos. — Eu nunca mais vou viver daquele jeito, Trav. Nem com você.

– Eita! Calma, Beija-Flor. Não vamos nos deixar levar pela emoção. – Seus olhos encontraram foco e ele veio até mim e me envolveu nos braços. – Não importa o que você foi ou o que você não é mais. Eu só quero você.

– Acho que temos isso em comum, então.

Ele me levou até a cama, sorrindo.

– Somos eu e você contra o mundo, Flor.

Eu me enrosquei ao lado dele, me ajeitando no colchão. Eu nunca tinha planejado que ninguém mais, além de mim mesma e da America, soubesse do Mick, e nunca esperei que meu namorado pertencesse a uma família de fissurados por pôquer. Meu peito subiu e desceu com um suspiro pesado, e pressionei o rosto contra ele.

– Qual é o problema? – ele me perguntou.

– Eu não quero que ninguém saiba, Trav. Não queria nem que *você* soubesse.

– Eu te amo, Abby. Não vou mais tocar nesse assunto, tá? Seu segredo está a salvo comigo – ele disse e me beijou na testa.

– Sr. Maddox, o senhor poderia moderar até acabar a aula? – disse o professor Chaney, em reação às minhas risadinhas enquanto Travis brincava com o nariz no meu pescoço.

Pigarreei, sentindo o rosto irradiar de vergonha.

– Acho que não, professor Chaney. O senhor já deu uma boa olhada na minha namorada? – disse Travis, olhando para mim.

Risadas ecoaram por toda a sala, e meu rosto pegou fogo. O professor me olhou de relance com uma expressão meio divertida, meio esquisita, depois balançou a cabeça para Travis.

– Só faça o possível – disse.

A classe deu risada de novo, e me afundei no meu lugar. Travis repousou o braço nas costas da minha cadeira e a aula continuou. Depois de sermos dispensados, ele me acompanhou até minha próxima aula.

– Desculpa se te envergonhei. Não consegui me conter.

– Da próxima vez, tenta.

Parker passou por nós e, quando respondi a seu aceno de cabeça com um educado sorriso, seus olhos se iluminaram.

– Oi, Abby. Vejo você lá dentro.

Ele foi andando e entrou na sala. Travis o fuzilou com o olhar por poucos, mas tensos instantes.

– Ei – puxei a mão dele até que olhasse para mim. – Esquece o Parker.

– Ele anda dizendo pros caras na Casa que você ainda liga pra ele.

– Isso não é verdade – falei, sem me incomodar.

– Eu sei disso, mas eles não sabem. Ele disse que está só esperando. Ele falou pro Brad que você só está aguardando o momento certo para me dar um pé na bunda, e que você liga pra ele pra dizer como está infeliz comigo. Ele está começando a me deixar de saco cheio.

– Ele tem uma imaginação e tanto.

Olhei de relance para Parker e, quando ele percebeu e sorriu, o fulminei com o olhar.

– Você vai ficar brava se eu te fizer passar vergonha mais uma vez?

Dei de ombros, e Travis não perdeu tempo e me levou para dentro da sala. Ele parou ao lado da minha carteira, colocando minha bolsa no chão. Olhou para Parker e me puxou para si, com uma das mãos na minha nuca e a outra nas minhas costas, e então me beijou profundamente e com determinação. Ele roçava os lábios nos meus da forma como fazia apenas quando estávamos a sós. Não pude evitar e agarrei a camiseta dele com ambas as mãos.

Os murmúrios e as risadinhas ficaram mais altos quando se tornou claro que Travis não me soltaria tão cedo.

– Acho que ela acabou de engravidar! – disse alguém do fundo da sala, rindo.

Eu recuei ainda de olhos fechados, tentando me recompor. Quando olhei para Travis, ele tinha o olhar fixo em mim, com o mesmo controle forçado.

– Eu só estava tentando provar uma coisa – ele sussurrou.

– Que ótimo – assenti.

Travis sorriu, beijou meu rosto e depois olhou para Parker, que estava espumando de raiva.

– Vejo você na hora do almoço – ele piscou.

Caí na cadeira e soltei um suspiro, tentando me livrar da sensação de formigamento entre as pernas. Quase não consegui me concentrar na aula de cálculo. Quando ela acabou, percebi que Parker estava parado perto da porta, encostado na parede.

– Parker – eu o cumprimentei com um aceno de cabeça, determinada a não reagir do modo como ele esperava.

– Eu sei que vocês estão juntos. Ele não precisa te violentar na frente da classe inteira por minha causa.

Fiquei paralisada e parti para o ataque.

– Então talvez você devesse parar de falar pros caras da fraternidade que eu fico te ligando. Você está forçando demais a barra, e eu não vou ter dó de você quando ele acabar com a sua raça.

Ele torceu o nariz.

– Olhe o que você está dizendo. Está passando tempo demais com o Travis.

– Não, essa sou eu. É apenas um lado meu que você não conhece.

– Você não me deu exatamente uma chance de te conhecer, não foi?

Suspirei.

– Não quero brigar com você, Parker. Só não deu certo, tá bom?

– Não, não está bom. Você acha que eu gosto de ser motivo de piada na Eastern? Travis Maddox é o cara que todos nós gostamos, porque ele nos faz ficar bem na fita. Ele usa as garotas, depois as joga fora, e até os maiores babacas da Eastern parecem o Príncipe Encantado comparados a ele.

– Quando você vai abrir os olhos e perceber que ele mudou?

– Ele não te ama, Abby. Você é só um brinquedinho novo e reluzente. Se bem que, depois da cena que ele fez na sala de aula, acho que você já está bem usada.

Dei um tapa na cara dele antes de me dar conta do que tinha feito.

– Se você tivesse esperado dois segundos, eu teria lhe poupado o esforço, Flor – disse Travis, me puxando para trás dele.

Eu o segurei pelo braço.

– Não, Travis.

Parker parecia um pouco nervoso, enquanto a marca perfeita da minha mão aparecia, vermelha, em sua face.

– Eu te avisei – disse Travis, empurrando-o violentamente contra a parede.

O maxilar de Parker ficou tenso e ele olhou para mim com ódio.

– Considere isso um encerramento, Travis. Posso ver agora que vocês dois foram feitos um para o outro.

– Valeu – disse Travis, enganchando o braço em volta dos meus ombros.

Parker desencostou da parede e desceu rapidamente as escadas, olhando de relance para trás para se certificar de que Travis não o seguia.

– Você está bem? – Travis quis saber.

– Minha mão está ardendo.

Ele sorriu.

– Aquilo foi demais, Flor. Estou impressionado.

– Ele provavelmente vai me processar, e eu vou acabar pagando a entrada dele em Harvard. O que você está fazendo aqui? Achei que a gente ia se encontrar no refeitório.

Um canto de sua boca se ergueu em um sorriso malicioso.

– Não consegui me concentrar na aula. Ainda estou sentindo aquele beijo.

Olhei para o corredor e depois para ele.

– Vem comigo.

Ele juntou as sobrancelhas e sorriu.

– O quê?

Dei uns passos para trás, arrastando-o comigo, até sentir a maçaneta do laboratório de física. A porta se abriu. Olhei de relance para trás e vi que o lugar estava vazio e escuro. Puxei-o pela mão, rindo de sua expressão confusa, e depois tranquei a porta, empurrando-o de encontro a ela.

Eu o beijei e ele riu baixinho.

– O que você está fazendo?

– Não quero que você não consiga se concentrar na aula – falei, beijando-o de novo.

Ele me ergueu e o envolvi com as pernas.

– Não sei o que eu fiz até hoje sem você – ele disse, segurando-me com uma das mãos e abrindo o cinto com a outra –, mas não quero nunca descobrir. Você é tudo que eu sempre quis, Beija-Flor.

– Só se lembre disso quando eu tirar todo o seu dinheiro no próximo jogo de pôquer – falei, tirando a camiseta.

14
FULL HOUSE

Dei um giro, analisando meu reflexo no espelho com um olhar cético. O vestido era branco, com um decote profundo nas costas, e escandalosamente curto; o corpete era preso por uma curta faixa de strass que formava uma alça em volta do pescoço.

– Uau! O Travis vai mijar nas calças quando vir você com esse vestido! – disse America.

Revirei os olhos.

– Que romântico.

– Você entendeu o que eu quis dizer. Não experimenta mais nenhum, é esse! – disse ela, batendo palmas animada.

– Você não acha que é muito curto? Até a Mariah Carey mostra menos pele.

America fez que não com a cabeça.

– Leva esse.

Fui me sentar enquanto ela experimentava um vestido atrás do outro, mais indecisa quando se tratava de escolher uma roupa para si. Acabou escolhendo um extremamente curto, justo, nude e que deixava um dos ombros à mostra.

Fomos no Honda dela até o apartamento e vimos que o Charger do Shepley não estava lá. Totó estava sozinho. America pegou o celular e discou, sorrindo quando Shepley atendeu.

– Cadê você, baby? – Ela assentiu e depois olhou para mim. – Por que eu ficaria brava? Que tipo de surpresa? – perguntou, desconfiada, e olhou para mim de novo. Depois foi andando até o quarto de Shepley e fechou a porta.

Esfreguei as orelhas pretas e pontudas de Totó enquanto America murmurava algo no quarto. Quando apareceu, tentou disfarçar o sorriso no rosto.

– O que eles estão aprontando agora? – eu quis saber.

– Eles estão a caminho de casa. Vou deixar o Travis te contar – disse ela, com um sorriso de orelha a orelha.

– Ai, meu Deus... que foi? – perguntei.

– Acabei de falar que não posso te contar. É surpresa.

Fiquei inquieta, mexendo no cabelo e nas unhas, incapaz de permanecer sentada enquanto esperava que Travis revelasse sua mais recente surpresa. Uma festa de aniversário, um cachorrinho... Eu não conseguia imaginar o que poderia vir agora.

O som alto do motor do Charger anunciou a chegada deles. Os meninos riam enquanto subiam as escadas.

– Eles estão de bom humor – falei. – Bom sinal.

Shepley foi o primeiro a entrar.

– Eu só não quero que você ache que tem algum motivo pra ele ter feito uma e eu não.

America se levantou para cumprimentar o namorado e jogou os braços em volta dele.

– Você é tão bobo, Shep! Se eu quisesse um namorado louco, sairia com o Travis.

– Isso não tem nada a ver com o que eu sinto por você – Shepley acrescentou.

Travis entrou pela porta com um curativo quadrado no pulso. Ele sorriu para mim e tombou no sofá, descansando a cabeça no meu colo.

Eu não conseguia desviar os olhos do curativo.

– Tudo bem... o que você fez?

Ele sorriu e me puxou para baixo para beijá-lo. Eu conseguia sentir o nervosismo irradiando dele. Por fora ele sorria, mas eu tinha a nítida sensação de que ele não sabia como eu reagiria ao que ele tinha feito.

– Fiz umas coisas hoje.

– Tipo o quê? – eu quis saber, desconfiada.

Travis deu risada.

– Calma, Flor. Não é nada ruim.

– O que aconteceu com o seu pulso? – perguntei, puxando a mão dele para cima.

Um motor a diesel com som de trovoada estacionou lá fora e Travis se levantou do sofá num pulo para abrir a porta.

– Já estava na hora, cacete! Já faz cinco minutos que estou em casa! – ele disse com um sorriso.

Um homem entrou de costas no apartamento, carregando um sofá cinza coberto de plástico, seguido de outro homem que o segurava do outro lado. Shepley e Travis arrastaram o sofá velho – comigo e com Totó ainda sentados – e os homens colocaram o novo no lugar. Travis puxou todo o plástico, me ergueu nos braços e me colocou nas almofadas macias.

– Você comprou um sofá novo? – perguntei, com um largo sorriso.

– É, e algumas outras coisas também. Valeu, pessoal – ele agradeceu, enquanto os caras erguiam o sofá velho e iam embora.

– Lá se vão muitas lembranças – falei, com um sorriso de satisfação.

– Nenhuma que eu queira guardar.

Ele se sentou ao meu lado, me observando por um momento antes de arrancar a fita que segurava a gaze em seu pulso.

– Não entre em pânico.

Minha mente foi a mil com o que poderia estar debaixo daquele curativo. Imaginei uma queimadura, ou pontos, ou outra coisa igualmente horripilante.

Ele puxou a gaze e fiquei ofegante ao ver a escrita simples e preta tatuada na parte inferior de seu pulso, com a pele em volta ainda vermelha e brilhante por causa do antibiótico que tinha sido espalhado no local. Balancei a cabeça, sem poder acreditar, enquanto lia a palavra.

Beija-Flor

– Gostou? – ele me perguntou.

– Você tatuou meu nome no pulso? – eu disse, mas não soava como a minha voz. Minha mente se espalhava em todas as direções e, ainda assim, consegui falar num tom calmo e sereno.

– Tatuei.

Ele beijou o meu rosto enquanto eu olhava fixamente para a tinta permanente em seu pulso, mal podendo acreditar.

– Eu tentei dissuadir o Travis, Abby. Mas fazia tempo que ele não fazia nenhuma loucura. Acho que estava tendo crise de abstinência – disse Shepley, balançando a cabeça.

– O que você acha? – Travis me perguntou.

– Não sei – respondi.

– Você devia ter perguntado a ela primeiro, Trav – comentou America, balançando a cabeça e cobrindo a boca com os dedos.

– Perguntado o quê? Se eu podia fazer uma tatuagem? – ele franziu a testa, se virando para mim. – Eu te amo. Quero que todo mundo saiba que eu sou seu.

Eu me mexi, nervosa.

– Isso é pra sempre, Travis.

– Nós também somos – disse ele, pondo a mão no meu rosto.

– Mostra o resto – disse Shepley.

– O *resto*? – falei, baixando o olhar para o outro pulso dele.

Travis se levantou e puxou a camiseta. Os músculos de seu abdômen malhado se contraíram com o movimento. Ele se virou e, na lateral do corpo, havia outra tatuagem nova, na extensão das costelas.

– O que é *isso*? – perguntei, apertando os olhos para ver os símbolos verticais.

– É em hebraico – disse Travis, com um sorriso nervoso.

– O que quer dizer?

– Quer dizer "Pertenço à minha amada, e minha amada pertence a mim".

Meus olhos se voltaram rapidamente para os dele.

– Você não ficou feliz com uma tatuagem só? Tinha que fazer duas?

– É algo que eu sempre disse que faria quando encontrasse a mulher da minha vida. Eu encontrei você... Fui lá e fiz as tatuagens.

O sorriso dele foi se esvaindo quando ele viu minha expressão.

– Você está brava, não está? – disse ele, abaixando a camiseta.

– Não estou brava. Só estou... É um pouco sufocante.

Shepley apertou America de encontro à lateral do corpo com um dos braços.

— Vai se acostumando, Abby. O Travis é impulsivo e mergulha de cabeça em tudo. Isso vai ser suficiente até ele conseguir colocar uma aliança no seu dedo.

As sobrancelhas de America se ergueram, primeiro para mim, depois para Shepley.

— *O quê?!* Eles acabaram de começar a namorar!

— Eu... acho que preciso de uma bebida – falei, entrando na cozinha.

Travis deu uma risadinha, observando enquanto eu remexia os armários.

— Ele estava brincando, Flor.

— Estava, é? – perguntou Shepley.

— Ele não estava falando de nada tão cedo – Travis tentou se safar, então se virou para Shepley e grunhiu: – Muito obrigado, babaca.

— Talvez agora você pare de ficar falando disso – Shepley sorriu.

Despejei uma dose de uísque em um copo e inclinei a cabeça para trás, engolindo o líquido todo de uma vez. Fiz uma careta quando a bebida desceu queimando pela garganta.

Travis envolveu gentilmente minha cintura por trás.

— Não estou pedindo você em casamento, Flor. São só tatuagens.

— Eu sei – respondi, fazendo que sim com a cabeça enquanto despejava mais uma dose no copo.

Ele puxou a garrafa da minha mão e girou a tampa, fechando-a e enfiando-a de volta no armário. Como não me virei, ele rodou meu quadril para que ficássemos cara a cara.

— Tudo bem, eu devia ter falado com você sobre isso primeiro. Mas eu decidi comprar o sofá, e aí uma coisa levou à outra. Fiquei empolgado.

— Isso é muito rápido pra mim, Travis. Você já falou de morar junto, acabou de se marcar com o meu nome, fica dizendo que me ama... Isso é tudo muito... rápido.

Travis franziu a testa.

— Você está surtando. Falei pra você não entrar em pânico.

— É difícil não entrar! Você descobriu sobre o meu pai e tudo que você sentia antes de repente tomou outra proporção!

– Quem é o seu pai? – Shepley quis saber, claramente descontente por estar de fora.

Quando ignorei a pergunta, ele soltou um suspiro.

– Quem é o pai dela? – perguntou à America, que balançou a cabeça, querendo dizer a ele que deixasse isso pra lá.

A expressão de Travis estava contorcida de indignação.

– Meus sentimentos por você não têm *nada* a ver com o seu pai.

– Nós vamos à festa de casais amanhã. Supostamente, é uma grande coisa, onde vamos anunciar o nosso relacionamento ou algo do gênero, e agora você tem o meu nome no seu braço e esse provérbio falando que pertencemos um ao outro! É muita coisa, tá? Estou *surtando*!

Travis agarrou o meu rosto e plantou um beijo na minha boca. Depois me ergueu do chão e me colocou em cima do balcão. Sua língua implorava para entrar na minha boca, e, quando deixei, ele soltou um gemido.

Seus dedos se afundaram no meu quadril, me puxando para perto.

– Você fica gostosa pra cacete quando está brava – ele disse de encontro aos meus lábios.

– Tudo bem – falei baixinho. – Estou calma.

Ele sorriu, satisfeito por seu plano de distração ter funcionado.

– Tudo ainda é a mesma coisa, Flor. Ainda somos você e eu.

– Vocês dois são doidos – disse Shepley, balançando a cabeça.

America deu um tapa de brincadeira no ombro dele.

– A Abby também comprou uma coisa para o Travis hoje.

– America! – dei bronca.

– Você achou um vestido? – Travis me perguntou, sorrindo.

– Achei – o envolvi com as pernas e os braços. – Amanhã vai ser a sua vez de surtar.

– Não vejo a hora de isso acontecer – ele me disse, me puxando para descer do balcão.

Acenei para America enquanto Travis me levava pelo corredor.

Na sexta-feira, depois das aulas, America e eu passamos a tarde no centro da cidade nos embelezando. Fizemos as unhas, depilação a cera, bronzeamento artificial e luzes nos cabelos. Quando voltamos ao apartamento, cada canto tinha sido coberto com buquês de rosas. Vermelhas, cor-de-rosa, amarelas e brancas – o apartamento parecia uma floricultura.

– Ai, meu Deus! – America soltou um gritinho agudo quando cruzou a porta.

Shepley olhou em volta, orgulhoso.

– Nós saímos para comprar flores para vocês duas, mas nenhum de nós achou que um buquê seria o suficiente.

Abracei Travis.

– Vocês são... o máximo. Obrigada.

Ele deu um tapinha no meu bumbum.

– Faltam trinta minutos para a festa, Flor.

Os meninos se vestiram no quarto de Travis enquanto nós duas nos arrumávamos no quarto de Shepley. Quando eu estava prendendo as sandálias prateadas de salto, ouvi alguém bater à porta.

– Hora de ir, senhoritas – disse Shepley.

America saiu do quarto e ele assobiou.

– Cadê ela? – Travis perguntou.

– A Abby está tendo um probleminha com o sapato. Ela vai sair em um segundo – America explicou.

– Esse suspense está me matando, Beija-Flor! – ele gritou.

Saí do quarto, mexendo inquieta no vestido, e Travis estava parado na minha frente, pálido.

America o cutucou e ele piscou.

– Puta merda!

– Está preparado para surtar? – ela perguntou.

– Não estou surtando, ela está incrível – disse Travis.

Eu sorri e, lentamente, me virei para mostrar o decote ousado nas costas do vestido.

– Ah, agora estou surtando – ele disse, vindo até mim e me virando.

– Não gostou do vestido? – perguntei.

– Você precisa de uma jaqueta.

Ele foi correndo até o armário, apressando-se em colocar meu casaco sobre os meus ombros.

– Ela não pode usar isso a noite toda, Trav – disse America, rindo baixinho.

– Você está linda, Abby – disse Shepley, como desculpas pelo comportamento do primo.

Travis tinha uma expressão aflita enquanto falava.

– Você está linda. Está incrível... mas não pode usar isso. Sua saia é... uau, suas pernas estão... sua saia é curta demais, e isso aí é só metade de um vestido! Não tem nem a parte de trás!

Não consegui evitar e sorri.

– É assim mesmo, Travis.

– Vocês gostam de se torturar? – Shepley franziu a testa.

– Você não tem um vestido mais comprido? – Travis me perguntou.

Olhei para baixo.

– Na verdade, ele é bem simples na parte da frente. São só as costas que ficam bem à mostra.

– Beija-Flor – ele sussurrou, encolhendo-se com as próximas palavras que ia dizer –, não quero que você fique brava, mas não posso te levar na minha fraternidade assim. Vou arrumar briga em cinco minutos.

Fiquei na ponta dos pés e beijei os lábios dele.

– Eu tenho fé em você.

– Essa noite vai ser um saco – ele grunhiu.

– Essa noite vai ser fantástica – disse America, ofendida.

– Só pensa como vai ser fácil tirar esse vestido depois – comentei com ele, beijando seu pescoço.

– Esse é o problema. Todos os outros caras lá vão ficar pensando a mesma coisa.

– Mas você é o único que vai descobrir – falei animada.

Ele não respondeu, e recuei para avaliar sua expressão.

– Você quer mesmo que eu troque de roupa?

Travis analisou meu rosto, meu vestido, minhas pernas, depois soltou o ar contido.

– Não importa o que estiver vestindo, você é maravilhosa. Eu preciso me acostumar com isso, certo?

Dei de ombros e ele balançou a cabeça.

239

– Tudo bem, já estamos atrasados. Vamos.

Eu me aninhei perto de Travis para me aquecer enquanto caminhávamos do carro até a casa da Sigma Tau. O ambiente lá dentro estava enfumaçado e morno. A música tocava alto do porão, e Travis balançava a cabeça no ritmo. Todo mundo pareceu se virar para nós ao mesmo tempo. Eu não sabia se era porque Travis estava numa festa de casais, ou porque ele estava usando calça social, ou por causa do meu vestido, mas o fato é que todo mundo estava nos encarando.

America se inclinou e sussurrou no meu ouvido:

– Estou tão feliz que você esteja aqui, Abby. Parece que acabei de entrar em um filme da Molly Ringwald.

– Fico feliz por ajudar – grunhi.

Travis e Shepley guardaram nosso casaco e nos conduziram até a cozinha. Shepley pegou quatro cervejas na geladeira e as distribuiu entre nós. Ficamos em pé na cozinha, ouvindo os caras da fraternidade discutirem a última luta de Travis. As meninas da fraternidade feminina que estavam com eles eram as mesmas loiras peitudas que tinham seguido Travis até o refeitório na primeira vez em que nos falamos.

Lexie era facilmente reconhecível. Eu não conseguia me esquecer do olhar na cara dela quando Travis a empurrou do colo dele por ela ter insultado America. Ela me observava com curiosidade, parecendo estudar cada palavra que eu dizia. Eu sabia que ela queria descobrir por que Travis Maddox aparentemente me achava irresistível, e me peguei fazendo um esforço para lhe mostrar o porquê. Mantive as mãos em Travis, fazendo comentários irônicos e inteligentes em momentos precisos da conversa, e brinquei com ele em relação às novas tatuagens.

– Cara, você tatuou o nome da sua namorada no pulso? Por que você fez isso? – perguntou Brad.

Travis virou a mão orgulhoso para mostrar o meu nome.

– Eu sou louco por ela – ele disse, baixando a cabeça para mim com olhos ternos.

– Você mal conhece a garota – disse Lexie com desdém.

Ele não tirou os olhos dos meus.

– Conheço sim. – Então franziu o cenho. – Achei que as tattoos tinham te deixado em pânico. Agora você está se gabando?

Eu me estiquei para cima para beijar o rosto dele e dei de ombros.
– Elas estão me conquistando aos poucos.
Shepley e America desceram as escadas e fomos atrás deles, de mãos dadas. Os móveis tinham sido afastados e alinhados ao longo das paredes, para criar uma pista de dança improvisada. Tão logo descemos as escadas, uma música lenta começou a tocar.
Travis não hesitou em me levar para o meio da pista, me segurando bem perto dele e puxando a minha mão para o seu peito.
– Estou feliz por nunca ter vindo a uma festa dessas antes. Acertei em ter trazido somente você.
Sorri e pressionei o rosto em seu peito. Ele manteve a mão quente e macia encostada na parte de baixo das minhas costas desnudas.
– Todo mundo está te encarando com esse vestido – ele comentou. Ergui o olhar, esperando ver uma expressão tensa, mas ele estava sorrindo. – Até que é legal... estar com a garota que todos os caras querem.
Revirei os olhos.
– Eles não me querem. Eles estão curiosos para saber por que *você* me quer. E, de qualquer forma, tenho dó de qualquer um que ache que tem alguma chance comigo. Estou completamente apaixonada por você.
Uma expressão aflita obscureceu sua face.
– Sabe por que eu te quero? Eu não sabia que estava perdido até que você me encontrou. Não sabia que estava sozinho até a primeira noite em que passei na minha cama sem você. Você é a única coisa certa na minha vida. Você é o que eu sempre esperei, Beija-Flor.
Ergui as mãos para pegar o rosto dele, e ele me abraçou, me levantando do chão. Pressionei os lábios contra os dele, e ele me beijou com a emoção que tinha acabado de transmitir em palavras. Foi naquele momento que me dei conta do motivo pelo qual ele tinha feito a tatuagem, de por que tinha me escolhido e por que eu era diferente. Não era apenas eu nem apenas ele – era o que nós dois formávamos juntos.
Uma batida mais forte vibrou nos alto-falantes, e Travis me colocou no chão.
– Ainda quer dançar?
America e Shepley apareceram ao nosso lado e ergui uma sobrancelha.

– Se você acha que consegue me acompanhar...

Ele abriu um sorriso presunçoso.

– Veja você mesma.

Eu movi o quadril de encontro ao dele e passei as mãos em seu peito, abrindo os dois botões de cima da camisa. Travis riu baixinho e balançou a cabeça, e eu me virei de costas, me mexendo encostada nele ao ritmo da música. Ele me agarrou pelo quadril e eu estiquei as mãos ao redor dele, agarrando seu bumbum. Inclinei-me para frente e os dedos dele se afundaram na minha pele. Quando me levantei, ele tocou minha orelha com os lábios.

– Se continuar desse jeito, vamos ter que sair mais cedo.

Eu me virei e sorri, jogando os braços em volta de seu pescoço, e ele pressionou o corpo contra o meu. Tirei a camisa dele para fora da calça, deslizando as mãos por suas costas e pressionando os dedos nos músculos robustos. Depois sorri com o ruído que ele fez quando saboreei seu pescoço.

– Nossa, Beija-Flor, você está me matando – ele gemeu, agarrando a barra do meu vestido e puxando-a só o suficiente para tocar minhas coxas com a ponta dos dedos.

– Acho que sabemos qual é o apelo – disse Lexie em tom de zombaria atrás de nós.

America se virou e seguiu pisando duro na direção dela, pronta para o ataque.

– Repete isso! – minha amiga disse. – Quero ver se você se atreve, vadia!

Lexie se escondeu atrás do namorado, chocada com a ameaça de America.

– É melhor colocar uma focinheira na sua namorada, Brad – avisou Travis.

Duas músicas depois, meus cabelos estavam pesados e úmidos de suor. Travis beijou a pele abaixo da minha orelha.

– Vamos, Flor. Preciso fumar.

Ele me conduziu pela escada e pegou meu casaco antes de me levar para o segundo andar. Saímos na varanda e nos deparamos com Parker e uma garota. Ela era mais alta que eu, e os cabelos curtos e escuros estavam presos para trás com um único grampo. Na hora notei o fino salto agulha, pois ela estava com a perna enganchada no quadril de Parker, encostada na parede de tijolo. Quando ele percebeu nossa entrada, tirou a mão de baixo da saia dela.

– Abby – ele disse, surpreso e sem fôlego.

– Oi, Parker – falei, abafando uma risada.

– Como, hum... Como você está?

Sorri com educação.

– Ótima, e você?

– Hum – ele olhou para sua acompanhante. – Abby, essa é a Amber. Amber... Abby.

– *Aquela* Abby? – ela perguntou.

Parker assentiu, rápida e desconfortavelmente. Ela me deu um aperto de mão com um olhar de desprezo e então olhou para Travis como se tivesse acabado de encontrar o inimigo.

– Prazer em te conhecer... eu acho.

– Amber – Parker falou em tom de aviso.

Travis riu e abriu a porta para que eles passassem. Parker agarrou Amber pela mão e entrou.

– Isso foi... estranho – falei, balançando a cabeça enquanto cruzava os braços, me apoiando na balaustrada. Estava frio, e só havia um punhado de casais ali do lado de fora.

Travis estava todo sorridente. Nem Parker seria capaz de estragar seu bom humor.

– Pelo menos ele desencanou e não está mais enchendo o saco para voltar com você.

– Eu não acho que ele estava tentando voltar comigo, e sim me manter longe de você.

Travis torceu o nariz.

– Ele levou *uma* garota pra casa *uma vez* pra mim. Agora age como se toda vez aparecesse em casa pra salvar cada caloura que já comi.

Desferi um olhar seco para ele.

– Já te falei como odeio essa palavra?

– Desculpa – ele disse, me puxando para seu lado.

Ele acendeu um cigarro e inspirou fundo. A fumaça que soprou era mais espessa que de costume, misturada com o ar gelado do inverno. Ele virou a mão e olhou demoradamente para o próprio pulso.

– Não é estranho que essa tatuagem seja não apenas a minha preferida, mas que eu goste de saber que ela está aqui?

– Bem estranho. – Travis ergueu uma sobrancelha e eu ri. – Estou brincando. Não posso dizer que entendo, mas é meigo... de um jeito meio Travis Maddox.

– Se é tão bom ter isso no braço, não posso nem imaginar como vai ser colocar uma aliança no seu dedo.

– Travis...

– Daqui a quatro, talvez cinco anos – ele acrescentou.

Respirei fundo.

– Precisamos ir devagar. Bem, bem devagar.

– Não começa, Flor.

– Se a gente continuar nesse ritmo, estarei grávida antes de me formar. Não estou pronta para me mudar para a sua casa, não estou preparada para usar aliança, e certamente não estou pronta para ter um relacionamento definitivo com alguém.

Travis me agarrou pelos ombros e me virou de frente para ele.

– Esse não é o discurso "quero conhecer outras pessoas", é? Porque eu não vou dividir você. Nem ferrando.

– Eu não quero mais ninguém – falei, exasperada.

Ele relaxou e soltou meus ombros, segurando a balaustrada.

– O que você está dizendo, então? – perguntou, encarando o horizonte.

– Estou dizendo que precisamos ir devagar. *Só* isso.

Ele assentiu, claramente desapontado. Encostei no braço dele.

– Não fique bravo.

– Parece que damos um passo para frente e dois para trás, Flor. Toda vez que acho que estamos falando a mesma língua, você ergue um muro entre a gente. Eu não entendo... A maior parte das garotas pressiona o namorado para que o relacionamento fique sério, para que falem sobre seus sentimentos, para que sigam para a próxima fase...

– Achei que já tínhamos concordado que eu não sou como a maioria das garotas...

Ele deixou a cabeça pender, frustrado.

– Estou cansado de tentar adivinhar. Pra onde você acha que isso vai, Abby?

Pressionei os lábios na camisa dele.

– Quando penso no meu futuro, vejo você nele.

Travis relaxou, me puxando para perto. Ficamos olhando as nuvens noturnas se mexerem pelo céu. As luzes da faculdade pontilhavam o bloco escurecido, e os convidados da festa cruzavam os braços em espessos casacos, correndo para o aconchego da casa da fraternidade.

Vi a mesma paz nos olhos de Travis que tinha visto apenas algumas vezes, e me ocorreu que, tal como nas outras noites, a expressão satisfeita dele era resultado direto da segurança que eu lhe transmitira.

Eu conhecia o sentimento de insegurança, de viver uma onda de azar atrás da outra, de homens que temem a própria sombra. Era fácil ter medo do lado negro de Las Vegas, o lado que o neon e o glitter nunca pareciam tocar. Travis Maddox, porém, não tinha medo de lutar, ou de defender alguém com quem ele se importasse, ou de olhar nos olhos humilhados e furiosos de uma mulher desprezada. Ele podia entrar numa sala, encarar alguém duas vezes maior que ele e mesmo assim acreditar que ninguém conseguiria encostar nele – que ele era invencível.

Ele não temia nada. Até me conhecer.

Eu era uma parte da vida de Travis que lhe era desconhecida, o curinga, a variável que ele não conseguia controlar. Independentemente dos momentos de paz que eu lhe dava de vez em quando, em um dia ou outro, o turbilhão que ele sentia sem mim piorava dez vezes na minha presença. A raiva que ele sentia havia se tornado apenas mais difícil de controlar. Ser a exceção não era mais um mistério, algo especial. Eu havia me tornado a fraqueza de Travis.

Tal como eu era para o meu pai.

– Abby! Você está aí! Te procurei por toda parte! – disse America, irrompendo pela porta e erguendo o celular. – Acabei de desligar o telefone. Estava falando com o meu pai. O Mick ligou para eles ontem à noite.

– O Mick? – meu rosto se contorceu em repulsa. – Por que ele ligaria para os seus pais?

America ergueu as sobrancelhas, como se eu devesse saber a resposta.

– Sua mãe continua desligando o telefone na cara dele.

– O que ele queria? – perguntei, me sentindo nauseada.

Ela pressionou os lábios.

– Saber onde você estava.

– Eles não contaram pra ele, contaram?

A expressão de America se entristeceu.

– Ele é seu pai, Abby. Meu pai achou que ele tinha o direito de saber.

– Ele vai vir até aqui – falei, sentindo os olhos arderem. – Ele vai vir até aqui, Mare!

– Eu sei! Sinto muito! – ela disse, tentando me abraçar. Eu me afastei, cobrindo o rosto com as mãos.

Um par de mãos fortes, protetoras e familiares pousou nos meus ombros.

– Ele não vai machucar você, Beija-Flor – disse Travis. – Não vou deixar.

– Ele vai dar um jeito – disse America, me observando com o olhar pesado. – Ele sempre faz isso.

– Tenho que cair fora daqui.

Apertei o casaco nas costas e peguei a maçaneta. Estava tão perturbada que não conseguia coordenar o movimento de abaixar a maçaneta e puxar a porta ao mesmo tempo. Tão logo as lágrimas de frustração rolaram nas minhas bochechas geladas, Travis cobriu minha mão com a dele e me ajudou a abrir a porta. Olhei para ele, consciente da cena ridícula que eu estava fazendo, esperando ver um olhar confuso ou desaprovador em seu rosto, mas ele olhava para mim sem nada além de compreensão.

Ele passou o braço em volta dos meus ombros, e juntos descemos as escadas e passamos pela multidão até chegar à porta da frente. America, Shepley e Travis se esforçavam para manter o mesmo passo que eu, enquanto seguíamos em direção ao Charger.

America apontou algo com a mão e me agarrou pelo casaco, me fazendo parar no meio do caminho.

– Abby! – ela sussurrou, mostrando-me um pequeno grupo de pessoas.

Elas estavam reunidas em volta de um homem mais velho e desleixado, que apontava freneticamente para a casa, erguendo uma foto. Os casais assentiam, olhando para a imagem.

Parti como um raio em direção ao homem e arranquei a foto das mãos dele.

– Que diabos você está fazendo aqui?

O grupo se dispersou e entrou na casa. Shepley e America ficaram cada um de um lado meu. Travis segurou meus ombros, atrás de mim.

Mick olhou para o meu vestido e estalou a língua em sinal de desaprovação.

– É isso aí, Docinho. Você pode tirar a garota de Vegas...

– Cala a boca, Mick. Só dá meia-volta – apontei para atrás dele – e volta para o lugar de onde você veio, qualquer que seja ele. Não quero você por aqui.

– Não posso, Docinho. Preciso da sua ajuda.

– Que novidade! – disse America em tom de desdém.

Mick estreitou os olhos para ela e depois os voltou para mim.

– Você está bonita, cresceu... Eu não teria te reconhecido na rua.

Suspirei, impaciente com a conversa fiada.

– O que você quer?

Ele ergueu as mãos e deu de ombros.

– Parece que me meti numa confusão, menina. Seu velho aqui precisa de dinheiro.

Fechei os olhos.

– De quanto?

– Eu estava indo bem, estava mesmo. Só precisei pegar um pouquinho emprestado pra poder continuar e... você sabe.

– Eu sei – falei com raiva. – De quanto você precisa?

– Dois cinco.

– Que merda, Mick, dois mil e quinhentos? Se você sumir daqui, eu te dou esse dinheiro agora mesmo – disse Travis, pegando a carteira.

– Ele quer dizer vinte e cinco mil – falei, olhando com ódio para o meu pai.

Mick examinou Travis atentamente.

– Quem é esse palhaço?

Os olhos de Travis se ergueram da carteira e senti o peso dele se apoiando nas minhas costas.

– Agora posso ver por que um cara esperto como você foi reduzido a pedir mesada para a filha adolescente.

Antes que meu pai retrucasse, peguei meu celular.

– Pra quem você deve dessa vez, Mick?

Ele coçou o cabelo grisalho e ensebado.

– Bom, Docinho, é uma história engraçada...

– Pra *quem*? – gritei.

– Pro Benny.

Meu queixo caiu e dei um passo para trás, indo de encontro a Travis.

– Pro Benny? Você está devendo pro *Benny*? Que merda você estava... – Respirei fundo. Não adiantava. – Não tenho tudo isso de dinheiro, Mick.

Ele sorriu.

– Algo me diz que você tem.

– Pois eu não tenho! Você realmente se superou dessa vez, hein? Eu sabia que você não ia parar até acabar morrendo!

Ele se mexeu, e o sorriso presunçoso desapareceu de seu rosto.

– Quanto você tem?

Cerrei o maxilar.

– Onze mil. Eu estava economizando para comprar um carro.

Os olhos de America voaram na minha direção.

– Onde você conseguiu onze mil dólares, Abby?

– Nas lutas do Travis – falei, com os olhos pregados em Mick.

Travis me virou pelos ombros para me olhar nos olhos.

– Você conseguiu *onze mil dólares* com as minhas lutas? Quando você apostava?

– Adam e eu tínhamos um acordo – respondi, sem ligar para a surpresa dele.

De repente, os olhos de Mick ficaram cheios de animação.

– Você pode duplicar isso em um fim de semana, Docinho. Você consegue os vinte e cinco pra mim no domingo, aí o Benny não manda os capangas dele atrás de mim.

Senti a garganta seca e apertada.

– Isso vai me deixar dura, Mick. Tenho que pagar a faculdade.

– Ah, você consegue recuperar esse dinheiro rapidinho – ele disse, acenando com a mão como se não fosse nada.

– Quando é o prazo final? – perguntei.

– Segunda de manhã. Quer dizer, à meia-noite – ele respondeu, nem um pouco arrependido.

– Você não tem que dar uma porra de um centavo pra ele, Beija-Flor – disse Travis, puxando meu braço.

Mick me agarrou pelo pulso.

– É o mínimo que você pode fazer! Eu não estaria nessa merda hoje se não fosse você!

America afastou a mão dele de mim com um tapa e depois o empurrou.

– Não se atreva a começar com essa merda de novo, Mick! Ela não te obrigou a pegar dinheiro emprestado com o Benny!

Ele olhou para mim com ódio.

– Se não fosse por ela, eu teria meu próprio dinheiro. Você tirou tudo de mim, Abby. Eu não tenho nada!

Pensei que o tempo longe de Mick havia amenizado a dor de ser filha dele, mas as lágrimas que fluíam dos meus olhos diziam o contrário.

– Vou conseguir o dinheiro para você pagar o Benny até domingo. Mas depois disso quero que você me deixe em paz, cacete. Não vou fazer isso de novo, Mick. De agora em diante, você está por conta própria, está me ouvindo? Fique. Longe. De. Mim.

Ele pressionou os lábios e assentiu.

– Como quiser, Docinho.

Eu me virei e fui em direção ao carro, ouvindo America atrás de mim

– **Façam as malas, meninos. Estamos indo para Vegas.**

249

15
CIDADE DO PECADO

Travis colocou as malas no chão e olhou em volta do quarto.

– Isso aqui é legal, hein? – Olhei feio para ele, que ergueu uma sobrancelha. – Que foi?

O zíper da minha mala fez barulho quando o puxei pelas bordas e balancei a cabeça. Diferentes estratégias e o pouco tempo de que dispunha enchiam a minha cabeça.

– Não estamos de férias. Você nem devia estar aqui, Travis.

No momento seguinte, ele estava atrás de mim, cruzando os braços na minha cintura.

– Eu vou aonde você for.

Apoiei a cabeça no peito dele e suspirei.

– Tenho que descer lá. Você pode ficar aqui ou ir dar uma volta. A gente se vê mais tarde, tá?

– Eu vou com você.

– Não quero você por lá, Trav. – Uma expressão de mágoa pesou em seu rosto e pus a mão em seu braço. – Preciso me concentrar para ganhar catorze mil dólares em um fim de semana. Não gosto de quem vou me tornar enquanto estiver naquelas mesas, e não quero que você veja.

Ele tirou meu cabelo da frente dos olhos e beijou meu rosto.

– Tudo bem, Flor.

Travis acenou para America antes de sair do quarto, e ela se aproximou de mim com o mesmo vestido que tinha usado na festa de casais. Eu estava com um vestido curto dourado e sapatos de salto alto, fazendo uma careta no espelho. America puxou meus cabelos para trás e me entregou um tubo preto.

– Você precisa de mais umas cinco camadas de rímel, e eles vão jogar sua carteira de identidade no lixo se você não passar mais blush. Esqueceu como se joga isso?

Peguei o rímel da mão dela e fiquei mais uns dez minutos me maquiando. Assim que terminei, meus olhos começaram a lacrimejar.

– Droga, Abby, não chora – falei, olhando para cima e dando batidinhas debaixo dos olhos com um lenço de papel.

– Você não precisa fazer isso. Você não deve *nada* pra ele – America pôs as mãos nos meus ombros enquanto eu me olhava no espelho uma última vez.

– Ele deve dinheiro pro Benny, Mare. Se eu não fizer isso, eles vão matar o Mick.

A expressão dela era de pena. Eu a tinha visto me olhar daquele jeito várias vezes antes, mas agora America estava desesperada. Ela tinha visto meu pai arruinar a minha vida mais vezes do que qualquer uma de nós seria capaz de contar.

– E da próxima vez? E da próxima? Você *não pode* continuar fazendo isso.

– Ele concordou em ficar longe. Mick Abernathy é um monte de coisas, mas não é desses caras que não pagam o que devem.

Atravessamos o corredor e entramos no elevador vazio.

– Você tem tudo de que precisa? – perguntei a ela, me lembrando das câmeras.

America bateu com as unhas em sua carteira de motorista falsificada e sorriu.

– Meu nome é Candy. Candy Crawford – disse ela, com um impecável sotaque sulista.

Estendi a mão.

– Jessica James. Prazer em conhecê-la, Candy.

Colocamos os óculos escuros e ficamos paradas, sem nenhuma expressão no rosto, enquanto o elevador se abria, revelando as luzes de neon e o barulho do cassino. As pessoas se movimentavam em todas as direções, vindas de todas as camadas da sociedade, de todos os estilos de vida e profissões. Las Vegas era um inferno celestial, o único lugar onde era possível encontrar, no mesmo edifício, dançarinas com vistosas plumas e maquiagem de palco, prostitutas com roupas insuficientes e ainda assim aceitáveis, homens de negócios em ternos chiques e famílias inteiras. Atravessamos uma ala ladeada por cordas vermelhas e entregamos a carteira de identidade a um homem de casaco vermelho. Ele me olhou por um instante, e abaixei os óculos.

– A qualquer hora hoje seria ótimo – falei, entediada.

Ele devolveu nossa identidade e se pôs de lado para que entrássemos. Passamos pela ala de caça-níqueis, pelas mesas de blackjack e paramos perto da roleta. Examinei o salão, observando as diversas mesas de pôquer, e resolvi ficar naquela onde estavam sentados os jogadores mais velhos.

– Aquela – falei, apontando com a cabeça para o outro lado do salão.

– Já comece agressiva, Abby. Eles nem vão saber o que os atingiu.

– Não, eles são a velha guarda de Vegas. Tenho que fazer um jogo inteligente dessa vez.

Fui caminhando até a mesa, exibindo meu sorriso mais charmoso. Os nativos podiam sentir o cheiro de uma vigarista a quilômetros de distância, mas eu tinha duas coisas a meu favor que encobriam o rastro de qualquer golpe: juventude e... peitos.

– Boa noite, cavalheiros. Se importam se eu me juntar a vocês?

Eles nem ergueram o olhar.

– Claro, doçura. Sente aí e fique bonitinha. É só não falar.

– Eu quero jogar – eu disse, entregando a America os óculos escuros. – Não tem muita ação nas mesas de blackjack.

Um dos homens mordia a ponta do charuto.

– Essa é uma mesa de pôquer, princesa. Pôquer fechado. Melhor você tentar a sorte nos caça-níqueis.

Eu me sentei na única cadeira vazia, me exibindo ao cruzar as pernas.

– Eu sempre quis jogar pôquer em Las Vegas. E tenho todas essas fichas... – falei, colocando minha pilha sobre a mesa. – E sou muito boa no pôquer online.

Os cinco homens olharam para minhas fichas e depois para mim.

– Tem uma aposta mínima, meu bem – disse o carteador, que distribui as cartas no jogo.

— De quanto?

— Quinhentos, boneca. Escuta... não quero fazer você chorar. Faça um favor a si mesma e escolha um reluzente caça-níqueis.

Empurrei minhas fichas para o centro da mesa, dando de ombros da maneira como faria uma garota impulsiva e confiante demais antes de se dar conta de que acabara de perder a poupança da faculdade. Os homens se entreolharam. O carteador deu de ombros e jogou suas fichas na mesa.

— Jimmy — disse um dos jogadores, estendendo-me a mão. Quando o cumprimentei, ele apontou para os outros. — Mel, Pauli, Joe e esse é o Winks.

Olhei para o homem magrelo que mascava um palito de dentes e ele piscou para mim.

Assenti e fiquei esperando com falsa expectativa enquanto eram distribuídas as cartas da primeira mão. Perdi de propósito as duas primeiras, mas lá pela quarta eu estava ganhando. Os veteranos de Las Vegas não demoraram tanto quanto Thomas, o irmão de Travis, para me sacar.

— Você disse que jogava online? — Pauli me perguntou.

— E com o meu pai.

— Você é daqui? — Jimmy sondou.

— De Wichita — respondi.

— Ela não é nenhuma jogadora de pôquer online, disso eu tenho certeza — resmungou Mel.

Uma hora depois, eu havia tirado dois mil e setecentos dólares dos meus oponentes, e eles estavam começando a suar.

— Passo — disse Jimmy, jogando as cartas na mesa com o cenho franzido.

— Se eu não tivesse visto com meus próprios olhos, nunca teria acreditado — ouvi alguém dizer atrás de mim.

America e eu nos viramos ao mesmo tempo, e meus lábios formaram um largo sorriso.

— Jesse — balancei a cabeça. — O que você está fazendo aqui?

— Este lugar em que você está dando golpe é meu, Docinho. O que *você* está fazendo aqui?

Revirei os olhos e me virei para meus novos amigos, que me olhavam desconfiados.

– Você sabe que odeio isso, Jess.

– Com licença – ele disse, me puxando pelo braço e me fazendo ficar em pé.

America olhou para mim com um ar vigilante enquanto eu era conduzida para longe dali.

O pai de Jesse gerenciava o cassino, e para mim era uma grande surpresa ver que ele havia se juntado aos negócios da família. Costumávamos perseguir um ao outro pelos corredores do hotel, e eu sempre o vencia quando apostávamos corrida de elevador. Ele tinha crescido desde a última vez em que o vira. Eu me lembrava dele como um pré-adolescente magro, alto e desengonçado, mas agora o homem à minha frente era um bem-vestido gerente de cassino, nem um pouco desengonçado e com certeza muito másculo. Ele ainda tinha a pele morena e sedosa e os olhos verdes de que eu me lembrava, mas o resto era uma agradável surpresa.

Seus olhos cor de esmeralda cintilavam sob as luzes brilhantes.

– Surreal. Achei que fosse você quando passei por aqui, mas não conseguia acreditar que você tinha voltado. Quando vi essa mocinha limpando a mesa dos veteranos, eu soube na hora que era você.

– Sou eu – falei.

– Você está... diferente.

– Você também. Como vai seu pai?

– Aposentado – ele sorriu. – Por quanto tempo você vai ficar aqui?

– Só até domingo. Tenho que voltar para a faculdade.

– Oi, Jess – disse America, me pegando pelo braço.

– America – ele riu baixinho. – Eu devia ter me ligado. Vocês são a sombra uma da outra.

– Se os pais dela soubessem que eu trouxe a America aqui, isso teria acabado há muito tempo.

– Que bom te ver, Abby. Posso te pagar um jantar? – ele me perguntou, analisando o meu vestido.

– Eu adoraria saber as novidades, mas não estou aqui para me divertir, Jess.

Ele estendeu a mão e sorriu.

– Nem eu. Me passa sua identidade.

Meu queixo caiu. Eu sabia que tinha uma luta nas mãos. Jesse não se renderia ao meu charme com tanta facilidade. Eu teria que lhe contar a verdade.

– Estou aqui por causa do Mick. Ele está metido numa encrenca.

Jesse se afastou um pouco.

– Que tipo de encrenca?

– A de sempre.

– Eu queria poder ajudar. A gente tem uma história antiga, e você sabe que respeito o seu pai, mas também sabe que não posso deixar você ficar aqui.

Agarrei o braço dele e o apertei.

– Ele deve dinheiro pro Benny.

Jesse fechou os olhos e balançou a cabeça.

– Meu Deus!

– Eu tenho até amanhã. Estou te pedindo um grande favor. Fico te devendo essa, Jesse. Só me dá até amanhã, por favor.

Ele encostou a palma da mão no meu rosto.

– Vamos fazer assim... Se você jantar comigo amanhã, te dou até a meia-noite.

Olhei para America e depois para ele.

– Estou acompanhada.

Ele deu de ombros.

– É pegar ou largar, Abby. Você sabe como as coisas funcionam aqui. Você não pode conseguir algo a troco de nada.

Suspirei, derrotada.

– Tudo bem. Encontro você amanhã no Ferraro's, se me der até a meia-noite.

Ele se inclinou e beijou o meu rosto.

– Foi bom te ver de novo. Até amanhã... às cinco, ok? Preciso estar aqui embaixo às oito.

Sorri enquanto ele se afastava, mas meu sorriso se desvaneceu com rapidez, assim que vi Travis me encarando da mesa da roleta.

– Ah, merda! – disse America.

Travis fuzilou Jesse com o olhar quando ele passou, depois veio até mim. Enfiou as mãos nos bolsos e olhou de relance para Jesse, que estava nos observando de soslaio.

– Quem era aquele cara?

Assenti na direção do meu velho amigo.

– Jesse Viveros. A gente se conhece há muito tempo.

– Quanto tempo?

Olhei para trás, para a mesa dos veteranos.

– Travis, depois a gente conversa.

– Acho que ele desistiu da ideia de ser ministro batista – disse America, olhando na direção de Jesse com um sorriso de flerte.

– É seu ex-namorado? – ele me perguntou com raiva. – Achei que você tinha dito que ele era do Kansas.

Olhei para America com impaciência e depois segurei o queixo de Travis, para que ele prestasse total atenção no que eu estava falando.

– Ele sabe que não tenho idade para estar aqui, Trav. Ele me deu até a meia-noite. Eu te explico tudo depois, mas agora tenho que voltar para o jogo, tudo bem?

Dava para ver os movimentos de seu maxilar sob a pele, e então ele cerrou os olhos e respirou fundo.

– Tudo bem. Te vejo à meia-noite. – E se curvou para me dar um beijo, mas seus lábios estavam frios e distantes. – Boa sorte.

Sorri enquanto ele se misturava à multidão, depois voltei a atenção aos homens à mesa.

– Cavalheiros?

– Sente-se, Shirley Temple – disse Jimmy. – Vamos recuperar o nosso dinheiro agora. Não gostamos de ser *roubados*.

– Façam o seu pior – sorri.

– Você tem dez minutos – sussurrou-me America.

– Eu sei – respondi.

Tentei bloquear a ideia de tempo e o joelho de America se mexendo nervosamente debaixo da mesa. O prêmio da rodada já estava em dezesseis mil dólares, o mais alto da noite, e era tudo ou nada.

– Nunca vi alguém jogar assim, menina. Você fez um jogo quase perfeito. E ela não tem nenhum tique, Winks. Você notou? – disse Pauli.

Winks assentiu, e seu comportamento animado se evaporava um pouco mais a cada rodada.

– Notei. Nenhum gesto, nenhum sorriso, até os olhos dela continuam com a mesma expressão. Isso não é natural. Todo mundo tem um tique.

– Nem todo mundo – disse America, com um sorriso orgulhoso.

Senti um par de mãos familiares encostar nos meus ombros. Eu sabia que era Travis, mas não me atrevi a me virar, não com três mil dólares no meio da mesa.

– Vamos lá – disse Jimmy.

As pessoas em volta da mesa aplaudiram quando abaixei o que tinha em mãos. Jimmy foi o único que chegou próximo, com uma trinca. Nada de que meu straight não desse conta.

– Inacreditável! – disse Pauli, jogando seu par de dois na mesa.

– Estou fora – resmungou Joe, levantando-se e afastando-se da mesa com raiva.

Jimmy foi mais elegante.

– Posso morrer hoje sabendo que joguei com uma grande adversária, menina. Foi um prazer, Abby.

Fiquei paralisada.

– Você sabia?

Ele sorriu. Os anos de fumaça de charuto e café manchavam seus grandes dentes.

– Já joguei com você antes. Faz seis anos. Fazia muito tempo que eu queria uma revanche. – E estendeu a mão para me cumprimentar. – Se cuida, menina. Diga ao seu pai que Jimmy Pescelli mandou um alô.

America me ajudou a coletar os meus ganhos, e me virei para Travis, olhando para o relógio.

– Preciso de mais tempo.

– Quer ir tentar as mesas de blackjack?

– Não posso perder dinheiro, Trav.

Ele sorriu.

– Você não consegue perder, Flor.

America balançou a cabeça.

– Blackjack não é o jogo dela.

Travis assentiu.

– Ganhei um pouco. Tenho seiscentos dólares. Pode ficar com o dinheiro.

Shepley me entregou as fichas dele.

– Só consegui trezentos. São seus.

Soltei um suspiro.

– Valeu, pessoal. Mas ainda faltam cinco mil.

Olhei para o relógio de novo, depois ergui a cabeça e vi que Jesse estava se aproximando.

– Como se saiu? – ele me perguntou, sorrindo.

– Ainda faltam cinco mil, Jess. Preciso de mais tempo.

– Fiz tudo que eu podia, Abby.

Assenti, sabendo que já tinha pedido demais.

– Obrigada por me deixar ficar.

– Talvez eu consiga fazer meu pai conversar com o Benny por você.

– Esse é um problema do Mick. Vou pedir a ele uma extensão do prazo.

Jesse balançou a cabeça.

– Você sabe que isso não vai acontecer, Docinho, não importa com quanto dinheiro você apareça. Se for menos do que ele deve, o Benny vai mandar alguém atrás dele. E você, fique o mais longe possível.

Senti meus olhos arderem.

– Eu tenho que tentar.

Jesse deu um passo para frente, se inclinando para manter a voz baixa.

– Entre em um avião, Abby. Está me ouvindo?

– Estou – falei, irritada.

Ele suspirou, e seus olhos ficaram com um ar pesado de empatia, depois me abraçou e beijou meus cabelos.

– Sinto muito. Se eu não corresse o risco de perder o emprego, você sabe que eu tentaria pensar em alguma saída.

Assenti, afastando-me.

– Eu sei. Você fez o que pôde.

Ele ergueu meu queixo com o dedo.

– Vejo você amanhã às cinco.

Então se curvou para beijar o canto da minha boca e saiu andando sem dizer mais nenhuma palavra.

Olhei de relance para America, que observava Travis. Eu não me atrevia a encontrar o olhar dele; não conseguia nem imaginar sua expressão de raiva.

– O que é que tem às cinco? – ele quis saber, com a voz gotejando uma raiva controlada.

– A Abby concordou em jantar com o Jesse se ele deixasse ela ficar aqui. Ela não teve escolha, Trav – disse America.

Eu podia notar pelo tom de voz cauteloso dela que raiva era pouco para definir o que Travis estava sentindo.

Ergui o olhar para ele, que me olhou furioso, com a mesma expressão de traição que Mick tinha no rosto na noite em que se deu conta de que eu havia tirado a sorte dele.

– Você tinha escolha.

– Você já lidou com a máfia, Travis? Lamento se seus sentimentos estão feridos, mas um jantar de graça com um velho amigo não é um preço alto a se pagar para manter o Mick vivo.

Eu podia ver que ele queria soltar o verbo, mas não havia nada que ele pudesse dizer.

– Vamos, pessoal, temos que encontrar o Benny – disse America, me puxando pelo braço.

Travis e Shepley nos seguiram em silêncio enquanto descíamos a The Strip até o prédio de Benny. O trânsito, tanto de carros quanto de pessoas, estava começando a aumentar. A cada passo, eu tinha uma sensação de náusea e vazio no estômago. Minha mente estava a mil, pensando em um argumento convincente para persuadir Benny. Na hora em que batemos à grande porta verde, que eu já tinha visto tantas vezes antes, eu estava completamente decepcionada.

Não foi surpresa alguma ver o imenso porteiro – negro, aterrorizante e maciço –, mas fiquei pasma ao ver Benny parado ao lado dele.

– Benny – falei, quase sem fôlego.

– Ora, ora... Você não é mais a Lucky Thirteen, hein? O Mick não me contou que você tinha ficado tão bonita. Eu estava esperando por você, Docinho. Ouvi dizer que tem um pagamento para mim.

Assenti e Benny fez um gesto, apontando para os meus amigos. Ergui o queixo para fingir confiança.

– Eles estão comigo.

– Receio que seus companheiros terão que esperar do lado de fora – disse o porteiro, em um tom grave incomum.

Travis me pegou pelo braço imediatamente.

– Ela não vai entrar aí sozinha. Eu vou junto.

Benny olhou para ele e engoli em seco. Quando o chefão ergueu o olhar para o porteiro com os cantos da boca virados para cima, relaxei um pouco.

– É justo – disse Benny. – O Mick vai ficar feliz em saber que você tem um amigo tão bom.

Então o segui para dentro, me virando para ver o olhar preocupado no rosto de America. Travis segurava firme meu braço, se colocando de propósito entre mim e o porteiro. Seguimos Benny até entrarmos em um elevador, subimos quatro andares em silêncio e depois as portas se abriram.

Havia uma grande mesa de mogno no meio de uma sala ampla. Benny foi andando com dificuldade até sua luxuosa cadeira e se sentou, fazendo um gesto para que ocupássemos as duas cadeiras vazias do outro lado da mesa. Quando me sentei, senti o couro frio sob mim e me perguntei quantas pessoas tinham estado ali, naquela mesma cadeira, momentos antes de morrer. Estiquei a mão para segurar a de Travis e ele apertou a minha, restaurando-me a confiança.

– O Mick me deve vinte e cinco mil. Acredito que você tenha o valor total – disse Benny, rabiscando algo em um bloco de notas.

– Pra falar a verdade – fiz uma pausa, pigarreando –, faltam cinco mil, Benny. Mas eu tenho o dia todo amanhã para conseguir o restante. E cinco mil não é problema, certo? Você sabe que eu sou boa nisso.

– Abigail – disse Benny, franzindo o cenho –, assim você me decepciona. Você conhece minhas regras muito bem.

— Por... por favor, Benny. Estou pedindo que você pegue os dezenove mil e novecentos, e amanhã eu te trago o resto.

Os olhos pequenos e brilhantes de Benny se revezaram entre mim e Travis. Foi nesse momento que notei que dois homens deram um passo à frente, saídos de cantos escuros da sala. A pegada de Travis na minha mão ficou mais apertada, e prendi o fôlego.

— Você sabe que não aceito nada além do valor total. O fato de você estar tentando me entregar menos que isso me diz algo. Sabe o quê? Que você não tem certeza se vai conseguir tudo.

Os capangas deram mais um passo à frente.

— Eu posso conseguir o seu dinheiro, Benny — eu disse, dando uma risadinha nervosa. — Ganhei oito mil e novecentos em seis horas.

— Então você está me dizendo que vai me trazer oito mil e novecentos em mais seis horas? — Benny abriu um sorriso diabólico.

— O prazo é só amanhã à meia-noite — disse Travis, olhando de relance para trás e então observando a aproximação dos homens que vinham das sombras.

— O... o que você está fazendo, Benny? — perguntei, com a postura rígida.

— O Mick me ligou hoje. Ele me disse que você está cuidando da dívida dele.

— Estou fazendo um favor a ele. Eu não devo nenhum dinheiro a você — falei séria, meu instinto de sobrevivência vindo à tona com tudo.

Benny apoiou os cotovelos curtos e grossos na mesa.

— Estou pensando em ensinar uma lição ao Mick, e estou curioso para saber até onde vai a sua sorte, menina.

Travis levantou como um raio da cadeira e me puxou, colocando-me atrás dele. Então fomos de costas em direção à porta.

— O Josiah está do lado de fora, meu jovem. Para onde exatamente você acha que vai fugir?

Eu estava errada. Quando estava pensando em persuadir Benny a ser racional, eu deveria ter previsto a vontade de Mick de sobreviver e a predileção de Benny por vingança.

— Travis — falei em tom de aviso, observando os capangas se aproximarem de nós.

Ele me empurrou mais para trás e se aprumou.

– Espero que você saiba, Benny, que, quando eu derrubar os seus homens, não é com a intenção de te desrespeitar. Mas eu estou apaixonado por essa moça e não posso deixar que você a machuque.

Benny irrompeu em uma risada cacarejante.

– Tenho que lhe dar algum crédito, meu filho. Você é o cara mais corajoso que já passou por essa porta. Vou te preparar para o que você está prestes a enfrentar. O camarada mais alto à sua direita é o David. Se ele não conseguir derrubar você a socos, vai usar a faca que tem no coldre. O homem à sua esquerda é o Dane, meu melhor lutador. Aliás, ele tem uma luta amanhã, e nunca perdeu nenhuma. Tome cuidado para não machucar as mãos, Dane. Apostei alto em você.

Dane sorriu para Travis com olhos selvagens e divertidos.

– Sim, senhor.

– Benny, para com isso! Eu posso conseguir o dinheiro pra você! – gritei.

– Ah, não... Isso está ficando interessante muito rápido – Benny deu uma risada abafada, se recostando na cadeira.

David foi para cima de Travis, e levei as mãos à boca. O homem era forte, mas desajeitado e lento. Antes que ele pudesse dar um golpe ou tentasse pegar a faca, Travis o incapacitou, empurrando o rosto de David para baixo e dando-lhe uma joelhada certeira. Quando Travis deu um soco, não perdeu tempo, usando no rosto do cara toda a força que tinha. Dois socos e uma cotovelada depois, David estava no chão, caído em uma poça de sangue.

Benny jogou a cabeça para trás, rindo de um jeito histérico e socando a mesa, com o deleite de uma criança vendo desenho animado no sábado de manhã.

– Bom, vá em frente, Dane. Ele não assustou você, assustou?

Dane abordou Travis com mais cautela, com o foco e a precisão de um lutador profissional. Seu punho cerrado voou em direção ao rosto do meu namorado com uma velocidade incrível, mas Travis conseguiu desviar, golpeando-o com o ombro com toda a força. Os dois caíram de encontro à mesa de Benny, e então Dane agarrou Travis com os dois braços, jogando-o no chão. Eles se engalfinharam no chão por um instante, depois Dane conseguiu se levantar, se preparando para socar Travis, que estava preso debaixo dele. Cobri o rosto, incapaz de assistir.

Ouvi um grito de dor, então ergui o olhar e vi Travis segurando Dane pelos cabelos volumosos e desgrenhados, acertando um soco atrás do outro na lateral da cabeça do capanga. O rosto de Dane batia com força na mesa de Benny a cada golpe que ele levava. Quando Travis o soltou, ele mal conseguia ficar em pé, desorientado e sangrando.

Travis o observou por um instante e depois o atacou novamente, rosnando a cada ataque, mais uma vez usando toda sua força. Dane se esquivou e acertou o maxilar de Travis com os nós dos dedos.

Travis sorriu e ergueu o dedo.

– Essa foi a sua vez.

Eu não conseguia acreditar no que estava ouvindo. Travis tinha deixado o capanga do Benny acertá-lo. Ele estava se divertindo. Eu nunca o tinha visto lutar sem limites. Era um pouco assustador vê-lo liberar tudo que tinha em si naqueles matadores treinados e mesmo assim sair ganhando. Até aquele momento, eu não tinha me dado conta do que ele era capaz.

Com as perturbadoras risadas de Benny ao fundo, Travis terminou de derrubar Dane, acertando o cotovelo bem no meio da cara dele e nocauteando-o antes que ele chegasse ao chão. Fui acompanhando o movimento até ele cair no tapete importado de Benny.

– Que jovem incrível! Simplesmente incrível! – disse Benny, batendo palmas e deliciando-se com aquilo.

Travis me puxou para trás dele enquanto Josiah preenchia o vão da porta aberta com seu físico gigantesco.

– Devo cuidar disso, senhor?

– Não! Não, não... – disse Benny, ainda exultante com o desempenho improvisado de Travis. – Qual é o seu nome?

Meu namorado ainda respirava com dificuldade.

– Travis Maddox – disse ele, limpando o sangue das mãos na calça jeans.

– Travis Maddox, acredito que você possa ajudar a sua namoradinha aqui a sair dessa encrenca.

– E como seria isso? – ele perguntou, soltando o ar.

– O Dane tinha uma luta amanhã à noite. Eu apostei alto nele, mas não me parece que ele esteja em condições de lutar tão cedo. Sugiro que você assuma o lugar dele e ganhe uma grana pra mim, e eu perdoo os cinco mil e cem restantes da dívida do Mick.

Travis se virou para mim.

– Beija-Flor?

– Você está bem? – perguntei, limpando o sangue do rosto dele.

Mordi o lábio, sentindo meu rosto se enrugar em uma combinação de medo e alívio.

Travis sorriu.

– O sangue não é meu, baby. Não precisa chorar.

Benny se levantou.

– Sou um homem ocupado, meu filho. Topa ou passa?

– Topo – disse Travis. – É só me dar as coordenadas e estarei lá.

– Você vai lutar com o Brock McMann. Ele não é nenhuma mocinha. Foi expulso do UFC no ano passado.

Travis não se incomodou com a informação.

– É só me dizer onde preciso estar.

O sorriso de tubarão de Benny se espalhou pelo rosto.

– Eu gosto de você, Travis. Acho que seremos bons amigos.

– Duvido – Travis respondeu.

Ele abriu a porta para mim e manteve uma posição protetora e preparada para o ataque, até o momento em que saímos pela porta da frente.

– Meu Deus! – America gritou ao ver o sangue cobrindo as roupas de Travis. – Vocês estão bem?

Ela me agarrou pelos ombros e analisou meu rosto.

– Estou bem. Só mais um dia no escritório. Para nós dois – falei, secando as lágrimas.

Travis me agarrou pela mão e fomos correndo até o hotel, com Shepley e America nos seguindo bem de perto. Poucas pessoas prestaram atenção na aparência de Travis. Ele estava coberto de sangue e parecia que só alguns ocasionais forasteiros notavam.

– Que diabos aconteceu lá? – Shepley por fim perguntou.

Travis tirou as roupas, ficando só de cueca, e sumiu dentro do banheiro. O chuveiro foi ligado e America me entregou uma caixa de lenços de papel.

– Eu estou bem, Mare.

Ela suspirou e empurrou a caixa para mim mais uma vez.

– Não está, não.

– Não foi a minha primeira vez com o Benny – falei.

Meus músculos estavam doloridos como resultado das vinte e quatro horas de tensão pelas quais havia passado.

– Foi a primeira vez que você viu o Travis atacar alguém como um louco – disse Shepley. – Já vi isso acontecer uma vez e não é nada bonito.

– O que aconteceu? – insistiu America.

– O Mick ligou para o Benny e passou a responsabilidade para mim.

– Eu vou matar o Mick! Vou matar aquele filho da puta! – gritou America.

– O Benny não ia me considerar responsável, mas ia ensinar uma lição ao Mick por ter enviado a filha para pagar a dívida. Ele chamou dois de seus malditos cães de guarda pra cima da gente e Travis os derrubou. Os dois. Em menos de cinco minutos.

– Então o Benny deixou vocês irem embora? – America quis saber.

Travis surgiu do banheiro com uma toalha enrolada na cintura, e a única evidência da briga era uma marca vermelha na maçã do rosto, logo abaixo do olho direito.

– Um dos caras que eu derrubei tinha uma luta amanhã à noite. Vou assumir o lugar dele e, em compensação, o Benny vai perdoar os cinco mil que faltam da dívida do Mick.

America se levantou.

– Isso é ridículo! Por que estamos ajudando o Mick, Abby? Ele te jogou aos lobos! Eu vou *matar* o Mick!

– Não se eu matar primeiro – disse Travis, borbulhando de raiva.

– Entrem na fila – falei.

– Então você vai lutar amanhã? – Shepley perguntou.

– Num lugar chamado Zero's. Às seis horas. É com o Brock McMann, Shep.

Shepley balançou a cabeça.

– De jeito nenhum. Nem ferrando, Trav! O cara é um maníaco!

– É – disse Travis –, mas ele não está lutando pela garota dele, não é? – Ele me aninhou em seus braços, beijando o topo da minha cabeça. – Você está bem, Beija-Flor?

– Isso é errado. Isso é errado em tantos sentidos. Não sei com qual deles devo tentar te convencer a não fazer isso.

– Você não me viu hoje? Vou ficar bem. Eu já vi o Brock lutar. O cara é duro na queda, mas não é imbatível.

– Eu não quero que você faça isso, Trav.

– Bom, eu não quero que você vá jantar com seu ex-namorado amanhã à noite. Acho que nós dois vamos ter que fazer algo desagradável para salvar a pele do seu pai imprestável.

Eu já tinha visto isso antes. Las Vegas muda as pessoas, cria monstros e homens arruinados. Era fácil deixar as luzes e os sonhos roubados penetrarem no sangue. Eu já tinha visto a enérgica e invencível expressão no rosto de Travis muitas vezes antes, e a única cura era um avião de volta para casa.

Jesse franziu a testa quando olhei mais uma vez para o relógio.

– Você tem outro compromisso, Docinho? – ele me perguntou.

– Por favor, para de me chamar assim, Jesse. Odeio esse apelido.

– Eu odiei quando você foi embora também, o que não te impediu de ir.

– Essa conversa já deu. Vamos simplesmente jantar, tudo bem?

– Tudo bem. Vamos falar sobre o seu novo namorado. Qual é o nome dele? Travis? – Assenti. – O que você está fazendo com aquele psicopata tatuado? Ele parece um rejeitado da Família Manson.

– Seja legal, Jesse, ou eu vou embora.

– Não consigo acreditar como você mudou. Não consigo acreditar que você está sentada aqui, bem na minha frente.

Revirei os olhos.

– Desencana.

– Aí está ela – disse Jesse. – A garota de quem eu me lembro.

Baixei o olhar para o relógio de pulso.

– A luta do Travis começa em vinte minutos. É melhor eu ir.

– Ainda temos a sobremesa.

– Não posso, Jess. Não quero que ele se preocupe, pensando se vou ou não vou aparecer. Isso é importante.

Ele deixou os ombros caírem.

– Eu sei. Sinto falta dos dias em que eu era importante.

Coloquei minha mão na dele.

– A gente era criança. Isso foi há uma vida.

– Quando a gente cresceu? Você estar aqui é um sinal, Abby. Achei que nunca mais te veria e você está aqui, sentada na minha frente. Fica comigo.

Balancei lentamente a cabeça em negativa, hesitante em magoar meu amigo mais antigo.

– Eu amo o Travis, Jess.

A decepção dele obscureceu o largo sorriso que tinha no rosto.

– Então é melhor você ir.

Dei um beijo no rosto dele e saí voando do restaurante, pegando um táxi.

– Para onde? – perguntou o taxista.

– Para o Zero's.

Ele se virou para trás, me olhando de cima a baixo.

– Tem certeza?

– Tenho! Vamos! – falei, jogando o dinheiro sobre o banco.

16
LAR

Travis finalmente abriu caminho em meio à multidão com Benny ao seu lado, sussurrando em seu ouvido. Travis assentiu e respondeu. Meu sangue correu frio nas veias ao vê-lo ser tão amigável com o cara que havia nos ameaçado menos de vinte e quatro horas antes. Travis se deleitou com os aplausos e os cumprimentos por seu triunfo enquanto a multidão rugia. Ele caminhava mais ereto, seu sorriso era mais largo, e, quando chegou até mim, me plantou um beijo na boca.

Pude sentir o suor salgado mesclado ao gosto ácido do sangue em seus lábios. Ele tinha ganhado a luta, mas não sem alguns machucados.

– O que foi aquilo? – perguntei, ao ver Benny rindo com sua gangue.

– Depois eu te conto. Temos muito o que conversar – disse ele, com um largo sorriso no rosto.

Um homem deu uns tapinhas nas costas dele.

– Valeu – disse Travis em resposta, virando-se para cumprimentá-lo.

– Ansioso para ver mais uma luta sua, filho – disse o homem, entregando-lhe uma garrafa de cerveja. – Aquilo foi incrível.

– Vamos, Flor.

Ele tomou um gole da cerveja, bochechou e cuspiu. O líquido cor de âmbar no chão estava tingido de sangue. Ele foi passando em meio à multidão, inspirando fundo quando chegamos ao lado de fora, na calçada. Ele me beijou uma vez e me conduziu pela The Strip, com passos rápidos e determinados.

No elevador do hotel, me empurrou de encontro à parede espelhada, agarrou minha perna e a ergueu num movimento rápido de encontro a seu quadril. Sua boca procurou a minha ansiosamente, e senti sua mão sob meu joelho deslizar até a coxa e puxar minha saia para cima.

– Travis, tem câmera aqui – falei, com a boca encostada na sua.

– Que se foda – ele disse, rindo baixinho. – Estou comemorando.

Eu o afastei.

– Podemos comemorar no quarto – falei, limpando a boca e olhando para minha mão, vendo fios vermelhos de sangue.

– O que há de errado com você, Beija-Flor? Você ganhou, eu ganhei, nós liquidamos a dívida do Mick e acabei de receber a proposta da minha vida.

O elevador se abriu e permaneci onde estava. Travis saiu para o corredor.

– Que tipo de proposta? – eu quis saber.

Ele estendeu a mão para mim, mas ignorei. Meus olhos se estreitaram. Eu já sabia o que ele ia dizer.

Ele suspirou.

– Já falei, vamos conversar sobre isso depois.

– Vamos conversar sobre isso agora.

Ele se inclinou na minha direção, me puxou pelo pulso e me ergueu em seus braços.

– Vou ganhar dinheiro suficiente para devolver a você o que o Mick te tirou, para você pagar o que falta da faculdade, para eu terminar de pagar minha moto e comprar um carro novo para você – ele disse, deslizando o cartão-chave pela ranhura na porta e abrindo-a, e depois me colocou no chão. – E isso é só o começo!

– E como exatamente você vai fazer isso?

Senti um aperto no peito e minhas mãos começaram a tremer.

Ele pegou meu rosto nas mãos, empolgado.

– O Benny vai me deixar lutar aqui em Vegas. Seis dígitos por luta, Flor. *Seis* dígitos por luta!

Fechei os olhos e balancei a cabeça em negativa, ignorando a excitação nos olhos dele.

– O que você disse pro Benny?

Travis ergueu meu queixo e abri os olhos, temendo que ele já tivesse assinado contrato.

Ele riu baixinho.

– Falei pra ele que pensaria no assunto.

Soltei o ar que estava prendendo.

– Ah, graças a Deus! Não me assusta desse jeito, Trav. Achei que você estivesse falando sério.

Ele fez uma careta e assumiu uma postura firme antes de falar.

– Eu estou falando sério, Flor. Eu disse a ele que precisava conversar com você primeiro, mas achei que você ficaria feliz. Ele vai agendar uma luta por mês. Você faz ideia de quanto dinheiro isso significa? Dinheiro vivo!

– Eu sei fazer conta, Travis. E também sei manter o juízo quando estou em Vegas, algo que, é óbvio, você não sabe. Tenho que te tirar daqui antes que você faça alguma idiotice.

Fui até o armário, arranquei nossas roupas dos cabides e as enfiei furiosamente na mala.

Ele pegou gentilmente meus braços e me virou.

– Eu posso fazer isso. Posso lutar para o Benny durante um ano e a gente fica bem de vida por um bom tempo, um bom tempo mesmo.

– O que você vai fazer? Largar a faculdade e se mudar pra cá?

– O Benny vai pagar minhas viagens e marcar as lutas de acordo com o meu horário na faculdade.

Dei risada, incrédula.

– Você não pode ser tão ingênuo, Travis. Quando se está na folha de pagamento do Benny, você não vai lutar para ele somente uma vez por mês. Esqueceu do Dane? Você vai acabar se tornando um dos capangas dele!

Ele balançou a cabeça.

– Nós já discutimos sobre isso, Flor. Ele não quer que eu faça nada além de participar das lutas.

– E você confia nele? Sabe por que o chamam de Benny Liso por aqui?

– Eu quero comprar um carro pra você, Beija-Flor. Um carro legal. Além de pagar as mensalidades da faculdade, as minhas e as suas.

– Ah, a máfia está distribuindo bolsas de estudos agora?

Travis cerrou o maxilar. Ele estava irritado por ter que me convencer.

– Isso vai ser bom pra gente. Eu posso guardar dinheiro até comprarmos uma casa. Não consigo ganhar isso em nenhum outro lugar!

– E quanto à sua formação em direito? Você vai ver seus antigos colegas de classe com certa frequência trabalhando para o Benny, juro pra você!

– Baby, eu entendo seu medo. De verdade. Mas estou sendo esperto em relação a isso. Vou lutar por um ano e depois a gente cai fora para fazer o que bem entender.

– Não se larga simplesmente o Benny, Trav. Ele é o único que pode lhe dizer quando acabou. Você não faz ideia de com quem está lidando! Não consigo acreditar que você está sequer considerando essa possibilidade! Trabalhar para um homem que teria mandado os capangas dele nos espancarem sem dó ontem à noite se você não tivesse impedido?

– Exatamente. Eu o impedi.

– Você impediu dois dos capangas dele, Travis. O que você vai fazer se surgir uma dúzia deles? O que você vai fazer se eles vierem atrás de mim durante uma de suas lutas?

– Não faria sentido ele fazer uma coisa dessas. Vou ganhar uma montanha de dinheiro pra ele.

– No momento em que você decidir que não vai mais fazer isso, você se torna descartável. É assim que essas pessoas trabalham.

Travis se afastou de mim e olhou pela janela. As luzes piscantes coloriam suas feições em conflito. Sua decisão já estava tomada antes mesmo de ele vir falar comigo.

– Vai dar tudo certo, Beija-Flor. Vou garantir isso. E então a gente vai ficar bem.

Balancei a cabeça e me virei, enfiando as roupas na mala. Quando chegássemos em casa, ele voltaria a ser o velho Travis novamente. Las Vegas fazia coisas estranhas com as pessoas, e eu não conseguiria argumentar com Travis enquanto ele estivesse embriagado com aquele fluxo de dinheiro e uísque.

Eu me recusei a continuar discutindo o assunto até que estivéssemos no avião, com medo de que Travis me deixasse partir sem ele. Prendi o cinto de segurança e cerrei os dentes, observando-o olhar de maneira nostálgica pela janela do avião, enquanto subíamos no céu noturno. Ele já estava sentindo falta da malícia e das tentações ilimitadas que Vegas tinha a oferecer.

– É muito dinheiro, Flor.

– Não.

Ele virou a cabeça na minha direção.

– Essa decisão é minha. Não acho que você está tendo uma visão ampla das coisas.

– E eu acho que você perdeu a droga da razão.

– Você não está nem considerando a ideia?

– Não, e nem você. Você não vai trabalhar para um criminoso assassino em Las Vegas, Travis. É completamente ridículo que você pense que eu poderia considerar essa possibilidade.

Ele suspirou e olhou pela janela.

– Minha primeira luta é daqui a três semanas.

Meu queixo caiu.

– Você já concordou?

Ele piscou.

– Ainda não.

– Mas vai concordar?

Ele sorriu.

– Você vai parar de ficar brava quando eu te comprar um Lexus.

– Eu não quero um Lexus – falei, borbulhando de raiva.

– Você pode ter qualquer coisa que quiser, baby. Imagine a sensação de ir até a concessionária e só precisar escolher sua cor predileta.

– Você não está fazendo isso por mim. Pare de fingir que é por isso.

Ele se inclinou na minha direção e beijou o meu cabelo.

– Não, estou fazendo isso por nós. Você só não está conseguindo enxergar como vai ser o máximo.

Um calafrio se espalhou no meu peito e desceu pela coluna até as pernas. Ele não conseguiria raciocinar direito até que estivéssemos no apartamento, e eu estava morrendo de medo que Benny lhe tivesse feito uma oferta que ele não teria como recusar. Afastei meus temores; eu tinha que acreditar que Travis me amava o bastante para esquecer as cifras e as falsas promessas que Benny lhe tinha feito.

– Flor? Você sabe preparar peru?

– *Peru?* – falei, pega de surpresa pela súbita mudança na conversa.

Ele apertou de leve a minha mão.

– É que o feriado de Ação de Graças está chegando, e você sabe que o meu pai te adora. Ele quer que você apareça por lá, mas a gente sempre acaba pedindo uma pizza e vendo um jogo na TV. Achei que talvez eu e você pudéssemos preparar um peru juntos. Sabe, um verdadeiro jantar de Ação de Graças com peru, uma vez na vida, na casa dos Maddox.

Pressionei os lábios, tentando não rir.

– É só colocar o peru numa travessa e deixar assando o dia inteiro. Não tem muito segredo.

– Então você vem? Vai me ajudar?

Dei de ombros.

– Claro.

Ele se distraiu das intoxicantes luzes lá embaixo, e me permiti ter esperanças de que ele percebesse, no fim das contas, como estava errado em relação ao Benny.

Travis colocou nossas malas na cama e desabou ao lado delas. Ele não tinha mais tocado no assunto do Benny, e eu estava esperançosa de que Vegas tivesse começado a sair de seus pensamentos. Dei banho no Totó, com nojo pelo cheiro de fumaça e meias sujas que ele exalava por ter passado o fim de semana no apartamento do Brazil. Depois o sequei no quarto com uma toalha.

– Ah! Agora sim! – dei risada quando ele rebolou, borrifando em mim gotículas de água. Ele ficou em pé, apoiado nas patas traseiras, e lambeu meu rosto. – Também senti sua falta, bonitinho.

– Beija-Flor? – Travis me chamou, estalando os dedos nervosamente.

– O quê? – respondi, esfregando Totó com a toalha felpuda amarela.

– Eu quero fazer isso. Quero lutar em Vegas.

– Não – falei, sorrindo para a carinha feliz do Totó.

Ele suspirou.

– Você não está me ouvindo. Eu vou fazer isso. Daqui a alguns meses você vai ver que tomei a decisão certa.

– Você vai trabalhar para o Benny?

Ele assentiu, nervoso, e depois sorriu.

– Eu só quero cuidar de você, Flor.

Lágrimas turvaram meus olhos, sabendo que ele estava determinado.

– Eu não quero nada comprado com esse dinheiro, Travis. Não quero nada que tenha a ver com o Benny, nem com Vegas, nem com nada daquilo.

– Você não via problema algum em comprar um carro com o dinheiro das minhas lutas aqui.

– É diferente, e você sabe.

Ele franziu a testa.

– Vai ficar tudo bem, Flor. Você vai ver.

Fiquei olhando para ele por um instante, na esperança de ver um reluzir de diversão em seus olhos, esperando que ele me dissesse que estava brincando. Mas tudo que pude ver foi incerteza e ganância.

– Então por que você me perguntou, Travis? Se ia trabalhar para o Benny não importando o que eu dissesse?

– Porque quero o seu apoio, mas é muito dinheiro para recusar. Eu seria louco de dizer não.

Fiquei sentada por um momento, sem reação. Quando consegui digerir tudo, assenti.

– Tudo bem, então. Você tomou sua decisão.

Travis reluzia de felicidade.

– Você vai ver, Beija-Flor. Vai ser o máximo! – ele exclamou, me puxando para fora da cama e beijando meus dedos. – Estou morrendo de fome, e você?

Fiz que não, e ele beijou minha testa antes de ir até a cozinha. Ao ouvir seus passos sumindo no corredor, puxei minhas roupas dos cabides, agradecida por ter lugar na mala para a maioria das minhas coisas. Lágrimas de raiva escorriam pelo meu rosto. Eu sabia que não devia ter levado Travis àquele lugar. Eu tinha lutado com unhas e dentes para mantê-lo afastado do lado negro da minha vida e, no momento em que a oportunidade se apresentou, eu o arrastei sem pensar duas vezes ao centro de tudo que eu odiava.

Travis agora faria parte daquilo e, se ele não ia me deixar salvá-lo, eu tinha que pelo menos me salvar.

A mala estava tão cheia que por pouco não consegui fechá-la. Puxei-a da cama e passei pela cozinha sem nem olhar para ele. Desci rapidamente os degraus, aliviada por America e Shepley ainda estarem se beijando e rindo no estacionamento, transferindo a bagagem dela de carro.

– Beija-Flor? – Travis me chamou da entrada do apartamento.

Peguei o pulso de America.

– Preciso que você me leve até o Morgan, Mare.

– O que está acontecendo? – ela me perguntou, notando a seriedade da situação pela expressão do meu rosto.

Olhei de relance para trás e vi Travis descendo rápido as escadas e cruzando o gramado para chegar até onde estávamos.

– O que você está fazendo? – ele me perguntou, apontando para a minha mala.

Se eu lhe contasse a verdade naquele momento, todas as esperanças de me separar do Mick, de Vegas, do Benny e de tudo que eu não queria estariam perdidas. Travis não me deixaria ir embora, e, pela manhã, eu teria me convencido a aceitar a decisão dele.

Cocei a cabeça e abri um sorriso, tentando ganhar tempo para pensar em uma desculpa.

– Flor?

– Vou levar minhas coisas até o Morgan. Lá eles têm todas aquelas lavadoras e secadoras, e eu tenho uma quantidade enorme de roupa suja para lavar.

Ele franziu a testa.

– Você ia embora sem me falar nada?

Olhei de relance para America e depois para Travis, me esforçando para chegar à mais crível mentira.

– Ela ia voltar, Trav. Você é tão paranoico – disse America, com o mesmo sorriso indiferente que havia usado tantas vezes para enganar os pais.

– Ah – ele disse, ainda na incerteza. – Você vai ficar aqui hoje à noite? – ele me perguntou, beliscando o tecido do meu casaco.

– Não sei. Depende de quando vou terminar de lavar e secar minhas roupas.

Travis sorriu, me puxando para perto dele.

– Em três semanas, vou pagar pra alguém lavar e secar suas roupas. Ou você pode simplesmente jogar fora as roupas sujas e comprar novas.

– Você vai lutar para o Benny de novo? – perguntou America, chocada.

– Ele me fez uma oferta irrecusável.

– Travis... – Shepley começou a dizer.

– Não venham pra cima de mim com essa também. Se não mudei de ideia pela Flor, não vai ser por vocês.

America encontrou o meu olhar e me entendeu.

– Bom, é melhor a gente ir, Abby. Vai levar uma eternidade pra você lavar e secar essa pilha de roupas.

Assenti, e Travis se inclinou para me beijar. Eu o puxei para perto, sabendo que seria a última vez que sentiria seus lábios nos meus.

– A gente se vê depois – disse ele. – Eu te amo.

Shepley ergueu minha mala e a colocou no porta-malas do Honda, e America se sentou ao meu lado. Travis cruzou os braços no peito, conversando com o primo enquanto America dava partida.

– Você não pode ficar no seu quarto hoje, Abby. Ele vai direto pra lá quando sacar o que aconteceu – ela disse, enquanto saía do estacionamento em marcha a ré.

Meus olhos se encheram de lágrimas, que transbordaram e caíram pelo meu rosto.

– Eu sei.

A alegria no rosto de Travis desapareceu quando ele viu minha expressão. Na mesma hora foi correndo até a minha janela do carro.

– O que aconteceu, Flor? – ele me perguntou, batendo de leve no vidro.

– Vai, Mare – falei, secando os olhos.

Eu me concentrei na rua à minha frente enquanto ele corria ao lado do carro.

– Beija-Flor? America! Para a merda desse carro! – ele gritou, batendo a palma da mão com força no vidro. – Abby, não faz isso! – ele disse, percebendo o que estava acontecendo, com uma expressão distorcida de medo.

America virou na rua principal e pisou no acelerador.

– Eu vou escutar até o fim da vida por causa disso... só pra você saber.
– Sinto muito, Mare. Muito mesmo.

Ela olhou de relance no espelho retrovisor e apertou o acelerador.

– Meu Deus, Travis – murmurou baixinho.

Eu me virei e o vi correndo a toda velocidade atrás de nós, desaparecendo e reaparecendo entre as luzes e as sombras dos postes da rua. Quando chegou ao fim da quadra, ele virou na direção oposta e seguiu correndo rumo ao apartamento.

– Ele vai voltar para pegar a moto. Vai nos seguir até o Morgan e fazer uma cena daquelas.

Fechei os olhos.

– Então anda logo. Vou dormir no seu quarto hoje. Você acha que a Vanessa vai se incomodar?

– Ela nunca está lá. Ele realmente vai trabalhar para o Benny?

A palavra ficou presa na minha garganta, então eu só assenti. America pegou minha mão e a apertou de leve.

– Você está tomando a decisão certa, Abby. Você não pode passar por isso de novo. Se ele não quer te ouvir, não vai ouvir ninguém.

Meu celular tocou. Baixei o olhar e vi a cara de bobo do Travis, então apertei o botão para ignorar a chamada. Menos de cinco segundos depois, tocou de novo. Desliguei o celular e o enfiei na bolsa.

– Isso vai dar uma puta confusão – falei, balançando a cabeça e secando os olhos.

– Não invejo sua vida pela próxima semana ou mais. Não consigo imaginar terminar o namoro com alguém que se recusa a ficar afastado. Você sabe como vão ser as coisas, não sabe?

Paramos o carro no estacionamento do Morgan. America segurou a porta aberta enquanto eu entrava com a mala. Corremos até o quarto dela e soltei o ar que vinha prendendo, esperando que ela abrisse a porta. Tão logo ela fez isso, me jogou a chave.

– Ele vai acabar sendo preso ou algo do gênero – America disse.

Ela atravessou o corredor e fiquei olhando enquanto cruzava, apressada, o estacionamento, entrando no carro no exato momento em que Travis estacionou a moto ao lado dela. Ele deu a volta correndo até o lado do passageiro e abriu a porta com tudo, olhando para o Morgan quando se deu conta de que eu não estava ali. America recuou com o carro enquanto ele corria para dentro do prédio. Eu me virei, olhando para a porta.

Na outra ponta do corredor, Travis socava a porta do meu quarto, chamando meu nome. Eu não fazia nem ideia se Kara estava lá, mas, se estivesse, me senti mal pelo que ela teria de aguentar durante os minutos seguintes, até que Travis aceitasse o fato de que eu não estava ali.

— Flor? Abre a porra dessa porta! Não vou embora até você falar comigo! — ele gritou, batendo na porta com tamanha força que o prédio todo poderia ouvi-lo.

Eu me encolhi ao ouvir a vozinha de rato de Kara.

— *Que foi?* — ela grunhiu.

Encostei o ouvido na porta, me esforçando para escutar. Não precisei me esforçar muito.

— Eu sei que ela está aí! — ele berrou. — Beija-Flor?

— Ela não... *Ei!* — Kara guinchou.

A porta bateu com tudo na parede de cimento e eu sabia que Travis havia forçado a entrada. Depois de um minuto de silêncio, ele atravessou o corredor aos berros.

— Beija-Flor! Onde ela está?

— Eu não sei! — gritou Kara, com mais raiva do que nunca.

A porta se fechou com muita força, e de repente senti um enjoo terrível e fiquei esperando pelo que ele faria em seguida.

Depois de muitos minutos de silêncio, abri uma fenda na porta e espiei pelo amplo corredor. Travis estava sentado, encostado na parede, cobrindo o rosto com as mãos. Fechei a porta o mais silenciosamente possível, preocupada que a polícia do campus pudesse ter sido chamada. Depois de uma hora, olhei de relance para o corredor de novo. Ele não havia saído do lugar.

Verifiquei mais duas vezes durante a noite e por fim peguei no sono, lá pelas quatro da manhã. Dormi até mais tarde, sabendo que não iria à faculdade naquele dia. Liguei o celular para verificar as mensagens e vi que Travis tinha enchido minha caixa postal. As infinitas mensagens de texto que ele tinha me enviado durante a noite variavam de pedidos de desculpas a desvarios descontrolados.

Liguei para America à tarde, na esperança de que Travis não tivesse confiscado o celular dela. Quando ela atendeu, soltei um suspiro.

– Oi.

Ela manteve a voz baixa.

– Não contei pro Shepley onde você está. Não quero que ele fique no meio disso. O Travis está louco da vida comigo. Provavelmente vou passar a noite no Morgan hoje.

– Se o Travis não tiver se acalmado... boa sorte ao tentar dormir aqui. Ele fez uma performance digna de Oscar no corredor ontem à noite. Estou surpresa de ninguém ter chamado os seguranças.

– Ele foi expulso da aula de história hoje. Quando você não apareceu, ele chutou e virou a sua carteira e a dele. O Shep ouviu dizer que ele ficou esperando por você depois de todas as suas aulas. Ele está ficando maluco, Abby. Eu disse a ele que estava tudo acabado entre vocês dois no momento em que ele tomou a decisão de trabalhar para o Benny. Não consigo acreditar que ele achou por um único segundo que você ficaria de boa com isso.

– Acho que a gente vai se ver quando você chegar aqui. Ainda não posso ir para o meu quarto.

America e eu fomos colegas de quarto durante a semana que se seguiu, e ela se certificou de manter Shepley afastado para que ele não ficasse tentado a contar a Travis o meu paradeiro. Era desgastante tentar não me deparar com ele. Eu evitava a todo custo o refeitório e a aula de história, e agia com cautela, saindo mais cedo das aulas. Eu sabia que teria de conversar com Travis em algum momento, mas não conseguiria fazer isso até que ele estivesse calmo a ponto de aceitar a minha decisão.

Na sexta-feira à noite, eu estava sentada na cama, sozinha, segurando o celular ao ouvido. Revirei os olhos quando meu estômago grunhiu.

– Eu posso ir te buscar e te levar pra jantar – me disse America.

Fiquei folheando o livro de história, pulando as páginas em que Travis tinha desenhado e escrito mensagens de amor nas margens.

– Não, essa é a sua primeira noite com o Shep em quase uma semana, Mare. Eu dou uma passada lá no refeitório.

– Tem certeza?

– Tenho. Fala pro Shep que eu mandei um "oi".

Fui caminhando devagar até o refeitório, sem pressa alguma de aguentar os olhares fixos em mim daqueles que estavam às mesas. A faculdade inteira estava alvoroçada com nosso término, e o comportamento volátil de Travis não ajudava. Assim que avistei as luzes do refeitório, vi uma silhueta escura se aproximando.

– Beija-Flor?

Parei, alarmada. Travis apareceu sob a luz, pálido e com a barba por fazer.

– Meu Deus, Travis! Você quase me mata de susto!

– Se você atendesse o telefone quando eu te ligo, eu não precisaria te seguir no escuro.

– Você está com uma cara horrível – falei.

– Estive no inferno uma ou duas vezes essa semana.

Apertei os braços ao redor do corpo.

– Estou indo pegar algo pra comer. Te ligo depois, tá?

– Não. Nós precisamos conversar.

– Trav...

– Eu recusei a oferta do Benny. Liguei pra ele na quarta-feira e disse "não".

Havia um brilho de esperança em seus olhos, que desapareceu quando ele notou a minha expressão.

– Eu não sei o que você quer que eu diga, Travis.

– Diz que me perdoa. Que me aceita de volta.

Cerrei os dentes, me proibindo de chorar.

– Não posso.

Seu rosto se contorceu. Aproveitei a oportunidade para dar a volta por ele, mas ele deu um passo para o lado e se pôs no meu caminho.

– Eu não comi, não dormi... não consigo me concentrar. Eu sei que você me ama. Tudo vai voltar a ser como era se você me aceitar de volta.

Fechei os olhos.

– A gente não dá certo juntos, Travis. Acho que você está obcecado com o pensamento de me possuir mais do que qualquer outra coisa.

– Isso não é verdade. Eu te amo mais do que amo a minha própria vida, Beija-Flor – disse ele, magoado.
– É exatamente disso que eu estou falando. Isso é papo de gente louca.
– Não é loucura. É a verdade.
– Tudo bem... então qual é a ordem pra você? É o dinheiro, eu, sua vida... ou tem algo que vem antes do dinheiro?
– Eu percebi o que eu fiz, ok? Eu entendo por que você pensa assim, mas, se eu soubesse que você ia me deixar, eu nunca teria... Eu só queria cuidar de você.
– Você já disse isso.
– Por favor, não faz isso. Eu não suporto essa sensação... isso está... está me matando – ele disse, exalando como se o ar tivesse saído por nocaute.
– Pra mim chega, Travis.
Ele se encolheu.
– Não diz isso.
– *Acabou*. Vai pra casa.
Ele juntou as sobrancelhas.
– *Você* é a minha casa.
As palavras dele foram cortantes, e meu peito ficou tão apertado que era difícil respirar.
– Você fez sua escolha, Trav. E eu fiz a minha – falei, amaldiçoando o tremor na minha voz.
– Eu vou ficar longe de Las Vegas e longe do Benny... Vou terminar a faculdade. Mas eu preciso de você. Você é a minha melhor amiga. – A voz dele estava desesperada e partida, igualando-se à sua expressão.
Sob a luz difusa, pude ver uma lágrima cair de seu olho e, no momento seguinte, ele esticou a mão para mim e eu estava em seus braços, e seus lábios nos meus. Ele me abraçou apertado de encontro ao peito e me beijou, depois aninhou meu rosto nas mãos, pressionando os lábios com mais força na minha boca, desesperado para obter uma reação.
– Me beija – ele sussurrou, selando a boca na minha.
Mantive os olhos e a boca fechados, relaxando em seus braços. Precisei de todas as forças em meu ser para não mover minha boca junto à dele, tendo desejado aqueles lábios a semana inteira.

– Me beija! – ele implorou. – Por favor, Beija-Flor! Eu disse pra ele que não vou!

Quando senti lágrimas quentes ardendo em meu rosto frio, eu o afastei.

– Me deixa em paz, Travis!

Eu tinha conseguido andar menos de um metro quando ele me agarrou pelo pulso. Meu braço ficou reto, estirado para trás. Não me virei.

– Eu te imploro. – Meu braço abaixou e senti um puxão quando ele se pôs de joelhos. – Estou te implorando, Abby. Não faz isso.

Eu me virei e me deparei com sua expressão de agonia, então meus olhos se voltaram para baixo e vi meu nome em espessas letras negras estampado em seu pulso flexionado. Desviei o olhar em direção ao refeitório. Ele havia provado para mim aquilo que eu temera o tempo todo. Por mais que ele me amasse, quando houvesse dinheiro envolvido, eu ficaria em segundo lugar. Exatamente como era com Mick.

Se eu cedesse, ou ele mudaria de ideia em relação a Benny ou ficaria ressentido comigo todas as vezes em que o dinheiro pudesse tornar sua vida mais fácil. Eu o imaginava em um emprego num escritório, voltando para casa com a mesma expressão que Mick tinha depois de uma noite de azar. Seria minha culpa que a vida dele não era o que ele desejava, e eu não podia permitir que meu futuro fosse atormentado pela amargura e pelo arrependimento que havia deixado para trás.

– Me solta, Travis.

Depois de vários minutos, ele por fim soltou meu braço. Fui correndo até a porta de vidro, abrindo-a com força, sem olhar para trás. Todo mundo no salão ficou me encarando enquanto eu caminhava em direção ao bufê, e, assim que cheguei lá, todos se viraram para olhar para o lado de fora das janelas, onde Travis estava de joelhos, com as palmas estiradas no chão.

A visão dele ajoelhado ali fez com que as lágrimas que eu vinha segurando voltassem a escorrer rapidamente pelo meu rosto. Passei pelas pilhas de pratos e travessas, atravessando o corredor a toda velocidade em direção aos banheiros. Já era ruim o bastante que todo mundo tivesse visto a cena entre mim e Travis. Eu não poderia deixar que me vissem chorar.

Fiquei encolhida e tremendo na cabine do banheiro durante uma hora, chorando descontroladamente, até que ouvi alguém bater à porta de leve.

– Abby?

Funguei.

– O que você está fazendo aqui, Finch? Você está no banheiro feminino.

– A Kara te viu entrando e foi até o meu quarto me buscar. Me deixa entrar – ele disse, com uma voz terna.

Fiz que não com a cabeça. Eu sabia que ele não podia me ver, mas não conseguia falar mais nenhuma palavra. Ouvi o suspiro que ele soltou e então vi suas mãos espalmadas no chão, quando ele começou a rastejar sob a porta da cabine.

– Não acredito que você está me obrigando a fazer isso – ele disse, se arrastando por debaixo da porta. – Você vai lamentar não ter aberto essa porta, porque acabei de rastejar nesse chão coberto de xixi e agora vou te abraçar.

Dei risada uma vez, e então meu rosto ficou comprimido em volta do sorriso quando Finch me abraçou. Meus joelhos fraquejaram, e ele me abaixou com cuidado até o chão e me colocou no colo.

– Shhhh – disse, me embalando em seus braços. Depois suspirou e balançou a cabeça. – Que droga, menina. O que eu vou fazer com você?

17
NÃO, OBRIGADA

Fiquei fazendo desenhos no meu caderno, quadrados dentro de quadrados, conectando uns aos outros para formar caixas rudimentares em 3D. Dez minutos antes de a aula começar, a sala ainda estava vazia. Minha vida estava começando a entrar nos eixos de novo, mas precisei de alguns minutos para me preparar psicologicamente para estar cercada de pessoas que não fossem Finch e America.

– Só porque não estamos mais namorando, não quer dizer que você não pode usar a pulseira que te dei – disse Parker, assim que se sentou ao meu lado.

– Venho querendo te perguntar se você quer que eu devolva.

Ele sorriu, inclinando-se na minha direção para desenhar um laço em uma das caixas no meu caderno.

– Foi presente, Abs. Não dou presentes com condições.

A professora Ballard ligou o retroprojetor enquanto se sentava à frente da classe, depois ficou remexendo nos papéis em sua mesa abarrotada. A sala de repente ficou alvoroçada com conversas, que ecoavam pelas grandes janelas molhadas de chuva.

– Ouvi dizer que você e o Travis terminaram faz umas semanas. – Parker ergueu uma das mãos ao ver minha expressão de impaciência. – Não é da minha conta. É só que você parece tão triste, e eu queria te dizer que sinto muito.

– Obrigada – murmurei, virando uma página em branco no caderno.

– E também quero pedir desculpas pelo meu comportamento. O que eu fiz foi... grosseiro. Eu só estava com raiva e descontei em você. Não foi justo, e eu peço desculpas.

– Não estou interessada em namorar, Parker – falei em tom de aviso. Ele deu uma risada abafada.

– Não estou tentando me aproveitar da situação. Nós ainda somos amigos, e quero ter certeza que está tudo bem com você.

– Estou bem.

– Você vai voltar pra casa no feriado de Ação de Graças?

– Vou pra casa da America. Geralmente janto na casa dela no Dia de Ação de Graças.

Ele começou a falar alguma coisa, mas a professora Ballard iniciou a aula. O assunto do Dia de Ação de Graças me fez pensar em meus planos anteriores de ajudar Travis com o peru. Pensei em como teria sido, e me peguei preocupada com o fato de que eles acabariam pedindo pizza de novo. Uma sensação de angústia tomou conta de mim, mas a afastei imediatamente, fazendo o meu melhor para me concentrar em cada palavra dita pela professora.

Depois da aula, fiquei vermelha quando vi Travis vir do estacionamento quase correndo na minha direção. Ele estava com a barba feita, vestia um moletom com capuz e seu boné vermelho predileto de beisebol, abaixando a cabeça para se proteger da chuva.

– A gente se vê depois do intervalo, Abs – disse Parker, encostando a mão de leve nas minhas costas.

Esperei por um olhar cheio de raiva de Travis, mas ele nem pareceu notar a presença de Parker enquanto se aproximava.

– Oi, Flor.

Dei um sorriso meio sem graça, e ele enfiou as mãos no bolso da frente do moletom.

– O Shepley me disse que você vai com ele e com a Mare para Wichita amanhã.

– É.

– Você vai passar o feriado inteiro na casa da America?

Dei de ombros, tentando parecer casual.

– Sou muito chegada aos pais dela.

– E a sua mãe?

– Ela vive bêbada, Travis. Nem vai saber que é Ação de Graças.

De repente ele ficou nervoso, e meu estômago se contorceu com a possibilidade de um segundo quebra-pau em público. Um trovão rugiu sobre nós, e Travis ergueu a cabeça, apertando os olhos enquanto grandes gotas de chuva caíam em seu rosto.

– Preciso te pedir um favor – ele me disse. – Vem cá.

Ele me puxou para debaixo do toldo mais próximo e consenti, tentando evitar outra cena.

– Que tipo de favor? – perguntei, desconfiada.

– Meu... hum... – Ele alternou o peso do corpo, se apoiando ora em uma perna, ora em outra. – Meu pai e os caras estão esperando você na quinta-feira.

– Travis! – falei, em tom de queixa.

Ele olhou para baixo.

– Você disse que ia.

– Eu sei, mas... é um pouco sem sentido agora, você não acha?

Ele pareceu não se incomodar.

– Você disse que ia.

– A gente ainda estava junto quando concordei em ir pra casa do seu pai. Você sabia que agora eu não iria.

– Eu não sabia e, de qualquer forma, agora é tarde demais. O Thomas já está vindo de avião pra cá, e o Tyler tirou folga no trabalho. Todo mundo está ansioso pra te ver.

Eu me encolhi, torcendo as mechas molhadas dos cabelos em volta do dedo.

– Eles iam vir de qualquer forma, não iam?

– Nem todos. Faz anos que a gente não se reúne mais no Dia de Ação de Graças. Todos eles fizeram um esforço, já que prometi uma refeição de verdade pra eles. Não temos uma mulher na cozinha desde que minha mãe morreu e...

– Isso nem é machista nem nada.

Ele inclinou a cabeça para o lado.

– Não foi isso que eu quis dizer, Flor, poxa! Todos nós queremos você lá. É isso que estou dizendo.

– Você não contou pra eles sobre a gente, não é? – desferi as palavras no tom mais acusador que consegui usar.

Ele ficou inquieto por um instante e fez que não com a cabeça.

– Meu pai me perguntaria o motivo, e não estou preparado pra conversar com ele sobre isso. Ia ser um sermão interminável. Por favor, vamos, Flor.

– Tenho que colocar o peru no forno às seis da manhã. A gente teria que sair daqui lá pelas cinco...

– Ou a gente pode dormir lá.

Subitamente ergui as sobrancelhas.

– De jeito nenhum! Já é ruim o suficiente precisar mentir pra sua família e fingir que ainda estamos juntos.

– Você está agindo como se eu tivesse pedido pra você atear fogo em si mesma.

– Você devia ter contado pra eles!

– Eu vou contar. Depois do Dia de Ação de Graças... eu conto.

Suspirei, desviando o olhar.

– Se você jurar que isso não é nenhum esquema pra tentar me fazer voltar com você, eu vou.

Ele assentiu.

– Eu juro.

Embora Travis estivesse tentando ocultar, eu vi uma centelha em seus olhos. Pressionei os lábios para não sorrir.

– Vejo você às cinco.

Ele se inclinou para beijar o meu rosto, deixando os lábios por um tempinho em minha pele.

– Valeu, Beija-Flor.

America e Shepley me encontraram na porta do refeitório e entramos juntos. Puxei com força o garfo e a faca do porta-talheres e larguei o prato na bandeja.

– O que é que você tem, Abby? – ela me perguntou.

– Não vou viajar com vocês amanhã.

Shepley ficou boquiaberto.

– Você vai pra casa dos Maddox?

Os olhos de America se voltaram como dardos na direção dos meus.

– Você *o quê*?

Suspirei e entreguei minha carteirinha de estudante ao caixa.

– Eu prometi ao Trav que iria quando a gente estava no avião, e ele disse pra família inteira que eu estaria lá.

– Em defesa dele – Shepley falou –, ele realmente não achou que vocês iam terminar. Ele achou que você ia acabar voltando. E já era tarde demais quando ele se tocou que você não estava de brincadeira.

– Isso é bobagem, Shep, e você sabe disso – falou America, borbulhando de raiva. – Você não precisa ir se não quiser, Abby.

Ela estava certa. Eu tinha escolha, mas não poderia fazer isso com Travis. Nem mesmo se o odiasse. E eu não o odiava.

– Se eu não for, ele vai ter que explicar pra eles por que não apareci, e não quero estragar o Dia de Ação de Graças deles. Todos estão vindo pra casa porque acham que vou estar lá.

Shepley abriu um sorriso.

– Eles gostam mesmo de você, Abby. O Jim ficou falando de você para o meu pai outro dia.

– Que ótimo – murmurei.

– A Abby está certa – ele disse. – Se ela não for, o Jim vai passar o dia inteiro enchendo o saco do Trav. Não tem por que estragar o dia deles.

America colocou o braço em volta dos meus ombros.

– Você ainda pode vir com a gente. Você não está mais com ele e não precisa continuar salvando a pele dele.

– Eu sei, Mare, mas é a coisa certa a fazer.

O sol se refletia nos prédios lá fora, e eu estava parada na frente do espelho passando a escova nos cabelos, enquanto tentava descobrir como conseguiria fingir ainda estar com Travis.

– É só um dia, Abby. Você consegue lidar com isso – falei para o espelho.

Fingir nunca foi um problema para mim. O que me preocupava era o que aconteceria enquanto estivéssemos fingindo. Quando Travis me deixasse em casa depois do jantar, eu teria que tomar uma decisão. Decisão essa que seria distorcida por uma falsa sensação de felicidade que passaríamos para a família dele.

288

Toc, toc.

Eu me virei e olhei para a porta. Kara não tinha voltado para o quarto a noite toda. Eu sabia que America e Shepley já tinham pegado a estrada e não conseguia imaginar quem era. Coloquei a escova sobre a mesa e abri a porta.

– Travis? – falei baixinho.

– Você está pronta?

Ergui uma sobrancelha.

– Pronta pra quê?

– Você disse para vir te buscar às cinco.

Cruzei os braços sobre o peito.

– Eu quis dizer cinco *da manhã*!

– Ah – ele disse, parecendo desapontado. – Acho que vou ter que ligar para o meu pai pra avisar que não vamos passar a noite lá então.

– Travis! – reclamei.

– Eu peguei o carro do Shep pra gente não ter que levar as malas na moto. Tem um quarto sobrando em que você pode dormir. Nós podemos ver um filme ou...

– Eu *não vou* passar a noite na casa do seu pai!

A expressão dele ficou triste.

– Tudo bem. Eu... hum... te vejo amanhã de manhã.

Ele deu um passo para trás e fechei a porta, me apoiando nela. Todas as minhas emoções se entrelaçavam em minhas entranhas, então soltei um suspiro exasperado. Com a expressão desapontada de Travis fresca na mente, abri a porta e saí, vendo que ele estava atravessando o corredor devagar, discando ao celular.

– Travis, espera. – Ele se virou e o olhar de esperança em seus olhos fez meu peito doer. – Me dá um minuto pra colocar umas coisas na mala.

Um sorriso de alívio e gratidão se espalhou em seu rosto. Ele foi atrás de mim até o quarto e ficou olhando enquanto eu arrumava a mala.

– Eu ainda te amo, Flor.

Não ergui o olhar.

– Não começa. Não estou fazendo isso por você.

Ele inspirou com dificuldade.

– Eu sei.

Seguimos viagem em silêncio até a casa do pai dele. O carro parecia carregado de uma energia nervosa, e era difícil ficar sentada no banco de couro frio. Quando chegamos, Trenton e Jim saíram na varanda, e sorridentes. Travis pegou nossas malas de dentro do carro, e Jim deu uns tapinhas de leve nas costas dele.

– Que bom ver você, filho. – O sorriso dele ficou ainda mais largo quando olhou para mim. – Abby Abernathy. Estamos esperando ansiosamente pelo jantar amanhã. Faz muito tempo desde que... Bom, faz muito tempo.

Assenti e segui Travis casa adentro. Jim repousou a mão na barriga protuberante e abriu um largo sorriso.

– Arrumei lugar pra vocês dois no quarto de hóspedes, Trav. Achei que você não ia querer brigar com o gêmeo no seu quarto.

Olhei para Travis. Era difícil observar enquanto ele lutava para encontrar as palavras.

– A Abby... hum... ela vai ficar... no quarto de hóspedes. Eu vou dormir no meu.

Trenton fez uma careta.

– Por quê? Ela tem ficado no seu apartamento, não tem?

– Não nos últimos tempos – ele disse, tentando desesperadamente evitar a verdade.

Jim e Trenton trocaram olhares de relance.

– O quarto do Thomas está sendo usado como uma espécie de depósito faz anos, então eu ia deixar ele ficar no seu quarto. Acho que ele pode dormir no sofá – disse Jim, olhando para as almofadas desbotadas e caindo aos pedaços na sala de estar.

– Não se preocupe com isso, Jim. A gente só estava tentando manter o respeito – eu disse, colocando a mão no braço dele.

Sua risada alta ecoou pela casa, e ele deu uns tapinhas de leve na minha mão.

– Você conhece meus filhos, Abby. Devia saber que é quase impossível me ofender.

Travis fez um sinal com a cabeça apontando para as escadas e fui atrás dele. Ele abriu a porta com o pé e colocou nossas malas no chão, olhando para a cama e depois se virando para mim. O quarto era forrado de painéis marrons, e o carpete, da mesma cor, tinha passado da hora de ser trocado. As paredes eram de um branco sujo, com a tinta descascando em alguns lugares. Vi apenas uma moldura na parede, enquadrando uma foto de Jim com a mãe de Travis. O fundo da foto era um azul genérico de estúdio fotográfico; o casal tinha o cabelo alisado e o rosto sorridente e jovem. A foto devia ter sido tirada antes de eles terem os meninos, já que nenhum dos dois parecia ter mais de vinte anos.

– Desculpa, Flor. Vou dormir no chão.

– Ah, mas vai mesmo! – falei, puxando os cabelos e prendendo-os em um rabo de cavalo. – Não acredito que deixei você me convencer a fazer isso.

Ele se sentou na cama e esfregou o rosto, frustrado.

– Isso vai ser uma puta confusão. Não sei onde eu estava com a cabeça.

– Eu sei exatamente onde você estava com a cabeça. Não sou idiota, Travis.

Ele ergueu o olhar para mim e sorriu.

– Mas ainda assim você veio.

– Tenho que deixar tudo pronto para amanhã – falei, abrindo a porta.

Ele se levantou.

– Vou te ajudar.

Nós descascamos uma montanha de batatas, picamos verduras e legumes, colocamos o peru para descongelar e começamos a preparar a massa da torta. A primeira hora foi pra lá de desconfortável, mas, quando os gêmeos chegaram, todo mundo se reuniu na cozinha. Jim contava histórias sobre cada um de seus meninos, e demos risada das histórias sobre feriados desastrosos de Ação de Graças, quando eles tentaram fazer algo que não fosse pedir pizza.

– A Diane era uma tremenda de uma cozinheira – falou Jim, pensativo. – O Trav não lembra, mas não fazia sentido tentar cozinhar depois que ela faleceu.

– Sem pressão, Abby – disse Trenton, dando uma risadinha e pegando uma cerveja na geladeira. – Vamos pegar as cartas. Quero tentar recuperar um pouco daquele dinheiro que a Abby me tirou.

Jim mexeu um dedo para o filho.

— Nada de pôquer esse fim de semana, Trent. Eu peguei o dominó, vá arrumar as peças. Nada de apostar, estou falando sério.

Trenton balançou a cabeça.

— Tudo bem, meu velho, tudo bem.

Os irmãos saíram da cozinha e Trent parou para olhar para trás.

— Vem, Trav.

— Estou ajudando a Flor.

— Estou quase acabando, baby — falei. — Pode ir.

Os olhos dele ganharam um ar mais terno ao ouvir minhas palavras, e ele pôs a mão no meu quadril.

— Tem certeza?

Fiz que sim, e ele se inclinou para beijar o meu rosto, dando um apertãozinho no meu quadril antes de acompanhar Trenton até a sala de jogos. Jim ficou observando seus filhos saírem, balançando a cabeça e sorrindo.

— É incrível isso que você está fazendo, Abby. Acho que você não se dá conta de como ficamos gratos por isso.

— Foi ideia do Trav. Fico feliz em poder ajudar.

Ele apoiou o corpo forte no balcão, tomando um gole de cerveja enquanto ponderava sobre as palavras que diria a seguir.

— Você e o Travis não conversaram muito. Estão tendo problemas?

Espremi o detergente dentro da pia enquanto a enchia com água quente, tentando pensar em algo para dizer que não fosse uma mentira descarada.

— As coisas estão um pouco diferentes, eu acho.

— Foi o que pensei. Você precisa ser paciente com ele. O Travis não se lembra muito disso, mas ele era muito chegado à mãe e, depois que a perdemos, ele nunca mais foi o mesmo. Achei que quando ele crescesse isso fosse mudar, já que ele era muito novinho quando ela faleceu. Foi difícil para todos nós, mas para o Trav... ele parou de tentar amar as pessoas depois disso. Fiquei surpreso quando ele trouxe você aqui. A forma como ele age quando está perto de você, o modo como ele te olha... Eu soube que você era especial.

Eu sorri, mas mantive o olhar na louça.

– O Travis vai te dar muito trabalho. Vai cometer muitos erros. Ele cresceu cercado de um bando de meninos sem mãe e com um pai velho, solitário e ranzinza. Todos nós ficamos um pouco perdidos depois que a Diane morreu, e acho que não ajudei os meninos a lidarem com isso da forma como deveria. Sei que é difícil não botar a culpa nele, mas você precisa amar o Travis de qualquer forma, Abby. Você é a única mulher que ele já amou além da própria mãe. Não sei o que aconteceria com ele se você também o deixasse.

Engoli as lágrimas e assenti, incapaz de responder. Jim colocou a mão no meu ombro e apertou-o de leve.

– Eu nunca vi o Travis sorrir como faz quando está com você. Espero que todos os meus meninos encontrem uma Abby na vida deles um dia.

Os passos dele foram sumindo enquanto ele atravessava o corredor, e eu me agarrei à beirada da pia para recuperar o fôlego. Eu sabia que passar o feriado com Travis e a família dele seria difícil, mas não achei que meu coração fosse ficar partido novamente. Os homens faziam piadas e riam na sala ao lado, e eu lavava e secava a louça, colocando-a no lugar. Limpei a cozinha, lavei as mãos e fui andando até a escada para ir me deitar.

Travis me agarrou pela mão.

– É cedo, Flor. Você não vai dormir já, vai?

– O dia foi longo. Estou cansada.

– A gente estava se preparando para ver um filme. Por que você não volta aqui pra baixo e fica com a gente?

Ergui o olhar para os degraus, depois o baixei e me deparei com o sorriso esperançoso dele.

– Tudo bem.

Ele me levou pela mão até o sofá, e ficamos sentados juntos enquanto passavam os créditos.

– Apaga a luz, Taylor – Jim pediu.

Travis esticou o braço atrás de mim, descansando-o nas costas do sofá. Ele estava tentando manter as aparências e me acalmar. Ele tinha sido bem cuidadoso em não se aproveitar da situação, e eu me vi em conflito, ao mesmo tempo grata e decepcionada por causa disso. Sentada assim, tão perto dele, sentindo o cheiro de seu cigarro e de sua colônia, era muito difícil manter distância, tanto física quanto emocionalmente. Exatamente como eu temia, minha determinação estava falhando. Eu lutava para bloquear tudo que Jim havia me dito na cozinha.

No meio do filme, a porta da frente da casa se abriu e Thomas apareceu, com as malas na mão.

– Feliz Ação de Graças! – disse ele, colocando a bagagem no chão.

Jim se levantou e abraçou o filho mais velho, e todos, menos Travis, foram cumprimentá-lo.

– Você não vai dizer "oi" para o Thomas? – sussurrei.

Ele não olhou para mim quando respondeu, observando sua família se abraçar e rir.

– Tenho só uma noite com você e não vou desperdiçar nem um segundo.

– Oi, Abby. É bom te ver de novo – Thomas sorriu.

Travis pôs a mão no meu joelho e olhei para baixo, depois para ele. Ao notar minha expressão, ele tirou a mão e entrelaçou os dedos no colo.

– Oh-oh. Problemas no paraíso? – Thomas perguntou.

– Cala a boca, Tommy – resmungou Travis.

O clima na sala ficou alterado e senti todos os olhos em mim, esperando por uma explicação. Sorri, nervosa, e peguei a mão de Travis.

– Nós só estamos cansados. Trabalhamos a noite toda na preparação da comida – falei, apoiando a cabeça no ombro dele.

Ele olhou para baixo, para nossas mãos, e apertou a minha, franzindo um pouco as sobrancelhas.

– Falando em cansaço, estou exausta – eu disse baixinho. – Vou pra cama, baby. – Olhei para todos os outros. – Boa noite, pessoal.

– Boa noite, filha – disse Jim.

Os irmãos de Travis me deram boa noite, e subi as escadas.

– Também vou dormir – ouvi-o dizer.

– Aposto que vai – disse Trenton, provocando-o.

– Maldito sortudo – resmungou Tyler.

– Ei, não vamos falar da irmã de vocês desse jeito – Jim avisou.

Senti meu estômago se contorcer. A única família de verdade que eu tivera em anos foram os pais de America, e, embora Mark e Pam sempre tivessem cuidado de mim com verdadeira bondade, eram pais emprestados. Aqueles seis homens barulhentos, desbocados e adoráveis lá embaixo tinham me recebido de braços abertos, e amanhã eu diria adeus a eles pela última vez.

Travis segurou a porta do quarto antes que se fechasse e ficou parado onde estava.

– Quer que eu espere no corredor enquanto você se troca?
– Vou tomar uma ducha e me vistir no banheiro.

Ele esfregou a nuca.

– Tudo bem. Vou fazer uma cama pra mim então.

Assenti e fui para o banheiro. Lavei-me com força no chuveiro detonado, concentrando-me nas manchas de água e nos restos de sabão para lutar contra o medo que eu sentia tanto pela noite quanto pela manhã que eu tinha pela frente. Quando voltei para o quarto, Travis jogava um travesseiro no chão em sua cama improvisada. Ele me deu um sorriso fraco antes de ir tomar banho.

Fui para a cama, puxando as cobertas até o peito, tentando ignorar os cobertores no chão. Quando Travis voltou, ficou olhando para eles com a mesma tristeza que eu senti. Depois apagou a luz, aconchegando-se no travesseiro.

Fiquei em silêncio por alguns minutos e então o ouvi soltar um longo e triste suspiro.

– Essa é nossa última noite juntos, não é?

Esperei um instante, tentando pensar na coisa certa a dizer.

– Não quero brigar, Trav. Só vamos dormir, tá?

Ao ouvi-lo se mexer, me virei de lado para olhar para ele, pressionando a bochecha no travesseiro. Ele apoiou a cabeça na mão e ficou me encarando, olhando fundo nos meus olhos.

– Eu te amo.

Observei-o por um momento.

– Você prometeu.

– Eu prometi que isso não era um esquema para voltarmos a ficar juntos. Não era mesmo. – Ele estendeu a mão para encostar na minha. – Mas, se isso significasse estar com você de novo, não posso dizer que não consideraria a possibilidade.

– Eu me importo com você. Não quero que você se magoe, mas eu devia ter seguido meu instinto desde o começo. A gente nunca teria dado certo.

– Mas você me amava de verdade, não é?

Pressionei os lábios um no outro.

– Ainda amo.

Os olhos dele ganharam brilho e ele apertou minha mão.

– Posso te pedir um favor?

– Eu estou no meio da última coisa que você me pediu para fazer – falei com um sorriso forçado.

As feições dele estavam firmes, sem se incomodar com a minha expressão.

– Se realmente chegou o fim... se você realmente não quer mais nada comigo... me deixa te abraçar hoje?

– Não acho uma boa ideia, Trav.

Ele apertou a mão sobre a minha.

– Por favor. Não consigo dormir sabendo que você está a meio metro de mim e que nunca mais vou ter essa chance.

Encarei os olhos desesperados dele por um instante e depois franzi a testa.

– Não vou transar com você.

Ele balançou a cabeça.

– Não é isso que estou pedindo.

Fiquei olhando o quarto sob a luz difusa, pensando nas consequências, me perguntando se eu conseguiria dizer não a Travis se ele mudasse de ideia. Fechei os olhos com força e então me afastei da beirada da cama, virando o cobertor. Ele subiu na cama comigo e rapidamente me abraçou com força. Seu peito nu subia e descia com a respiração irregular, e me amaldiçoei por me sentir tão em paz encostada em sua pele.

– Vou sentir falta disso – falei.

Travis beijou meus cabelos e me puxou para junto de si. Ele parecia incapaz de ficar perto o bastante de mim. Enterrou o rosto no meu pescoço e descansei a mão confortavelmente em suas costas, embora estivesse com o coração tão partido quanto ele. Ele inspirou com dificuldade e encostou a testa no meu pescoço, fazendo pressão com os dedos nas minhas costas. Por mais infelizes que estivéssemos na última noite da aposta, dessa vez era muito, muito pior.

– Eu... acho que não consigo fazer isso, Travis.

Ele me puxou com mais força para junto de si e senti a primeira lágrima cair do meu olho e escorrer pela minha têmpora.

– Não consigo fazer isso – falei, cerrando com força os olhos.

– Então não faça – ele me disse, com a boca encostada na minha pele. – Me dá mais uma chance.

Tentei me afastar dele, mas sua pegada era tão firme que impedia qualquer possibilidade de fuga. Cobri o rosto com ambas as mãos enquanto meus soluços nos chacoalhavam. Ele olhou para mim com olhos pesados e úmidos. Com seus dedos grandes e macios, puxou as mãos que cobriam meu rosto e beijou a palma de uma delas. Inspirei, vacilante, enquanto ele olhava para os meus lábios e voltava a me olhar nos olhos.

– Eu nunca vou amar alguém como amo você, Beija-Flor.

Funguei e pus a mão no rosto dele.

– Eu não posso.

– Eu sei – ele disse, com a voz partida. – Eu nunca acreditei que era bom o bastante pra você.

Meu rosto ficou enrugado e balancei a cabeça.

– Não é só você, Trav. Não somos bons um para o outro.

Ele balançou a cabeça, querendo dizer alguma coisa, mas pensou melhor e não falou nada. Depois de inspirar longa e profundamente, descansou a cabeça no meu peito. Quando os números verdes no relógio marcaram onze horas, a respiração dele finalmente ficou mais lenta e regular. Meus olhos ficaram pesados, e pisquei algumas vezes antes de pegar no sono.

– Ai! – gritei, puxando a mão do fogão e automaticamente levando-a à boca.

– Você está bem, Flor? – Travis me perguntou, arrastando os pés no chão e enfiando uma camiseta pela cabeça. – Cacete! O chão está congelando!

Abafei uma risadinha enquanto o observava pular de um pé para o outro até que as solas se acostumassem ao piso frio.

O sol mal tinha acabado de surgir por entre as persianas e todos os Maddox, exceto um, estavam dormindo profundamente. Empurrei a antiga forma de estanho mais para o fundo do forno e depois o fechei, virando-me para resfriar os dedos debaixo da torneira.

– Pode voltar pra cama. Eu só tinha que colocar o peru no forno.

– Você vem? – ele me perguntou, envolvendo o peito com os braços para se proteger do frio.

– Vou.

– Vai na frente – disse ele, apontando para a escada.

Travis arrancou a camiseta quando enfiamos as pernas sob as cobertas, puxando o cobertor até o pescoço. Ele me apertou forte enquanto tremíamos de frio, esperando o corpo se aquecer no pequeno espaço entre nossa pele e as cobertas.

Senti seus lábios nos meus cabelos, e depois os movimentos em sua garganta enquanto ele falava.

– Olha, Flor. Está nevando.

Eu me virei para olhar pela janela. Os flocos brancos só eram visíveis sob o brilho do poste da rua.

– Parece Natal – falei, com a pele finalmente aquecida encostada na dele.

Travis suspirou e eu me virei para ver a expressão em seu rosto.

– Que foi?

– Você não vai estar aqui no Natal.

– Eu estou aqui agora.

Ele levantou um dos cantos da boca e se inclinou para beijar meus lábios. Eu recuei e balancei a cabeça.

– Trav...

Ele me pegou com mais força e abaixou o queixo, com determinação nos olhos castanhos.

– Tenho menos de vinte e quatro horas com você, Flor. Vou te beijar. Vou te beijar muito hoje. O dia inteiro. Em todas as oportunidades que eu tiver. Se você quiser que eu pare é só falar, mas, até você fazer isso, vou fazer cada segundo do meu último dia com você valer a pena.

— Travis...

Pensei por um instante e cheguei à conclusão de que ele não tinha nenhuma ilusão quanto ao que aconteceria quando me levasse de volta para casa. Eu tinha ido até ali para fingir, e, por mais difícil que fosse para nós dois depois, eu não queria lhe dizer não.

Quando ele percebeu que eu estava encarando seus lábios, o canto de sua boca se ergueu de novo, e ele se abaixou para pressionar a boca macia na minha. O começo foi doce e inocente, mas, no momento em que seus lábios se abriram, acariciei a língua dele com a minha. Seu corpo ficou instantaneamente tenso, e ele inspirou fundo pelo nariz, pressionando o corpo no meu. Deixei meu joelho cair para o lado enquanto ele vinha para cima de mim, sem nunca tirar a boca da minha.

Travis não perdeu tempo e tirou minha roupa e, quando não havia mais nenhum tecido entre nós, ele se agarrou às videiras de ferro da cabeceira da cama e, em um rápido movimento, estava dentro de mim. Mordi o lábio com força, abafando o grito que teimava em sair pela garganta. Ele gemeu com a boca encostada na minha, e pressionei os pés no colchão, me ancorando para que pudesse erguer o quadril e alcançar o dele.

Com uma das mãos no ferro da cama e a outra na minha nuca, ele me penetrava repetidas vezes, e minhas pernas tremiam com seus movimentos firmes e determinados. Sua boca buscava a minha e eu podia sentir a vibração de seus profundos gemidos em meu peito, enquanto ele mantinha a promessa de fazer com que o nosso último dia juntos fosse memorável. Eu poderia passar mil anos tentando bloquear aquele momento da memória, e ele ainda arderia em minha mente.

Uma hora tinha se passado quando fechei os olhos com força, e cada nervo meu estava concentrado nos tremores do meu ventre. Travis prendeu a respiração quando me penetrou pela última vez. Caí de encontro ao colchão, completamente exaurida. O peito dele subia e descia com sua respiração profunda. Ele estava sem fala e pingando de suor.

Ouvi vozes lá embaixo e cobri a boca, dando risadinhas por causa de nosso comportamento impróprio. Travis se virou e ficou analisando o meu rosto com seus ternos olhos castanhos.

– Você disse que só ia me beijar – falei, com um largo sorriso no rosto.

Enquanto eu estava ali deitada, encostada em sua pele desnuda e vendo o amor incondicional em seus olhos, deixei de lado a decepção, a raiva e minha determinação teimosa. Eu o amava e, não importava quais fossem meus motivos para viver sem ele, eu sabia que não era isso que eu queria. Mesmo que eu não tivesse mudado de ideia, era impossível para nós dois ficarmos afastados um do outro.

– Por que a gente não fica na cama o dia inteiro? – ele sorriu.

– Eu vim aqui para cozinhar, lembra?

– Não, você veio aqui para me ajudar a cozinhar, e só tenho que fazer isso daqui a oito horas.

Pus a mão no rosto dele; a urgência de pôr fim ao nosso sofrimento tinha se tornado intolerável. Quando eu dissesse a ele que tinha mudado de ideia e que as coisas voltariam ao normal, não teríamos que passar o dia fingindo. Poderíamos passar o dia comemorando em vez de fingir.

– Travis, acho que a gente...

– Não fala nada. Não quero pensar nisso até que seja inevitável.

Ele se levantou e vestiu a cueca, caminhando até onde estava minha mala. Jogou minhas roupas na cama e depois colocou a camiseta.

– Quero me lembrar do dia de hoje como um dia bom.

Preparei ovos para o café da manhã e sanduíches para o almoço e, quando o jogo teve início, comecei a preparar o jantar. Travis ficou atrás de mim em todas as oportunidades, envolvendo minha cintura com os braços e colando os lábios no meu pescoço. Eu me peguei olhando de relance para o relógio, ansiosa para conseguir ficar um momento sozinha com ele e lhe contar sobre a minha decisão. Estava louca para ver o olhar em seu rosto e para recomeçarmos de onde havíamos parado.

O dia foi repleto de risadas, conversas e reclamações de Tyler sobre as constantes demonstrações de afeto de Travis.

– Vão para o quarto, Travis! Meu Deus! – Tyler resmungou.

– Você está adquirindo um terrível tom de verde – disse Thomas, provocando o irmão.

– É porque eles estão me dando náuseas. Não estou com ciúme, babaca – Tyler respondeu com desdém.

– Deixe os dois em paz, Ty – disse Jim ao filho em tom de aviso.

Quando nos sentamos para jantar, Jim insistiu que Travis cortasse o peru. Sorri enquanto ele se levantava, orgulhoso, para atender ao pedido do pai. Fiquei um pouco nervosa até que choveram elogios. Na hora em que servi a torta, não havia mais um pedaço de comida na mesa.

– Será que fiz comida suficiente? – dei risada.

Jim sorriu, puxando o garfo para se preparar para a sobremesa.

– Você fez bastante, Abby. A gente só quis se esbaldar até o próximo ano... a menos que você queira fazer tudo isso de novo no Natal. Você é uma Maddox agora. Te espero em todos os feriados, e não é para cozinhar.

Olhei de relance para Travis, cujo sorriso tinha se desvanecido, e meu coração se afundou no peito. Eu tinha que contar logo para ele.

– Obrigada, Jim.

– Não diz isso pra ela, pai – falou Trenton. – Ela tem que cozinhar sim. Eu não comia assim desde que tinha cinco anos!

Ele enfiou na boca meia fatia de torta de noz-pecã, gemendo de satisfação.

Eu me senti em casa, sentada em volta de uma mesa cheia de homens que se reclinavam na cadeira, esfregando a barriga cheia. Fui tomada pela emoção quando me pus a imaginar o Natal, a Páscoa e todos os outros feriados que eu passaria àquela mesa. Meu único desejo era fazer parte daquela família bagunceira e barulhenta que eu adorava.

Quando a torta acabou, os irmãos de Travis começaram a limpar a mesa e os gêmeos foram lavar a louça.

– Eu faço isso – falei, me levantando.

Jim balançou a cabeça em negativa.

– Não faz, não. Os meninos podem cuidar disso. Você vai descansar no sofá com o Travis. Vocês já trabalharam duro, filha.

Os gêmeos ficaram jogando água um no outro, e Trenton soltou um palavrão quando escorregou em uma poça e derrubou um prato. Thomas xingou os irmãos e foi pegar a vassoura e a pá para recolher os cacos de vidro. Jim deu uns tapinhas no ombro dos filhos e depois me abraçou antes de se retirar para dormir.

Travis pôs minhas pernas no colo e tirou meus sapatos, massageando a sola dos meus pés com os polegares. Reclinei a cabeça e suspirei.

– Esse foi o melhor Dia de Ação de Graças que tivemos desde que minha mãe morreu.

Ergui a cabeça para ver a expressão dele. Travis estava sorrindo, mas havia uma pontinha de tristeza naquele sorriso.

– Estou feliz por estar aqui para presenciar isso.

A expressão dele se alterou e me preparei para o que ele estava prestes a dizer. Meu coração socava no peito, na esperança de que ele me pedisse para voltar, para que eu pudesse dizer "sim". Las Vegas parecia um passado distante, agora que eu estava no lar da minha nova família.

– Eu estou diferente. Não sei o que aconteceu comigo em Vegas. Aquele não era eu. Fiquei obcecado pensando em tudo que poderíamos comprar com aquele dinheiro. Eu não vi como você ficou magoada por eu querer te levar de volta para aquilo, mas no fundo eu acho que sabia. Eu fiz por merecer você ter me largado. Mereci todo o sono que perdi e toda a dor que senti. Eu precisava de tudo aquilo para me dar conta de quanto preciso de você, e do que estou disposto a fazer para te manter na minha vida.

Mordi o lábio, impaciente para chegar a parte em que eu diria "sim". Eu queria que ele me levasse de volta para o apartamento, para passarmos o resto da noite comemorando. Eu mal podia esperar para relaxar no sofá novo com Totó, assistindo a filmes e rindo, como costumávamos fazer.

– Você disse que não quer mais nada comigo, e eu aceito isso. Sou uma pessoa diferente desde que te conheci. Eu mudei... para melhor. Mas não importa quanto eu me esforce, parece que não consigo fazer as coisas direito com você. Nós éramos amigos primeiro, e eu não posso te perder, Beija-Flor. Eu sempre vou te amar, mas, se não consigo te fazer feliz, não faz muito sentido tentar ter você de volta. Não consigo me imaginar com nenhuma outra pessoa, mas vou ficar feliz contanto que a gente continue amigos.

– Você quer que a gente seja amigos? – perguntei, as palavras ardendo em minha boca.

– Eu quero que você seja feliz. E farei o que for preciso para que isso aconteça.

Minhas entranhas se contorceram ao ouvir essas palavras, e fiquei surpresa ao perceber como era forte aquela dor. Ele estava desistindo de mim, exatamente quando eu não queria isso. Eu podia ter falado a ele que havia mudado de ideia e ele teria voltado atrás em tudo que acabara de dizer, mas eu sabia que não era justo para nenhum de nós continuar juntos logo quando ele havia se libertado.

Sorri para lutar contra as lágrimas.

– Aposto cinquenta paus que você vai me agradecer por isso quando conhecer sua futura esposa.

Travis juntou as sobrancelhas numa expressão triste.

– Essa é uma aposta fácil. A única mulher com quem algum dia eu me casaria acabou de partir o meu coração.

Não consegui forçar um sorriso depois dessa. Limpei os olhos e me levantei.

– Acho que já está na hora de você me levar pra casa.

– Ah, vamos, Beija-Flor. Desculpa, não teve graça.

– Não é isso, Trav. Eu só estou cansada e pronta pra ir pra casa.

Ele inspirou com dificuldade e, concordando, se levantou. Despedi-me dos irmãos dele e pedi a Trenton que mandasse "tchau" para Jim por mim. Travis estava parado na porta com nossas malas enquanto todos combinavam de voltar no Natal. Mantive o sorriso no rosto até passar pela porta e sair dali.

Quando Travis me acompanhou no caminho até o Morgan, seu rosto ainda tinha um ar triste, mas o tormento não estava mais lá. No fim das contas, o fim de semana não tinha sido uma armação para tentar me reconquistar. Tinha sido um encerramento.

Ele se inclinou para me beijar no rosto e segurou a porta, mantendo-a aberta, esperando que eu entrasse.

– Obrigado por hoje. Você não sabe como deixou minha família feliz.

Parei no começo da escada.

– Você vai contar a eles amanhã, não vai?

Ele olhou para o estacionamento e depois para mim.

– Tenho certeza que eles já sabem. Você não é a única que consegue fazer cara de paisagem, Beija-Flor.

Fiquei encarando Travis, chocada, e, pela primeira vez desde que nos conhecíamos, ele foi embora sem olhar para trás.

18
A CAIXA

As provas finais eram uma maldição para todos, menos para mim, pois isso me mantinha ocupada, estudando com Kara e America no quarto e na biblioteca. Só vi Travis de passagem, quando os horários mudaram por causa das provas. Fui para a casa de America com ela nas férias de inverno, agradecida pelo fato de Shepley ter ficado com Travis, pois assim eu não precisaria testemunhar as constantes demonstrações de afeto do casal.

Peguei um resfriado nos últimos quatro dias de férias, o que me deu um bom motivo para ficar na cama. Travis disse que queria que fôssemos amigos, mas não tinha me ligado. Fiquei aliviada por ter alguns dias para chafurdar em autopiedade. Eu queria tirar isso de mim antes de voltar para a faculdade.

A viagem de volta à Eastern pareceu levar anos. Eu estava ansiosa para o início do semestre na primavera, mas ainda mais para ver Travis de novo.

No primeiro dia de aula, uma energia estimulante varreu o campus, assim como um cobertor de neve. Novas turmas eram sinônimo de novos amigos e de um novo começo. Eu não tinha nenhuma aula com Travis, Parker, Shepley ou America, mas Finch estava em todas as minhas aulas, menos uma.

Fiquei esperando ansiosa por Travis na hora do almoço, mas, quando ele apareceu, só me deu uma piscadinha e foi se sentar na ponta da mesa, com o restante do pessoal da fraternidade. Tentei me concentrar na conversa de America e Finch sobre o último jogo de futebol americano da temporada, mas a voz dele ficava chamando a minha atenção. Ele estava entretendo o pessoal, contando de suas aventuras e dos esbarrões com a lei que tivera durante as férias, e as novidades sobre a nova namorada de Trenton, que eles tinham conhecido numa noite no The Red Door. Eu me preparei para a menção a alguma garota que ele tivesse levado para casa ou conhecido, mas, se isso aconteceu, ele não contou para os amigos.

Bolas vermelhas e douradas ainda pendiam do teto do refeitório, balançando com a corrente vinda dos aquecedores. Puxei o cardigã em volta do corpo. Finch notou e me abraçou, esfregando meu braço. Eu sabia que estava prestando atenção demais, olhando na direção de Travis, esperando que ele erguesse o olhar para mim, mas ele parecia ter esquecido que eu estava à mesa.

Travis parecia indiferente às hordas de garotas que se aproximavam dele depois das notícias sobre o nosso término, mas também parecia satisfeito com o fato de nosso relacionamento ter voltado ao estado platônico, ainda que de modo forçado. Havíamos passado quase um mês longe um do outro, o que me deixou nervosa e insegura sobre como agir perto dele.

Assim que Travis terminou de almoçar, senti meu coração palpitar quando ele veio e parou atrás de mim, colocando as mãos nos meus ombros.

– Como vão as aulas, Shep? – ele perguntou.

Shepley fez uma careta.

– O primeiro dia é um saco. Horas de planos de estudos e regras. Nem sei por que vim na primeira semana. E você?

– Hum... faz parte do jogo. E você, Flor? – ele me perguntou.

– A mesma coisa – falei, tentando manter um tom casual na voz.

– Suas férias foram boas? – ele perguntou, brincando de me embalar de um lado para o outro.

– Muito boas – falei, fazendo o meu melhor para soar convincente.

– Legal. Tenho aula agora. Até mais.

Fiquei olhando enquanto ele seguia em direção às portas, abrindo-as, e depois acendia um cigarro.

– Huh – disse America, num tom agudo.

Ela observou enquanto Travis cortava caminho pelo verde entre a neve e depois balançou a cabeça.

– Que foi? – Shepley quis saber.

Ela apoiou o queixo na palma da mão, parecendo confusa.

– Aquilo foi meio estranho, não foi?

– Como assim? – ele perguntou, colocando a trança loira de America para trás para beijar-lhe o pescoço.

Ela sorriu e se inclinou para que ele a beijasse.

– Ele está quase normal... tão normal quanto o Trav pode ser. O que está rolando com ele?

Shepley balançou a cabeça e deu de ombros.

– Não sei. Faz um tempinho que ele está assim.

– Que reviravolta é essa, Abby? Ele está bem e você está infeliz – disse America, sem se preocupar com quem estivesse ouvindo.

– Você está infeliz? – Shepley me perguntou, com uma expressão de surpresa.

Fiquei boquiaberta, e meu rosto pegou fogo de vergonha.

– Não estou, não!

America ficou remexendo a salada na tigela.

– Bom, ele está beirando o êxtase.

– Para com isso, Mare – falei em tom de aviso.

Ela deu de ombros e deu mais uma garfada.

– Acho que ele está fingindo.

Shepley cutucou a namorada.

– America? Você vai na festa do Dia dos Namorados comigo ou o quê?

– Você não pode me perguntar como um namorado normal? De um jeito *legal*?

– Eu te perguntei... várias vezes. Você fica me dizendo para perguntar depois.

Ela afundou na cadeira, fazendo biquinho.

– Eu não quero ir sem a Abby.

O rosto dele se contorceu de frustração.

– Da última vez ela ficou com o Trav o tempo todo. Você mal viu a Abby!

– Para de ser criança, Mare – eu disse, jogando um talo de aipo nela. Finch me cutucou com o cotovelo.

– Eu te levaria, meu bem, mas esse lance de garoto de fraternidade não é minha praia. Desculpa.

– Pra falar a verdade, essa é uma ótima ideia! – disse Shepley, com os olhos brilhando.

Finch fez careta só de pensar nisso.

– Eu não faço parte da Sig Tau, Shep. Não faço parte de nada. Fraternidades são contra a minha religião.

– Por favor, Finch – pediu America.

– Já vi esse filme... – resmunguei.

Finch olhou para mim com o canto do olho e suspirou.

– Não é nada pessoal, Abby. É só que eu nunca saí... com uma garota.

– Eu sei – balancei a cabeça indiferente, tentando espantar meu profundo constrangimento. – Está tudo bem. Mesmo.

– Eu preciso de você lá – disse America. – Fizemos um pacto, lembra? Nada de ir a festas sozinha.

– Você não vai ficar sozinha, Mare. Para de ser tão dramática – falei, já irritada com a conversa.

– Você quer drama? Eu coloquei uma lata de lixo do lado da sua cama, segurei uma caixa de lenços de papel para você noites inteiras e me levantei duas vezes no meio da madrugada pra pegar remédio pra tosse quando você ficou doente nas férias! Você me deve essa!

Torci o nariz.

– Eu segurei seu cabelo enquanto você vomitava *tantas vezes*, America Mason!

– Você espirrou na minha cara! – ela disse, apontando para o próprio nariz.

Assoprei a franja da frente dos olhos. Eu nunca conseguia discutir com America quando ela estava determinada a conseguir o que queria.

– *Tudo bem* – falei entre dentes. – Finch? – perguntei com meu melhor sorriso falso. – Você vai comigo nessa festa idiota do Dia dos Namorados na Sig Tau?

Ele me abraçou junto à lateral do corpo.

— Vou, mas só porque você falou que a festa é idiota.

Fui andando com ele até a sala de aula depois do almoço, conversando sobre a festa de casais e sobre como nós dois a temíamos. Escolhemos um par de carteiras na aula de fisiologia, e balancei a cabeça quando o professor começou a narrar o quarto plano de estudos do dia. A neve começou a cair de novo, batendo nas janelas, educadamente pedindo para entrar e depois escorrendo, desapontada, até o chão.

Assim que fomos dispensados, um garoto que eu tinha encontrado uma vez na casa da Sig Tau deu umas batidinhas na minha carteira enquanto passava, piscando para mim. Sorri educadamente para ele e olhei de relance para Finch, que abriu um sorriso irônico. Peguei o livro e o notebook e os enfiei na mochila de qualquer jeito.

Pendurei a mochila nos ombros e fui caminhando com dificuldade até o Morgan, ao longo da calçada coberta de sal. Um pequeno grupo de estudantes tinha começado uma guerra de bolas de neve no gramado, e Finch estremeceu ao vê-los, cobertos por um pó incolor.

Senti o joelho vacilar e fiquei fazendo companhia a Finch enquanto ele terminava seu cigarro. America veio correndo e parou ao nosso lado, esfregando as luvas verdes e brilhantes.

— Cadê o Shep? — perguntei.

— Foi pra casa. O Travis precisava de ajuda com alguma coisa, eu acho.

— Você não foi com ele?

— Eu não moro lá, Abby.

— Apenas em teoria — Finch deu uma piscadinha.

America revirou os olhos.

— Eu gosto de ficar com o meu namorado, me processem.

Finch lançou o cigarro na neve.

— Estou indo nessa, senhoritas. Vejo vocês no jantar?

Eu e America assentimos em resposta, sorrindo quando ele beijou primeiro a minha bochecha e depois a de America. Ele continuou na calçada úmida, tomando cuidado para ficar bem no meio e não pisar na neve.

America balançou a cabeça ao ver o esforço dele.

— Ele é ridículo.

– Ele é da Flórida, Mare. Não está acostumado com neve.

Ela deu uma risadinha e me puxou em direção à porta.

– Abby!

Eu me virei e vi que Parker vinha apressado na minha direção, passando por Finch. Ele parou e tomou fôlego um instante antes de falar. O casaco cinza acompanhava os movimentos de sua respiração, e ele riu baixinho ao ver o olhar fixo e curioso de America.

– Eu ia... ufa! Eu ia perguntar se você quer comer alguma coisa hoje à noite.

– Ah. Eu, hum... eu já disse para o Finch que ia jantar com ele.

– Tudo bem, não tem problema. Eu ia experimentar aquela hamburgueria nova no centro da cidade. Todo mundo está dizendo que é ótima.

– Quem sabe da próxima vez – falei, dando-me conta do meu erro.

Eu esperava que ele não entendesse minha resposta impensada como um adiamento. Ele assentiu e enfiou as mãos nos bolsos, voltando rapidamente pelo caminho por onde tinha vindo.

Kara estava lendo seus livros novinhos em folha e fez uma careta para America e para mim quando entramos no quarto. O humor dela não tinha melhorado desde que voltáramos das férias.

Antes, eu passava tanto tempo no apartamento de Travis que acabava não ligando para os comentários e as atitudes insuportáveis de Kara. Mas passar todos os fins de tarde e todas as noites com ela durante as duas semanas que antecederam o fim do semestre me fez lamentar profundamente minha decisão de não dividir o quarto com America.

– Ah, Kara. Como senti sua falta – disse America.

– O sentimento é mútuo – Kara resmungou, mantendo o olhar fixo no livro.

America ficou falando sobre seu dia e sobre os planos com Shepley para o fim de semana. Procuramos vídeos engraçados na internet e choramos de tanto rir. Kara bufou algumas vezes com o barulho, mas a ignoramos.

Fiquei contente com a visita de America. As horas passaram rápido, e não fiquei me perguntando se Travis teria me ligado, até que ela decidiu ir embora.

America bocejou e olhou para o relógio.

– Estou indo dormir, Ab... ah, merda! – ela disse, estalando os dedos. – Deixei meu nécessaire de maquiagem no apartamento do Shep.

– Isso não é nenhuma tragédia, Mare – falei, ainda dando umas risadinhas por causa do último vídeo que tínhamos visto.

– Não seria uma tragédia se o meu anticoncepcional não estivesse lá. Vem comigo, preciso ir lá buscar o nécessaire.

– Você não pode pedir para o Shepley trazer?

– O Travis está com o carro dele. Ele foi no Red com o Trent.

Senti náuseas.

– De novo? Por que ele está andando tanto com o Trent, afinal?

America deu de ombros.

– Isso importa? Vamos!

– Eu não quero encontrar o Travis. Vai ser estranho.

– Você alguma vez presta atenção no que eu falo? Ele não está lá, está no Red. Vamos! – ela disse, choramingando e puxando meu braço.

Eu me levantei com uma leve resistência enquanto ela me arrastava para fora do quarto.

– Finalmente – disse Kara.

Paramos o carro no estacionamento do prédio de Travis e percebi que a Harley dele estava estacionada debaixo das escadas, e que o Charger de Shepley não estava lá. Suspirei aliviada e segui America, subindo os degraus congelados.

– Cuidado – ela me avisou.

Se eu soubesse como seria perturbador colocar os pés ali de novo, não teria deixado que America me convencesse a ir até lá. Totó veio correndo a toda velocidade, batendo com tudo nas minhas pernas quando suas minúsculas patas não conseguiram frear. Eu o levantei, deixando que me cumprimentasse com suas lambidinhas. Pelo menos *ele* não tinha me esquecido.

Levei-o comigo pelo apartamento, esperando enquanto America procurava o nécessaire.

– Eu sei que deixei aqui! – disse ela do banheiro, atravessando o corredor batendo os pés, seguindo em direção ao quarto de Shepley.

– Você olhou no armário debaixo da pia? – ele perguntou.

Olhei para o relógio.

– Anda logo, Mare. Precisamos ir embora.

America suspirou, frustrada, lá no quarto. Baixei o olhar para o relógio de novo, então dei um pulo quando a porta da frente se abriu com tudo atrás de mim. Travis entrou cambaleando, abraçado em Megan, que dava risadinhas com a boca encostada na dele. Ela segurava uma caixa que me chamou atenção, e senti náuseas quando me dei conta do que eram: camisinhas. Sua outra mão estava na nuca dele, e eu não conseguia discernir quais braços estavam enrolados em volta de quem.

Ele ficou perplexo quando me viu ali, parada no meio da sala, e, ao vê-lo paralisado, Megan ergueu o olhar com um sorriso ainda no rosto.

– Beija-Flor – disse ele, espantado.

– Achei! – disse America, saindo do quarto de Shepley.

– O que você está fazendo aqui? – ele me perguntou.

O cheiro de uísque entrava com o vento e os flocos de neve, e uma raiva incontrolável se sobrepôs a qualquer necessidade de fingir indiferença.

– Que bom ver que você voltou a ser você mesmo, Trav – falei.

O calor que irradiava do meu rosto fazia meus olhos arderem e deixava minha visão turva.

– A gente já estava de saída – rosnou America.

Ela me agarrou pela mão e passamos por eles.

Descemos voando os degraus em direção ao carro, e fiquei grata por estar quase chegando ao fim da escada, pois já sentia as lágrimas se acumularem em meus olhos. Quase caí para trás quando meu casaco ficou preso em algo no meio do caminho. America soltou minha mão e se virou ao mesmo tempo que eu.

Travis tinha segurado meu casaco, e senti minhas orelhas pegarem fogo, ardendo no ar frio da noite. Tanto os lábios quanto o colarinho dele estavam com um ridículo tom de vermelho.

– Aonde você está indo? – ele perguntou, com um olhar meio bêbado, meio confuso.

– Pra casa – retruquei, endireitando o casaco quando ele me soltou.

– O que você está fazendo aqui?

Eu podia ouvir os pés de America esmagando a neve enquanto ela caminhava para trás de mim, e Shepley desceu voando as escadas para se postar atrás de Travis, com os olhos temerosos fixos na namorada.

– Foi mal. Se eu soubesse que você estaria aqui, não teria vindo.

Travis enfiou as mãos nos bolsos do casaco.

– Você pode vir aqui quando quiser, Flor. Eu nunca quis que você ficasse longe.

Não consegui controlar a acidez na voz.

– Não quero interromper. – Olhei para o alto da escada, onde estava Megan, com uma expressão presunçosa. – Curta sua noite – falei, me virando.

Ele me segurou pelo braço.

– Espera aí. Você está *brava*?

Puxei com força o casaco da pegada dele.

– Sabe de uma coisa... eu nem sei por que estou surpresa.

Ele retraiu as sobrancelhas.

– Não consigo acertar uma com você. Não consigo acertar *uma* com você! Você diz que não quer mais nada comigo... Eu estou aqui, triste pra cacete! Tive que quebrar meu celular em um milhão de pedacinhos pra não te ligar a cada minuto de cada maldito dia! Tenho que fingir que está tudo bem na faculdade, pra você poder ser feliz... E você está *brava* comigo?! Você partiu a *porra* do meu coração!

As palavras dele ecoavam na noite.

– Travis, você está bêbado. Deixa a Abby ir pra casa – disse Shepley.

Ele agarrou os meus ombros e me puxou de encontro a si.

– Você me quer ou não? Você não pode continuar fazendo isso comigo, Flor!

– Eu não vim aqui pra te ver – falei, erguendo o olhar com raiva para ele.

– Eu não quero a Megan – disse ele, com o olhar fixo nos meus lábios. – Eu só estou na merda de tão infeliz, Beija-Flor.

Os olhos dele ficaram embaçados e ele veio na minha direção, inclinando a cabeça para me beijar.

Eu o segurei pelo queixo, refreando-o.

– Tem batom dela na sua boca, Travis – falei com repulsa.

Ele deu um passo para trás e levantou a camiseta para limpar a boca. Ficou olhando para as faixas vermelhas no tecido branco e balançou a cabeça.

– Eu só queria esquecer. Só por uma droga de uma noite.

Limpei uma lágrima que escapou.

– E não sou eu quem vai te impedir.

Tentei voltar para o Honda, mas ele me agarrou pelo braço de novo. No instante seguinte, America estava batendo loucamente no braço dele com os punhos cerrados. Ele olhou para ela, piscando por um momento, incrédulo. Ela ergueu os punhos e o acertou no peito, até que ele me soltou.

– Deixa a Abby em paz, seu canalha!

Shepley a segurou, mas ela o afastou, virando-se para estapear o rosto de Travis. O som da mão dela batendo na bochecha dele foi rápido e alto, e me encolhi com o barulho. Todos ficaram paralisados por um instante, chocados com o súbito ataque de raiva de America.

Travis franziu a testa, mas não se defendeu. Shepley a agarrou novamente, segurando-a pelos punhos e puxando-a até o Honda, enquanto ela se debatia violentamente.

America lutava para se soltar, seus cabelos loiros chicoteando Shepley. Fiquei surpresa com sua determinação de chegar até Travis. Nos olhos geralmente doces e cheios de alegria de America, havia puro ódio.

– *Como* você pôde fazer isso? Ela merecia mais de você, Travis!

– America, *para*! – Shepley gritou, mais alto do que eu já o tinha ouvido gritar.

Ela deixou os braços penderem nas laterais do corpo enquanto olhava com raiva e incredulidade para o namorado.

– Você está defendendo o Travis?

Embora Shepley parecesse nervoso, ele se manteve firme.

– Foi a Abby quem terminou o namoro. Ele só está tentando seguir em frente.

Ela estreitou os olhos e puxou o braço da pegada dele.

– Bom, então por que você não vai pegar uma *puta* qualquer – ela olhou para Megan – no Red e traz ela pra casa pra trepar, e depois me diz se isso te ajuda a me esquecer?

– Mare – Shepley tentou segurá-la, mas ela se esquivou, batendo a porta enquanto se sentava atrás do volante. Eu me sentei ao lado dela, tentando não olhar para Travis.

– Baby, não vai embora – Shepley implorou, se abaixando na altura da janela.

Ela deu partida no carro.

– Tem um lado certo e um errado, Shep. E *você* está do lado *errado*.

– Eu estou do *seu* lado – ele disse, com desespero nos olhos.

– Não está mais – ela retrucou, dando marcha a ré.

– America? America! – Shepley gritou, enquanto ela seguia em alta velocidade em direção à estrada, deixando-o para trás.

– Mare, você não pode terminar com ele por causa disso. Ele está certo.

Ela colocou a mão na minha e a apertou de leve.

– Não está, não. *Nada* do que aconteceu foi certo.

Quando paramos o carro no estacionamento ao lado do Morgan, o celular de America tocou. Ela revirou os olhos quando atendeu.

– Não quero que você me ligue mais. Tô falando sério, Shep – disse ela. – Não, você não está... porque eu não *quero* que você me ligue, eis o motivo. Você não pode defender o que ele fez. Você não pode passar a mão na cabeça do Travis quando ele magoou a Abby desse jeito, e ainda ficar comigo... É exatamente isso que eu quero dizer, Shepley! Isso não importa! A Abby não trepou com o primeiro cara que viu na frente! O problema não é o Travis, Shepley. Ele não pediu que você o defendesse! Argh... Cansei de falar sobre isso. Não me liga de novo. Tchau.

Ela saiu em um impulso do carro e foi batendo os pés, cruzando a rua e subindo os degraus. Tentei acompanhar seus passos, esperando ouvir o lado dele da conversa.

Quando o celular dela tocou de novo, ela desligou.

– O Travis fez o Shep levar a Megan pra casa. Ele queria passar aqui na volta.

– Você devia ter deixado, Mare.

– Não. Você é minha melhor amiga. Eu não consigo engolir o que presenciei hoje, e não posso ficar com alguém que defenda uma coisa dessas. Fim de papo, Abby. Estou falando sério.

Assenti e ela abraçou meus ombros, me puxando para seu lado enquanto subíamos as escadas em direção ao quarto. Kara já estava dormindo, e nem fui tomar banho, me deitando completamente vestida, com casaco e tudo. Eu não conseguia parar de pensar em Travis entrando pela porta com Megan, ou no batom vermelho em seu rosto. Tentei bloquear as imagens nojentas do que teria acontecido caso eu não estivesse lá, sentindo várias emoções e parando no desespero.

Shepley estava certo. Eu não tinha o direito de ficar brava, mas isso não me ajudava a ignorar a dor.

Finch balançou a cabeça quando me sentei na carteira ao lado dele. Eu sabia que estava com uma aparência péssima; mal tivera energia para trocar de roupa e escovar os dentes. Só havido dormido uma hora na noite anterior, incapaz de afastar a visão do batom vermelho na boca de Travis e a culpa pelo fim do namoro de Shepley e America.

America preferiu ficar na cama, sabendo que, uma vez que a raiva passasse, ela entraria em depressão. Ela amava Shepley e, embora estivesse determinada a terminar o namoro porque ele tinha escolhido o lado errado, estava preparada para sofrer as consequências de sua decisão.

Depois da aula, Finch me levou até o refeitório. Como eu temia, Shepley estava esperando America na porta. Quando me viu, não hesitou.

– Cadê a Mare?

– Ela não veio pra aula hoje.

– Ela ficou no quarto? – ele me perguntou, se virando em direção ao Morgan.

– Sinto muito, Shepley – falei.

Ele ficou paralisado e depois se virou. Seu rosto era o de um homem que tinha chegado ao limite.

– Eu queria que você e o Travis ficassem juntos logo, merda! Vocês são como um maldito tornado! Quando estão felizes, é tudo paz, amor e borboletas. Quando estão bravos, derrubam a droga do mundo inteiro junto com vocês!

Ele se afastou batendo os pés, e soltei o ar que estava prendendo.

– Essa foi boa.

Finch me puxou para dentro do refeitório.

– *O mundo inteiro*. Uau. Você acha que consegue trabalhar no seu vodu antes da prova na sexta?

– Vou ver o que posso fazer.

Finch escolheu uma mesa diferente, e fiquei mais do que feliz em segui-lo. Travis foi se sentar com o pessoal da fraternidade, mas não comeu e não ficou lá muito tempo. Ele notou minha presença quando estava saindo, mas não parou.

– Então a America e o Shepley também terminaram, hein? – Finch me perguntou enquanto comia.

– A gente estava no apartamento do Shep ontem à noite e o Travis chegou em casa com a Megan e... foi uma zona. Cada um escolheu um lado.

– Ai!

– Exatamente. Estou me sentindo supermal.

Finch deu uns tapinhas de leve nas minhas costas.

– Você não pode controlar as decisões que eles tomam, Abby. Então acho que não vamos precisar ir na festa do Dia dos Namorados da Sig Tau, né?

– Parece que não.

Ele sorriu.

– Mesmo assim vou te levar pra sair. Vou levar você e a Mare. Vai ser divertido.

Eu me apoiei no ombro dele.

– Você é o máximo, Finch.

Eu não tinha pensado no Dia dos Namorados, mas fiquei feliz por ter planos. Não podia imaginar como me sentiria triste passando o dia sozinha com America, ouvindo a ladainha dela sobre Shepley e Travis a noite inteira. Ela ainda faria isso – não seria America se não fizesse –, mas ao menos não se excederia se estivéssemos em público.

As semanas de janeiro se passaram e, depois de uma louvável, porém falha tentativa de Shepley de voltar com America, comecei a ver ele e Travis cada vez menos. Em fevereiro, eles pararam completamente de ir ao refeitório, e só vi Travis algumas poucas vezes, quando eu estava indo para a aula.

No fim de semana anterior ao Dia dos Namorados, America e Finch me convenceram a ir ao Red, e, durante o caminho até o clube, temi encontrar Travis lá. Quando entramos, suspirei aliviada ao não ver nenhum sinal dele.

— A primeira rodada eu pago — disse Finch, apontando para uma mesa e deslizando em meio à multidão, seguindo em direção ao bar.

Nós nos sentamos e ficamos olhando enquanto a pista de dança se enchia de estudantes bêbados. Depois da quinta rodada, Finch nos puxou para lá, e finalmente me senti relaxada o suficiente para me divertir. Demos risada e batemos o bumbum uns nos outros, rindo histericamente quando um homem girou sua companheira de dança e ela não conseguiu segurar a mão dele, deslizando de lado no chão da pista.

America ergueu os braços, balançando os cachos ao ritmo da música. Ri com a cara dela dançando, sua marca registrada, e congelei quando vi que Shepley vinha se aproximando por trás. Ele sussurrou no ouvido dela e ela se virou. Eles trocaram algumas palavras, depois America me segurou pela mão e me levou até a nossa mesa.

— É claro. A única noite em que decidimos sair, e ele aparece — ela resmungou.

Finch trouxe mais bebidas para nós, incluindo uma dose de tequila para cada uma.

— Achei que vocês estavam precisando disso.

— Acertou.

America virou a dose antes que pudéssemos brindar e balancei a cabeça, batendo de leve meu copo no de Finch. Tentei manter os olhos fixos no rosto dos meus amigos, preocupada com a possibilidade de que, se Shepley estava lá, Travis também pudesse estar.

Começou outra música, e America se levantou.

— Que se dane! Não vou ficar sentada aqui a noite inteira.

– Isso aí, garota! – Finch sorriu, acompanhando-a até a pista de dança.

Fui atrás dos dois, olhando de relance à minha volta para ver se via Shepley. Ele tinha desaparecido. Relaxei de novo, tentando me livrar da sensação de que Travis apareceria na pista de dança com Megan. Um garoto que eu tinha visto no campus dançava atrás de America, e ela abriu um sorriso, pronta para se divertir. Eu desconfiava de que ela estava fazendo um showzinho, fingindo que estava se divertindo para que Shepley visse. Desviei o olhar por um segundo e, quando voltei a olhar para America, seu parceiro de dança não estava mais lá. Ela deu de ombros e continuou a balançar os quadris ao ritmo da música.

Quando começou a próxima música, um garoto diferente surgiu atrás de America, e o amigo dele começou a dançar ao meu lado. Depois de alguns instantes, meu novo parceiro de dança fez uma manobra e ficou atrás de mim, e me senti um pouco insegura quando senti suas mãos nos meus quadris. Como se tivesse lido minha mente, ele soltou minha cintura. Olhei para trás e ele não estava mais lá. Ergui o olhar para America, e o cara que dançava com ela também tinha ido embora.

Finch parecia um pouco nervoso, mas, quando America ergueu uma sobrancelha por causa da expressão dele, ele balançou a cabeça e continuou dançando.

Por volta da terceira música, eu estava suada e cansada. Então fui para a mesa, descansando a cabeça pesada na mão e rindo enquanto observava outro garoto esperançoso chamar America para dançar. Ela piscou para mim da pista de dança, e meu corpo ficou rígido quando vi o cara sendo puxado para trás, sumindo em meio à multidão.

Eu me levantei e dei a volta na pista, mantendo o olhar fixo no buraco por onde ele havia sido puxado. Senti a adrenalina arder em meio ao álcool nas minhas veias quando vi Shepley segurando o garoto, surpreso, pelo colarinho. Travis estava ao lado dele, rindo histericamente até erguer o olhar e ver que eu os observava. Ele bateu no braço do primo, e, quando Shepley olhou na minha direção, jogou a vítima no chão.

Não demorou muito para que eu entendesse o que estava acontecendo: eles estavam puxando para fora da pista os caras que dançavam com a gente e os ameaçando para que se mantivessem afastados de nós.

Apertei os olhos em direção a eles e fui até onde America estava. O local estava cheio, e tive de empurrar algumas pessoas para abrir caminho. Shepley me agarrou pela mão antes que eu conseguisse chegar até a pista.

– Não conta pra ela! – ele disse, tentando conter o sorriso.

– Que diabos você acha que está fazendo, Shep?

Ele deu de ombros, ainda orgulhoso de si.

– Eu amo a America. Não posso deixar outro cara dançar com ela.

– Então qual é a sua desculpa para arrancar o cara que estava dançando comigo? – falei, cruzando os braços.

– Não fui eu – disse ele, olhando de relance para Travis. – Desculpa, Abby. A gente só estava se divertindo.

– Não tem graça nenhuma.

– O que não tem graça nenhuma? – America perguntou, olhando furiosa para Shepley.

Ele engoliu em seco, lançando um olhar suplicante em minha direção. Eu lhe devia um favor, por isso fiquei de boca fechada.

Ele suspirou de alívio quando se deu conta de que eu não o denunciaria, então olhou para America com doce adoração.

– Quer dançar?

– Não, não quero dançar – ela disse, voltando para a mesa.

Ele a seguiu, deixando Travis e eu ali parados.

Travis deu de ombros.

– Quer dançar?

– Por quê? A Megan não veio hoje?

Ele balançou a cabeça.

– Você costumava ficar tão meiga quando estava bêbada.

– Fico feliz em te decepcionar – falei, virando-me e seguindo em direção ao bar.

Ele veio atrás de mim, puxando dois caras de onde estavam sentados. Fuzilei-o com o olhar por um instante, mas ele me ignorou, se sentando e me observando com uma expressão de expectativa.

– Não vai sentar? Vou comprar uma cerveja pra você.

– Achei que você não comprava bebida pra mulheres no bar.

319

Ele inclinou a cabeça na minha direção, franzindo a testa, impaciente.
– Você é diferente.
– Isso é o que você vive me dizendo.
– Ah, vamos, Flor. O que aconteceu com o lance de sermos amigos?
– A gente não pode ser amigos, Travis. É óbvio.
– Por que não?
– Porque eu não quero ficar olhando você atacar uma garota diferente toda noite, e você não deixa ninguém dançar comigo.

Ele sorriu.
– Eu te amo. Não posso deixar outros caras dançarem com você.
– Ah, é? Quanto você me amava quando estava comprando aquela caixa de camisinhas?

Travis se encolheu, eu me levantei e fui até a mesa. Shepley e America estavam se abraçando bem apertado, fazendo uma cena enquanto se beijavam apaixonadamente.
– Acho que vamos ter que ir na festa dos namorados da Sig Tau – disse Finch, franzindo a testa.

Suspirei.
– Merda.

19
HELLERTON

America não tinha voltado ao Morgan desde que reatara o namoro com Shepley. Quase nunca ia almoçar comigo, e seus telefonemas eram raros e espaçados. Não me ressenti com o casal por isso. Para falar a verdade, eu estava feliz que America estivesse ocupada demais para me ligar do apartamento dos meninos. Era estranho ouvir a voz de Travis ao fundo, e eu ficava com um pouco de ciúme por ela estar passando um tempo com ele e eu não.

Finch e eu nos víamos cada vez mais, e, de forma egoísta, eu me sentia grata por ele estar tão sozinho quanto eu. Íamos para a aula juntos, comíamos juntos, estudávamos juntos, e até Kara acabou se acostumando a tê-lo por perto.

Meus dedos estavam começando a ficar amortecidos com o ar gélido enquanto ficávamos do lado de fora do Morgan para que ele fumasse.

– Você consideraria parar de fumar antes que eu tenha uma hipotermia por ficar aqui, parada, para te dar apoio moral? – perguntei.

Finch deu risada.

– Eu te amo, Abby. Amo mesmo, mas não. Nada de parar de fumar.

– Abby?

Eu me virei e vi Parker vindo pela calçada com as mãos enfiadas nos bolsos. Seus lábios estavam secos sob o nariz vermelho, e dei risada quando ele colocou um cigarro imaginário na boca e soprou uma baforada de ar enevoado por causa do frio.

– Você poderia economizar muito dinheiro desse jeito, Finch – ele sorriu.

– Por que todo mundo resolveu me encher o saco por causa do cigarro hoje? – ele perguntou, irritado.

– E aí, Parker? – perguntei.

Ele tirou dois ingressos do bolso.

– Aquele filme novo sobre o Vietnã já estreou. Você disse que queria ver outro dia, então arrumei uns ingressos pra hoje à noite.

– Sem pressão – disse Finch.

– Posso ir com o Brad, se você tiver outro compromisso – disse ele, dando de ombros.

– Então não é um encontro? – eu quis saber.

– Não, só um lance entre amigos.

– E já vimos como isso funciona com você – Finch me provocou.

– Cala a boca! – dei uma risadinha. – Legal, Parker, obrigada.

Os olhos dele brilharam.

– Você quer comer uma pizza ou alguma outra coisa antes? Não sou muito fã da comida do cinema.

– Pizza está ótimo pra mim – assenti.

– O filme é às nove, então eu venho te buscar às seis e meia mais ou menos?

Assenti de novo e Parker acenou com a mão em despedida.

– Meu Deus – exclamou Finch. – Você é uma gulosa, Abby. Você sabe que o Travis não vai gostar nada disso quando ficar sabendo.

– Você ouviu o que ele disse. Não é um encontro. E não posso fazer planos com base no que está bom para o Travis. Ele não me perguntou se estava bom pra mim antes de levar a Megan para o apartamento dele.

– Você nunca vai deixar isso pra lá, hein?

– Provavelmente não mesmo.

Nós nos sentamos a uma mesinha de canto, e esfreguei as luvas uma na outra para me aquecer. Não pude evitar e notei que estávamos na mesma mesa em que me sentara com Travis na primeira vez em que saímos, quando nos conhecemos. Sorri com a lembrança daquele dia.

– Qual é a graça? – Parker quis saber.

– Eu só gosto desse lugar. Bons tempos.
– Notei a pulseira – disse ele.
Abaixei o olhar para os diamantes reluzentes no meu pulso.
– Eu te disse que tinha gostado.
A garçonete nos entregou os cardápios e anotou nosso pedido de bebidas. Parker me contou as novidades sobre seu horário de primavera na faculdade e falou sobre seu progresso nos estudos para o teste de admissão na faculdade de medicina. Na hora em que a garçonete serviu nossa cerveja, ele mal tinha parado para respirar. Ele parecia nervoso, e eu me perguntava se ele não achava que aquilo era um encontro, apesar do que tinha dito.
Ele pigarreou e disse:
– Desculpa. Acho que acabei monopolizando a conversa. – Depois inclinou a garrafa, balançando a cabeça. – É que a gente não conversava fazia tanto tempo que acho que eu tinha muito assunto pra pôr em dia.
– Está tudo bem. Fazia mesmo um bom tempo.
Nesse exato momento, o sino da porta soou. Eu me virei e vi Travis e Shepley entrando. Demorou menos de um segundo para que o olhar fixo de Travis encontrasse o meu, mas ele não pareceu surpreso.
– Ai, meu Deus – murmurei baixinho.
– Que foi? – Parker perguntou, se virando para ver os dois se sentarem a uma mesa do outro lado do salão.
– Tem uma lanchonete descendo a rua. Podemos ir lá – ele sussurrou.
Se antes ele parecia nervoso, agora estava ainda mais.
– Acho que ficaria chato sair agora – resmunguei.
O rosto dele se entristeceu, derrotado.
– É, acho que você está certa.
Tentamos continuar a conversa, mas ela tinha ficado forçada e desconfortável. A garçonete passou um longo tempo na mesa dos meninos, passando os dedos pelos cabelos e alternando o peso do corpo de um pé para o outro. Por fim, ela se lembrou de pegar nosso pedido quando Travis atendeu o celular.
– Vou querer o tortellini – disse Parker, olhando para mim.
– E eu vou... – minha voz falhou. Fiquei distraída quando Travis e Shepley se levantaram.

Travis seguiu o primo até a porta, mas hesitou, parou e se virou. Quando viu que eu o observava, cruzou o salão direto na minha direção. A garçonete tinha um sorriso de expectativa no rosto, como se achasse que ele tinha voltado para se despedir, e ficou desapontada quando ele parou ao meu lado, sem nem piscar na direção dela.

– Tenho uma luta daqui a quarenta e cinco minutos, Flor. Eu quero que você vá.

– Trav...

A expressão no rosto dele era impassível, mas eu podia ver a tensão em volta de seus olhos. Eu não sabia ao certo se ele não queria deixar o meu jantar com Parker nas mãos do destino ou se ele realmente queria a minha presença na luta. Mas a verdade é que eu já tinha tomado a decisão, no segundo em que ele fez o pedido.

– Eu *preciso* de você lá. É uma revanche com o Brady Hoffman, o cara da Estadual. Vai ter muita gente, muito dinheiro girando... e o Adam me disse que o Brady andou treinando.

– Você já lutou com ele, Travis. Você sabe que é fácil ganhar dele.

– Abby – disse Parker baixinho.

– Eu preciso de você lá – Travis repetiu, com a confiança se esvaindo.

Olhei para Parker com um sorriso sem graça.

– Desculpa.

– Você está falando *sério*? – ele disse, erguendo as sobrancelhas. – Você vai simplesmente sair no meio do jantar?

– Você ainda pode ligar para o Brad, certo? – perguntei, me levantando.

Os cantos da boca de Travis se ergueram infinitesimalmente quando ele jogou uma nota de vinte na mesa.

– Isso deve cobrir a parte dela.

– Eu não me importo com o dinheiro... Abby...

Dei de ombros.

– Ele é meu melhor amigo, Parker. Se ele precisa de mim lá, eu tenho que ir.

Senti a mão de Travis evolver a minha enquanto ele me levava para fora. Parker ficou olhando a cena estupefato. Shepley já estava falando ao telefone em seu Charger, espalhando as notícias sobre a luta. Travis se sentou atrás comigo, mantendo minha mão firme na dele.

– Acabei de falar com o Adam, Trav. Ele disse que os caras da Estadual apareceram bêbados e cheios da grana. Eles já estão irritadíssimos, então é melhor você deixar a Abby longe deles.

Travis assentiu.

– Você pode ficar de olho nela.

– Cadê a America? – eu quis saber.

– Estudando para a prova de física.

– Aquele laboratório é legal – disse Travis.

Ri uma vez e depois olhei para ele, que tinha um leve sorriso no rosto.

– Quando você viu o laboratório? Você não teve aula de física – Shepley comentou.

Travis riu baixinho e dei uma cotovelada nele. Ele pressionou os lábios até que a vontade de rir diminuiu, depois deu uma piscadinha para mim, apertando minha mão. Seus dedos se entrelaçaram aos meus, e ouvi um fraco suspiro escapar de seus lábios. Eu sabia o que ele estava pensando, porque eu sentia a mesma coisa. Naquele curto espaço de tempo, era como se nada houvesse mudado.

Paramos o carro em uma parte escura do estacionamento, e Travis se recusou a soltar minha mão até entrarmos pela janela do porão do Prédio de Ciências Hellerton, que tinha sido construído apenas um ano antes, por isso não tinha ar estagnado e poeira como os outros porões em que já havíamos entrado.

Assim que passamos pelo corredor, ouvimos o rugido da multidão. Enfiei a cabeça para fora e vi um oceano de rostos, muitos dos quais não me eram familiares. Todo mundo tinha uma garrafa de cerveja na mão, mas era fácil distinguir os alunos da Estadual ali no meio – eram aqueles que cambaleavam com olhos pesados.

– Fica perto do Shepley, Beija-Flor. Isso aqui vai ficar uma loucura – Travis disse atrás de mim.

Ele analisou a multidão, balançando a cabeça ao notar quantas pessoas estavam ali.

O porão do Hellerton era o mais espaçoso do campus, então Adam gostava de marcar lutas ali quando esperava muita gente. Mesmo assim, as pessoas se espremiam nas paredes e se empurravam para conseguir um lugar melhor.

Adam apareceu e nem tentou disfarçar sua insatisfação com minha presença.

– Achei que eu tinha te falado pra não trazer mais sua mina nas lutas, Travis.

Ele deu de ombros.

– Ela não é mais minha mina.

Mantive a expressão tranquila, mas ele disse essas palavras de um modo tão objetivo que me fez sentir uma punhalada no peito.

Adam olhou para baixo, para nossos dedos entrelaçados, e ergueu o olhar para Travis.

– Eu nunca vou entender vocês dois.

Ele balançou a cabeça e olhou de relance para a multidão. As pessoas continuavam entrando pelas escadarias, e aquelas que estavam na parte de baixo já formavam um aglomerado.

– Tem uma grana preta em apostas hoje, Travis. Então nada de ferrar com a luta, ok?

– Vou garantir que seja divertido pra todo mundo, Adam.

– Não é com isso que estou preocupado. O Brady vem treinando.

– Eu também.

– Papo furado – disse Shepley, rindo.

Travis deu de ombros.

– Entrei numa briga com o Trent no fim de semana passado. Aquele merdinha é rápido.

Ri baixinho e Adam olhou feio para mim.

– É melhor você levar isso a sério, Travis – ele disse, encarando-o. – Eu tenho muito dinheiro correndo nessa luta.

– E eu não? – Travis respondeu, irritado com o sermão.

Adam se virou com o megafone na boca enquanto subia em uma cadeira, para ficar mais alto que aquele monte de espectadores bêbados. Travis me puxou para ficar ao seu lado enquanto o mestre de cerimônias saudava a multidão e repassava as regras.

– Boa sorte – falei, pondo a mão no peito dele.

Eu só me sentira nervosa ao ver Travis lutar quando ele enfrentara Brock McMann em Las Vegas, mas não conseguia afastar a horrível sensação que tive assim que colocamos os pés no Hellerton. Alguma coisa estava errada, e Travis sentia a mesma coisa.

Ele me agarrou pelos ombros e me deu um beijo nos lábios. Afastou-se rápido de mim, assentindo uma vez.

– Essa é toda a sorte que preciso.

Eu ainda estava abalada pelo calor de seus lábios quando Shepley me puxou para a parede ao lado de Adam. Levei algumas cotoveladas, me lembrando da primeira noite em que vira Travis lutar, mas a multidão estava menos focada, e alguns dos alunos da Estadual começavam a ficar hostis. Os alunos da Eastern vibraram e assobiaram para Travis quando ele entrou no Círculo, e a multidão da Estadual se alternava entre vaiá-lo e torcer por Brady.

Eu estava em uma posição privilegiada e podia ver Brady se elevando sobre Travis, contorcendo-se impaciente enquanto aguardava o início da luta. Como de costume, Travis tinha um leve sorriso no rosto, sem se deixar afetar pela loucura à sua volta. Quando Adam deu início à luta, Travis deixou que Brady acertasse o primeiro soco. Fiquei surpresa quando o rosto dele foi lançado violentamente para o lado com o golpe. Brady tinha *mesmo* treinado.

Travis sorriu e seus dentes tinham um brilho vermelho. Ele se concentrava em revidar cada soco do adversário.

– Por que ele está deixando o Brady bater tanto nele? – perguntei ao Shepley.

– Não acho que ele está deixando – ele respondeu, balançando a cabeça. – Não se preocupa, Abby. Ele está se preparando para aumentar a intensidade da luta.

Depois de dez minutos, Brady estava sem fôlego, mas ainda acertava golpes firmes nas laterais e no maxilar de Travis. Quando o adversário tentou chutá-lo, Travis agarrou seu sapato e segurou sua perna alto com uma das mãos, socando-o no nariz com uma força incrível e depois erguendo a perna de Brady ainda mais alto, fazendo com que ele perdesse o equilíbrio. A multidão explodiu quando Brady caiu, mas ele não permaneceu no chão por muito tempo. Logo se levantou, com duas linhas de um vermelho escuro escorrendo do nariz. No momento seguinte, ele acertou mais dois socos na cara de Travis. O sangue começou a verter de um corte na sobrancelha e a gotejar pelo rosto de Travis.

Fechei os olhos e me virei, na esperança de que Travis pusesse logo um fim àquela luta. Minha leve mudança de posição fez com que eu ficasse presa na corrente de espectadores e, antes que eu pudesse me ajeitar, já estava a mais de um metro de um preocupado Shepley. Meus esforços para lutar contra a multidão foram em vão, e não demorou muito para que eu fosse prensada contra a parede.

A saída mais próxima ficava do outro lado do salão, à mesma distância da porta por onde tínhamos entrado. Bati com tudo de costas na parede de concreto e, com o baque, fiquei sem ar.

– Shep! – gritei, acenando com a mão para cima para chamar a atenção dele. A luta estava no auge. Ninguém podia me ouvir.

Um homem perdeu o equilíbrio e usou minha blusa para se endireitar, deixando cair cerveja na minha roupa. Fiquei ensopada do pescoço até a cintura, fedendo a cerveja barata. O cara ainda segurava um punhado da minha blusa enquanto tentava se levantar do chão, e fui abrindo dois dedos dele de cada vez até que ele me soltou. Ele nem olhou para mim e foi empurrando as pessoas, abrindo caminho pela multidão.

– Ei! Eu conheço você! – outro cara gritou no meu ouvido.

Recuei, reconhecendo-o de imediato. Era Ethan, o cara que Travis ameaçara no bar – e que, de alguma forma, tinha escapado de acusações de abuso sexual.

– É – falei, procurando por um buraco na multidão enquanto endireitava a blusa.

– Essa pulseira é legal – ele disse, passando a mão no meu braço e agarrando meu pulso.

– Ei! – falei em tom de aviso, puxando a mão.

Ele esfregou meu braço, inclinando-se e sorrindo.

– Nós fomos bruscamente interrompidos da última vez que tentei conversar com você.

Fiquei na ponta dos pés, vendo Travis acertar dois golpes na cara de Brady. Ele analisava a multidão entre cada soco – estava procurando por mim em vez de se concentrar na luta. Eu tinha que voltar para o meu lugar antes que ele ficasse distraído demais.

Eu mal tinha conseguido avançar em meio à multidão quando Ethan afundou os dedos na parte de trás da minha calça jeans e me puxou. Minhas costas bateram com tudo na parede mais uma vez.

– Eu ainda estou conversando com você – ele disse, olhando para minha blusa molhada com intenções lascivas.

Arranquei sua mão da minha calça, afundando as unhas nele.

– Me solta! – gritei, quando ele apresentou resistência.

Ele riu e me puxou para junto de si.

– Eu não quero te soltar.

Procurei entre a multidão por um rosto familiar, ao mesmo tempo em que tentei empurrá-lo para longe. Os braços dele eram pesados, e sua pegada, firme. Em pânico, eu não conseguia distinguir os alunos da Estadual dos da Eastern. Ninguém parecia notar minha briga com Ethan, e o barulho estava tão alto que ninguém conseguia me ouvir protestar também. Ele se inclinou para frente e agarrou meu bumbum.

– Eu sempre achei que você era uma gostosa – disse, exalando um bafo nojento de cerveja no meu rosto.

– Cai *fora*! – gritei, empurrando-o.

Procurei por Shepley e vi que Travis tinha finalmente me avistado em meio à multidão. Ele foi imediatamente empurrando os corpos amontoados que o cercavam.

– Travis! – chamei, mas meu grito foi abafado pela torcida.

Empurrei Ethan com uma das mãos e estiquei a outra em direção a Travis, que fez pouco progresso antes de ser empurrado de volta para dentro do Círculo. Brady se aproveitou da distração e o golpeou na lateral da cabeça com o cotovelo. A galera se aquietou um pouco quando Travis socou alguém no meio da plateia, tentando mais uma vez chegar até mim.

– Larga a garota, porra! – ele gritou.

Em uma fileira entre o lugar onde eu estava e a tentativa desesperada de Travis de chegar até mim, todos se voltaram na minha direção. Ethan ignorava o que acontecia à nossa volta, tentando me manter parada por tempo suficiente para me beijar. Ele passou o nariz pelo meu rosto e desceu até o pescoço.

– Seu cheiro é muito bom – disse, com sua fala arrastada de bêbado.

Empurrei o rosto dele para longe, mas ele me agarrou pelo pulso, inabalável. Com olhos arregalados, procurei por Travis de novo, que, aflito, olhava para Shepley e apontava na minha direção.

– Vai até ela, Shep! Pega a Abby! – ele gritou, tentando empurrar as pessoas para abrir caminho. Brady o puxou de volta para dentro do Círculo e o socou novamente.

– Você é uma puta de uma gostosa, sabia? – disse Ethan.

Fechei os olhos com nojo quando senti a boca dele em meu pescoço. A raiva se acumulou dentro de mim e o empurrei mais uma vez.

– Eu disse para cair *fora*! – gritei, golpeando a virilha dele com o joelho.

Ele se curvou para frente, levando uma das mãos até a fonte da dor e com a outra ainda segurando minha blusa, recusando-se a me soltar.

– Sua vagabunda! – ele gritou.

No momento seguinte, eu estava livre. O olhar de Shepley era agressivo, encarando Ethan enquanto o agarrava pelo colarinho. Shep o prensou contra a parede enquanto o esmurrava repetidas vezes na cara, parando apenas quando o sangue começou a jorrar do nariz e da boca de Ethan.

Shepley me puxou até a escada, empurrando todos que estavam no caminho. Ele me ajudou a passar por uma janela aberta e depois a descer por uma saída de incêndio, me segurando quando pulei a curta distância que havia até o chão.

– Está tudo bem, Abby? Ele te machucou? – ele me perguntou.

Uma das mangas do meu suéter branco pendia apenas por alguns fios, mas tirando isso eu tinha escapado ilesa. Balancei a cabeça, ainda chocada.

Ele pegou gentilmente meu rosto nas mãos e me olhou nos olhos.

– Abby, me responde. Está tudo bem?

Assenti. À medida que o nervoso foi passando, as lágrimas começaram a cair.

– Sim, estou bem.

Ele me abraçou, pressionando o rosto na minha testa, e depois ficou rígido.

– Aqui, Trav!

Travis veio correndo até nós, diminuindo apenas quando me pegou nos braços. Ele estava coberto de sangue, seu olho gotejava e sua boca estava toda vermelha.

– Meu Deus do céu... ela está machucada? – ele quis saber.

A mão de Shepley ainda estava nas minhas costas.

– Ela disse que está bem.

Travis me segurou pelos ombros para olhar para mim e franziu a testa.

– Você está machucada, Flor?

No momento em que balancei a cabeça em negativa, vi os primeiros espectadores saindo do porão e descendo pela saída de incêndio. Travis me manteve apertada em seus braços, analisando os rostos em silêncio. Um homem baixo e bojudo pulou da escada e ficou imóvel quando nos viu ali parados na calçada.

– Você – Travis rosnou.

Então me soltou, correndo pelo gramado e lançando o homem ao chão.

Olhei para Shepley, confusa e horrorizada.

– Foi aquele cara que ficou empurrando o Travis de volta para o Círculo – ele disse.

Uma pequena multidão se reuniu em torno deles enquanto brigavam no chão. Travis socou o rosto do homem várias vezes. Shepley me puxou para junto de seu peito, que ainda arfava. O homem parou de contra-atacar, e Travis o deixou no chão em uma poça de sangue. Os que estavam ali reunidos se espalharam, mantendo uma boa distância de Travis ao ver a ira em seus olhos.

– Travis! – Shepley gritou, apontando para o outro lado do prédio.

Ethan se arrastava nas sombras, usando a parede de tijolos do Hellerton para se manter em pé. Quando ouviu o grito de Shepley para Travis, ele se virou apenas a tempo de ver seu atacante em ação. Ethan foi mancando pelo gramado, jogando no chão a garrafa de cerveja que tinha nas mãos e se movendo o mais rápido possível. Assim que chegou a seu carro, Travis o agarrou e o arremessou com tudo de encontro ao capô.

Ethan implorou quando Travis agarrou sua camiseta e golpeou sua cabeça na porta do carro. A súplica foi interrompida pelo barulho alto do baque do crânio contra o para-brisa. Depois, Travis o puxou para a frente do carro e estilhaçou o farol com a cara de Ethan. Então o lançou sobre o capô, pressionando o rosto dele na lataria enquanto gritava obscenidades.

– Merda! – disse Shepley.

Eu me virei e vi o Hellerton reluzir com o azul e o vermelho de uma viatura policial que se aproximava com rapidez. Hordas de pessoas começaram a pular do patamar da escada, formando uma cascata humana pela saída de incêndio, e um alvoroço de alunos correndo irrompeu em todas as direções.

– Travis! – gritei.

Ele deixou o corpo desfalecido de Ethan no capô e veio correndo até nós. Shepley me puxou até o estacionamento, abrindo rapidamente a porta do carro. Pulei no banco traseiro, esperando, ansiosa, que os dois entrassem. Os carros arrancavam a toda velocidade, com os pneus cantando, quando uma segunda viatura bloqueou uma das saídas.

Travis e Shepley entraram no Charger, e Shepley xingou quando viu o engarrafamento que se formava na única saída. Ele ligou o carro e acelerou, subindo pela calçada e cortando caminho por cima do gramado. Fomos voando entre dois prédios, até chegarmos à rua de trás da faculdade.

Os pneus cantaram e o motor rosnou quando Shepley pisou fundo no acelerador. Deslizei pelo banco e fui de encontro à lateral do carro quando dobramos uma esquina, batendo o cotovelo já machucado. As luzes da rua formavam faixas pela janela enquanto seguíamos até o apartamento em alta velocidade, mas parecia que havia se passado uma hora quando chegamos ao estacionamento do prédio.

Shepley estacionou o Charger e desligou o motor. Os meninos abriram a porta em silêncio, e Travis esticou as mãos para mim, me carregando no colo.

– O que houve? Cacete, Trav, o que aconteceu com seu rosto? – perguntou America, descendo as escadas correndo.

– Te conto lá dentro – disse Shepley, guiando-a até a porta.

Travis me carregou escada acima, cruzou em silêncio a sala e o corredor e me colocou em sua cama. Totó batia com as patinhas nas minhas pernas, pulando para lamber o meu rosto.

– Agora não, camarada – disse Travis com uma voz sussurrada, levando o filhotinho até o corredor e fechando a porta do quarto.

Ele se ajoelhou na minha frente, encostando na manga esfarrapada do meu suéter. Seu olho estava vermelho e inchado, e a pele acima, cortada e úmida de sangue. Seus lábios estavam tingidos de vermelho, e a pele tinha sido arrancada dos nós de alguns dedos. Sua camiseta, antes branca, agora era uma combinação de sangue, grama e terra.

Pus a mão no olho dele, e ele se afastou com a dor.

– Desculpa, Beija-Flor. Eu tentei chegar até você. Eu tentei... – Ele pigarreou para espantar a raiva e a preocupação que o sufocavam. – Eu não consegui chegar até você.

– Pede pra America me levar de volta para o Morgan? – falei.

– Você não pode voltar pra lá hoje. O lugar está cheio de policiais. Fica aqui. Eu durmo no sofá.

Inspirei com dificuldade, tentando segurar as lágrimas. Ele já se sentia mal o bastante.

Travis se levantou e abriu a porta.

– Aonde você vai? – perguntei.

– Preciso tomar um banho. Eu já volto.

America passou por ele e veio se sentar ao meu lado na cama, me puxando para junto do peito.

– Me desculpa por não estar lá! – ela disse, chorando.

– Estou bem – falei, limpando o rosto manchado pelas lágrimas.

Shepley bateu na porta quando entrou, me trazendo um copo de uísque pela metade.

– Toma – disse ele, entregando-o à America.

Ela colocou minhas mãos em concha em volta do copo e me deu um leve cutucão.

Inclinei a cabeça para trás, deixando que o líquido fluísse pela garganta. Meu rosto se comprimiu quando o uísque foi queimando até o estômago.

– Obrigada – falei, entregando o copo de volta a Shepley.

– Eu devia ter chegado até ela antes, mas nem percebi que ela tinha sumido. Desculpa, Abby. Eu devia...

– Não é sua culpa, Shep. Não é culpa de ninguém.

– É culpa do Ethan – disse ele, borbulhando de ódio. – Aquele canalha nojento estava praticamente comendo a Abby contra a parede.

– Baby! – America exclamou, chocada, acolhendo-me ao lado dela.

– Preciso de outro drinque – falei, apontando para o copo vazio na mão de Shepley.

– Eu também – ele disse, voltando para a cozinha.

Travis entrou no quarto com uma toalha em volta da cintura e uma lata gelada de cerveja encostada no olho. America saiu sem dizer nada enquanto ele vestia a cueca, depois ele agarrou o travesseiro. Shepley trouxe quatro copos dessa vez, todos cheios até a borda. Viramos o uísque sem hesitar.

– Te vejo pela manhã – disse America, beijando meu rosto.

Travis pegou meu copo e o colocou no criado-mudo. Ele ficou me observando por um instante e depois foi até o armário, pegou uma camiseta e jogou-a na cama.

– Desculpa por estar assim tão detonado – ele disse, segurando a cerveja junto do olho.

– Você está com uma aparência péssima. Vai estar quebrado amanhã.

Ele balançou a cabeça, indignado.

– Abby, você foi atacada hoje. Não se preocupa comigo.

– É difícil não me preocupar quando seu olho está fechando de tão inchado – eu disse, colocando a camiseta no colo.

O maxilar dele ficou tenso.

– Isso não teria acontecido se eu tivesse deixado você ficar com o Parker. Mas eu sabia que, se te pedisse, você viria. Eu queria mostrar pra ele que você ainda era minha, e aí você se machucou.

As palavras me pegaram de surpresa, como se eu não as tivesse ouvido direito.

– Foi por isso que você me pediu para ir lá hoje? Para provar algo pro *Parker*?

– Em parte sim – disse ele, envergonhado.

O sangue sumiu do meu rosto. Pela primeira vez desde que nos conhecíamos, Travis tinha me enganado. Eu tinha ido ao Hellerton achando que ele precisava de mim, pensando que, apesar de tudo, estávamos de volta ao ponto em que havíamos parado. Mas eu não passava de um hidrante – ele tinha me marcado como seu território, e eu havia permitido que ele fizesse isso.

Meus olhos se encheram de lágrimas.

– Sai daqui.

– Beija-Flor – ele disse, dando um passo na minha direção.

– *Sai!* – gritei, agarrando o copo do criado-mudo e jogando nele. Travis se esquivou, e o copo se estilhaçou na parede em centenas de cacos reluzentes. – Eu te *odeio*!

O peito dele subia e descia, como se ele tivesse sido nocauteado a ponto de ficar sem ar, e, com uma expressão cheia de dor, ele me deixou sozinha.

Arranquei a roupa e vesti a camiseta. O barulho que irrompeu da minha garganta me pegou de surpresa. Fazia um bom tempo que eu não chorava descontroladamente. Em poucos instantes, America entrou no quarto correndo.

Ela se enfiou na cama comigo e me envolveu nos braços. Não me fez perguntas nem tentou me consolar, apenas me abraçou enquanto eu deixava que as lágrimas ensopassem a fronha do travesseiro.

20
ÚLTIMA DANÇA

Pouco antes de o sol surgir no horizonte, America e eu deixamos em silêncio o apartamento. Não conversamos a caminho do Morgan, e fiquei feliz por isso. Eu não queria conversar, não queria pensar, só queria bloquear as últimas doze horas. Eu sentia meu corpo pesado e dolorido, como se tivesse sofrido um acidente de carro. Quando entramos no meu quarto, vi que a cama de Kara estava feita.

— Posso ficar aqui um pouco? Preciso que você me empreste sua chapinha — disse America.

— Mare, eu estou bem. Vai pra aula.

— Não, você não está bem. Não quero te deixar aqui sozinha.

— Mas isso é tudo que eu quero nesse momento.

Ela abriu a boca para discutir, mas soltou um suspiro. Ela sabia que não me faria mudar de ideia.

— Volto pra te ver depois da aula, então. Descanse um pouco.

Assenti, trancando a porta depois que ela saiu. A cama rangeu quando me deitei, soltando uma baforada. O tempo todo eu acreditei que era importante para Travis, que ele precisava de mim, mas, naquele momento, eu me sentia como o novo e reluzente brinquedo que Parker havia dito que eu era. Ele queria provar ao Parker que eu ainda era dele. *Dele*.

— Eu não sou de *ninguém* — falei para o quarto vazio.

Conforme assimilei essas palavras, fui dominada pela dor que sentira na noite anterior. Eu não pertencia a ninguém.

Eu nunca tinha me sentido tão sozinha em toda a minha vida.

Finch colocou uma garrafa marrom na minha frente. Nenhum de nós se sentia no clima de comemorar nada, mas eu pelo menos estava confortada pelo fato de que, segundo America, Travis evitaria a festa de casais a todo custo. Latas de cerveja vazias pendiam do teto, cobertas de papel de presente vermelho e rosa, e vestidos vermelhos de todos os estilos passavam por nós. As mesas estavam repletas de minúsculos corações de papel-alumínio, e Finch revirou os olhos com a ridícula decoração.

– Dia dos Namorados em uma casa de fraternidade. Que romântico – disse ele, observando os casais.

Shepley e America tinham ficado lá embaixo dançando desde que chegáramos, e eu e Finch protestávamos por ter de estar ali fazendo cara feia e reclamando na cozinha. Bebi o conteúdo da garrafa bem rápido, determinada a turvar as lembranças da última festa de casais.

Finch abriu outra garrafa e me entregou, ciente do meu desespero para esquecer de tudo.

– Vou pegar mais – disse ele, voltando à geladeira.

– O barril é para os convidados, as garrafas são para o pessoal da Sig Tau – rosnou uma garota ao meu lado.

Olhei para o copo vermelho que ela segurava.

– Ou talvez o seu namorado tenha te falado isso porque estava contando com um encontro barato.

Ela estreitou os olhos e se afastou da cozinha, levando seu copo para outro lugar.

– Quem era? – Finch quis saber, dispondo mais quatro garrafas no balcão.

– Uma vaca de fraternidade qualquer – falei, observando enquanto ela saía.

Na hora em que Shepley e America se juntaram de novo a nós, havia seis garrafas vazias na mesa ao meu lado. Meus dentes estavam amortecidos, e eu me sentia um pouco mais à vontade e com mais disposição para sorrir. Estava mais confortável, apoiando as costas no balcão. Travis tinha provado que não apareceria mesmo, e eu conseguiria sobreviver pelo restante da festa em paz.

– Vocês vão dançar ou o quê? – perguntou America.

Olhei para Finch.

– Dança comigo, Finch?

– Você vai conseguir dançar? – ele me perguntou, erguendo uma sobrancelha.

– Só tem uma forma de descobrir – falei, puxando-o para a pista.

Ficamos pulando e nos balançando até que uma leve camada de suor se formou sob o meu vestido. Quando achei que meus pulmões fossem estourar, começou a tocar uma música lenta. Finch olhou ao redor, desconfortável, observando enquanto as pessoas formavam pares e se aproximavam umas das outras.

– Você vai me fazer dançar isso, não vai? – ele quis saber.

– É Dia dos Namorados, Finch. Finja que sou um garoto.

Ele riu, me puxando para os seus braços.

– É difícil fazer isso quando você está usando um vestido curto e cor--de-rosa.

– Ah, tá. Como se você nunca tivesse visto um garoto de vestido.

Ele deu de ombros.

– Verdade.

Dei uma risadinha, repousando a cabeça no ombro dele. O álcool fazia meu corpo parecer pesado e lento, enquanto eu tentava me movimentar no ritmo pausado da música.

– Se importa se eu interromper, Finch?

Travis estava parado ao nosso lado, com um ar meio divertido, preparado para a minha reação. Meu rosto entrou em chamas.

Finch olhou para mim e depois para Travis.

– Claro que não.

– Finch – sibilei enquanto ele se afastava.

Travis me puxou de encontro a ele e tentei manter o maximo de distância entre nós.

– Achei que você não viesse – eu disse.

– Eu não vinha, mas fiquei sabendo que você estava aqui. Tive que vir.

Olhei em volta da sala, evitando seus olhos, mas eu tinha total consciência de todos os seus movimentos. As mudanças de pressão na ponta dos dedos onde ele me tocava, seus pés se arrastando ao lado dos meus, seus braços se mexendo, roçando meu vestido. Eu me sentia ridícula fingindo não notar nada disso. O olho dele estava melhor, o machucado já tinha quase desaparecido, e as manchas vermelhas no rosto não estavam mais ali. Todas as evidências daquela noite terrível tinham desaparecido, deixando apenas as lembranças dolorosas.

Ele observava cada inspiração minha e, quando a música estava quase acabando, suspirou.

– Você está linda, Flor.

– Nem vem.

– Nem vem o quê? Não posso dizer que você está bonita?

– Só... não começa.

– Eu não tive a intenção.

Soltei uma baforada de ar em frustração.

– Valeu.

– Não... você está linda. Isso eu tive a intenção de dizer. Eu estava falando sobre o que eu disse no meu quarto. Não vou mentir. Eu senti prazer em te arrancar do seu encontro com o Parker...

– Não era um encontro, Travis. A gente só estava comendo. Agora ele não fala mais comigo, graças a você.

– Fiquei sabendo. Sinto muito.

– Não, você não sente.

– Vo... você está certa – ele disse, gaguejando quando viu minha expressão de impaciência. – Mas eu... Esse não foi o único motivo pelo qual eu te levei pra ver a luta. Eu queria você lá comigo, Flor. Você é meu talismã da sorte.

– Não sou nada seu – retruquei, erguendo o olhar cheio de raiva para ele.

Travis retraiu as sobrancelhas e parou de dançar.

Você é *tudo* pra mim.

Pressionei os lábios, tentando manter a raiva na superfície, mas era impossível continuar brava quando ele me olhava daquele jeito.

– Você não me odeia de verdade... odeia? – ele me perguntou.

Desviei o olhar e me afastei.

– Às vezes eu gostaria de te odiar. Seria tudo bem mais fácil.

Um sorriso cauteloso se espalhou em seus lábios, em uma linha fina e sutil.

– Então o que te deixa mais brava? O que eu fiz pra você querer me odiar, ou saber que você não consegue?

A raiva voltou. Empurrei-o e passei por ele, subindo correndo as escadas em direção à cozinha. Meus olhos estavam começando a ficar anuviados, mas eu me recusava a chorar na festa de casais. Finch estava em pé ao lado da mesa, e suspirei aliviada quando ele me entregou outra cerveja.

Durante a próxima hora, fiquei observando Travis se desvencilhar de garotas e virar doses de uísque na sala. Cada vez que ele me pegava olhando para ele, eu desviava o olhar, determinada a terminar a noite sem me envolver em nenhuma cena.

– Vocês não parecem nada felizes – Shepley disse para mim e Finch.

– Eles não poderiam parecer mais entediados nem se estivessem fazendo isso de propósito – America resmungou.

– Não esqueçam... a gente não queria vir – Finch lembrou.

Ela fez sua famosa carinha, à qual sabia que eu sempre cedia.

– Você podia fingir, Abby. Por mim.

Assim que abri a boca para retrucar com a língua afiada, Finch encostou no meu braço.

– Acho que cumprimos nosso dever. Vamos embora, Abby?

Bebi o restante da cerveja de um gole só e peguei na mão dele. Por mais ansiosa que eu estivesse para ir embora, minhas pernas ficaram paralisadas quando ouvi a música que Travis e eu havíamos dançado na minha festa de aniversário. Agarrei a garrafa de Finch e tomei outro gole, tentando bloquear as lembranças que vinham com a música.

Brad se apoiou no balcão ao meu lado.

– Quer dançar?

Sorri para ele, balançando a cabeça. Ele começou a dizer outra coisa, mas foi interrompido.

– Dança comigo. – Travis estava parado a menos de um metro de mim, com a mão estendida.

America, Shepley e Finch olhavam fixamente para mim, esperando minha resposta com tanta ansiedade quanto Travis.

— Me deixa em paz, Travis — falei, cruzando os braços.

— É a nossa música, Flor.

— Nós não temos uma música.

— Beija-Flor...

— *Não.*

Olhei para Brad e forcei um sorriso.

— Eu adoraria dançar, Brad.

As sardas dele se esticaram pelo rosto quando ele sorriu, fazendo um gesto para que eu fosse na frente pelas escadas.

Travis cambaleou para trás, exibindo uma evidente tristeza nos olhos.

— Um brinde! — ele gritou.

Eu hesitei, me virando bem a tempo de vê-lo subir em uma cadeira e roubar a cerveja de um cara da Sig Tau que estava perto dele. Olhei de relance para America, que observava Travis com uma expressão aflita.

— Aos babacas! — ele exclamou, fazendo um gesto em direção a Brad. — E às garotas que partem o coração da gente — ele curvou a cabeça para mim. Seus olhos tinham perdido o foco. — E ao horror de perder sua melhor amiga porque você foi idiota o bastante para se apaixonar por ela.

Ele inclinou a cabeça para trás, terminando de beber o que restava, depois jogou a garrafa no chão. A sala ficou em silêncio, exceto pela música que tocava no andar de baixo, e todo mundo encarava Travis sem entender nada.

Mortificada, agarrei a mão de Brad e o levei para o andar de baixo, na pista de dança. Alguns casais foram atrás de nós, me observando de perto para ver se havia lágrimas em meus olhos ou algum outro tipo de reação ao discurso de Travis. Mantive a expressão serena, recusando-me a dar a eles o que queriam.

Dançamos um pouco desajeitados, e Brad suspirou.

— Aquilo foi meio... estranho.

— Bem-vindo à minha vida.

Travis foi empurrando os casais para abrir caminho e chegar até a pista de dança, parando ao meu lado. Demorou um instante para se equilibrar.

— Vou interromper vocês.

— Não vai, não. Meu Deus! — falei, recusando-me a olhar para ele.

Depois de alguns momentos de tensão, ergui o olhar de relance e vi Travis encarando Brad.

— Se você não se afastar da minha garota, vou rasgar a porra da sua garganta. Aqui mesmo na pista de dança.

Brad não sabia o que fazer. Nervoso, olhava ora para mim, ora para Travis.

— Desculpa, Abby — disse por fim, lentamente soltando os braços de mim e se afastando.

Ele voltou pelas escadas e fiquei lá, parada e humilhada.

— O que eu estou sentindo por você agora, Travis... e algo bem perto do ódio.

— Dança comigo — ele me implorou, oscilando para manter o equilíbrio.

A música acabou e soltei um suspiro de alívio.

— Vai beber mais uma garrafa de uísque, Trav.

E me virei para dançar com o único cara sozinho na pista de dança.

O ritmo da música era mais rápido e sorri para o meu novo e surpreso parceiro, tentando ignorar o fato de que Travis estava menos de um metro às minhas costas. Outro cara da Sig Tau começou a dançar atrás de mim, me agarrando pela cintura, e fui para trás, puxando-o para perto de mim. Isso me fez lembrar a forma como Travis e Megan dançaram naquela noite no Red, e fiz o melhor que pude para recriar a cena que tantas vezes eu tinha desejado esquecer. Dois pares de mãos deslizavam em quase todas as partes do meu corpo, e foi fácil ignorar o meu lado mais reservado com a quantidade de álcool que eu tinha ingerido.

De repente, eu estava no ar. Travis me jogou por cima do ombro ao mesmo tempo em que empurrava um dos caras da fraternidade, com tanta força que o fez cair no chão.

— Me solta! — gritei, socando forte as costas dele.

— Não vou deixar você dar vexame por minha causa — ele grunhiu, subindo as escadas dois degraus de cada vez.

A festa inteira me observava chutar e gritar enquanto Travis cruzava a sala me carregando.

— Você não acha — falei, enquanto lutava para me soltar — que isso é dar vexame? Travis!

– Shepley! O Donnie está lá fora? – ele perguntou, desviando das minhas pernas e braços, que se debatiam.

– Hum... está – Shep respondeu.

– Coloca a Abby no chão! – disse America, dando um passo em nossa direção.

– America – gritei, me contorcendo –, não fique aí parada! Vem me ajudar!

Ela não aguentou e caiu na risada.

– Vocês dois estão ridículos.

Minhas sobrancelhas se uniram quando ouvi o comentário dela, e fiquei chocada e com raiva por ela ter achado qualquer parte daquela situação engraçada. Travis seguiu em direção à porta, e olhei furiosa para ela.

– Valeu, amiga!

O ar frio atingiu as partes descobertas do meu corpo e protestei ainda mais alto.

– Me coloca no chão, droga!

Travis abriu a porta do carro e me jogou no banco de trás, sentando ao meu lado.

– Donnie, você é o motorista da noite?

– Sou – ele respondeu nervoso, observando minha luta para fugir.

– Preciso que você leve a gente até o meu apartamento.

– Travis... eu não acho...

A voz de Travis era controlada, mas assustadora.

– Faz o que eu pedi, Donnie, ou te dou um soco na nuca, juro por Deus.

Donnie arrancou com o carro e me lancei em direção à maçaneta da porta.

– Eu não vou para o seu apartamento!

Travis agarrou um dos meus pulsos e depois o outro. Eu me abaixei para morder seu braço. Ele fechou os olhos, e um grunhido baixo escapou de seu maxilar cerrado quando meus dentes afundaram em sua pele.

– Faça o seu pior, Flor. Estou cansado das suas merdas.

Parei de mordê-lo e comecei a mexer os braços, desajeitada, lutando para me soltar.

– *Minhas* merdas? Me deixa sair da droga desse carro!

Ele puxou meus pulsos para perto do rosto.

– Eu te amo, droga! Você não vai a lugar nenhum até ficar sóbria e a gente resolver isso!

– Você é o único que ainda não resolveu, Travis! – falei.

Ele soltou meus pulsos e cruzei os braços, fechando a cara durante o resto do caminho até o apartamento.

Quando o carro parou, eu me inclinei para frente.

– Você pode me levar pra casa, Donnie?

Travis me puxou para fora do carro pelo braço e me jogou por cima do ombro novamente, carregando-me escada acima.

– Boa noite, Donnie.

– Vou ligar para o seu pai! – gritei.

Travis riu alto.

– E ele provavelmente vai me dar um tapinha nas costas e me dizer que já estava mais do que na hora!

Ele fez um esforço para abrir a porta enquanto eu chutava e mexia os braços, tentando me soltar.

– Para com isso, Flor, ou nós dois vamos sair rolando pela escada!

Assim que ele abriu a porta, entrou pisando duro em direção ao quarto de Shepley.

– Me. Coloca. No. Chão! – gritei.

– Tudo bem – ele disse, me largando na cama do primo. – Dorme e vê se melhora. A gente conversa amanhã.

O quarto estava escuro; a única luz era um facho retangular vindo do corredor. Eu me esforcei para achar um foco em meio à escuridão, à cerveja e à raiva, e, quando ele se posicionou sob o facho de luz, ela iluminou seu sorriso presunçoso.

Soquei forte o colchão.

– Você não pode mais me dizer o que fazer, Travis! Eu não pertenço a você!

No segundo que ele levou para se virar e ficar cara a cara comigo, sua expressão foi tomada pela ira. Ele veio até mim batendo os pés, plantou as mãos na cama e aproximou o rosto do meu.

– Bom, mas *eu* pertenço a você!

As veias em seu pescoço saltaram enquanto ele gritava, e não me desviei de seu olhar penetrante, recusando-me sequer a piscar. Ele olhou para os meus lábios, arfando.

– Eu pertenço a você – sussurrou, sua raiva se derretendo quando ele se deu conta de como estávamos próximos um do outro.

Antes que eu conseguisse pensar em um motivo para não fazer isso, agarrei o rosto dele e grudei meus lábios nos seus. Sem hesitar, ele me ergueu em seus braços e me carregou até seu quarto, e caímos na cama.

Arranquei a camiseta dele e tentei abrir, com dificuldade, a fivela do cinto. Ele conseguiu abri-la, jogando o cinto no chão. Depois me ergueu com uma das mãos e abriu o zíper do meu vestido com a outra. Puxei o vestido pela cabeça e o joguei em algum lugar no escuro. Então Travis me beijou, gemendo de encontro à minha boca.

Com alguns poucos movimentos, ele estava nu, pressionando o peito contra o meu. Agarrei seu bumbum, mas ele resistiu quando tentei puxá-lo para dentro de mim.

– Nós estamos bêbados – ele disse, respirando com dificuldade.

– Por favor.

Pressionei as pernas contra o quadril dele, desesperada para aliviar a queimação entre as minhas coxas. Travis estava determinado a fazer com que voltássemos a ficar juntos, e eu não tinha mais nenhuma intenção de lutar contra o inevitável. Assim, estava mais do que pronta para passar a noite enrolada com ele nos lençóis.

– Isso não está certo – ele disse.

Ele estava em cima de mim, pressionando a testa na minha. Eu tinha esperanças de que aquele protesto fosse passageiro, e que eu conseguisse persuadi-lo de que ele estava errado. A forma como parecíamos não conseguir ficar longe um do outro era inexplicável, mas eu não precisava mais de nenhuma explicação. Não precisava mais de nenhuma desculpa. Naquele momento, eu só precisava dele.

– Eu quero você.

– Preciso que você diga – ele falou.

Minhas entranhas gritavam por ele, e eu não suportava esperar nem mais um segundo.

– Eu digo o que você quiser.

– Então diz que pertence a mim. Diz que me aceita de volta. Eu só vou fazer isso se estivermos juntos.

– A gente nunca se separou de fato, não é? – perguntei, na esperança de que isso fosse suficiente.

Ele balançou a cabeça, roçando os lábios nos meus.

– Preciso te ouvir dizer. Preciso saber que você é minha.

– Eu sou sua desde o segundo em que nos conhecemos.

Minha voz assumiu um tom de súplica. Em qualquer outro momento, eu teria ficado constrangida, mas eu não me arrependia de nada. Eu tinha lutado contra meus sentimentos, eu os guardara, os afogara em uma garrafa de bebida. Tinha vivenciado os momentos mais felizes da minha vida na Eastern, e todos eles com Travis. Brigando, rindo, amando ou chorando, se fosse com ele, era onde eu queria estar.

Um canto de sua boca se levantou quando ele pôs a mão no meu rosto, depois seus lábios tocaram os meus em um beijo terno. Quando o puxei para junto de mim, ele não resistiu. Seus músculos ficaram tensos, e ele prendeu a respiração enquanto me penetrava.

– Fala de novo – ele pediu.

– Eu sou sua – falei baixinho. Todos os meus nervos desejavam ardentemente mais. – Nunca mais quero me separar de você.

– Promete – ele disse, gemendo enquanto me penetrava novamente.

– Eu te amo. Vou te amar pra sempre.

As palavras saíram mais em forma de suspiro, mas meus olhos encontraram os dele enquanto eu as dizia. Pude ver a incerteza naqueles olhos desaparecer, e, até mesmo sob a fraca luz, o rosto dele se iluminou.

Finalmente satisfeito, ele selou sua boca na minha.

Travis me acordou com beijos. Eu sentia a cabeça pesada e anuviada por causa dos muitos drinques que bebera na noite anterior, mas a cena que se desenrolara momentos antes de eu dormir voltava à minha mente em detalhes vívidos. Lábios macios percorriam cada centímetro da minha mão, do meu braço e do meu pescoço, e, quando ele chegou aos meus lábios, eu sorri.

– Bom dia – falei, com a boca encostada na dele.

Ele não disse nada; seus lábios continuaram investigando os meus. Seus braços fortes me envolveram, e então ele enterrou o rosto no meu pescoço.

– Você está quieto hoje – falei, percorrendo com as mãos a pele desnuda de suas costas. Fui descendo com elas até o bumbum, e então enganchei a perna no quadril dele, beijando sua bochecha.

Ele balançou a cabeça.

– Eu só quero ficar assim – sussurrou.

Franzi a testa.

– Eu perdi alguma coisa?

– Eu não pretendia te acordar. Por que você não volta a dormir?

Eu me reclinei no travesseiro dele e ergui seu queixo. Seus olhos estavam injetados, e a pele em torno deles, vermelha e manchada.

– Tem alguma coisa errada com você? – perguntei, alarmada.

Ele colocou minha mão na dele e a beijou, pressionando a testa no meu pescoço.

– Só volta a dormir, Beija-Flor. Por favor.

– Aconteceu alguma coisa? É a America?

Com essa última pergunta, eu me sentei na cama. Mesmo vendo o medo em meus olhos, a expressão dele não se alterou. Ele simplesmente soltou um suspiro e se sentou também, olhando para a minha mão na dele.

– Não... a America está bem. Eles chegaram em casa por volta das quatro da manhã. Estão na cama ainda. É cedo, vamos voltar a dormir.

Sentindo o coração martelando no peito, eu sabia que não tinha como voltar a dormir. Travis pegou meu rosto com ambas as mãos e me beijou. Sua boca se movia de um jeito diferente, como se estivéssemos nos beijando pela última vez. Ele me abaixou até o travesseiro, me beijou mais uma vez e depois descansou a cabeça no meu peito, envolvendo-me apertado com os braços.

Todos os possíveis motivos para o comportamento de Travis me passaram pela cabeça, como canais de televisão. Abracei-o junto a mim, com medo de perguntar.

– Você dormiu?

– Eu... não consegui. Eu não queria... – a voz dele falhou.

Beijei a testa dele.

– Seja o que for, a gente vai resolver, tá? Por que você não dorme um pouco? Vamos pensar nisso quando você acordar.

Ele ergueu a cabeça e analisou meu rosto. Vi desconfiança e esperança em seus olhos.

– O que você quer dizer? Que a gente vai resolver, seja lá o que for?

Franzi as sobrancelhas, confusa. Eu não podia imaginar o que tinha acontecido enquanto eu estava dormindo que o teria deixado tão agoniado.

– Eu não sei o que está acontecendo, mas estou aqui.

– Você está aqui? Você vai ficar aqui? Comigo?

Eu sabia que minha expressão era ridícula, mas minha cabeça estava girando por causa do álcool e das perguntas bizarras do Travis.

– Vou. Achei que a gente tinha discutido isso ontem à noite, não?

– Discutimos sim – ele assentiu, encorajado.

Olhei a esmo pelo quarto, pensando. As paredes não estavam mais vazias como quando tínhamos nos conhecido. Estavam cheias de bugigangas de lugares onde havíamos passado algum tempo juntos, e a tinta branca era interrompida por molduras negras contendo fotos minhas, do Totó e de nosso grupo de amigos. Uma moldura maior com uma foto de nós dois na minha festa de aniversário estava no lugar do *sombrero* que antes ficava pendurado por um prego sobre a cabeceira da cama.

Estreitei os olhos na direção dele.

– Você achou que eu ia acordar brava com você, não é? Achou que eu ia embora?

Ele deu de ombros, numa fracassada tentativa de demonstrar a indiferença que antes lhe era tão natural.

– Você é famosa por isso.

– É por isso que você está tão perturbado? Você ficou acordado a noite toda se preocupando com o que ia acontecer quando eu acordasse?

Ele se mexeu, como se suas próximas palavras fossem difíceis de dizer.

– Eu não queria que a noite passada acontecesse daquele jeito. Eu estava meio bêbado, fiquei te perseguindo na festa como um maníaco, depois te arrastei pra cá contra a sua vontade... e aí a gente... – Ele balançou a cabeça, claramente atormentado com as lembranças que desfilavam em sua mente.

– Transou e fez o melhor sexo da minha vida? – sorri, apertando a mão dele.

Travis deu risada uma vez, e a tensão em torno de seus olhos foi se derretendo lentamente.

– Então estamos bem?

Eu o beijei, pegando o rosto dele com ternura.

– Estamos, bobão. Eu prometi, não foi? Eu te falei tudo que você queria ouvir, a gente voltou a namorar, e nem assim você fica feliz?

Seu rosto se comprimiu em torno do sorriso.

– Travis, para. Eu te amo – falei, alisando as linhas de preocupação que se formavam em volta de seus olhos. – Esse impasse absurdo podia ter acabado no feriado de Ação de Graças, mas...

– Espera... o quê? – ele me interrompeu, recuando.

– Eu estava pronta para ceder no Dia de Ação de Graças, mas você disse que estava cansado de tentar me fazer feliz, e fui muito orgulhosa pra te dizer que te queria de volta.

– Você está me zoando, só pode. Eu estava tentando tornar as coisas mais fáceis pra você! Você tem ideia de como fiquei triste todo esse tempo?

Franzi a testa.

– Você parecia muito bem depois das férias.

– Aquilo foi por você! Eu tinha medo de te perder se não fingisse que estava de boa com o fato de sermos amigos. Eu podia ter ficado com você esse tempo todo? Que merda, Beija-Flor!

– Eu... – Eu não tinha como discutir; ele estava certo. Eu tinha feito com que nós dois sofrêssemos, e não tinha desculpa para isso. – Eu sinto muito.

– Você *sente muito*? Droga, eu quase me matei de tanto beber. Eu mal conseguia sair da cama, estilhacei meu celular em um milhão de pedaços na véspera do Ano Novo pra não te ligar... e você *sente muito*?

Mordi o lábio e assenti, envergonhada. Eu não fazia ideia de que ele tinha passado por tudo aquilo, e ouvir aquelas palavras fez com que eu sentisse um aperto no peito.

– Me desculpa, por favor.

– Tudo bem, está desculpada – ele disse, com um largo sorriso. – Mas nunca mais faça isso de novo.

– Não vou fazer. Prometo.

Num lampejo, a covinha dele apareceu, e ele balançou a cabeça.

– Porra, como eu te amo.

21
FUMAÇA

As semanas se passaram, e foi uma surpresa para mim como a semana do saco cheio chegou rápido. O esperado fluxo de fofocas e pessoas nos encarando havia sumido, e a vida tinha voltado ao normal. Os porões da Universidade Eastern não eram palco de lutas havia semanas. Adam tinha feito questão de manter a discrição depois que algumas prisões levaram a perguntas sobre o que exatamente havia acontecido naquela noite, e Travis estava cada vez mais ansioso esperando pelo telefonema que o convocaria para a última luta do ano – aquela que pagaria a maior parte de suas contas no verão e grande parte do outono.

A neve ainda estava espessa no chão, e, na sexta-feira antes do recesso, teve a última guerra de bolas de neve no gramado cristalino. Travis e eu serpenteávamos em meio ao gelo voador a caminho do refeitório, e agarrei forte o braço dele, tentando evitar as bolas de neve e um tombo.

– Eles não vão te acertar, Flor. Eles sabem que é melhor não fazer isso – disse Travis, mantendo o nariz frio e vermelho próximo do meu rosto.

– A mira deles não tem nada a ver com o medo que eles têm do seu temperamento, Trav.

Ele me manteve grudada na lateral de seu corpo, esfregando a manga do meu casaco com a mão enquanto me guiava em meio ao caos. Tivemos que parar de repente quando um bando de garotas passou aos gritos, vítimas da terrível mira da equipe de beisebol. Assim que elas saíram do caminho, Travis me conduziu com segurança até a porta.

– Viu? Falei que a gente ia conseguir – ele disse com um sorriso.

Seu ar divertido se esvaneceu quando uma bola de neve bateu com força na porta, entre o meu rosto e o dele. O olhar fulminante de Travis perscrutou o gramado, mas o grande número de alunos que jogavam bolas em todas as direções diminuiu a premência de retaliação.

Ele abriu a porta, observando a neve que escorria pelo metal pintado até o chão.

– Vamos entrar.

– Boa ideia – assenti.

Ele me levou pela mão até a fila do bufê, colocando porções de comidas diferentes e fumegantes em uma única bandeja. A moça do caixa já tinha desistido de sua previsível expressão confusa semanas antes, acostumada com a nossa rotina.

– Abby – Brazil assentiu para mim e piscou para Travis. – Vocês têm planos para a semana que vem?

– Vamos ficar aqui. Meus irmãos vão vir – disse Travis, distraído enquanto organizava nosso almoço, distribuindo os pequenos pratos de isopor à nossa frente na mesa.

– Vou *matar* o David Lapinski! – anunciou America, balançando a cabeça para tirar a neve dos cabelos enquanto se aproximava.

– Que mira perfeita! – Shepley riu.

America o fuzilou com o olhar, e a risada dele deu lugar a um risinho nervoso.

– Quer dizer... que babaca!

Demos risada com a expressão de arrependimento de Shepley enquanto ele observava America seguir como um raio até a fila do bufê, indo imediatamente atrás dela.

– Esse está completamente domado – disse Brazil, com cara de desprezo.

– A America está um pouco tensa – Travis explicou. – Ela vai conhecer os pais dele essa semana.

Brazil assentiu, erguendo as sobrancelhas.

– Então eles estão...

– Naquela fase – falei, concordando com ele. – É definitivo.

– Uau – disse Brazil.

A expressão de choque não saiu de seu rosto enquanto ele remexia a comida no prato, e pude ver a confusão rondando-o. Todos nós éramos jovens, e ele não conseguia entender aquele tipo de compromisso.

– Quando você tiver alguma coisa assim, Brazil... você vai entender – disse Travis, sorrindo para mim.

O salão estava alvoroçado, tanto por causa do espetáculo lá fora quanto pela proximidade do recesso. À medida que as pessoas se sentavam, o fluxo de conversa foi ficando mais alto até virar um som ensurdecedor.

Na hora em que Shepley e America voltaram com suas bandejas, já tinham feito as pazes. Ela se sentou feliz na cadeira ao lado da minha, tagarelando sobre o iminente momento de conhecer os pais de Shep. Os dois partiriam naquela noite para a casa deles – a desculpa perfeita para um dos infames ataques de fúria de America.

Fiquei observando-a enquanto ela pegava o pão e falava sobre o que deveria colocar na mala e quanta bagagem poderia levar sem parecer pretensiosa, mas ela parecia estar aguentando firme.

– Eu já te disse, baby. Eles vão te amar. Vão te amar como *eu* te amo – disse Shepley, enfiando os cabelos dela atrás da orelha. America inspirou e sorriu, como sempre acontecia quando ele fazia com que ela se acalmasse.

O celular de Travis vibrou, deslizando alguns centímetros pela mesa. Ele o ignorou, contando a Brazil a história do nosso primeiro jogo de pôquer com os irmãos dele. Olhei de relance para o mostrador e bati de leve no ombro dele quando li o nome.

– Trav?

Sem pedir desculpa, ele parou de conversar com Brazil e me deu total atenção.

– Que foi, Beija-Flor?

– Acho que você vai querer atender essa ligação.

Ele olhou para o celular e suspirou.

– Ou não.

– Pode ser importante.

Ele franziu os lábios antes de levar o celular ao ouvido.

– E aí, Adam? – Os olhos dele examinavam atentamente o salão enquanto ele ouvia o que Adam tinha a dizer, assentindo de vez em quando. – Essa é minha última luta, Adam. Não tenho certeza ainda. Não vou sem ela, e o Shep vai viajar. Eu sei... já *entendi*. Hum... não é uma má ideia, pra falar a verdade.

Minhas sobrancelhas se retraíram, vendo os olhos dele brilharem com qualquer que fosse a ideia que Adam tinha lhe dado. Quando Travis desligou o celular, encarei-o com expectativa.

– Vai dar pra pagar o aluguel dos próximos oito meses. O Adam conseguiu o John Savage. Ele está tentando deixar a coisa mais profissional.

– Eu nunca vi esse cara lutar, e você? – Shepley quis saber, inclinando-se para frente.

Travis assentiu.

– Só uma vez, em Springfield. Ele é bom.

– Não o bastante – falei. Ele se inclinou e beijou minha testa em agradecimento. – Eu posso ficar em casa, Trav.

– Não – ele disse, balançando a cabeça.

– Não quero ver você levar porrada como da última vez porque ficou preocupado comigo.

– Não, Flor.

– Eu fico te esperando acordada – falei, tentando soar mais feliz com a ideia do que eu realmente me sentia.

– Vou pedir pro Trent ir junto. Ele é o único em quem confio pra poder me concentrar na luta.

– Valeu, babaca – Shepley resmungou.

– Ei, você teve sua chance – disse Travis, não completamente de brincadeira.

Shepley retorceu um pouco a boca, contrariado. Ele ainda se sentia em falta pela noite no Hellerton. Ele havia me pedido desculpa todos os dias durante semanas, mas o sentimento de culpa enfim se tornara controlável o bastante a ponto de ele sofrer em silêncio. America e eu tentamos convencê-lo de que a culpa não era dele, mas Travis sempre o consideraria responsável.

– Shepley, não foi sua culpa. Você arrancou o cara de cima de mim, lembra? – falei, esticando o braço na frente de America para dar um tapinha de leve no braço dele.

Eu me virei para Travis e perguntei:

– Quando é a luta?

– Em algum momento da semana que vem – ele deu de ombros. – Mas quero você lá. Preciso de você lá.

Sorri, descansando o queixo no ombro dele.

– Então eu vou.

Ele me acompanhou até a aula, segurando-me mais firme algumas vezes quando meus pés deslizavam no gelo.

– Você devia tomar mais cuidado – ele me provocou.

– Estou fazendo isso de propósito, seu mala.

– Se você quer que eu te abrace, é só me pedir – ele disse e me puxou para junto do peito.

Ignoramos os alunos que passavam e as bolas de neve que voavam por cima da nossa cabeça enquanto ele pressionava os lábios nos meus. Meus pés saíram do chão e ele continuou a me beijar, me carregando com facilidade pelo campus. Quando por fim me pôs no chão, na porta da sala de aula, balançou a cabeça.

– Quando a gente for fazer nosso horário para o próximo semestre, seria melhor ter mais aulas juntos.

– Vou dar um jeito nisso – falei, dando nele um último beijo antes de entrar e me sentar.

Ergui o olhar, e Travis me deu um último sorriso antes de seguir para a aula no prédio ao lado. Os alunos à minha volta estavam acostumados com nossas demonstrações públicas de afeto, assim como os da classe dele estavam acostumados com o fato de que ele sempre chegava alguns minutos atrasado.

Fiquei surpresa que o tempo tivesse passado tão rápido. Entreguei a última prova do dia e fui caminhando até o Morgan Hall. Kara estava sentada no lugar de costume, na cama, enquanto eu remexia minhas gavetas, à procura de alguns objetos.

– Você vai viajar? – ela quis saber.

– Não, só preciso de algumas coisas. Vou até o prédio de ciências pra pegar o Trav, depois vou passar a semana no apartamento dele.

– Eu imaginei – ela respondeu, sem tirar os olhos do livro.

– Bom descanso, Kara.

– Hum-hum.

O campus estava quase vazio, com apenas algumas pessoas que ficaram para trás. Quando virei a esquina, vi Travis parado do lado de fora do prédio, terminando de fumar. Ele usava um gorro na cabeça raspada e tinha uma das mãos enfiada no bolso da jaqueta surrada de couro marrom-escuro. A fumaça saía pelas narinas enquanto ele olhava para o chão, perdido em pensamentos. Só quando cheguei bem perto notei como ele estava distraído.

— Em que você está pensando, baby? — perguntei. Ele não ergueu o olhar. — Travis?

Ele piscou quando notou minha voz, e a expressão preocupada foi substituída por um sorriso forçado.

— Oi, Beija-Flor.

— Está tudo bem?

— Agora está — ele disse, me puxando de encontro a ele.

— Tudo bem, o que está acontecendo? — perguntei com a sobrancelha erguida e a testa franzida, demonstrando meu ceticismo.

— Eu só estou com a cabeça cheia — ele suspirou.

Quando esperei, ele continuou:

— Essa semana, a luta, você estar lá...

— Eu te disse que posso ficar em casa.

— Preciso de você lá, Flor — ele jogou o cigarro no chão.

Ficou olhando enquanto a bituca sumia debaixo de uma profunda pegada na neve e então colocou a mão em volta da minha, me puxando em direção ao estacionamento.

— Você conversou com o Trent? — eu quis saber.

Ele fez que não.

— Estou esperando ele retornar a minha ligação.

America abaixou a janela e enfiou a cabeça para fora do Charger de Shepley.

— Andem logo! Está frio pra caramba!

Travis sorriu e apressou o passo, abrindo a porta para que eu entrasse. Shepley e America repetiram a mesma conversa que já haviam tido inúmeras vezes desde que ela ficara sabendo que conheceria os pais dele, enquanto eu observava Travis olhando pela janela. Assim que paramos o carro no estacionamento do prédio, o celular dele tocou.

— Que merda, Trent — ele atendeu. — Eu te liguei faz quatro horas, e não vem me falar que você estava trabalhando. Tá. Escuta, preciso de um favor. Tenho uma luta na semana que vem e preciso que você vá. Não sei exatamente quando, mas, quando eu te ligar, preciso que você esteja lá em uma hora. Você pode fazer isso por mim? Pode ou não, seu babaca? Porque eu preciso que você fique de olho na Beija-Flor. Teve um otário que passou a mão nela da última vez e... é – Travis baixou o tom de voz, tornando-se ameaçador. – Eu cuidei do assunto. Então, se eu te ligar...? Valeu, Trent.

Ele desligou o celular e encostou a cabeça no banco do carro.

– Aliviado? – Shepley perguntou, observando-o pelo espelho retrovisor.

– É. Eu não sabia como ia fazer sem ele lá.

– Eu falei pra você – comecei.

– Flor, quantas vezes eu tenho que te dizer? – ele franziu a testa.

Balancei a cabeça com seu tom de impaciência.

– Mas eu não entendo. Você não precisava de mim antes.

Ele passou de leve os dedos no meu rosto.

– Antes eu não te conhecia. Mas hoje, quando você não está lá, não consigo me concentrar. Fico me perguntando onde você está, o que está fazendo... Se você está lá e posso te ver, daí eu consigo me concentrar. Eu sei que é loucura, mas é assim que funciona.

– Eu gosto de loucura – falei, me inclinando para beijar seus lábios.

– É óbvio – America murmurou baixinho.

Nas sombras do Keaton Hall, Travis me apertou forte contra a lateral de seu corpo. O vapor que saía da minha boca se entranhava ao dele no ar frio da noite, e eu conseguia ouvir as conversas baixas das pessoas que passavam por uma porta lateral a poucos metros de distância, sem se dar conta da nossa presença.

O Keaton era o prédio mais antigo da Eastern, e, embora o Círculo já tivesse sido realizado lá antes, eu me sentia inquieta em relação ao lugar. Adam esperava que a casa ficasse cheia, e o porão do Keaton não era o mais espaçoso do campus. Vigas formavam uma grade ao longo das paredes de tijolo envelhecidas, apenas um sinal dos reparos que estavam sendo realizados lá dentro.

– Essa é uma das piores ideias que o Adam já teve – Travis resmungou.

357

— É tarde demais para mudar agora — falei, erguendo o olhar para os andaimes próximos à parede.

O celular de Travis acendeu e ele o abriu. Seu rosto se tingiu com a luz azul do mostrador, e finalmente pude ver as duas linhas de preocupação entre suas sobrancelhas, que eu já sabia que estavam lá. Ele clicou em alguns botões e fechou rapidamente o celular, me apertando com mais força.

— Você parece nervoso hoje — sussurrei.

— Vou me sentir melhor quando aquele delinquente do Trent chegar.

— Estou aqui, sua garotinha chorona — disse Trent com a voz abafada.

Eu mal conseguia distinguir seu vulto na escuridão, mas seu sorriso reluzia ao luar.

— E aí, mana? — ele me abraçou com um dos braços e empurrou Travis com o outro.

— Tudo bem, Trent.

Travis relaxou de imediato e me conduziu pela mão até os fundos do prédio.

— Se os policiais aparecerem e a gente se separar, me encontre no Morgan Hall, tá? — ele disse ao irmão.

Paramos ao lado de uma janela aberta perto do chão, sinal de que Adam já estava lá dentro, esperando.

— Você está me zoando — disse Trent, olhando pela janela. — Nem a Abby vai conseguir passar por aqui.

— Vocês conseguem — Travis garantiu, rastejando rumo à escuridão. Como tantas vezes antes, escorreguei para dentro, sabendo que ele me pegaria.

Ficamos esperando alguns instantes, e então Trent resmungou quando aterrissou no chão, quase perdendo o equilíbrio ao pisar no concreto.

— Sua sorte é que eu adoro a Abby. Eu não faria uma merda dessas por qualquer um — ele reclamou, tirando a sujeira da camisa.

Travis deu um pulo, fechando a janela num movimento rápido.

— Por aqui — disse ele, conduzindo-nos pelo escuro.

Corredor após corredor, agarrando a mão de Travis e sentindo Trent segurar o tecido da minha blusa, eu podia ouvir os pequenos pedaços de cascalho rangerem no concreto enquanto arrastávamos os pés no chão.

Senti meus olhos se arregalarem, na tentativa de se ajustarem à escuridão do porão, mas não havia nenhuma luz que os ajudasse a ter algum foco.

Trent suspirou depois que viramos pela terceira vez.

– A gente nunca vai encontrar a saída.

– É só me seguir até lá fora. Vai ficar tudo bem – Travis disse, irritado com as reclamações do irmão.

Assim que o corredor ficou mais iluminado, eu soube que estávamos perto. Quando o rugir baixo da multidão deu lugar a um ruído febril e agudo de números e nomes, eu soube que tínhamos chegado. A saleta onde Travis ficava, esperando para ser chamado, geralmente só tinha uma lanterna e uma cadeira, mas, com a reforma, aquela estava cheia de mesas, cadeiras e equipamentos cobertos com lençóis brancos.

Travis e Trent discutiam estratégias para a luta enquanto eu espiava do lado de fora. O lugar estava lotado e caótico, tal como na última luta, mas com menos espaço. Móveis cobertos com lençóis empoeirados estavam alinhados junto às paredes, empurrados para os lados para dar lugar aos espectadores.

O salão estava mais escuro que de costume, e imaginei que Adam estivesse tomando cuidado para não chamar atenção. Havia lanternas penduradas no teto, criando um brilho lúgubre sobre o dinheiro que era segurado no alto, enquanto as apostas ainda estavam sendo feitas.

– Beija-Flor, você me ouviu? – Travis perguntou, pondo a mão no meu braço.

– O quê? – pisquei.

– Quero que você fique perto dessa entrada, tá? Se segura no braço do Trent o tempo todo.

– Prometo que não vou me mexer.

Ele sorriu, e sua covinha perfeita afundou na bochecha.

– Agora é você que parece nervosa.

Olhei de relance para a entrada e voltei a olhar para ele.

– Estou com um pressentimento ruim, Trav. Não em relação à luta, mas... tem alguma coisa. Esse lugar me dá arrepios.

– Não vamos ficar aqui muito tempo – ele me garantiu.

A voz de Adam surgiu no megafone, e um par de mãos familiares pousou em cada lado do meu rosto.

– Eu te amo – Travis me disse.

Ele me envolveu nos braços, erguendo-me do chão e abraçando-me apertado enquanto me beijava. Então me soltou e enganchou meu braço no de Trent.

– Não tira os olhos dela – disse ao irmão. – Nem por um segundo. Isso aqui vai ficar uma loucura assim que a luta começar.

– ... então, vamos dar as boas-vindas ao competidor dessa noite... John Savage!

– Vou cuidar dela com minha própria vida, maninho – disse Trent, dando um puxão de leve no meu braço. – Agora vai lá detonar essa cara pra gente poder cair fora daqui.

– ... Travis "Cachorro Louco" Maddox! – Adam gritou no megafone.

O volume ficou ensurdecedor enquanto Travis abria caminho em meio à multidão. Ergui o olhar para Trent, que tinha um minúsculo sorriso torto no rosto. Qualquer outra pessoa talvez não tivesse notado, mas eu podia ver o orgulho nos olhos dele.

Quando Travis chegou ao centro do Círculo, engoli em seco. John não era muito maior que ele, mas parecia diferente de qualquer um com quem Travis já tinha lutado, inclusive o cara que enfrentara em Vegas. John não estava tentando intimidar Travis, encarando-o com a expressão séria, como os outros faziam; ele o analisava, preparando a luta na cabeça. E, por mais analíticos que fossem seus olhos, também lhes faltava razão. Antes de o sinal soar, eu já sabia que Travis tinha mais do que uma luta em mãos – ele estava diante de um demônio.

Travis também pareceu notar a diferença. Seu sorriso afetado não estava lá, tendo sido substituído por um intenso olhar fixo. Quando soou o gongo, John atacou.

– Ai, meu Deus – eu disse, agarrando o braço de Trent.

Trent se movimentava tal qual Travis, como se fossem um só. Eu ficava tensa a cada golpe de John, lutando contra a necessidade de fechar os olhos. Não havia movimentos desperdiçados – John era esperto e preciso. Em comparação com essa, todas as outras lutas de Travis pareciam medíocres. A força bruta que acompanhava cada soco inspirava respeito, como se aquilo tivesse sido coreografado e praticado até a perfeição.

O ar no salão estava pesado e estagnado; a poeira dos lençóis tinha sido deslocada e pegava na minha garganta toda vez que eu inspirava. Quanto mais o tempo passava, pior ficava a sensação ruim que me dominava. Mas me forcei a permanecer ali, para que Travis pudesse se concentrar.

Em um instante, eu estava hipnotizada pelo espetáculo que se desenrolava no meio do porão e, no seguinte, fui empurrada por trás. Minha cabeça foi jogada para frente com o golpe, mas segurei firme em Trent, recusando-me a sair do lugar onde tinha prometido ficar. Ele se virou e agarrou a camiseta de dois homens que estavam atrás de nós, jogando-os no chão como se fossem bonecos de pano.

— Se afastem daqui ou eu mato vocês! — ele berrou para aqueles que ficaram encarando os homens caídos.

Agarrei o braço dele com mais força e ele bateu de leve na minha mão.

— Estou aqui, Abby. Pode assistir à luta tranquila.

Travis estava se saindo bem, e suspirei quando ele tirou sangue do oponente pela primeira vez. A multidão se agitou, mas o aviso de Trent manteve a uma distância segura aqueles que estavam à nossa volta. Travis acertou um soco firme no adversário e olhou de relance para mim, rapidamente voltando a atenção para a luta. Seus movimentos eram ágeis, quase calculados, parecendo prever os ataques de John antes que ele os desferisse.

Claramente impaciente, John envolveu Travis com os braços, jogando-o ao chão. A multidão que cercava o ringue improvisado se fechou em torno deles, inclinando-se para frente enquanto a ação se desenrolava no chão.

— Não consigo ver o Travis! — gritei, pulando na ponta dos pés.

Trent olhou ao redor, encontrando a cadeira de madeira do Adam. Em um movimento similar ao de uma dança, ele me passou de um braço ao outro, ajudando-me a subir na cadeira, acima da multidão.

— Está vendo o Travis agora?

— Estou! — falei, segurando no braço dele para manter o equilíbrio. — Ele está por cima, mas as pernas do John estão em volta do pescoço dele!

Trent se inclinou para frente na ponta dos pés e gritou:

– Acerta o rabo dele, Travis!

Baixei o olhar para Trent e rapidamente me inclinei para frente para ter uma visão melhor dos homens no chão. De repente, Travis se pôs de pé, com as pernas de John firmes em volta do pescoço. Então ele se jogou de joelhos no chão, fazendo com que a cabeça e as costas do adversário batessem com tudo no concreto, em um golpe devastador. As pernas de John ficaram moles e soltaram o pescoço de Travis, que levantou o cotovelo e o socou repetidas vezes com o punho cerrado, até que Adam o afastou, jogando o quadrado vermelho sobre o corpo caído de John.

O salão irrompeu em gritos eufóricos quando Adam ergueu a mão de Travis. Trent abraçou minhas pernas, vibrando pela vitória do irmão. Travis olhou para mim com um largo e sangrento sorriso; seu olho direito já tinha começado a inchar.

À medida que o dinheiro trocou de mãos e a multidão foi se dispersando, se preparando para sair, uma lanterna cintilante balançando para frente e para trás no canto do salão, atrás de Travis, chamou minha atenção. Havia um líquido pingando da base, ensopando o lençol abaixo dela. Senti meu estômago dar um nó.

– Trent?

Chamei a atenção dele e apontei para o canto. Naquele instante, a lanterna caiu, se despedaçando de encontro ao lençol e pegando fogo imediatamente.

– Puta merda! – disse Trent, agarrando minhas pernas.

Alguns homens que estavam próximos do fogo pularam para trás e ficaram olhando, espantados, enquanto as chamas rastejavam até o lençol mais próximo. Uma fumaça negra se erguia do canto, e todas as pessoas que estavam no salão começaram a tentar sair dali, apavoradas, empurrando umas às outras para chegar até as saídas.

Meus olhos encontraram os de Travis. Seu rosto estava distorcido de terror.

– Abby! – ele berrou, empurrando o mar de gente que havia entre nós.

– Vamos! – Trent gritou, me puxando da cadeira para o lado dele.

O salão ficou escuro e um som alto de algo estourando veio do outro lado. As outras lanternas estavam entrando em combustão, aumentando o fogo em pequenas explosões. Trent me agarrou pelo braço, me puxando para trás dele, enquanto tentava forçar caminho em meio à multidão.

– Não vamos conseguir sair por lá! Vamos ter que voltar por onde viemos! – gritei, resistindo.

Ele olhou ao redor, tentando traçar um plano de fuga no meio da confusão. Olhei de novo para Travis, observando enquanto ele tentava abrir caminho e cruzar a sala. À medida que a galera se agitava, Travis era empurrado para mais longe ainda. Os aplausos e a animação anteriores deram lugar a gritos agudos de medo e desespero, enquanto todo mundo lutava para alcançar as saídas.

Trent me puxou e olhei para trás.

– Travis! – gritei, esticando o braço na direção dele.

Ele estava tossindo, tentando afastar a fumaça com a mão.

– Por aqui, Trav! – Trent gritou para ele.

– Tira a Abby daqui, Trent! Leva ela pra fora! – ele disse, tossindo.

Sem saber o que fazer, Trent baixou o olhar para mim. Eu podia ver o medo em seus olhos.

– Eu não sei sair daqui.

Olhei mais uma vez para Travis, cujo vulto tremeluzia atrás das chamas que tinham se espalhado entre nós.

– Travis!

– Vão indo! Eu alcanço vocês lá fora!

A voz dele foi afogada pelo caos em volta, e agarrei a manga da camiseta do Trent.

– Por aqui, Trent! – falei, sentindo as lágrimas e a fumaça arderem em meus olhos. Dezenas de pessoas em pânico estavam entre Travis e seu único ponto de fuga.

Puxei a mão de Trent, empurrando qualquer um que estivesse em nosso caminho. Chegamos até a entrada, então olhei de um lado para o outro. Dois corredores escuros estavam fracamente iluminados pelo fogo atrás de nós.

– Por aqui! – falei, puxando a mão dele de novo.

– Tem certeza? – Trent perguntou, com a voz grossa de dúvida e medo.

– Vem! – respondi apenas.

Quanto mais corríamos, mais escuras ficavam as salas. Depois de alguns instantes, minha respiração ficou mais fácil, já que deixamos a fumaça para trás, mas os gritos não cessaram. Estavam mais altos e mais frenéticos do que antes. Os sons horrendos atrás de nós estimulavam minha determinação, mantendo meus passos rápidos e cheios de propósito. Na segunda virada, já estávamos caminhando às cegas, em completa escuridão. Estiquei o braço, tateando ao longo da parede com uma mão e segurando forte a mão de Trent com a outra.

– Você acha que ele conseguiu sair? – ele quis saber.

A pergunta minou meu foco, e tentei afastar a resposta da cabeça.

– Continua andando – falei, engasgada.

Trent resistiu por um instante, mas, quando puxei a mão dele de novo, uma luz tremeluziu. Ele ergueu um isqueiro aceso, apertando os olhos para enxergar melhor no pequeno espaço. Segui a chama conforme ele a balançava ao redor da sala, e quase perdi o fôlego ao avistar uma porta.

– Por aqui! – falei, puxando a mão dele de novo.

Enquanto eu me apressava para a próxima sala, um muro de pessoas colidiu comigo, me jogando ao chão. Três mulheres e dois homens, com o rosto sujo e os olhos arregalados de medo, baixaram o olhar para mim.

Um dos caras esticou a mão para me ajudar a levantar.

– Tem umas janelas ali por onde a gente pode sair! – ele disse.

– A gente acabou de vir de lá, não tem nada lá – falei, balançando a cabeça.

– Você não deve ter visto. Eu sei que é por ali!

Trent me puxou pela mão.

– Vamos, Abby, eles sabem o caminho!

Balancei a cabeça em negativa.

– A gente veio por aqui com o Travis. Tenho certeza.

Ele apertou minha mão.

– Eu disse pro Travis que não ia te perder de vista. A gente vai com eles.

– Trent, a gente veio por ali... Não tem janela nenhuma!

– Vamos, Jason! – gritou uma garota.
– Estamos indo – ele respondeu, olhando para Trent.
Trent me puxou pela mão de novo e eu me soltei.
– Trent, *por favor*! É por aqui, eu juro!
– Eu vou com eles – ele disse. – Por favor, vem comigo.
Balancei a cabeça, e lágrimas escorriam pelas minhas bochechas.
– Eu já vim aqui antes. A saída não é por ali!
– Você vem comigo! – ele gritou, me puxando pelo braço.
– Trent, para! A gente está indo pelo caminho errado! – berrei.
Meus pés deslizaram pelo concreto enquanto ele me arrastava e, quando o cheiro de fumaça ficou mais forte, puxei com força a mão e me soltei, correndo na direção oposta.
– Abby! Abby! – ele gritou.
Continuei correndo, mantendo os braços esticados, prevendo uma parede logo em frente.
– Vem! Você vai morrer se for atrás dela! – ouvi uma garota dizer a ele.
Meu ombro bateu com tudo em um canto e eu girei, caindo. Rastejei pelo chão, tateando à minha frente com a mão trêmula. Quando meus dedos encostaram em uma placa de gesso, segui-a até em cima, pondo-me de pé. A quina de uma porta se materializou sob meu toque e segui até a próxima sala.
A escuridão era infinita, mas afastei o pânico, mantendo cuidadosamente os passos retos, em busca da próxima parede. Vários minutos se passaram, e senti o medo aumentar dentro de mim enquanto os lamentos que vinham de trás ressoavam em meus ouvidos.
– Por favor – sussurrei no escuro –, que seja essa a saída.
Senti outra quina de porta, e, quando passei por ela, um facho de luz prateado reluziu à minha frente. O luar era filtrado pelo vidro da janela, e um soluço forçou caminho pela minha garganta.
– T-Trent! É aqui! – gritei atrás de mim. – Trent!
Apertei os olhos para ver melhor, enxergando pequenos movimentos ao longe.
– Trent? – chamei, as batidas do meu coração vibrando de um jeito selvagem no peito.

Em instantes, sombras começaram a dançar nas paredes, e meus olhos se arregalaram de horror quando me dei conta de que aquilo que achei que eram pessoas na verdade era a luz bruxuleante das chamas que se aproximavam.

– Ai, meu Deus! – exclamei, erguendo o olhar para a janela. Travis a tinha fechado depois que entramos, e ela era alta demais para que eu a alcançasse.

Olhei ao redor, buscando algo em que eu pudesse subir. A sala estava cheia de móveis de madeira cobertos com lençóis brancos – os mesmos que alimentariam o fogo até que aquilo se transformasse em um inferno.

Peguei um pedaço de pano branco e o arranquei de uma mesa. O pó formou uma nuvem em volta de mim enquanto eu jogava o lençol no chão. Arrastei com dificuldade o volumoso móvel de madeira até o outro lado da sala, debaixo da janela. Encostei-o na parede e subi, tossindo por causa da fumaça que lentamente penetrava a sala. A janela ainda estava pelo menos meio metro acima de mim.

Soltei um gemido enquanto tentava abri-la, desajeitadamente tentando virar a trava cada vez que a empurrava. Mas ela não cedia.

– Vamos, droga! – gritei, apoiando-me em meus braços.

Fui para trás, usando todo o peso do corpo com o pouco impulso que consegui dar para forçar a janela. Não funcionou, então deslizei as unhas sob as beiradas, fazendo força até achar que elas tinham descolado da pele. Observei de relance um lampejo de luz e gritei quando vi o fogo se espalhando e incendiando os lençóis brancos que se alinhavam no corredor pelo qual eu tinha acabado de passar.

Ergui o olhar para a janela, mais uma vez enfiando as unhas nas beiradas. O sangue gotejava da ponta dos meus dedos, e as bordas de metal afundavam na minha carne. O instinto dominou todos os meus sentidos, e cerrei as mãos em punhos, golpeando o vidro. Uma pequena rachadura surgiu na janela, assim como sangue, que espirrava e se espalhava a cada golpe.

Esmurrei mais uma vez o vidro, então tirei o sapato, usando-o para bater mais forte. Sirenes soavam a distância, e eu chorava, batendo com a palma das mãos na janela. O resto da minha vida estava a poucos centímetros de distância, do outro lado do vidro. Enfiei as unhas nas beiradas da janela mais uma vez, depois voltei a bater no vidro com as mãos abertas.

– SOCORRO! – gritei, vendo as chamas se aproximarem. – ALGUÉM ME AJUDA!

Ouvi uma tosse fraca atrás de mim.

– Beija-Flor?

Eu me virei ao ouvir a voz familiar. Travis apareceu em uma porta atrás de mim, com o rosto e as roupas cobertos de fuligem.

– *Travis!* – gritei. Desci desajeitadamente da mesa e corri até onde ele estava, exausto e imundo.

Eu me lancei para cima dele, e ele me abraçou, tossindo, enquanto tentava respirar. Suas mãos agarraram meu rosto.

– Cadê o Trent? – ele perguntou, com a voz rasgada e fraca.

– Ele seguiu aqueles caras! – berrei, com lágrimas escorrendo pelo rosto. – Eu tentei fazer ele vir comigo, mas ele não quis!

Travis baixou o olhar para o fogo que se aproximava e franziu as sobrancelhas. Inspirei com dificuldade, tossindo quando a fumaça encheu meus pulmões. Ele baixou a cabeça para mim, com os olhos cheios de lágrimas.

– Vou tirar a gente daqui, Flor.

Ele pressionou os lábios nos meus num movimento rápido e firme e depois subiu na minha escada improvisada. Empurrou a janela e virou a trava, os músculos dos braços tremendo enquanto ele usava toda sua força contra o vidro.

– Vai pra trás, Abby! Vou quebrar o vidro!

Com medo de me mexer, só consegui dar um passo para longe de nossa única saída. Travis dobrou o cotovelo levando o punho para trás, então golpeou a janela com um grito. Desviei, protegendo o rosto com as mãos ensanguentadas enquanto o vidro se estilhaçava acima de mim.

– Vamos! – ele gritou, estendendo a mão para mim.

O calor do fogo tomou conta da sala, e eu planei no ar quando ele me levantou e me empurrou para fora.

Fiquei esperando de joelhos enquanto Travis subia pela janela, depois o ajudei a se levantar. Sirenes soavam do outro lado do prédio, e as luzes vermelhas e azuis dos carros de bombeiros e das viaturas de polícia dançavam nos tijolos dos prédios adjacentes.

Fomos correndo até a multidão parada na frente do prédio, examinando as faces sujas à procura de Trent. Travis gritou, chamando o irmão pelo nome. Sua voz se tornava cada vez mais angustiada à medida que o chamava. Ele tirou o celular do bolso, para ver se havia alguma chamada perdida, então fechou com força o flip, cobrindo a boca com a mão enegrecida.

– TRENT! – ele gritou, esticando o pescoço enquanto o buscava em meio à multidão.

As pessoas que tinham conseguido escapar se abraçavam e choravam atrás das ambulâncias, observando horrorizadas enquanto os bombeiros jogavam água pelas janelas e entravam no prédio carregando mangueiras.

Travis passou a mão na cabeça, desconsolado.

– Ele não conseguiu sair – sussurrou. – Ele não conseguiu sair, Flor.

Perdi o fôlego enquanto observava a fuligem em seu rosto ficar manchada de lágrimas. Ele caiu de joelhos, e fiz o mesmo.

– O Trent é esperto, Trav. Ele saiu sim. Deve ter encontrado um caminho diferente – falei, tentando me convencer disso também.

Ele tombou no meu colo, agarrando minha blusa com as duas mãos. Eu o abracei. Não sabia mais o que fazer.

Uma hora se passou. Os soluços e lamentos dos sobreviventes e dos espectadores do lado de fora do prédio tinham virado um silêncio sombrio. Ficamos observando com uma esperança cada vez mais tênue enquanto os bombeiros traziam duas pessoas para fora e depois, todas as outras vezes, voltavam sem ninguém. Enquanto os paramédicos cuidavam dos feridos e as ambulâncias rasgavam a noite levando vítimas de queimaduras, ficamos à espera. Meia hora depois, os corpos que eles recuperaram não tinham salvação. O chão estava forrado de mortos, em número muito maior do que aqueles que tinham escapado. Os olhos de Travis não se desgrudaram da porta, esperando que os bombeiros trouxessem seu irmão das cinzas.

– Travis?

Nós nos viramos ao mesmo tempo e vimos Adam parado atrás de nós. Travis se levantou, me puxando com ele.

– Que bom que vocês conseguiram sair – disse Adam, que parecia chocado e confuso. – Cadê o Trent?

Travis não respondeu.

Nossos olhos se voltaram para os restos chamuscados do Keaton Hall e para a fumaça espessa que ainda se erguia em ondas das janelas. Enterrei o rosto no peito dele, fechando os olhos com força, na esperança de que, em algum momento, eu fosse acordar.

– Eu tenho que... hum... tenho que ligar para o meu pai – disse Travis, franzindo as sobrancelhas enquanto abria o celular.

Inspirei fundo, para que a esperança na minha voz soasse mais forte do que eu a sentia.

– Talvez seja melhor esperar, Travis. A gente ainda não sabe de nada.

Seus olhos não deixavam o teclado do celular, e seus lábios tremiam.

– Essa merda não está certa. Não era para ele estar aqui.

– Foi um acidente, Travis. Você não tinha como saber que isso ia acontecer – falei, tocando sua face.

Ele comprimiu o rosto, fechando os olhos com força. Respirou fundo e começou a discar o número do telefone do pai.

22
AVIÃO

Os números na tela foram substituídos por um nome quando o celular começou a tocar, e Travis arregalou os olhos assim que leu o que estava escrito.

– Trent? – Uma risada surpresa escapou de seus lábios, e um sorriso irrompeu em sua face quando ele olhou para mim. – É o Trent!

Fiquei ofegante e apertei seu braço enquanto ele falava.

– Onde você está? Como assim, no Morgan? Daqui a um segundo estou aí, não se atreva a se mexer!

Eu me lancei para frente, me esforçando para acompanhar os passos de Travis enquanto ele corria pelo campus, me arrastando atrás dele. Quando chegamos ao Morgan, meus pulmões estavam gritando por ar. Trent desceu correndo os degraus, colidindo conosco.

– Meu Deus do céu, mano! Achei que vocês tinham sido torrados! – disse Trent, nos apertando com tanta força que eu mal conseguia respirar.

– Seu idiota! – Travis gritou, empurrando o irmão para longe. – Eu achei que você tinha morrido, porra! Fiquei esperando os bombeiros tirarem seu corpo tostado do Keaton!

Travis franziu a testa por um instante para o irmão e depois o puxou em um abraço. Ele esticou o braço, tateando até sentir minha blusa, e me puxou também. Depois de um longo momento, ele soltou o irmão e me manteve ao seu lado.

Trent olhou para mim com a testa franzida e um ar arrependido.

– Me desculpa, Abby. Eu entrei em pânico.

Balancei a cabeça.

– O que importa é que você está bem.

– *Eu?* Eu estaria melhor morto se o Travis tivesse me visto sair daquele prédio sem você. Eu tentei te encontrar depois que você saiu correndo, mas me perdi e tive que achar outro caminho. Fui andando pelo prédio, procurando aquela janela, mas me deparei com uns guardas e eles me fizeram sair. Eu estava quase ficando louco aqui! – ele disse, passando a mão pelos cabelos curtos.

Travis limpou minhas bochechas com os polegares e puxou a camiseta para cima, para limpar a fuligem do rosto.

– Vamos cair fora daqui. Isso aqui vai ficar cheio de policiais logo, logo.

Depois que ele abraçou o irmão mais uma vez, fomos andando até o Honda de America. Travis ficou olhando enquanto eu prendia o cinto de segurança e franziu a testa quando tossi.

– Talvez seja melhor te levar pro hospital. Para eles darem uma olhada em você.

– Estou bem – falei, entrelaçando os dedos nos dele. Olhei para baixo e vi um corte profundo em sua mão. – Isso foi da luta ou da janela?

– Da janela – ele respondeu, franzindo a testa ao ver minhas unhas ensanguentadas.

– Você salvou a minha vida.

Ele juntou as sobrancelhas.

– Eu não ia sair de lá sem você.

– Eu sabia que você ia me encontrar – falei, apertando os dedos dele entre os meus.

Ficamos de mãos dadas até chegarmos ao apartamento. Eu não saberia discernir qual sangue era de quem enquanto eu me lavava e tirava as cinzas e o sangue do corpo no chuveiro. Deitada na cama de Travis, ainda podia sentir o cheiro de fumaça e pele queimada.

– Toma – ele me disse, me entregando um copo baixo cheio de uísque. – Isso vai te ajudar a relaxar.

– Não estou cansada.

Ele estendeu o copo na minha direção de novo. Seus olhos estavam exaustos, vermelhos e pesados.

– Tenta descansar um pouco, Flor.

– Eu quase tenho medo de fechar os olhos – falei, tomando o copo da mão dele e virando o líquido de uma só vez.

Ele colocou o copo no criado-mudo, vindo se sentar ao meu lado. Ficamos ali, em silêncio, tentando assimilar as últimas horas. Fechei os olhos com força quando as lembranças dos gritos aterrorizados daqueles que ficaram presos no porão encheram minha mente. Eu não sabia quanto tempo seria necessário para me esquecer daquilo, se é que algum dia esqueceria.

A mão quente de Travis no meu joelho me tirou daquele pesadelo.

– Muita gente morreu hoje.

– Eu sei.

– Só amanhã a gente vai ficar sabendo quantos foram.

– O Trent e eu passamos por um pessoal quando estávamos tentando sair. Fico me perguntando se eles conseguiram se salvar. Pareciam tão assustados...

Senti as lágrimas encherem meus olhos, mas, antes que elas chegassem ao rosto, os braços firmes de Travis já me envolviam. Na mesma hora me senti protegida, acalentada de encontro à sua pele. Sentir-me tão em casa em seus braços antigamente me dava medo, mas, naquele momento, depois de vivenciar algo tão horrível, fiquei grata por me sentir tão segura. Havia um único motivo pelo qual eu poderia me sentir assim.

Eu pertencia a ele.

Foi então que eu soube. Sem sombra de dúvida em minha mente, sem me preocupar com o que os outros pensariam e sem medo de erros ou consequências, eu sorri com as palavras que iria dizer.

– Travis? – falei, encostada no peito dele.

– Que foi, baby? – ele sussurrou entre os meus cabelos.

Nosso celular tocou ao mesmo tempo, e entreguei-lhe o dele enquanto atendia o meu.

– Alô?

– Abby? – America falou com a voz aguda.

– Estou bem, Mare. Estamos todos bem.

– Acabamos de ficar sabendo. Está passando em todos os noticiários!

Eu podia ouvir Travis explicando a Shepley o que tinha acontecido e fiz o melhor que pude para tranquilizar America. Respondendo às dezenas de perguntas dela, tentando manter a voz firme enquanto lhe contava os momentos mais assustadores da minha vida, relaxei no segundo em que Travis cobriu minha mão com a dele.

Parecia que eu estava contando a história de alguma outra pessoa, sentada no conforto do apartamento dele, a um milhão de quilômetros do pesadelo que poderia ter nos matado. America chorou quando terminei meu relato, se dando conta de como tínhamos chegado perto de perder a vida.

– Vou começar a fazer as malas agora. Logo de manhãzinha estaremos aí – ela disse, fungando.

– Mare, não precisa vir embora mais cedo. Nós estamos bem.

– Eu preciso te ver. Preciso te abraçar pra saber que está tudo bem – ela chorou.

– Está tudo bem. Você pode me abraçar na sexta-feira.

Ela fungou.

– Eu te amo.

– Eu também te amo. Divirta-se.

Travis olhou para mim e pressionou o telefone no ouvido.

– É melhor você abraçar sua namorada, Shep. Ela parece perturbada. Eu sei, cara... eu também. Até mais.

Desliguei alguns segundos antes de Travis e ficamos sentados em silêncio, ainda processando o que tinha acontecido. Depois de um bom tempo, ele se reclinou no travesseiro e me puxou de encontro ao peito.

– A America está bem? – ele me perguntou, com o olhar fixo no teto.

– Ela está preocupada, mas vai ficar bem.

– Ainda bem que eles não estavam lá.

Cerrei os dentes. Eu não tinha nem pensado no que poderia ter acontecido se eles não tivessem ido para a casa dos pais do Shepley. Um lampejo das expressões aterrorizadas das garotas no porão, lutando contra os homens para tentar escapar de lá, passou pela minha mente. O rosto horrorizado de America substituía o das garotas sem nome naquela sala. Senti náuseas só de pensar em seus lindos cabelos loiros sujos e queimados com o restante dos corpos dispostos no gramado.

373

– É mesmo – falei, sentindo um calafrio.

– Desculpa. Você já passou por muita coisa hoje. Não preciso acrescentar mais uma cena de terror.

– Você também estava lá, Trav.

Ele ficou quieto por um longo tempo e, bem quando abri a boca para falar, respirou fundo.

– Eu não fico com medo com frequência – ele disse por fim. – Fiquei com medo naquela manhã, quando acordei e você não estava aqui. Fiquei com medo quando você me largou depois de Las Vegas. Fiquei com medo quando achei que ia ter que contar pro meu pai que o Trent tinha morrido no incêndio. Mas, quando te vi através das chamas no porão... eu fiquei apavorado. Eu consegui chegar até a porta, estava a menos de um metro da saída, mas não consegui sair.

– Como assim? Está maluco? – falei, virando a cabeça para olhar em seus olhos.

– Nunca estive tão lúcido na vida. Eu me virei, encontrei o caminho até aquela sala, e você estava lá. Nada mais importava. Eu não sabia se a gente ia conseguir sair dali vivos ou não. Eu só queria estar onde você estivesse, não importa o que isso significasse. A única coisa que eu tenho medo é de viver sem você, Beija-Flor.

Eu me inclinei e beijei seus lábios com ternura. Quando nossa boca se separou, eu sorri.

– Então você não precisa ter medo de mais nada. Nós estamos juntos para sempre.

Ele suspirou.

– Eu faria tudo de novo, sabia? Não mudaria um segundo da nossa história se significasse que estaríamos aqui, agora, neste momento.

Senti os olhos pesados e inspirei fundo. Meus pulmões doíam, ainda ardendo por causa da fumaça. Tossi um pouco e depois relaxei, sentindo os lábios mornos de Travis na minha testa. Ele deslizou as mãos pelos meus cabelos úmidos, e pude ouvir as batidas regulares de seu coração.

– É isso – ele disse, com um suspiro.

– O quê?

– O momento. Quando observo você dormindo... aquela paz no seu rosto. É isso. Eu nunca mais tinha sentido isso desde que minha mãe morreu, mas agora posso sentir de novo. – Ele respirou fundo e me puxou para perto. – Eu sabia, no segundo em que te conheci, que havia algo em você que eu precisava. Acabou que não era *algo* em você. Era simplesmente você.

O canto da minha boca se ergueu enquanto eu enterrava o rosto em seu peito.

– Somos *nós*, Trav. Nada faz sentido se não estivermos juntos. Você percebeu isso?

– Se *percebi*? Faz um ano que eu te falo isso! – ele disse, me provocando. – É oficial. Mulheres, lutas, términos, Parker, Vegas... até mesmo incêndios... Nosso relacionamento pode aguentar qualquer coisa.

Ergui a cabeça mais uma vez, notando o contentamento em seus olhos enquanto ele olhava para mim. Parecia a paz que eu tinha visto em seu rosto depois que perdi a aposta e tive que ficar com ele no apartamento, quando eu disse que o amava pela primeira vez, e na manhã depois da festa do Dia dos Namorados. Era parecido, mas diferente. Agora era um sentimento absoluto, permanente. A esperança cautelosa tinha desaparecido dos olhos de Travis, substituída pela confiança incondicional.

E eu só reconheci isso porque seus olhos refletiam o que eu mesma estava sentindo.

– Las Vegas – falei.

Ele franziu a testa, incerto em relação a aonde eu queria chegar.

– O que tem?

– Você já pensou em voltar lá?

As sobrancelhas dele se ergueram.

– Não acho uma boa ideia.

– E se fosse só por uma noite?

Ele olhou em volta, confuso, no quarto escuro.

– Uma noite?

– Casa comigo – falei sem hesitar.

Fiquei surpresa com a facilidade e a rapidez com que as palavras saíram. Sua boca se abriu em um largo sorriso.

– Quando?

Dei de ombros.

— A gente pode marcar o voo para amanhã. É semana do saco cheio. Não tenho nada pra fazer amanhã, e você?

— Vou pagar pra ver — ele respondeu, pegando o telefone. — American Airlines — disse, observando minha reação enquanto fazia a ligação. — Preciso de duas passagens para Las Vegas, por favor. Amanhã. Hummm... — ele olhou para mim, esperando que eu mudasse de ideia. — Dois dias, ida e volta. O que vocês tiverem.

Descansei o queixo em seu peito, esperando que ele marcasse o voo. Quanto mais tempo eu o deixava permanecer ao telefone, mais largo se tornava seu sorriso.

— É... hum, espera só um minutinho — ele disse, apontando para a carteira. — Pega o meu cartão, por favor, Flor?

Novamente ele ficou esperando a minha reação. Feliz, me inclinei, peguei o cartão de crédito da carteira e o entreguei a ele.

Travis disse os números à agente, erguendo o olhar para mim após cada grupo de números. Quando deu a data de validade do cartão e viu que eu não protestei, pressionou os lábios.

— Tá bom, senhora. A gente pega as passagens no balcão. Obrigado.

Ele me entregou o celular e o coloquei no criado-mudo, esperando que ele falasse algo.

— Você acabou de me pedir em casamento — ele disse, ainda esperando que eu admitisse que aquilo era algum tipo de jogo.

— Eu sei.

— Isso foi pra valer, viu? Acabei de comprar duas passagens pra Vegas, pro meio-dia amanhã. Então isso significa que a gente vai se casar amanhã à noite.

— Obrigada.

Ele estreitou os olhos.

— Você vai ser a sra. Maddox quando as aulas voltarem na segunda-feira.

— Ah — eu disse, olhando ao redor.

Travis ergueu uma sobrancelha.

— Pensando melhor?

— Vou ter uma boa quantidade de documentos pra alterar na semana que vem.

Ele assentiu lentamente, com uma esperança cautelosa.
– Você vai casar comigo amanhã?
Sorri.
– Ham-ham.
– Está falando sério?
– Estou.
– Eu te amo pra cacete! – Ele agarrou meu rosto, descendo os lábios nos meus. – Eu te amo tanto, Beija-Flor – disse, me beijando sem parar.
– Só lembra disso daqui a cinquenta anos, quando eu ainda estiver detonando você no pôquer – falei, em meio a risadinhas.
Ele sorriu, triunfante.
– Se isso for sinônimo de sessenta ou setenta anos com você, baby... você tem minha permissão para fazer o seu pior.
Ergui uma sobrancelha.
– Você vai se arrepender.
– Aposto que não.
Abri um sorriso malicioso.
– Você tem confiança o bastante para apostar aquela moto brilhante lá fora?
Ele balançou a cabeça, com uma expressão séria substituindo o sorriso provocador que tinha no rosto segundos antes.
– Eu aposto tudo que tenho. Não me arrependo de nem um segundo com você, Flor, e nunca vou me arrepender.
Estendi a mão e ele a segurou sem hesitar, sacudindo-a uma vez, selando nosso compromisso, depois a levou até a boca, beijando com ternura os nós dos meus dedos. O ambiente estava silencioso. Só se ouvia o som de seus lábios deixando a minha pele e o ar escapando de seus pulmões.
– Abby Maddox... – ele disse, seu sorriso reluzindo ao luar.
Encostei o rosto em seu peito nu.
– Travis e Abby Maddox. Soa bem.
– E a aliança? – ele disse, franzindo a testa.
– Depois a gente pensa nisso. Eu te peguei meio de surpresa.
– Hum... – ele parou de falar um pouco, observando minha reação.

– Que foi? – perguntei, me sentindo tensa.

– Não entre em pânico – ele disse, enquanto se mexia, nervoso, me segurando mais firme. – Eu meio que... já cuidei dessa parte.

– Que parte? – falei, recuando para ver seu rosto.

Travis olhou para o teto e suspirou.

– Você vai entrar em pânico.

– Travis...

Franzi a testa enquanto ele soltava um braço de mim, buscando a gaveta do criado-mudo e tateando ali dentro por um instante.

Soprei a franja úmida da frente dos olhos.

– Que foi? Você comprou camisinha?

Ele riu.

– Não, Flor.

Suas sobrancelhas se juntaram enquanto ele fazia um esforço, buscando mais fundo na gaveta. Assim que encontrou o que estava procurando, seu foco mudou, e ele me olhou enquanto puxava uma caixinha do esconderijo.

Olhei para baixo quando ele colocou o pequeno quadrado de veludo no peito, levando a mão para trás para repousar a cabeça no braço.

– O que é isso? – perguntei.

– O que parece?

– Tudo bem, vou reformular a pergunta: quando você comprou isso?

Travis inspirou e a caixinha subiu com o movimento de seu peito, descendo quando ele expeliu o ar dos pulmões.

– Faz um tempinho.

– Trav...

– Eu vi isso um dia, e soube que ele pertencia a um único lugar: o seu dedo perfeito.

– Um dia quando?

– E isso importa? – ele rebateu, contorcendo-se um pouco.

Não consegui evitar e dei risada.

– Posso ver? – sorri, subitamente me sentindo um pouco zonza.

O sorriso dele era igual ao meu, e ele olhou para a caixa.

– Abre.

378

Toquei na caixa com um dedo, sentindo o exuberante veludo. Peguei-a com as duas mãos e lentamente abri a tampa. Meu olho captou um brilho e fechei a caixa correndo.

– Travis! – gemi.

– Eu sabia que você ia entrar em pânico! – ele se sentou, colocando as mãos em concha sobre as minhas.

Eu podia sentir a caixa pressionando minhas mãos como se fosse explodir a qualquer momento. Fechei os olhos e balancei a cabeça.

– Você é *louco*?

– Eu sei. Eu sei o que você está pensando, mas eu tinha que fazer isso. Era a aliança perfeita. E eu estava certo! Nunca vi outra tão perfeita quanto essa!

Minhas pálpebras se abriram e, em vez do par de olhos ansiosos que eu esperava ver, ele estava reluzindo de orgulho. Gentilmente, ele tirou minhas mãos da caixinha e abriu a tampa, puxando a aliança da fenda minúscula que a mantinha no lugar. O grande e redondo diamante reluzia até sob a fraca luz, captando o luar em cada faceta.

– Isso é... meu Deus, é incrível! – sussurrei, enquanto ele pegava minha mão esquerda.

– Posso colocar no seu dedo? – ele me perguntou, erguendo o olhar para mim.

Quando assenti, ele pressionou os lábios, deslizando o anel prateado pelo meu dedo, colocando-o no lugar um instante antes de soltá-lo.

– Agora sim está incrível.

Ficamos com o olhar fixo na minha mão por um momento, igualmente perplexos com o contraste do grande diamante sobre meu dedo fino e pequeno. A aliança envolvia meu dedo, dividindo-se em duas de cada lado quando alcançava o solitário, com diamantes menores sobre cada faixa de ouro branco.

– Você podia ter dado entrada num carro com o valor disso – falei baixinho, incapaz de colocar força na voz.

Meus olhos seguiram minha mão enquanto Travis a levava até os lábios.

– Eu imaginei como este anel ficaria na sua mão um milhão de vezes. Agora que está aí...

– O quê? – sorri, observando enquanto ele encarava minha mão com um sorriso emocionado.

Ele ergueu o olhar para mim.

– Achei que eu teria que suar uns cinco anos antes de me sentir assim.

– Eu queria isso tanto quanto você. É só que eu sei fazer uma ótima cara de paisagem – falei, pressionando os lábios nos seus.

EPÍLOGO

Travis apertou minha mão enquanto eu prendia a respiração. Tentei manter uma expressão suave no rosto, mas, quando eu me encolhia, a pegada dele ficava mais forte. O teto branco tinha manchas de umidade em alguns lugares. Tirando isso, a sala era imaculada. Nada de desordem, nenhum objeto jogado pelos cantos. Tudo estava no lugar, o que me fazia sentir mais ou menos à vontade com a situação. Eu tinha tomado a decisão e a levaria até o fim.

— Baby... — ele disse, franzindo o cenho.

— Eu consigo fazer isso — eu disse, olhando fixo para as manchas no teto.

Dei um pulo quando senti dedos tocarem a minha pele, mas tentei não ficar tensa. Eu podia ver a preocupação nos olhos de Travis quando o zumbido começou.

— Beija-Flor — ele começou de novo, mas eu balancei a cabeça, dispensando-o.

— Tudo bem. Estou pronta.

Mantive o telefone longe do ouvido, me contorcendo tanto por causa da dor quanto pelo inevitável sermão.

— Eu te mato, Abby Abernathy! — gritou America. — Eu te mato!

— Tecnicamente, é Abby Maddox agora — eu disse, sorrindo para o meu marido.

— Isso não é justo! — ela choramingou, a raiva diminuindo em seu tom de voz. — Era pra eu ser sua dama de honra! Era pra eu ir junto com você comprar seu vestido! Era pra eu fazer sua festa de despedida de solteira e segurar seu buquê!

– Eu sei – falei, vendo o sorriso de Travis se desvanecer enquanto eu me contorcia de novo.

– Você não tem que fazer isso – ele disse, juntando as sobrancelhas. Apertei de leve os dedos dele com a minha mão livre.

– Eu sei.

– Você já disse isso! – America falou, irritada.

– Eu não estava falando com você.

– Ah, você está falando comigo sim – ela disse, furiosa. – É claro que você está falando comigo. Você vai escutar pelo resto da vida, está me ouvindo? Eu nunca, nunca vou te perdoar!

– Vai sim.

– Você! Você é uma...! Você é simplesmente má, Abby! Você é uma péssima melhor amiga!

Eu ri, fazendo com que o homem sentado ao meu lado levantasse a cabeça.

– Fique parada, sra. Maddox.

– Desculpa – falei.

– Quem era? – America perguntou, exasperada.

– Era o Griffin.

– Quem é Griffin? Deixa eu ver se eu adivinho: você convidou um completo estranho para o seu casamento e não convidou a sua melhor amiga? – sua voz ficava mais estridente a cada pergunta.

– Não. Ele não foi ao casamento – falei, respirando com dificuldade.

Travis suspirou e se mexeu na cadeira, nervoso, apertando minha mão.

– Sou eu que devo fazer isso, lembra? – falei, erguendo um sorriso para ele em meio à dor.

– Desculpa. Acho que não consigo aguentar isso – ele disse, com a voz marcada de preocupação. Ele relaxou a mão, olhando para Griffin. – Anda logo aí, por favor.

Griffin balançou a cabeça.

– Coberto de tatuagens e não aguenta ver a namorada fazer uma simples escrita. Termino num minuto, colega.

As rugas na testa franzida de Travis ficaram mais profundas.

– Mulher. Ela é minha mulher.

America ofegou assim que assimilou a conversa.

– Você está fazendo uma tatuagem?! O que está acontecendo com você, Abby? Você inalou fumaça tóxica naquele incêndio?

Baixei o olhar para minha barriga, para a região preta borrada na parte interna do osso do quadril, e sorri.

– O Trav tem o meu nome tatuado no pulso.

Inspirei mais uma vez quando o zumbido continuou. Griffin limpou a tinta da minha pele e recomeçou. Falei entre dentes:

– Estamos casados. Eu queria fazer algo também.

Travis balançou a cabeça em negativa.

– Você não precisava fazer isso.

Estreitei os olhos.

– Não começa. A gente já discutiu isso.

America deu risada.

– Você ficou louca. Vou te internar num manicômio assim que chegar em casa – a voz dela ainda estava cortante e exasperada.

– Não é tanta loucura assim. A gente se ama. Estamos praticamente morando juntos, com intervalos, faz um ano. Por que não?

– Porque você tem dezenove anos, sua imbecil! Porque vocês fugiram e não contaram pra ninguém, e porque eu não estou aí! – ela gritou.

– Desculpa, Mare, tenho que ir. A gente se vê amanhã, tá?

– Não sei se quero ver você amanhã! Não sei se quero ver o Travis nunca mais! – ela falou com desdém.

– A gente se vê amanhã, Mare. Você sabe que vai querer ver a minha aliança.

– E a sua tatuagem – ela disse, com um sorriso permeando a voz.

Desliguei o celular em um clique, entregando-o ao Travis. O zumbido recomeçou mais uma vez, e minha atenção se focou na sensação de ardor, seguida pelo doce segundo de alívio quando ele limpava o excesso de tinta. Travis enfiou o celular no bolso, agarrando minha mão e se abaixando para tocar minha testa na sua.

– Você sofreu desse jeito quando fez suas tatuagens? – perguntei, sorrindo com a expressão apreensiva que ele tinha no rosto.

Ele se mexeu, parecendo sentir a minha dor mil vezes mais que eu.

– Ah... não. Isso é diferente. É pior, muito pior.
– Pronto! – disse Griffin, aliviado tanto quanto Travis.
Deixei a cabeça cair de encontro à cadeira.
– Graças a Deus!
– Graças a Deus! – Travis suspirou, batendo de leve na minha mão.
Olhei para baixo, para as belas linhas negras em minha pele vermelha e inchada:

Sra. Maddox

– Uau – falei, apoiando-me nos cotovelos para ver melhor.
A testa franzida de Travis se transformou imediatamente em um sorriso triunfante.
– É linda.
Griffin balançou a cabeça.
– Se eu ganhasse um dólar para cada marido cheio de tatuagem que traz a mulher aqui e sofre mais que ela... eu nunca mais ia precisar tatuar ninguém na vida.
– Só me diz quanto eu te devo, engraçadinho – Travis resmungou.
– Vou levar a conta no balcão – disse Griffin, divertindo-se com a réplica de Travis.
Olhei ao redor, para o cromo reluzente e os pôsteres de tatuagens na parede, depois voltei o olhar para minha barriga. Meu novo sobrenome reluzia em letras pretas e elegantes. Travis me observava com orgulho, depois olhou para sua aliança de titânio.
– Nós conseguimos, baby – ele disse numa voz sussurrada. – Ainda não consigo acreditar que você é minha mulher.
– Pode acreditar – falei, sorrindo.
Ele me ajudou a levantar da cadeira e tomei cuidado com meu lado direito, ciente de cada movimento que fazia, a fim de evitar que a calça jeans roçasse em minha pele ferida. Travis pegou a carteira e assinou o recibo rapidamente antes de me conduzir pela mão até o táxi que nos esperava lá fora. Meu celular tocou de novo e, quando vi que era America, deixei tocar.

– Ela não vai desistir de fazer você se sentir culpada, né? – disse Travis, franzindo a testa.

– Ela vai ficar de cara feia um dia inteiro quando vir as fotos... e depois vai se conformar.

Ele olhou para mim com um sorriso malicioso.

– Tem certeza, sra. Maddox?

– Você algum dia vai parar de me chamar assim? Você já disse isso uma centena de vezes desde que saímos da capela.

Ele balançou a cabeça enquanto abria a porta do táxi para mim.

– Vou parar de te chamar assim quando eu acreditar que é real.

– Ah, é bem real – falei, deslizando até o meio do banco para dar lugar para ele. – Tenho lembranças da noite de núpcias para provar.

Ele se apoiou em mim, roçando o nariz pela pele sensível do meu pescoço até chegar à minha orelha.

– Isso com certeza a gente tem.

– Ai... – reclamei quando ele pressionou meu curativo.

– Ai, droga. Desculpa, Flor.

– Tá desculpado – falei com um sorriso.

Seguimos até o aeroporto de mãos dadas, e fiquei dando risadinhas enquanto observava Travis com o olhar fixo em sua aliança de casamento. Seus olhos tinham a expressão calma à qual eu estava ficando acostumada.

– Quando a gente voltar para o apartamento, acho que finalmente vai cair a ficha e vou parar de ficar agindo que nem um idiota.

– Promete? – sorri.

Ele beijou minha mão e a aninhou no colo, entre suas palmas.

– Não.

Dei risada, descansando a cabeça no ombro dele até que o táxi diminuiu a velocidade e parou na frente do aeroporto. Meu celular tocou de novo, e no mostrador apareceu o nome de America mais uma vez.

– Ela é dura na queda. Deixa que eu falo com ela – disse Travis, esticando a mão para pegar o celular. – Alô? – disse ele, esperando os gritos do outro lado da linha acabarem. Então sorriu. – Porque eu sou o marido dela. Agora posso atender o telefone dela. – Ele olhou de relance para mim e abriu a porta do táxi, me oferecendo a mão. – Estamos no

385

aeroporto, America. Por que você e o Shep não vão pegar a gente, assim você pode gritar à vontade a caminho de casa? Isso, durante todo o caminho. Devemos chegar por volta das três. Tudo bem, Mare. Até mais tarde. – Ele se encolheu com as palavras duras de America e me devolveu o celular. – Você não estava brincando. Ela está brava mesmo.

Travis pagou o taxista e jogou sua mochila por cima dos ombros, puxando a alça da minha mala de rodinhas. Seus braços tatuados se retesaram enquanto ele arrastava minha mala, e ele estendeu a mão livre para segurar a minha.

– Não consigo acreditar que você deu sinal verde pra ela azucrinar a gente por uma hora inteira – falei, seguindo-o pela porta giratória.

– Você acha mesmo que vou deixar ela gritar com a minha mulher?

– Você está ficando bem à vontade com esse termo.

– Acho que está na hora de admitir. Eu sabia que você ia ser minha mulher praticamente no segundo em que nos conhecemos. Não vou mentir e dizer que não fiquei esperando pelo dia em que pudesse dizer isso... então vou abusar do título. Você devia se acostumar. – Ele disse isso tudo de um jeito prosaico, como se estivesse proferindo um discurso ensaiado.

Eu ri, apertando sua mão.

– Eu não me incomodo.

Ele me espiou pelo canto do olho.

– Não?

Balancei a cabeça em negativa e ele me puxou para o seu lado, beijando o meu rosto.

– Que bom. Você vai ficar enjoada disso nos próximos meses, então é melhor me deixar aproveitar agora, certo?

Eu o acompanhei por corredores, escadas rolantes e filas de segurança. Quando Travis passou pelo detector de metais, o alarme soou. O guarda do aeroporto pediu que Travis tirasse a aliança, e uma expressão séria surgiu em seu rosto.

– Eu seguro para o senhor – disse o policial. – É apenas por um momento.

– Prometi a ela que nunca tiraria – Travis disse entre dentes.

O guarda estendeu a palma aberta, e um misto de paciência e compreensão divertida formou rugas na pele fina em torno de seus olhos.

Contrariado, Travis tirou a aliança, bateu com ela na mão do guarda e suspirou quando passou pelo detector. O alarme não disparou dessa vez, mas ainda assim ele estava irritado. Passei sem nenhum problema, entregando minha aliança ao policial também. A expressão de Travis ainda era tensa, mas, quando nos deixaram passar, seus ombros relaxaram.

– Está tudo bem, baby. Ela está de volta no seu dedo – falei, dando uma risadinha de sua reação exagerada.

Travis me beijou na testa, me puxando para o lado enquanto caminhávamos até o terminal de embarque. Quando meus olhos encontravam os das outras pessoas, eu me perguntava se era tão óbvio assim que éramos recém-casados, ou se elas simplesmente notavam o ridículo e enorme sorriso no rosto de Travis, um contraste gritante com a cabeça raspada, os braços tatuados e os músculos salientes.

O aeroporto estava movimentado, cheio de turistas animados, bipes, toques de máquinas caça-níqueis e pessoas andando em todas as direções. Sorri para um jovem casal de mãos dadas, que parecia tão animado e nervoso quanto eu e Travis quando chegamos. Eu estava certa de que eles iriam embora com a mesma mistura de alívio e perplexidade que estávamos sentindo.

No terminal, enquanto eu folheava uma revista, Travis balançava freneticamente a perna e, quando gentilmente coloquei a mão em seu joelho, ele parou. Sorri, mantendo os olhos nas fotos de celebridades. Ele estava nervoso com alguma coisa, mas esperei que me contasse, sabendo que ele estava lidando com isso internamente. Depois de alguns minutos, começou a balançar o joelho novamente, mas dessa vez parou sozinho, e então, lentamente, afundou na cadeira.

– Beija-Flor?

– O quê?

Depois de um breve intervalo, ele suspirou.

– Nada.

O tempo passou rápido. Parecia que tínhamos acabado de nos sentar quando apareceu o número do nosso voo no painel. Rapidamente se formou uma fila, e nos levantamos, esperando pela nossa vez de mostrar as passagens e descer o longo corredor até o avião que nos levaria de volta para casa.

Travis hesitou.

– Não consigo afastar essa sensação – ele disse baixinho.

– Como assim? Tipo uma sensação ruim? – perguntei, subitamente nervosa.

Ele se virou para mim com preocupação nos olhos.

– Eu tenho essa sensação louca de que, assim que chegarmos em casa, eu vou acordar. Tipo, que nada disso é real.

Abracei a cintura dele, percorrendo com as mãos seus músculos firmes até o alto das costas.

– É com isso que você está preocupado?

Ele abaixou o olhar para o pulso, depois olhou de relance para o anel prateado em seu dedo esquerdo.

– É só que eu não consigo afastar a sensação de que o sonho vai acabar e vou estar deitado na cama, sozinho, desejando que você estivesse lá comigo.

– Eu não sei mais o que fazer com você, Trav! Eu larguei alguém por você, *duas vezes*, fiz as malas e vim pra Vegas com você, *duas vezes*, literalmente fui até o inferno e voltei, me casei com você e me marquei com o seu nome. Estou ficando sem ideias para te provar que eu sou sua.

Um sorrisinho gracioso surgiu em seus lábios.

– Adoro quando você diz isso.

– Que eu sou sua? – perguntei, erguendo-me na ponta dos pés e pressionando os lábios nos dele. – Eu. Sou. Sua. Sra. Travis Maddox. Para todo o sempre.

O sorriso dele se desvaneceu quando ele olhou para o portão de embarque e depois baixou o olhar para mim.

– Eu vou estragar tudo, Beija-Flor. Você vai ficar de saco cheio das minhas merdas.

Dei risada.

– Estou de saco cheio das suas merdas agora. E ainda estou casada com você.

– Achei que, assim que a gente se casasse, eu ia me sentir mais seguro em relação a te perder. Mas eu sinto que, se eu entrar nesse avião...

– Travis? Eu te amo. Vamos pra casa.

Ele franziu as sobrancelhas.

– Você não vai me abandonar, vai? Nem quando eu for um pé no saco?

– Eu jurei diante de Deus... e do Elvis... que não faria isso, não jurei?

Sua testa franzida assumiu uma expressão um pouco mais tranquila.

– Isso é pra sempre, não é?

Um canto da minha boca se voltou para cima.

– Você se sentiria melhor se fizéssemos uma aposta?

Outros passageiros começaram a caminhar lentamente à nossa volta, observando e ouvindo nossa conversa ridícula. Como antes, eu estava bem ciente dos olhos que nos observavam com curiosidade, mas dessa vez era diferente. A única coisa que eu conseguia pensar era no retorno da paz aos olhos de Travis.

– Que tipo de marido faria uma aposta contra seu próprio casamento?

Sorri.

– O tipo idiota. Você não ouviu seu pai quando ele te disse pra não apostar contra mim?

Ele ergueu uma sobrancelha.

– Então você tem tanta certeza assim, é? Apostaria nisso?

Abracei seu pescoço e sorri com os lábios encostados aos seus.

– Aposto meu primogênito. Viu como tenho certeza?

E então a paz estava de volta.

– Você não pode ter tanta certeza – ele disse, sem ansiedade na voz.

Ergui uma sobrancelha, e a boca subiu do mesmo lado.

– Quer apostar?

SOBRE A AUTORA

Além de *Belo desastre*, que já foi traduzido em onze idiomas, Jamie McGuire escreveu a série de sucesso *Providence*. Ela vive em Enid, Oklahoma, nos Estados Unidos, com os três filhos e o marido, um verdadeiro caubói. Eles dividem suas terras com quatro cavalos, quatro cachorros e um gato.

Visite o site da autora:
www.jamiemcguire.com

Impresso no Brasil pelo
Sistema Cameron da Divisão Gráfica da
DISTRIBUIDORA RECORD DE SERVIÇOS DE IMPRENSA S.A.
Rua Argentina 171 – Rio de Janeiro, RJ – 20921-380 – Tel.: 2585-2000